科尔姆·托宾
作品 2

Colm Tóibín

"Constance," he whispered, "I have come as close as I could, as near as I dared."

THE MASTER

大师

[爱尔兰] 科尔姆·托宾 —— 著

柏栎 —— 译

上海译文出版社

献给贝尔布鲁和迈克尔·斯塔克

目 录

第一章　一八九五年一月

有时晚上他梦见死去的人，熟悉的和似曾相识的面孔，飞快地浮现出来。现在他醒过来了，觉得时间是黎明前一个钟头或更早些，几小时内还不会有动静。他摸了摸脖子，肌肉僵硬，手指碰上去似乎直挺挺、硬邦邦的，但不觉得痛。他转动脑袋时，听到肌肉嘎吱作响。我像是扇老门，他自言自语地说。

他知道，自己非得再接着睡不可。这几个小时他没法醒着躺着。他想睡觉，进入美好的黑暗之中，那是一个昏暗的，却也不是漆黑一片的休息场所，没有鬼，没有人，没有飘忽的东西。

他再次醒转，悸动起来，不知身在何处。他常常这样醒来，心绪不宁，还隐隐记得做过的梦，渴盼着天快些亮起来。有时候他打个盹，就会沐浴在贝罗索加多[①]那朦胧的早春柔光中，远处如烟似雾，阳光照在脸上，有种纯粹的愉悦感，在老屋的墙壁下，坐在椅子里，闻到紫藤、报春花和茉莉的气息。他会希望醒来时白天和梦境中一样，闲散的痕迹、色彩、光线都徜徉在器物的边边角角，逗留到夜幕再次降临。

但这个梦却不一样。那里有些地方暗沉沉的，或者正在暗下

① 贝罗索加多：佛罗伦萨的一座山。

去，那是个城市，意大利的一个老地方，像是奥尔维耶托还是锡耶纳。也说不准到底是哪里，城市犹如梦幻，街道狭窄，他则行色匆匆。现在他不确定自己是独自一个，还是有人相伴，但他正在疾步前行，还有一些学生也在慢慢地朝山上走，经过亮着灯的商店、咖啡馆和餐厅。他很想超过他们，想方设法从他们身旁越过。但无论他怎么想破脑袋，还是不知道自己到底有没有同伴。也许有，也许只不过是个走在他后面的人。他想不起多少关于那个影影绰绰、时有时无的存在，但有时候近旁仿佛有个人，还是有个声音，比他更清楚如此紧张匆忙的缘故。也就是这个人，一直在喃喃低语，哄着他快点走，把那些挡着他路的学生推搡开。

他为何会梦见这些？他回想到，每到通往广场的狭长昏暗的小巷，他都很想离开那条喧闹的街道，却还是被催促着往前走。难道是那幽灵般的同伴在叫他往前走吗？他终于踱入一个开阔的意大利广场，那里有塔楼和城堡式的屋顶，天空是蓝黑墨水的颜色，一平千里。他站在那里看着，陶醉于景象的对称和结构，仿佛这一切都镶嵌在画中。这一次——他一想起这景象就战栗起来——中间站着些背对着他的人，他们围成一个圈，但他看不到任何一个的脸。他正要走过去，那些背对着他的人转过身来了。其中一个是他垂死的母亲，他最后一次见到她的样子。她身边的女人里有他的凯特姨妈。她们两个都过世多年了，都微笑着朝他缓步走来。她们的脸庞像在油画中似的被打上光线。他听到的话是“求求你”，但他肯定这句话和这个场景一样是他臆想出来的。她们在求他，或者在求某个人，请求，祈望，哀恳地伸出双手。

她们走过来时，他惊寒交加地醒了。他希望她们能说点什么，希望自己能给这两位他平生最爱的人些许安慰。梦境回味过来，是一阵疲惫和噬痛感，他明白自己不能再回头去睡觉，就拼命地想要动笔写作，随便写什么，只要能麻痹自己，把心神从这两个他已经失去了的女人身上转开就好。

想起梦中令他猛然惊醒的那一瞬间，他把脸捂了一会儿。无论如何都好，只要能忘记它，不让它尾随他进入白天：在广场上，他和母亲彼此对视，她的目光中充满苦楚，她的嘴巴像要放声痛哭。她急切地想得到什么不可企及之物，她得不到，而他也帮不了她。

新年的前几天，他回绝了一切约请。他给沃尔斯利夫人写信说，他整天都跟几个制作演出服的胖女人坐在排演现场。他心神不宁，常常焦虑不安，但有时也会沉浸到舞台上的动作中去，好像这个剧对他是陌生的，让他有所触动。他请沃尔斯利夫人和她丈夫在他剧作的首演之夜一起为他祈祷，那已经为期不远了。

晚上，他什么都干不成，睡眠也不安稳。除了用人他谁都不见，而他们也知道别和他讲话，也别打扰他，除非事出必要。

他的剧本《盖·多姆维尔》写的是一个富裕的天主教家庭的继承人，他必须在继承家业和投身修道院之间作出选择。上演时间是一月五日。首演之夜的请柬都发出去了，他已经收到不少接受邀请和表示感谢的回函。制作人兼主角亚历山大有很多戏迷，戏剧的背景是十八世纪，戏服也很华丽。然而，尽管他近来喜欢和演员们在一起，也喜欢那些五光十色的东西和制作过程中逐日微小的变化和改进，但他说，他并不适合干这行。他坐在桌前叹了口气。他希望今天是个寻常日子，可以回读一下昨天写的东西，悠悠然地花一个上午作些修改，接着再开始写，下午就是日常写作时间了。但他知道自己心情变得很快，就像房间里的光线一下子就暗下去了。他不难感觉到生活中只有剧院里的时光才是快乐的，便又厌恨起手头空白的稿纸来。人到中年，他想，变得患得患失的。

十一点钟，他的客人准时来了。他不能不见她，她的来信措辞讲究而坚决。很快她就要永远地离开巴黎了，她说，这是她最后一次来伦敦。她的语气里有股子就此终了和听天由命的奇怪感觉，相比于她一贯的兴致而言很不寻常，他立刻意识到她的严峻处境。他多年没见她了，这些年只收到她的几封信，从别人那里听到她的一些情况。但在那天早上，他还没有摆脱梦魇的纠缠，又满心忧虑着他的戏，只把她看作日记本里的一个名字而已，唤起的回忆轮廓如此鲜明，内容却模糊不清。

她走进房间，熟悉的脸庞挂着亲切的笑意，高大的身形走起路来缓慢而从容，她打招呼的样子愉快大方又有感染力，声音柔美，几乎是在低声细语，毫不费力就让他撇开对戏剧的挂虑，也不去想这会儿不坐在剧院里是浪费时间了。他已经忘了他曾经多么喜欢她，也没想到一下子就回到了二十来岁时一心在巴黎的法俄作家圈中流连的日子。

不知怎么，后来他对出名的和不出名的人同样上心，无论是还没有崭露头角的，还是已经失败了的，或是从不打算博取名声的。他的客人嫁给了欧布里斯基亲王。这位亲王的为人是出了名的严苛冷漠，自觉俄国的命运和他那抱有目的的出国比夜间欢宴和名流相伴更为要紧。王妃也是俄国人，但大半辈子都生活在法国。他们夫妇周围蜚短流长不断。他想，这也是时代和环境的一部分。他认识的每个人都带着另一种生活的气息，那种生活半藏半露，虽然瞒不了人，却也无人提起。那些年，你在每张脸上搜寻着无意间泄露的事，倾听着种种蛛丝马迹。纽约和波士顿并不如此，而他最后来到伦敦定居时，发现那里的人都相信你没有藏着什么秘密，除非你特意地宣布出来。

他记起自己初到巴黎时的震骇，心口不一的圆滑气氛，那些男男女女给他的感觉，小说家们盯着他，对自己最关心的事情却故作漫不经心。

他从来不喜欢这种暗地里的功夫，但他却喜欢知道秘密，因为一无所知就等于一无所得。他自己也学会了不要透露一切，听到什么新消息也不要大惊小怪，要装作不过是逗个乐子。巴黎文艺圈里的男男女女就像演员一样在玩着知与不知、乔装打扮的游戏。他从他们身上学到了一切。

他请王妃就座，多添了一个靠垫，接着又请她去坐另一把椅子，其实是坐起来更舒服的长靠椅。

“到了我这把年纪，”她朝他微笑，“什么都不舒服了。”

他停下在房中走动的脚步，回头看她。他知道只要默默地用他平静的灰眼睛看着别人，对方也会平静下来。他们意识到，或者他是这么觉得，接下来要说的是正经话，闲聊的时间已经过去。

“我要回俄国去，”她法语说得很慢，吐字清晰，“我不得不这么做。我说到要回去，就像是我从前待过那里似的，也确实如此，但那对我来说毫无意义。我不想再见到俄国，但他坚持要我留在那里，要我别回法国了。”

她说话时和往常一样微微笑着，但此刻脸上却显出苦痛和一丝疑虑。她把过去一同带进了这个房间。自从他父母和妹妹死后，这些年里任何对一切俱往矣的提示，都带着可怕而沉重的忧伤。光阴无情，年轻时他想不到失去会带来何等痛苦，如今只有工作和睡眠才能帮他将之忘却。

她柔和的嗓音和亲切的举止表明她并没有变。据悉她丈夫对她很坏。他在房产问题上有纠葛。她开始说起某个偏远地方的房产，她即将要被赶到那里去。

一月的光线丝般柔滑，流淌在房间里。他坐着听她说。他知道欧布里斯基亲王在俄国有个头婚留下的儿子，在巴黎又过得不情不愿。一直有传闻说他有政治图谋，据说好像他对俄国的未来有所计划，只等着时机到来。

“我丈夫说是时候我们该回俄国、回祖国去了。他成了一个改革家。他说如果不改革，俄国会垮台。我告诉他俄国很久以前就垮了，但我没提醒他，他不欠债时可对改革毫无兴趣。他前妻的家里人把那个孩子抚养长大，他们不愿和他再有任何瓜葛。”

“你会住在哪里？”他问道。

“会在一个摇摇欲倒的大宅子里，疯疯癫癫的农民会把鼻子贴在我窗子的玻璃上，如果窗子上还有玻璃的话。我就要住在那种地方。”

“那巴黎呢？”

“什么都得留下，房子、用人、朋友、我全部的生活。我要么冻死，要么无聊死。就看哪个赶在前头了。”

“但为什么呢？”他柔声问道。

“他说我浪费了他所有的钱财。我卖掉了房子，花了好些日子烧掉信件，哭着扔掉衣服。现在我在和每个人告别。我明天就离开伦敦，到威尼斯待一个月，然后去俄国。他说别的人也回去了，但他们去的是圣彼得堡，他可没让我去那里。”

她口气里带着情绪，但他看着她，只觉像在听他的一个演员沉浸在自己的戏中。有时候她说起话来，仿佛是在讲别人的闲事。

“我认识的人中还活着的我都已经见过了，过世的也都读完了他们的信。有些人我两样都做了。我烧了保罗·约科斯基的信后又碰见了他。我没想到还会见到他。他老得厉害，这点我也没想到。”

瞬间，她凝视着他的眼眸，室内仿佛跃入一道清亮的夏日闪光。他算了算，保罗·约科斯基现在快五十了，他们已经多年没有见面。从来没有人像这样提到他的名字。

亨利谨慎地想立刻说些什么，提个问题，转换话题。说不定信里提到了什么，一句闲扯的话，或是写到了一段对话或一次会面。但他不这么想。或许他的访客是出于怀旧之情而要告诉他，那些年里他的格调有何意味，他塑造了怎样的自我。他想表现得诚恳、犹疑、礼貌，但糊弄不了她这样的女人，她见他嘴巴一张、目光一霎，就顿时明了一切。当然，他们什么都没说，就像她此刻也没说什么，只不过提了一个名字，一个在他耳边萦绕不去的旧日的名字。这个名字曾经是他的一切。

“但你一定会回来吧？”

“他逼我作出的承诺。我不会回来了，要一直留在俄国。”

这像在说台词，一刹那，他看到她站在舞台上，随意走动，像是说着无心之言，但下一句台词却一箭中的。他从她话中第一次得知发生了什么事。她必是犯下了大错，这才再度受他要挟。在她的圈子里，有些事确凿无疑，有些事需要猜度。有些人知道，而那些不知道的人也有本事猜出来。正如她此刻让他猜了出来。

这些念头占据着他，他发现自己观察着王妃，精心权衡着她每句话，盘算着自己该怎么利用。她一走，他就要写下来。他不想再听下去了，也不想知道具体细节，但她说着说着，显然是害怕起来，这使他又产生了怜悯之情。

“你知道，其他人已经回去了，反馈相当不错。圣彼得堡有全新的生活，但我告诉过你，那不是我去的地方。我在聚会上碰到都德，他跟我说了奇蠢无比的话，大概是想安慰我。他告诉我，我还拥有回忆。但回忆对我一无用处。我对他说我对回忆毫无兴趣。我喜欢今天和明天，如果还行的话，同样喜欢后天。去年已经过了，谁还在乎去年呢？”

“都德是这样的，我想得出来。”

“是啊，话太多了。”

她起身要走，他送她到大门。他看到有辆车等着她，就想是谁付的钱。

“保罗呢？我是不是早该把那些信给你几封？你会想要吗？”

亨利伸出手，好像她压根没有问过。他翕动嘴唇，欲言又止。他握了一会儿她的手。她走向车子时，眼泪几乎流了下来。

他在德维尔花园的这些屋子里已经住了将近十年，但保罗这个名字从未在围墙里提起过。他已被埋葬在每日的写作和回忆想象之间。即使在梦中，保罗也多年没出现了。

王妃故事的框架不必急于记下。它们已留在他脑中。他不知道该怎样写，是写她在巴黎的最后时日里烧信件、分家私、丢东西，还是写她最后一次参加的沙龙，或是她获知自己命运的那刻与丈夫的交谈？

他会牢记这次拜访，但此刻还有别的要写。这个他以前写过，可又特意毁掉了。说来奇怪而几近悲哀，他创作发表过那么多作品，将那么多私事付诸笔墨，而他最亟须写下来的东西却不能示人，无法发表，不会有人知道和理解。

他提起笔，写起来了。他可以把字写得无法卒读，或者使用一种只有自己看得懂的速记法。但他还是写得一清二楚，嘴里轻声念着这些词。他不明白为什么非得写下来不可，为什么这番记忆的触动还不够。但王妃来访了，说到了流放和回忆，说到了那些已经过去、不再回来的东西……他停下笔，叹了口气，她说出了那个名字，好像它仍然生机勃勃地在某个触手可及的地方，这一切都引导着他笔端的情绪。

他写着自己回到巴黎时所发生的事，当时他收到保罗的一张便笺，那是将近二十年前的夏天。黄昏时，他站在这座美丽城市的一条巷子里，抬眼往上瞧，等待三楼窗口灯亮。灯一亮起，他就使劲地看，想看到保罗·约科斯基的脸庞出现在窗口，发泽漆黑，眼神敏锐，蹙着的眉头随时会展成笑颜，鼻梁窄瘦，下颌宽阔，嘴唇苍白。天色已暗，他知道自己在没有亮光的街上不会被瞧见，也知道自己动弹不得，既不能回自己的居所，也不能去保罗的房间——一念及此，他就屏住了呼吸。

保罗的便笺写得很清楚，他是独自在家。没有人进去出来，保罗的脸也没有出现在窗口。此刻他想，那难道不是他度过的最真实的时刻吗？他能找到的最恰当的比喻是一次顺利的、充满希望的、风平浪静的大洋旅行，悬于两国之间的一段插曲。站在那里，仿佛漂泊海上，心知踏出一步，就会跨入那不可知的渺邈之方。他等着想再看一眼那张难以接近的脸。就这样一动不动地在雨中立了几个钟头，不时地被经过的人擦碰，那张脸却始终没有在灯光中出现。

他写下那晚的事，觉得剩下的部分绝不能再写，无论稿纸能藏得多隐秘，也无论能多快地把它烧掉或撕毁。剩下的只是想象，那种事情他不允许自己形诸文字。故事里，他在守望中跨过了小巷，让保罗发现了他，保罗下楼来，他俩一起默默地走上楼梯。接下来发生什么，现在很清楚了，是保罗把它弄清楚的。

他发觉自己双手直抖。他从未容许自己的想象超越那条边际。这是他最接近的一次，但他却根本没有接近过。那一晚他伫立雨中，直到窗口的灯光渐渐淡去。他又等了一会儿，看看是否会发生什么别的事，但窗子始终黑着，什么都没有泄露。于是他慢慢回家。他又踏上了干燥的陆地。衣服湿透了，鞋子被雨毁了。

他喜欢彩排，任由自己描摹剧院里每个座位上尚未存在的戏迷。灯光、奢华繁复的戏服、响亮的声音，使他满心骄傲和愉悦。这些年来，他从未见过任何一人购买他的书，读他的书。即使他见到了，也不会了解他那些句子的效果。阅读和写作一样，沉默、孤独、私密。而如今，他将会听到观众们屏气敛息，大喝出声，然后陷入沉默。

他先安置朋友和熟悉的面孔，然后在自己周围和上面的楼座中安置陌生人，这是最为冒险和激动的预景。他想象着一个男人敏感的脸上一双明亮聪慧的眼睛，薄薄的上唇，柔软白皙的皮肤，宽大的身架，闲适的气息。他尝试着把这个人放到自己后面那排座位上去，靠近中间，旁边是位年轻女子，交握着一双纤细的手，指尖几乎触到了嘴唇。制作戏服的人都在后台，他独自一人待在剧场里，望着想象中买票入场的戏迷们在亚历山大扮演盖·多姆维尔时一一出现。舞台上斗争的焦点何在，已经清楚了。戏演着演着，他留心着背后想象出来的观众，注意到爱德华·萨克尔夫人穿着百年前精致高雅的硕大戏服出场时，女人们的脸上放光了。他还注意到当盖·多姆维尔不顾万贯家财和锦绣前程，决意离世索居，在修道院里幽思和祈祷时，他那薄嘴唇的支持者，脸色凝重而静默。

《盖·多姆维尔》还是太长了，他知道演员们对第一幕和第二幕之间的差异有所顾虑。他那坚定的导演亚历山大对他说，别管他们，那些人无非是受了维奇夫人的鼓动罢了，她在第二幕里没有戏份，在第三幕里也几乎没上场。但他明白，假如是写小说，就不可冒这样的险：人物一旦塑造出来，就必须在叙述中保留下去，除非这人物微不足道，或者故事还没结束就死了。他在小说中从未尝试过的，却要在戏里来尝试。他祈祷这戏会成功。

他讨厌删戏，但也知道不能抱怨这个。从一开始他就在喋喋不休，实则在表达一种惊痛参半的情绪，弄得自己在亚历山大的工作室里都不怎么受欢迎了。要是这出戏需要删节，不等写完他就删了，可他知道这种话毫无意义。现在他每天都要删戏，他想不通怎么几个钟头一过，注意到缺漏和丢失片段的人只有他一个。

彩排中他无所事事。一想到这件作品只有一半属于他，而另一半属于导演、演员和布景师，心里就又慌又乱。做监工也是消磨时间的办法，这对他来说是新鲜的。在舞台的拱形墙上，有一口无形的大钟，剧作家得留意它的走动声，从八点半开始，指针就无情地开动了，和观众的耐心一般精确。加上两段幕间休息，就是两个小时，在那段繁忙的时间里，他必须在场，要么解决给自己设下的难题，要么万劫不复。

他看了第一次现场排演，又看了第一次彩排，戏仿佛离他更远也更真实了。这时候，他确信找到了自己的职业，现在开始为剧院写作，还为时不晚。他已经准备好改变自己的人生。他预见到漫长、孤寂的日子将会结束，小说给予他的那种阴郁的满足将会被另一种生活所取代，在那种生活里，他为声音和动作写作，他原本以为自己这辈子不会体验这种即时感。新的世界，如今就在他的掌握之中。然而突如其来地，尤其是在早晨，他觉得相反的情况无疑也会发生，他会失败，那样无论是否情愿，就只能掉转头回到他真正的媒介：白纸黑字。他从未经历过这种充满奇怪的游移感和激动不安的日子。

他深爱着演员们。好些时候他能不惜一切为他们做事。长时间的排练中，他叫了盒装食品送到后台，冷鸡肉和牛肉、新鲜沙拉、土豆蛋黄酱、刚出炉的黄油面包。他喜欢看演员们吃东西，享受着他们从指定的角色回归民间生活的时刻。他向往着今后的岁月，他写出新的角色，看着他们创造这些角色，每晚都表演这些角色，直到场次全部结束，才没入外面苍白的世界中去。

他也觉得，作为一个小说家，他遭遇了艰难时刻，任何能说明编辑或出版商非常需要他的迹象都在减弱。那些他既不认识也不赞赏的新一代作家成为众所瞩目的人。这种强弩之末的感觉让他心头沉重。他的创作不丰，曾经能拿稿酬又有好处的杂志，也渐渐对他关上了大门。

他寻思，既然收获丰硕的小说创作已在枯竭，剧院或许不仅仅是享乐和消遣的去处，也是一条生命线，一种重新开始的方式。《盖·多姆维尔》，他那关于物质生活和思想生活之间的矛盾、人类之爱的兴衰枯荣，以及对更为崇高快乐人生的奉献的剧本，是为成功而作，为契合大众情感而作。他怀着纯粹的乐观和深沉的焦虑，等待着首演之夜，乐观的是他万分确定这出戏能达到预期效果，焦虑的是他或许得不到尘世的荣耀和普遍的赞赏。

一切都倚赖首晚演出。他已经想过了每一处细节，就是还没想过他自己该干什么。如果他站在后台，就会碍手碍脚，待在观众席上，又会心绪难安，一闻呻吟和叹息，一逢肃静的时刻，就会感到烦扰，或者不当地亢奋起来。他想，他可以躲在距离剧院最近的“帽子和铃铛”酒吧，他信任的爱德蒙·戈斯可以在第二幕终时溜出来，告知他一切状况。但在首演前两天，他又认定这个计划太荒唐。

他必须做些什么。无人可与他共进晚餐，因为他已经邀请了所有认识的人去观看首演，其中绝大多数都接受了邀请。他想，他可以去附近的城市观光，然后搭傍晚的火车回来，正好赶上掌声雷动的时刻。但他知道，没有任何东西可以让他不想他的未来。他盼望自己正有一本书写到中途，不必急着写完，长篇连载要到春天才开始。他希望自己安静地在书房里工作，伦敦冬天那向来黯淡的晨光从窗户渗进来。他想要一个人独处，他的人生所倚靠的并非其他种种，而只是坚持自我而已，明白这一点，他心里就舒坦了。

经过一番犹疑，又与戈斯和亚历山大商讨良久，他终于下定决心，要去海马克剧院观看奥斯卡·王尔德的新剧。他觉得这是惟一的办法，可以迫使自己在八点半到十点三刻之间安静下来，过后他就可以去圣詹姆斯剧院了。戈斯和亚历山大同意说这是最佳方案，也是惟一的法子。这样至少有段时间，他的心思就会搁在其他地方，当他到达圣詹姆斯剧院，正是群情欢悦的时候，他的戏已经演完，或也接近尾声了。

他为晚上做准备时，心想，这就是真实世界的运行方式，他退出了这个世界，又对它猜度不已。这就是生钱的渠道，扬名的途径。这个过程危险重重，令人激动，体内空空如也，心在狂跳不停，想象在各种可能性中燃烧。他这一生有多少日子会如此度过？他相信能带给他好运的这第一个剧作如果胜利落幕，那未来的首演应当更为柔和，应该不那么熊熊似火。他的希冀却停不下来，甚至在等车的时候还希望自己正在开写另一篇小说，空白的纸页一切就绪正等着他，夜晚一片空寂，他除了写作无事可干。他出发前往海马克时，想要逃离的念头分外强烈。他可以不惜一切，只要能处身于三个半小时之后，只要能知道结果，沐浴在赞誉和恭维之中，或者——知道最坏的结果。

车子驶向剧院时，他蓦地有一种怪异、新奇而猛烈的忧伤。太多了，他想，他要的太多了。他强迫自己去想布景、金色的灯光、服装，还有剧情，去想那些接受邀请的人，只觉满心希望和激动。是他选择的东西，得到了，就不该抱怨。他给戈斯看过前排座位的名单，戈斯说，这种名门望族、文艺界和科学界知名人士在圣詹姆斯剧院云集的场面，还从来没有在伦敦的剧院里中出现过。

在这些之上应该是——他迟疑着微笑起来，明白假如此刻他正在写作，他就会停下来想想是否能寻到合适的措辞——在这些之上应该是——他该怎么说呢？——那些付了钱的人，那些真正的观众的支持和掌声比他朋友的支持和掌声更有意义。他差点大声脱口而出，他们是从未读过我书的人，我们就是这样知道他们的。下一个句子闪过他脑际时，他又笑起来，这世上到处是这样的人。他们从不会因为身边没有同类人而困惑。他希望，这些人今晚会站在他这一边。

他一踏上海马克剧院外的人行道，就立刻嫉妒起奥斯卡·王尔德了。那些正在入场的人身上有种轻快的感觉，好像正打算去彻底享受一番。他自觉这辈子从来没有这样过，他也不知道在接下来的几个钟头里，在这些看似如此欢愉、轻松、满足且兴致勃勃的人当中，他该如何自处。他看不出任何一个人、任何一张面孔、任何一对夫妇或任何一群伙伴，会是去欣赏《盖·多姆维尔》的。这些人都是来看圆满结局的。想起和亚历山大争论过《盖·多姆维尔》那个不算圆满的结尾，他皱起了眉。

他希望自己曾在后排订了座。在他分到的位置上，他被围在中间，帷幕升起来时，观众开始对台词哈哈大笑，他却嫌那些台词粗鲁又笨拙，觉得自己被包围起来了。他一次都没有笑，觉得没有一刻是好笑的，更要紧的是，他觉得没有一刻是真实的。每行台词、每个场景都被表演得好像愚蠢才是真理的更高表现。无知被不遗余力地表现为智慧，粗浅和油腔滑调让观众们开心地哄堂大笑。

如果《理想丈夫》浅薄又粗俗，那么很显然，他是惟一一个这么想的人。第一次幕间休息时，他无比地想要退席，但事实上也无处可去。他惟一的慰藉是，这不是首晚演出，这里没有时髦人士，没有他认得的人，也无人认得他。最令他感到安慰的是，那个声音洪亮、身材高大的爱尔兰人王尔德自己没有出现，他的随从也没出现。

他寻思着他该拿这样一个故事怎么办。字里行间都透着对写作的嘲讽，寻求的是廉价的笑声，廉价的反馈。统治阶层堕落的感觉也很浅薄，剧情的运转也很机械，这出戏一塌糊涂。他想，戏一演完，没有人还会记得它，他只会因为自己所受的苦恼而记得它，他自己的戏里绝然纯粹的张力正在不远处进行。他想，他的戏演的是放弃，而这些人什么都没放弃过。最后大家喊着让演员再出来谢幕，他从他们激动快乐的脸上看出他们目前毫无要改正的念头。

他穿过圣詹姆斯广场去获知自己的命运时，适才所见的大获全胜似乎构成了《盖·多姆维尔》遇难的可怕前兆。他在广场中央停下脚步，被这种可能吓得发呆，不敢再去了解情况。

后来，数年之后，他零零星星听说了发生的事。他什么都没发现，但他相当清楚：受邀前来的观众和上头那些买票入场的人之间的抵触，正如他与奥斯卡·王尔德的戏的观众之间的鸿沟一般不可弥合。买票入场的人众，似乎在第一场尚未结束时就开始动摇和厌烦了，咳嗽的咳嗽，低声说话的说话。到了第二场，爱德华·萨克尔夫人穿着她那身庞大豪华的老式服装上场时，他们笑了起来。这么一笑，他们就失了礼数。不过片刻，笑声变成了讥讽。

他后来得知——也是很后来了——亚历山大说出最后一句台词“大人啊，我是最后一个多姆维尔家的人了”时，发生了什么事。楼座上有人大喝一声："你真是太妙啦！"他们叫嚣着，呼喊着，落幕时，他们发出嘘声，骂着脏话，而前排座位上的人兴致勃勃地鼓掌。

那晚，他从后门走进剧院，在门口遇见剧院经理，对方信誓旦旦地说一切顺利，他的戏很成功。这话里有些什么东西让亨利想要追根究底，想要知道成功的程度到底如何，正在此时，第一次鼓掌响起来了，他侧耳倾听，将嘘声误认为雷鸣般的掌声。他一眼瞥见了亚历山大，亚历山大走下台，等一阵子再上去谢幕，他发觉他脸色僵直严峻。他走近台侧，以为亚历山大和其他演员都在庆贺。他仍然相信那些口哨和叫嚣是对一两位演员的特殊赞许，亚历山大必然是其中之一。

他站在那里听着，已经相当挨近台侧，谢幕回来的亚历山大看到了他。后来，他被告知外面在狂呼"作者！作者！"是观众中他的朋友们在喊，但喊声还不足以让他听到。但亚历山大听到了，或者他后来是这么说的，因为他走过去引起他的注意，板着脸，僵着表情，握着他的手，带他慢慢地但坚定地走上戏台。

这是他在漫长的排演中想象过的观众。他想象过他们专心致志，备受感动的样子，他想象过他们安静肃穆的样子。但他没准备好听到噪声一片，看到乱七八糟的景象。他审视了片刻，被搞糊涂了，接着鞠了躬。当他抬起头时，他意识到自己面对着什么。在底楼和楼座上，买票入场的人在发出嘘声。他环顾四周，只见嘲弄和鄙薄。邀请来的观众仍然留在席上，还在鼓掌，但掌声却被越来越响的粗鲁的批评声淹没了，那是那些从未读过他书的人。

这是最糟糕的一刻。这时他不知该如何是好，他无法控制自己脸上的表情，无法阻止自己流露出痛苦的眼神。这时候他看清了朋友们的脸，萨耿特、戈斯、菲利普·卜纳琼斯还在欣然鼓掌，但在暴徒的呼喊声中无济于事。他一点准备也没有。他缓缓下台。他没有听亚历山大安抚观众的致辞。他责怪亚历山大带他上台，责怪发出嘘声的观众，但他更责怪出现在这里的自己。如今别无选择了，他惟有从后台离去。他曾经多少次梦想过胜利的时刻，在请来的客人中间，高兴地看到众多老朋友前来目睹他在剧场里的成功。现在他走回家就要像一个罪犯似的埋着头，随时都有被逮捕的危险。

他等在后台的暗处，这样就不必见到演员。他也不想即刻离开，因为不知道会在剧场周围的街道上碰到什么熟人。他和他们都不会知道该说什么才好，他的失败如此惨重，如此众目睽睽。对他的朋友们而言，这一晚将被记入不可言及的记录，他会故意回避自己的名字被提起。时间慢慢过去，他却发觉现在不能这样将演员们弃之不顾。他不能任由自己可怕的冲动想要独自待在黑暗里，想要逃进夜幕中，好像他什么都没写过，像个不足言道的小人物那样走掉。他要去见他们，向他们致谢。他要坚持原定首演成功后的宴席仍然举行。他在昏暗的光线里站起来，做好心理准备，稳住自己，按捺下种种冲动和需求。他握紧拳头，打算出去微笑鞠躬，想到这个夜晚的荣耀全部归功于这些继承伦敦演艺传统的艺人的才具。

第二章　一八九五年二月

自从《盖·多姆维尔》失败后，他想要写作的决心就在跟受挫折和遭耻笑的情绪作战。他意识到，他失败了，过高估计了公众的水准，如今不得不面对这一悲哀的事实：无论他再写什么，都不会畅销，也不会受到好评了。如果他努力一把，大多数时候是能控制自己的念头。他无法控制的是早晨那可怕的苦痛，现在这种苦痛已经延续到了午时，还常常挥之不去。他喜欢奥斯卡·王尔德剧本里的一句台词，那句台词问了这样一个问题：是伦敦人的忧郁造就了雾，还是雾造就了伦敦人的忧郁？他想，当冬天早晨稀薄的阳光穿过窗户，他的忧郁就像是伦敦的雾。不同的是，他的忧郁似乎不会散去，相伴而来的还有一种从未有过的倦怠，萎靡不振的感觉使他既震惊又消沉。

他想，是否在将来某个时候，他会比现在更过时呢？如果他分到的父亲的那部分房产用尽，他每况愈下的处境是否就是公之于众的羞辱？已经到了说钱的地步。钱给灵魂带来甜蜜，金钱就是一种尊严。他去过的所有地方，人和人之间的区分就是对金钱的拥有和把持。金钱给男人一种很好的远程控制力，来控制这个世界，给女人一种立足稳当的感觉，即使人老珠黄，这种内在的光芒也不会被湮没。

很容易就能有这样一种感觉：他注定为极少数人写作，也许是为将来写作，却不收获他现在享有的回报，比如他自己的别墅和漂亮的花园，也不担心会发生什么。做出这种决定，他还拥有他的骄傲，因为他从未妥协，他背痛，眼睛酸痛，就因为一直都在创作一件纯粹的、不完全被功利心所左右的艺术品。

对他的父亲和哥哥来说，也对许多伦敦人来说，市场上的失败也是一种成功，而市场上的成功则是不会被讨论的话题。他这一生从未这样主动追求过大众口碑上的惨败，但他也想让自己的书卖出去，想要在市场上发光，在不以任何方式牺牲他神圣艺术的前提下，把好处尽收囊中。

他是怎样的一种形象对他很重要。不费吹灰之力就能使作品畅销的形象使他高兴，耐得寂寞、无私奉献于崇高艺术的形象使他满足。然而他发现，没有成功是一回事，可鄙的失败又是另一回事。他在剧院的失利人尽皆知，臭名远扬，又如此一目了然，使得他一看到人就心生忐忑，不愿深入伦敦社交圈更广阔的世界里去。他自觉是个从沙场折返的将军，浑身散发着败仗的气味，待在伦敦温暖明亮的房间里，仿佛格格不入，郁郁寡欢。

他认识伦敦军界的人。他在权贵中间谨慎又娴熟地交游时，仔细留心过英国人怎样谈论政治手腕和军人的勇毅。在波特曼广场沃尔斯利勋爵家中，他坐在常见的豪华排场和老战士们中间，常常想，如果他的妹妹爱丽丝和哥哥威廉听到餐后关于帝国战争的激烈言谈，关于军队、进攻和屠杀的热情讨论，他们又会怎么说。爱丽丝是家中最反对帝国主义的一个，她甚至喜欢帕内尔①，希望爱尔兰能自治。威廉也有爱尔兰情结和反英伦倾向。

正如他们所有人一样，沃尔斯利勋爵是个很有教养的人，他温文尔雅，红润的酒窝和锐利的眼风很是迷人。亨利和他们这些人待在一起，因为他们的夫人希望他过去。这些女人喜欢他的风度，他的灰眼睛，还有他的美国出身，但她们最喜欢的是他听人说话的方式，他聆听着每个字，只提相关的问题，以姿态来表示自己听明白了，还对说话人的机智有所回馈。

只要周围没有别的作家，没有人知道他的作品，他就感到轻松。那些餐后围拢来谈论奇闻轶事、交流政治闲话的男人从不会对他感兴趣，正如他也不会对他们说的东西感兴趣一样。女人们正相反，无论她们谈论什么，总是对他青眼有加。他对沃尔斯利夫人最有兴趣，因为她为人聪明，有人情味，又有魅力，还有美国人的气质、风度和品位。她惯于带着惊讶环视房间，一开口就对她的宾客们大表赞许，随后把微笑转向最要好的朋友，悄声说起话来，好像在分享什么秘密。

他得离开伦敦，但又觉得自己在哪里都受不了孤单。他不想谈论他的戏，也不觉得自己还能写作。他认定如果他出门旅行，回来后一切都会不一样了。他的心里充满了种种幻想和主意。他祈祷并希望自己的想象能等同于写下来的文字。如今他相信，这是他全部的需要。

---

① 帕内尔（1846—1891），爱尔兰政治领袖。

他去了爱尔兰，因为那里方便旅行，也因为他觉得那里不会使他神经紧张。不管是新上任的陆军中尉霍顿爵爷——他也认识此人的父亲，或是已经成为爱尔兰女王军队总指挥的沃尔斯利爵爷，都没看过他的戏。他答应在每个人家里都盘桓一周。使他吃惊的是，这些邀请会如此热烈，以致这两家之间还产生摩擦：他在这家待多久，又在那家待多久。直到他进驻都柏林堡，才弄明白这个问题。

爱尔兰动荡不安，女王陛下的统治不仅弹压不了，还让步屈服了。跟国会解释还相对容易些，但跟爱尔兰地主以及地方驻军就不好说话了，他们联合起来抵制都柏林堡社交高峰期的一切社会事件。霍顿爵爷靠的就是把客人们请进来，所以才会这样热心地邀请。

老霍顿爵爷无论风度还是个人习惯都挺随意，特别是到了晚年，喜欢自娱娱人，但他儿子却是个严苛而自命不凡的人。当上陆军中尉后，新的霍顿爵爷找到了真正的幸福。他走起路来大摇大摆，除了他自己，人人都明白如果他态度和蔼，就说明他不在意。他在爱尔兰代表着女王陛下，而他也确实尽其可能地用一切仪式和注意力来行使自己的召集力，他白天巡视、接见、受人行礼，晚上则是舞会和宴席。他监视自己的家人，好像女王就住在这里，随时都会以皇室的尊贵现身。

这个代表王权的小朝廷富丽堂皇，对亨利来说，却只能带来身心疲惫。六天之内就有四场舞会，每晚都有宴席。前来参加的都是官方和军界人士，再加上这种从英国学来的、虽然颇具规模却无聊透顶的二流别墅宴会模式。好在多数客人都从未听说过他，他也不去费力改变这种状况。

“我对您有个建议，”一位英国夫人对他说，“您捏住鼻子，闭上眼睛，如果还有办法塞住耳朵的话最好也塞。从您踏上爱尔兰的那刻起，一直到您走进城堡或总督府或别的什么住处。”

这位夫人志得意满，神采焕发。他真希望他那已过世三年的妹妹爱丽丝，能在这里将她挫败。他知道，爱丽丝过后会准备一番话，写上好几封信来描述这位夫人的假发、牙齿，还有她提高音量发出告诫时嗓音里的喀喇声。夫人冲他露出微笑。

“希望我没有吓着您。您看起来像是受惊了。”

他确实受惊了，因为他已经找到一间小房间，里面有写字桌、纸墨和几本书，他正忙着写一封信。他突然觉得，把这个女人赶出屋子的最好办法就是把她当作一群母鸡，或一群鹅，朝她挥舞双手，发出驱赶声。

“但这里很好，”她接着说，“在去年，舞会是最出彩的活动，比伦敦的任何事情都要好，您知道。”

他目光严峻地盯着她，希望自己是一脸茫然的样子，他不置一词。

“这里还有其他人，”她又开始了，“他们能从他的贵族仪范上学到不少。您知道，我们在伦敦是定期受邀去几处大别墅的。但我们却不认识沃尔斯利爵爷，也不认得他夫人。我们刚来时，霍顿爵爷举办了一个私人晚宴，他很好心地把我们介绍一番，我的座位在他旁边，我的丈夫也是个大好人，钱也很多，如果你不介意我这么说的话，他是个老实人，当然啦，很不走运地被安排在沃尔斯利夫人旁边。”

她停下来喘了口气，进一步提高了愤慨的音调。

“沃尔斯利爵爷肯定在打仗时学过信号系统，他肯定暗中叫她不要理会我的丈夫，他也压根不来理我。他真是够粗鲁的！她也够粗鲁的！霍顿爵爷难堪得不行。我相信，他们，沃尔斯利夫妇是非常、非常粗鲁的一对儿。”

亨利看情形是该结束谈话的时候了，却看到她正在细致地寻找粗鲁的迹象。可是他觉得跟继续听她讲上几分钟相比，粗鲁实在是小事一桩。

“恐怕我得即刻回我房间去。”他说。

“哦，我也要回去了。”她应了一声，却堵在门口。

他朝她走过去时，她也没动。她的脸固定在愤恨的微笑中。

“当然啦，现在我们不会被邀请去皇家疗养院了。我丈夫说，如果有邀请，我们也不去，但我自己很想去看看，据说那里的晚宴真是太棒了，主人的粗鲁除外。年轻的韦伯斯特先生也会去那里。他是下院议员，我丈夫说他前途无量，有朝一日会当上首相。”

她顿了顿，朝他头顶上方看了一会儿，缩了缩脸颊，又继续了。

“我们还不行，我就对我丈夫这么说。但您有很大的优势。您是个美国人，没人知道您父亲是谁，您祖父又是谁。您是谁都可以。”

隔着地毯，他冷冷地站着看她。

“我不是想冒犯您。”她说。

他还是不说话。

“我是说，美国人好像有很好的民主政治。”

“很欢迎您去美国。”他说道，鞠了个躬。

两天后，他离开都柏林堡，穿过城市去基尔迈汉姆的皇家疗养院。他以前见识过爱尔兰，一次是从科克郡的昆斯顿到都柏林，也曾在金斯顿短暂逗留。他喜欢金斯顿，喜欢那里海洋的光彩和静谧井然的感觉。但此次出游却让他想起横跨全国的那次旅行，举目都是令人厌恶的肮脏邋遢。旅途中好多次，他都不确信是不是某幢屋子被部分夷为平地了，还是里面住满了人。所有的东西看起来都像是被毁掉了，或者是部分毁掉了。烟从半朽的烟囱里腾起，从屋子里出来的每个人都会冲着过往马车大呼小叫，只要车子缓下速度，他们就不怀好意地奔过去。他觉得自己没有一刻不在他们怀有仇意和责难的目光注视之下。

在某些方面，都柏林是不同的。下等人和有修养的富人更多地处在一起。但爱尔兰的穷鄙之态还是在城堡大门上显现出来，使他心头沉甸甸的。现在政府的马车正载着他从城堡前往皇家疗养院，他越发注意到了爱尔兰人的阴郁。他想移开视线，但办不到。最后几条街较为狭窄，他无法不留意到那些面孔和楼房的穷酸相，感到随时都会有胡搅蛮缠的妇人和小孩出来把路堵住。若是威廉和他一起来，兄长就会有严厉的话来谴责庭院居然是这样的一派荒芜。

马车开到皇家疗养院大街时，他松了口气，倒是吃惊于宏伟的建筑物，雅致、整齐、端庄的庭院。这就像挣扎过重重深渊，进入了国王的天堂，想到这里，他笑了一下。就连过来迎接、帮他提行李的仆从也不一样了，举止都不同凡响。他觉得应该要他们把门关起来，好让他看不到这个城市的穷酸相，直到他非看不可为止。

他知道这所疗养院是在十七世纪时为老军人修建的，他第一次参观时，就听说有一百五十个老军人住在直通中央广场的长廊两侧，在四周熠熠生辉的建筑物中快活地养老。当沃尔斯利夫人抱歉说他们住得太近时，他对她说，觉得他自己也是一个老军人，或至少也是个正在老去的军人，如果能在这里找到一个床位，他肯定会觉得舒适自在。

他的房间靠近河畔和公园，看起来不像是在疗养院里。早晨他醒得早，草坪上笼着一片白雾。他又睡下了，这次睡得又熟又安稳，却被屋内暗处一阵轻微的脚步声吵醒。

“先生，我拿来了洗漱用的热水，只要您方便，我就往浴盆里放水。”

是一个男人的声音，英国腔调，嗓音柔和，令人安心。

“夫人说，您想在房间里用早餐也行。”

亨利要求立刻洗澡，并在房中用早餐。他寻思着夫人会怎么看待他一直到午餐时间才现身，觉得自己可以拿艺术来作孤僻的特许权。想到上午可以独自和窗外景色以及漂亮的房间待在一起，他就心中欢喜。

他问那个男仆叫什么名字，却发现他根本不是男仆，而是一个陆军下士，他发觉沃尔斯利家有一大帮这种人任他们差遣。他叫哈蒙德，说起话来安安静静，样子平和谨慎。亨利立即感觉到，如果哈蒙德彻底退役，会是一个相当吃香的男仆。

午餐时，话题转到了都柏林堡的事情上，他就知道会这样。

“爱尔兰人一塌糊涂，”沃尔斯利夫人说，“他们不来参加这段时间的活动，应该令人感到欣慰。乏味的主妇们拽着乏味的女儿走来走去，跟所有可能一起吃饭的人吃饭。事实上没人想娶她们的女儿，根本就没人。”

有五个客人是从英国来的，其中两个他略有所知。他发觉他们很安静，面带微笑，当男主人和女主人争相讲笑话时，就禁不住爆出笑声来。

“所以霍顿爵爷，”沃尔斯利夫人又说，“想想看他出身爱尔兰王室，而王室首先要的是臣民，可爱尔兰人都不愿做他的臣民，他就从英国用船装了臣民来，这我相信詹姆斯先生一定很清楚。”

他没说话，并且小心翼翼地没做出任何可能被当作赞成的动作。

“能来的人他都邀请。我们得救救詹姆斯先生。”她丈夫补充说。

他想说霍顿爵爷是个相当不错的男主人，可他意识到自己还是别加入这个话题为好。

“为了弄得喜气洋洋，一切正常，”沃尔斯利夫人继续道，“他举办舞会和宴席。可怜的詹姆斯先生到这里的时候都筋疲力尽了。

上个礼拜，霍顿爵爷邀请我们去他自己的公寓参加晚宴。那未免亲昵得可怕。我被安排在一个非常粗鲁的男人身边，而沃尔斯利爵爷坐在他非常粗鲁的妻子旁边。那丈夫至少还知道不要开口，但他妻子可不那么有教养。当然啦，我们都没在意他们，根本没把他们当回事。”

傍晚他退席时，沃尔斯利夫人陪他走了一条长廊。她说话的语气显示出她想让他对其他客人放心。

“对哈蒙德还满意吗？”她问道，“很抱歉，您刚来的时候他没能在这里见您。”

“他非常好，好极了。”

“是啊，所以我才选了他，”她说，“我觉得他很讨人喜欢，对吧？也很稳重？”

她端详着他。他什么也没说。

“嗯，我想您会应允的。他只服侍您一个人，而且当然是随叫随到的。我想他也觉得能来伺候您是他的荣耀。我跟他说过，我们都死去被遗忘的时候，惟有您才会被记住，您的书会有人读。他说了句很好的话，用他安安静静的悦耳的嗓音说的。他说：‘我会尽一切努力使他在这里住得高兴。’就这么简单！我想他是认真的。”

他们已经走到了台阶下，她的脸仿佛因为刻意奉承而放光了。他朝她温和地一笑，道了晚安。他转身走上第二段台阶时，看到她还站在那里望着他，脸上挂着古怪的笑容。

起居室里，窗帘拉起来了，火也烧着了。哈蒙德很快拿了杯水进来。

“先生，您很晚睡吗？”

“不，我马上就睡。”

哈蒙德个头很高，这会儿脸庞在火光中显得更加窄瘦，线条柔和。他走到窗前，抻直了窗帘，又走到壁炉边，拨了拨火。

“先生，我希望没有打扰您，但这煤实在很差。”他说道，声音很轻。

亨利坐在壁炉旁的安乐椅上。

“没事，你尽管做。”他说。

“先生，您想要您的书吗？”

“我的书？”

“早些时候您在读的书。我能替您取来，先生，它在另一间屋子里。”

哈蒙德棕色的眸子定在他身上，表情友好，略带幽默。他不留胡须。他静静地站在微黄的煤油灯光下，神态自若，仿佛亨利没有回答也在他的预料之中。

“我觉得自己现在不想看书。”亨利缓缓说道，微笑着站了起来。

“我觉得打扰您了，先生。”

“没有的事，请别担心。现在是睡觉的时候了。”

他给了哈蒙德二先令六便士。

“哦，谢谢您，先生，但不必如此。”

“我希望你收下。”他说。

“先生，我很感激。”

次日午餐时间，来了更多客人，占据了沃尔斯利夫妇家中的空房间和走廊。不久，闹哄哄的声音和笑声装满了他们的住处。沃尔斯利夫妇宣布，他们要自己举办舞会，沃尔斯利夫人还补充说，那些在城堡里的人会从这一示范中认识到，在离家那么远的地方应该怎样举办一场合宜的舞会。

有人提到化装舞会，亨利表示反对，说他比较老派，不能化装。晚宴结束后他跟沃尔斯利夫人如是说，她坚持要他穿军装，他一口咬定自己不会穿，这时，一位显然也是刚到的年轻人打断了他们。他热切而自信，而且很明显地对沃尔斯利夫人极有好感。

“詹姆斯先生，”他说，“我妻子希望穿成黛西·米勒①的样子，或许您可以帮助我们设计她的服装。”

“谁都不能是黛西·米勒，”沃尔斯利夫人说，“对夫人们的规定是，我们只能当盖恩斯伯格、洛姆尼，或者乔舒亚②画像里的人。韦伯斯特先生，我能告诉您，我要艳压群芳。”

“好奇怪啊，”那人回应说，“我妻子早上也这么说过。真是奇妙的巧合！”

“谁都不能是黛西·米勒，韦伯斯特先生，”沃尔斯利夫人肃然说，像是生气了，“请记住我丈夫指挥着一支军队，也请记住有

① 黛西·米勒：亨利·詹姆斯的长篇小说《黛西·米勒》中的女主人公。

② 都是英国十八世纪肖像画家的代表人物。

些退役老兵发作起来是相当厉害的。”

后来亨利把沃尔斯利夫人拉到一旁。

“请您告诉我，韦伯斯特先生是谁?”他问道。

“哦，他是个下院议员。沃尔斯利爵爷说，若他不是那样精明，就会平步青云了。他在国会里话太多，沃尔斯利爵爷说他不能这样。他的夫人非常有钱。我想，是做谷类、面粉、还是燕麦的生意。总之是有钱。她有钱，他就能有您想要的一切，除了老成。所以我非常高兴您在这里。或许您可以教他一点。”

虽然哈蒙德一口伦敦音，但他是爱尔兰人，从小就被带到了英国。他似乎喜欢磨磨蹭蹭地做清洁，边做边讲话。他来来去去都会道歉。亨利已经说清楚了，他并不介意他的打扰。

“先生，我喜欢这疗养院，还有老兵。”他说道，声音温柔，“他们大多数还沉浸在战争中，有些人整天在打仗，先生。他们把窗啊门的都想成土耳其人祖鲁人或别的什么，想跟它们叫阵。这里可滑稽了，先生。半是爱尔兰，半是英国，就像我一样。大概这就是我为什么会觉得很亲切吧。”

他的存在始终令人轻松愉快。别看他个头高高的，可行动敏捷，走路轻快。他的双眼从不下视，总是笔直朝前看，使得眼睛的主人也和他的所见平起平坐，一下子就把一切都看进去，领会了。他走来走去时，似乎在沉着地下判断。

“先生，夫人告诉我，我应当读一本您的书。她说它们写得非常棒。先生，我想读一本。”

亨利对哈蒙德说，等他回到伦敦，会给他寄一本来。他会寄到皇家疗养院。

“先生，寄给汤姆·哈蒙德，汤姆·哈蒙德下士。”

每次亨利用完餐，或在庭院中散步后回到房间，哈蒙德总会找个理由来拜访。这些理由通常是很好的。他从不会闲着，也不会发出不必要的声音，但随着时日过去，他渐渐地更加放松了，会站在窗边说说话，问些问题，仔细地听取回答。

“先生，您是从美国来英国的。很多人的走法正相反。您喜欢伦敦吗，先生？您一定喜欢。”

亨利点了点头，说他确实喜欢伦敦，但也说有时候在那里不容易写作，请约和分心的事儿太多。

用餐时，在所有言谈、欢笑和取悦的努力当中，亨利盼望着哈蒙德走进屋子的一刻。他等待的就是这一刻。整个饭局上，沃尔斯利夫人和韦伯斯特先生在唇枪舌剑，而这一刻始终占据着他的心怀。他想到哈蒙德站在起居室的窗外倾听。然而，一旦回到房间，哈蒙德问了几个问题，或者他解释了几句之后，他却又希望安静下来，盼哈蒙德现在就走。

他知道他这一生的所作所为，尤其是他所写的东西，还有他的家庭背景和在伦敦的岁月，对哈蒙德而言都是无可想象的陌生。尽管如此，有时候哈蒙德在他房里，他又觉得跟他亲近，两个人说说话也觉得精神振奋。但接着哈蒙德又开始讲他自己的生活，他的希望，或他的世界观，他们之间又会出现一道鸿沟，把一切都放大了，因为哈蒙德在聊天时没有意识到这点，态度是诚恳和不自觉的，亨利得承认，也是相当无趣的。

“如果大不列颠和美国发生战争，詹姆斯先生，您会忠于哪一方呢？”餐后的谈话中，有一段时间冷场，韦伯斯特就这样问他。

“我会忠于两者之间的和平。”

“如果没法和平呢？”韦伯斯特问。

“我正好知道答案，”沃尔斯利夫人插话说，“詹姆斯先生会弄明白法国站在哪边，然后就参加哪边。”

“但在詹姆斯先生关于阿加莎·格赖斯①的小说里，他的美国人讨厌英国，说了关于我们最难听的话。”韦伯斯特大声说道，如今整张桌子的人都注意过来了。“我想他会举例来回答。”韦伯斯特又说。

亨利的目光越过桌子看着韦伯斯特，对方的脸颊因房间的热度而泛红了，眼睛因支配了餐桌、掌握了谈话的主导权而激动得发亮。

“韦伯斯特先生，”亨利肯定这年轻人已经把话说完，静静地开口道，“我亲眼目睹过一次战争，看到过受伤的人和造成的破坏。我的弟弟差点在美国内战中丧命。他受的伤真是无法形容。韦伯斯特先生，我不会轻言战争。”

“听啊，听啊，”沃尔斯利勋爵说，“说得太好了！”

“我只问了詹姆斯先生一个简单的问题。”韦伯斯特说。

“他也给了您一个非常简单的回答，不过您好像理解有困难。”

① 阿加莎·格赖斯：詹姆斯的小说《现代警告》中的女主人公。

沃尔斯利勋爵说。

沃尔斯利勋爵夫妇在为他们的舞会做准备，询问客人们对安排和各种细节的看法，花大把时间在大厅中监管装修。更多的朋友来了，其中有一个亨利在沃尔斯利夫人家见过几面的女子。她名叫盖纳，先夫曾是部队里的高官。她和她的女儿莫娜同来。莫娜十岁还是十一岁的年纪，是这里惟一的一个小孩，因为她羞答答的，长得漂亮，举止又不造作，赢得了大家的喜爱，常被挂在口边。她走起路来很文静，摆出一副既不多话，也不提要求，高高兴兴的样子，十分讨人喜欢。

舞会前一天，一场强寒流侵袭都柏林，亨利被迫提前结束闲庭散步。他经过沃尔斯利家楼下的一间小房间。沃尔斯利夫人正忙着收拾假发，以便夫人们能在餐前试戴。韦伯斯特先生和她在一起，亨利停在门口，准备和他们说话。他们全神贯注地选择假发，检视着，笑着，传来传去，就像两个正在做好梦的同谋犯。沃尔斯利夫人一定要韦伯斯特戴一顶假发，韦伯斯特却把假发戴到她头上，她一甩头笑起来。他们太沉浸其中了，打扰他们实在不好意思。突然，他看到莫娜这孩子坐在一张安乐椅中。她什么也没做，既不在圆桌旁帮他们，也没有一起谈笑。他俩说笑着，又转向对方，沃尔斯利夫人用手捂着嘴。

莫娜是一幅完美的童女图，但当亨利看着她时，却发现她似乎非常关注眼前的场景。她的目光既不疑惑，也没显出受伤害的样子，但有种感觉，她正带着淡淡的满足和甜蜜之情全神凝视着。

他从门口抽身离去，这时沃尔斯利夫人因韦伯斯特先生的话又发出一阵尖笑。他朝莫娜瞥了最后一眼，看到她正微笑着，仿佛这个笑话是为了逗她开心，她浑身上下都在努力遮掩一个事实：她显然正处于一种她不当处的境地，听着一些她不该听的话和暗示。他回到了自己的房间。

他思考着刚才看到的场面，那对他而言是多么生动啊，就像以前看到过且了然于心的事情。他坐在自己的安乐椅上，任凭自己的头脑勾勒出其他房间和门廊的情景，其他默默的眉目传情以及他自己遥远的位置，他在这一刻中读出了一种极为暧昧的意思。他现在意识到，这就是他在书中一遍遍描写过的东西，从窗口或门口看到的人影，细微的动作传递出更密切的关系，隐藏的东西蓦然间明了。他写过的，但此刻却亲眼看到了，而且还是不能肯定它是什么意思。他又想了一遍，那女孩多纯真啊，而她的纯真对这个画面却至关重要。她似乎什么都能领会，无论是细微之处还是言语暗示。

他抬起目光时，哈蒙德正平静地注视着他。

“先生，我希望没有打扰您。这种天气需要一直照看着火。我尽量不发出声音。”

亨利明白，直到他从回忆中抬起头来的一刹那，哈蒙德一直都在毫不设防地观察着他。现在他为了掩饰，迅速动作起来，像是正要去移开煤桶，没有再说什么。

“你见过那个小女孩莫娜吗？”亨利问他。

“最近，先生？”

“不，我是问自从她来这儿以后。”

“见过，先生，我一直在走廊上碰到她。”

“她独自在这里，一个同龄人也没有，对她来说不习惯吧。她有保姆吗？”

“有的，先生，还有她母亲。”

“那么，她整天都做什么呢？”

“天晓得，先生。”

哈蒙德又在看他了，审视他的目光如此认真，几乎有些失礼。亨利尽可能平静地回视过去。两人之间一片沉默。哈蒙德最后移开视线，显得心事重重，情绪低落。

“先生，我有个莫娜这般大小的妹妹。她很漂亮。”

“在伦敦？”

“是的，先生，她是目前为止最小的一个。她是我们生活中的光明，先生。”

“你看到莫娜，是不是想起了她？”

“我妹妹不会随便闲逛，先生，她是真正的宝贝。”

“当然莫娜也有她奶娘的保护，其实是她母亲护着她吧？”

“我想肯定是这样，先生。”

哈蒙德垂下目光，似乎左右为难，想要说什么，又不能说。他把头转向窗口，沉默下来。光线映着他半边脸，另半边没在阴影中。屋子里静得亨利能听到他的呼吸声。他俩都不动不说话。亨利真希望现在有人能看到他俩，如果有人就像他之前那样站在门口，或者透过窗户朝里张望，他们会以为他俩之间发生了什么重大的事情，他们这般沉默，是因为说了太多。突然，哈蒙德急促地吸了口气，朝他露出个温柔宽厚的笑容，拿起桌子上的碟子就出去了。

那天晚上用餐时，亨利发现自己坐得离沃尔斯利勋爵很近，觉得摆脱了韦伯斯特。他身边的夫人中有一位读过他好多部书，激动万分地说起那些故事结尾和美国人对英国生活的写作。

“您会觉得我们跟美国人相比是相当地失色，”她说，“沃伯顿爵爷的妹妹们在您的小说中是相当失色。伊莎贝尔和黛西·米勒就不失色[①]。假如乔治·艾略特来写美国人，她也会把他们写得相当失色。”她显然很喜欢“相当失色”这个词，一段话里又说了好几遍。

这时候韦伯斯特不得不支配饭局。他把所有的夫人揶揄了一遍，说她们不能或不会或大概不会在舞会上穿什么，又将注意力转向了小说家。

“詹姆斯先生，您在这里的时候，会不会去拜访您的爱尔兰亲戚？”

“不会，韦伯斯特先生，我没有这类计划。”他板着脸冷冷说道。

“为什么呢，詹姆斯先生？多亏爵爷统兵有道，现在路上已经没有劫匪了。我相信夫人会派一辆车任您使用。”

“韦伯斯特先生，我没有想过。”

---

① 伊莎贝尔、沃伯顿爵爷都是《贵妇肖像》中的人物。

“沃尔斯利夫人，那地方叫什么名字？贝利伯勒，对了，卡文郡的贝利伯勒。您会在那里找到詹姆斯家的祖传宅第。”

亨利看到沃尔斯利夫人脸腾地一红，没有看他。他一直盯着她，直到转向沃尔斯利勋爵，轻声开口。

“韦伯斯特先生停不下来了。”他说。

“是啊，到兵营里去服一下役，他的将军做派或许会有所改善。”沃尔斯利勋爵说。

韦伯斯特没有听见这两句话，但他看见了，见这两人彼此心领神会地微笑，他好像被激怒了。

“詹姆斯先生和我，”沃尔斯利勋爵的声音在餐桌上低沉地回响，“一致认为您在让别人听您说话的方面极有天分，韦伯斯特先生。你应该考虑将这天分用在有意义的地方。”

沃尔斯利勋爵看了看他妻子。

“韦伯斯特先生有朝一日会成为杰出的演说家，杰出的国会议员。”沃尔斯利夫人说。

“当他学会沉默的艺术时，他确实会成为非常杰出的演说家，比他目前杰出得多。”沃尔斯利勋爵说。

沃尔斯利勋爵又朝亨利转过身。他们故意不去关心餐桌的另一头。亨利觉得仿佛被什么击中似的，他大吃一惊，表面上像在听沃尔斯利勋爵说话，其实却把全副心神都集中到刚才说过的话上去。

他并不在意韦伯斯特显而易见的忌恨。他希望再也不会见到他，而沃尔斯利勋爵的话则意味着韦伯斯特再也不会在餐桌上提高嗓门说话了。亨利记得，韦伯斯特提到贝利伯勒时，沃尔斯利夫人脸上露出一丝嘲讽。虽然稍纵即逝，他还是看到了，她也知道他看到了。他仍然处于震惊之中，没能分辨这到底是无心之过，还是有意为之。他只知道不是自己引起的。他也知道韦伯斯特和沃尔斯利夫人曾经谈论过他在卡文郡的祖籍。他只是不知他们是如何得知这些情况的。

他希望眼下就可以离开屋子。他朝桌子那头望了一眼，瞥见沃尔斯利夫人正在和旁边的人说话。她似乎已经受到了惩罚，但他想这是否只是因为他希望她如此，才一厢情愿设想出来的。沃尔斯利勋爵讲完了他的某次战役，亨利谨慎地点着头，尽可能地露出微笑。

韦伯斯特起身时，亨利从他脸上看出狼狈之色，他把沃尔斯利勋爵说的沉默的话放在心上了。亨利知道，韦伯斯特也一定知道，沃尔斯利勋爵刚才的话说得相当厉害，像是在军事法庭外发言一般。而且沃尔斯利夫人对韦伯斯特的回护也太快了，她如果没有开口就好了。亨利知道现在要紧的是千万别在回房的路上遇见韦伯斯特和沃尔斯利夫人，他俩都还坐在餐厅里，彼此不理睬，也没有主动参与谈话的意思。

房间内，煤油灯点着，火也烧着。哈蒙德好像知道他会早归。起居室这个样子是最美的，老木制家具，摇颤的阴影，长长的暗色天鹅绒窗帘。他觉得好生奇怪，这些房间他是多么熟悉，又是多么需要它们提供的安宁。

他刚坐到壁炉旁的安乐椅上，哈蒙德就用碟子端来了一杯茶。

“先生，我在走廊上看到您了，您看起来不大好。”

他当时没有看见哈蒙德，心中顿生不快，因为他从餐厅回来的路上被人观察了。

“您的样子像是见了鬼似的，先生。”

“我看到的都是活人。”他说。

“我给您送了茶，我会确保您卧室里的火没有问题。先生，您需要好好地睡一觉。”

亨利没有回答。哈蒙德移来一个小餐桌，把碟子放在上面，开始倒茶。

“先生，您想看书吗？”

“不用，谢谢，我想就坐在这里，喝点茶，然后按你说的去睡觉。”

“先生，您看上去很心烦。您肯定自己不会有事吗？”

“是的，非常感谢。”

“先生，如果您需要的话，我晚上会过来看看。”

哈蒙德朝卧室走去了。他说这句话时回头看了一眼，语气平常，好像没说什么特别的。亨利无法确信自己是否听明白了，也不确定这个提议是否单纯。他只确知自己的怀疑，觉得自己滞住了呼吸。

因为他没有回答，哈蒙德停下脚步转过身，两人目光交接。哈蒙德脸上微露关切之色，但亨利却说不清楚内里隐藏了什么。

“不了，谢谢，我累了，我想会睡得很好。”

“先生，那就好。我去查一下卧室，就不再来打扰您了。”

亨利躺在床上，想着他们住着的屋子，这幢别墅里到处都是门和走廊，充满奇异的嘎吱声和古怪的夜间声响。他想到他的女主人，韦伯斯特先生，还有他嘲弄的腔调。他希望现在就走，收拾行李，搬到城里的旅馆去。但他知道自己不能走，舞会就在明晚，在舞会前离开是失礼的，他会在舞会过后的次日早上离开。

他明白女主人在算计他，觉得受到伤害。他寻思着韦伯斯特说过的话。他从未在沃尔斯利夫人的圈子里对谁提起过卡文郡。这不是秘密，也不是什么羞人事，但韦伯斯特嘲讽的口气弄得这像是件难以启齿的事情一样。那只是他祖父出生的地方，他父亲也去过，但已是将近六十年前了。这对他而言又有什么意义呢？他祖父前往美国寻找自由，但找到的不仅仅是自由。他发了财，金钱改变了一切。亨利想都没有想过卡文郡。

在卧室的黑暗中，他把双手枕在脑后，火光已经黯淡下来。他因自己的期盼而不安了。他前所未有地强烈盼望着，在这个陌生国家的陌生宅子里，会有一个人来抱住他，不说话，也不动作，只是拥抱他，陪伴他。他现在就要，还让自己把这希望说出了口，这下这种需要更靠近了，使得它愈加迫切，也愈加不可能了。

次日上午近午时分，他坐在窗边，望着利菲河上空蔚蓝的天色。天气仍然很冷，他惊讶地看到女孩莫娜正在草坪上，没有人陪着她，她也没戴帽子。他清晨出门散步后，为回到屋里而感到高兴。他看见那女孩伸展双臂，兜着圈子，草坪很大，他用目光寻找她的保姆或母亲，但一个人都不在。

他想，要是别人看到她这样，也会有他这种感觉的。应该有人去救她，草坪这样宽广，周围尽是不受监视的地方。寒冷的三月上午，她独自一人在那儿，没有人保护她，真是可怕啊。她还在草坪中央，小跑一阵，又停下来，顺着她自己开辟出来的路径走。他看到她的大衣敞开着。时间过去了，没有保护人过来带她进去，他想是有人在暗处看护着她，或者正从暗处出来。突然，她停下脚步，呆呆站住了，正面对着他。他看到她冻得发抖。她做了个手势，又摇摇头。他意识到她必定是在和另一扇窗子后的某个人无言地交流，大概不是保姆就是母亲。她不动了，只是独自站在草坪上。

她那漠然、死寂的长久注视引起了他的关注。静默中，她好似受了惊吓，又表示出默许态度，他想不出窗子后看护她的人到底有何用意。

他取下门旁衣架上的外套。他禁不住要亲眼去看看那个景象，打算不经意地绕过转角，刚能看到时就不失时机地朝窗口瞟上一眼。他相信窗口无论站着何人，只要他一出现，就会退走。他想，无论是谁，都会因为这样引导一个小女孩的心思而感到羞愧，这个人应该是在屋内，在楼上的窗边。他走到了边门，一个人也没碰到。

天气更冷了，他绕着宅子步向草坪时，发起抖来。他在拐角处停了一下，突然转了过去，还没来得及查看莫娜是否还在那里，就笔直地朝他那层的窗户望去。没有人站在窗口，没有人如他所想那样缩进暗处。而在他面前，莫娜戴着蓝色的帽子，拉好了外套衣襟，正和保姆在一起。孩子的手被牵着，正朝他走来。他跟她和保姆打了个招呼，很快走过去了。当他转身看她们时，保姆正柔声对孩子说着什么，而莫娜也仰起脸笑，一副心满意足、什么都不需要的样子。他又查看了所有的两层楼窗户，没有人在观望。

他经过大厅时，看到仆人们已经在忙了，铺餐桌，放蜡烛，布置房间。哈蒙德不在其中。

那天早上，他又跟沃尔斯利夫人说了一遍，他不会做任何形式的化装，他既非老爷亦非公子，只是个爬格子的穷人。她对他说，这样他会在舞会上落单的，每位夫人都在做准备，所有的绅士也不会以本来面目出现。

“詹姆斯先生，您的周围都是朋友。”她说。

她说话时顿了一下，略有迟疑，显然不想把下一句话说出口。他目光直直地打量她，看到她几乎尴尬起来，他对她说，他明日一早就走。

“那哈蒙德呢？您不会惦念他吗？”她问道，试图让他们的交谈恢复一种玩笑的口气。

“哈蒙德？”他露出疑惑的神情，“喔，那个男仆。是啊，多谢您了，他非常出色。”

“他一般不苟言笑的，但这整个礼拜他都在微笑。”

“您知道，”亨利说，“我会非常惦念您的大方好客。”

他决定当天晚上不和韦伯斯特交谈，简直就是不想跟他碰面。可是他去往舞会时，刚到楼梯，就遇见了韦伯斯特。他穿了一身在亨利看来甚为荒唐的猎人装，手里挥舞着一个信封，洋溢着让人讨厌的得色。

“我倒是不知道我们还有共同的朋友。”他说。

亨利鞠了个躬。

“今天上午我到处找您，”韦伯斯特说，“想告诉您，我有一封王尔德先生的信，奥斯卡·王尔德先生，他给您捎来了热情的问候。至少他是这么说的，有他在别人就说不上话了。他说他希望自己在这儿，当然他会给一切事情增光添彩的，勋爵夫人可喜欢他了。我知道，爵爷跟他划清了界线。我觉得他不会想要王尔德先生入他的编制。”

韦伯斯特停了一下，就开始下楼，亨利还在前面，他一动不动。

“当然啦，王尔德先生正忙着剧院的事。他告诉我，您的一个戏被撤下来，给他这一季的第二回成功腾出档期，他好像对这种交集非常高兴。他说，您的戏是关于一个修道士的。我夫人说，所有爱尔兰人都是天生的作家，写作对他们来说就是天性。她可崇拜王尔德先生了。”

亨利默默无言。当韦伯斯特静下来似乎是想让他说话时，他又鞠了个躬，示意韦伯斯特下楼，但韦伯斯特没动。

“王尔德先生说，他期盼着在伦敦见到您。他有很多朋友。您认识他的朋友吗？”

“不认识，韦伯斯特先生，我想我没那个福气见过他的朋友。”

“哦，或许您认识他们，却不知道他们是他的朋友。沃尔斯利夫人和我们去看过那个关于欧内斯特的戏①。您一定得和我们去看下一场。我会去跟沃尔斯利夫人说您定会去的。”

韦伯斯特花费比平时更多的力气来逗乐，他也算准了没有谈话间隙可以让亨利告退。显然，他还有话说。

“当然我想艺术家和政治家有一点是共通的。我想，我们都得付出代价，除非我们运气好，又拼命努力。王尔德先生和他夫人在闹矛盾。这段时间他很不好过，这我想您明白的。沃尔斯利夫人告诉我，您没有夫人。那或许是个办法。只要不成为风尚就好，我想。”

他转身对亨利示意，他们现在可以一起下楼。

“可是单身的话，您就会面对各种各样的……我该怎么说呢？各种各样的同情。”

皇家疗养院的大厅沐浴在上千支蜡烛的光辉之中。一支小型管弦乐队在奏乐，侍者们在客人间走动，送上香槟酒。正如沃尔斯利夫人对他所说，餐桌上已经摆好了沃尔斯利勋爵新近继承的银制餐具，是为了这次活动特地从伦敦海运过来的。现在来的只有男士。他知道，没有一位夫人想第一个到，她们都在各自的房间里等待女仆的消息，女仆们则定时从楼梯井张望大厅的情况。

① 即王尔德的名剧《认真的重要性》，或译《不可儿戏》。

霍顿勋爵身着作为女王在爱尔兰代表的全套礼服，他建议沃尔斯利勋爵派一支骑兵冲锋队上去逼夫人们现身。沃尔斯利夫人像是最顽固的一个，曾发誓说她要最后一个进房间。

亨利看着韦伯斯特，他没有一刻不清楚韦伯斯特的行动。他已经受够他了。如果韦伯斯特朝他这个方向冲过来，他会立刻转身走开。这意味着在任何情况下他都不能参与有趣的交谈。

韦伯斯特一直在大笑，在大厅里走来走去，亨利以目光追随着他，接着，他第一次看到了哈蒙德。哈蒙德穿着黑西装、白衬衫，打着黑领结。他的黑发比以前更薄更长了。刚刮过胡子，脸庞越发显得清瘦漂亮。亨利一触到他的目光，就知道自己看他看得太仔细了，他在一瞬间透露的事，比一周透露的还多。哈蒙德似乎并没有受窘，也没有移开视线。他端着个托盘，但没有离开他站立的地方，那是他负责的区域。他不露丝毫情绪地看着亨利，亨利则站在一群人当中，半心半意地听着一则轶闻。亨利把注意力拉回到同伴身上。他一收回视线，就小心翼翼地不再去看。

沃尔斯利勋爵让管弦乐队演奏一小段喇叭，并告诉女仆们说，音乐一起，每位夫人，包括他妻子，都得走出房间，到大厅里来展示自己，接受赞美。不允许任何人留在后面。喇叭声响，绅士们都往后站，大门庄严地开启，二十四位夫人走下房间，全都戴着精致的假发，涂了厚厚的妆容，穿着盖恩斯伯格、瑞诺兹和洛姆尼最漂亮的油画上的服装。绅士们热烈鼓掌，乐队奏起了华尔兹。

沃尔斯利夫人说过，她的化装会艳压群芳，的确没错。她的绸缎连衣裙由孔雀蓝和深红色交织而成，配上巨大的腰带，饰有大量的褶边、纹饰和蓬体。领子开得极低，别的夫人都不敢这样尝试。沃尔斯利夫人没有戴假发，只在自然的头发上加了发卷，真假之间不留痕迹。她脸部和眼睛的化妆技术相当高超，看上去像是没有化妆似的。她请乐队停止演奏，示意客人们朝后站。她的丈夫看来似乎不知道另一边有什么人或者什么东西。大门关了，接着又缓缓打开。

出来的是装扮成委拉斯凯兹①画中公主的莫娜，穿着一条比她大五倍的裙子。她远远地站在门口不动，目光投向远方，完全就像一位高贵得不愿检阅臣民的公主，被自己伟大的角色和目标抽象化了，客人们朝她鼓掌，称她是今晚最成功和最令人惊喜的一位，她微微笑开了。

突然间，亨利被她搞糊涂了。她有着女性的虚荣，又对自己的魅力有着不为所动的警惕。他觉得这孩子早熟得奇怪，而大家的注意又是那么不合时宜，他扫视其他客人的表情，看他们是否和他想的一样，但他们已经各就各位，无心地欢闹起来。

亨利转过身跟左侧的一位夫人说话，他之前没认出她来。她戴着一顶怪异而硕大的红色假发，脸上化了浓妆，更主要的是她没有说话。她一开口，亨利就认出她是都柏林堡中的那位夫人，被沃尔斯利夫妇无视过的那位。

① 委拉斯凯兹（1599—1660），十七世纪西班牙画派的大师，也是西班牙文艺复兴时期杰出的画家。

“詹姆斯先生，”她小声说道，“别问我是否是受邀前来，因为我会告诉你我没有得到邀请。我丈夫不肯跟我讲话，这会儿正在城堡里生闷气。但霍顿勋爵不喜欢粗鲁，坚持要我来，他请其他夫人设计我的服装，让别人认不出我来。”

她环顾四周，看有没有人在旁听。

“我丈夫说你受到邀请才能去，但化装舞会的整个目的就是没有这些规矩。”

他担心旁边的人会听到，打手势提醒她说话小声点。

莫娜是众人的焦点，也是最尊贵的客人。韦伯斯特先生在她旁边不停地吆喝溢美之词和暧昧的恭维话。沃尔斯利夫人坐在她丈夫旁边，正激动兴奋。

哈蒙德走来走去，手里拿着瓶子倒酒。无论多忙，他都好整以暇，从不慌张。亨利觉得，他是那晚大厅里脾性最好的一个。

亨利没有跳舞，如果他跳了，就一定是跟莫娜跳，因为每位男士都这么做了。一支舞结束，又有另一位舞伴等着她。他们跟她调情，当她是个大人，亨利觉得他们是一个接一个地在嘲弄她。他们全然没有想到，她是个经过打扮的小女孩，这时候应该去睡觉了。亨利看到哈蒙德在看她，知道他也许是这屋子里另外一个旁观莫娜的嬉闹却略感不安的人。

大多数时间亨利一个人站着，要么和另一个或另一对男士在一起，看着舞会和渐渐燃短的蜡烛，衣袍和假发越来越显得俗丽，跳舞的人两颊通红，乐队显然也累了。他猛地觉得，这时候他需要的是一个美国人，最好是个波士顿人，这个同胞能够理解，至少也能觉察到这里的陌生感，而这些人似乎都不懂。

这些是在爱尔兰的英国人。这幢宅子是喧嚣和肮脏中的一块绿洲。沃尔斯利夫妇运来了他们的银器，也运来了他们的客人和礼仪。他喜欢沃尔斯利勋爵，不想刻薄地评价他。然而，他希望听到一个美国人的看法，听到从自由、平等、民主的理想上生长出来的看法。许多年来第一次，他感到漂泊在外的深切悲哀，知道他在这里是个孤独的局外人，对冷嘲热讽、细枝末节、风俗礼仪，以及参与进去的道德规范都过度敏感。

他从沉思中回过神来时，看到哈蒙德在他面前，依然是一副不胜同情的模样，他整晚上都是如此。他看起来英俊非凡。亨利从托盘上拿了一杯水，朝他一笑，两人都没有说话。亨利觉得，他们不会再见面了。

大厅的另一头，莫娜坐在韦伯斯特的膝盖上。他握着她的手，摇晃着她。亨利想到他想象中的美国朋友此刻走进房间，看见这谈不上有启迪意义的一幕，他就笑了。他看着他们，韦伯斯特触到他的目光，无所谓地耸了耸肩。

已经很晚了，哈蒙德和仆人们一起收走玻璃杯，擦掉从蜡烛上滴到餐桌和地板上的蜡油。他开始思念哈蒙德平静的脸庞所能给他的喜悦之光。不久，他就会失去它了，这让他觉得自己是个非常陌生的人，什么都比不上他的渴望，一个远离家乡的人，仅仅透过窗户观察这个世界。突然，他离开大厅，飞快地走回自己的房间。

第三章　一八九五年三月

这些年，他对英国人有所了解，并默默地且坚定地把这些了解纳为己用。他看到大家在英国普遍尊重自己的习惯，他们周围的人也就习以为常。他知道有直到中午才起床的人，也知道有每天下午都在椅子上睡觉的人，还有拿牛肉当早餐的人，而且他发现，这些习惯都变成家庭的日常规律，几乎无人会对此说三道四。他的习惯自然是合群的，总体说来也是随和的。他的喜好都很平常，没有什么怪癖。如此对他来说就很方便，向别人解释起来也容易——他不得不拒绝邀约，是因为自己太忙，工作过度，日夜都在忙于创作。他希望，自己作为伦敦大家族座上常客的生涯，到此为止了。

他喜欢早晨灿烂的寂静，明白下午没有约会，晚上也没有活动。他觉得自己已经在独处中发福了，渐渐地，他白天不再有所希冀，最多只有一种迟钝的满足感。有时候，这种迟钝感尤其清晰，还伴随着持续不断的奇怪疼痛，有过一阵后，他总能将它压抑下去。然而大多数时候，他有的却是一种满足的情怀。入夜后，悠闲和静默就在他心中生出快乐来，这不是任何交际、友伴和灯红酒绿能够比拟的。

首演后他又从爱尔兰回返，这些天来，他发现自己能够控制某些回忆带来的悲伤。醒来后，或是在晚上，当悲伤、忧惧到来时，它们就像前来点灯或取走托盘的仆人。这些年来它们训练有素，会自行消失，知道不能久留。

然而，他还是记得《盖·多姆维尔》首演之夜的震惊和羞惭。他告诉自己，记忆会褪色的，就这样告诫着，他努力将所有关于自己失败的念头逐出脑海。

他反而想起钱来了，想那些他已经收到的和将会到账的数额。他也想着旅行，要去哪里，何时出发。他想着写作，构思、人物、明晰的时刻。他控制着这些念头，知道它们就像带着他穿越黑暗的烛光。如果他不用心，它们就会轻易地熄灭，他就又得思考败绩和失落了，这些如果不去应付，就会产生使他绝望和恐惧的想法。

有时他早晨醒得早，当这些念头冒出来，他就知道自己别无选择，只得起床。他行动果决，好似正要冲往某地，好似火车靠站而他已迟到，他相信自己能把它们赶跑。

但他也知道不得不给头脑自由。他依靠的是头脑作品的随意性，如今当一天开始，他就发觉自己陷入一张冥思默想的新网。他寻思着一种想法是如何可以轻易地改变形体，又装扮成别种形态崭新出现。他不知道故事潜伏在距离表面多近的地方。这是一个简单的故事，而且被他朋友本森的父亲处理得更简单了，那人是坎特伯雷的大主教，他的戏失败后，那人曾想请他吃饭。他想讲一个鬼故事，但迟疑了太久，停顿太频繁，既不知道中间部分，也不知道结尾如何，甚至不晓得大致的开头。

亨利一回家，就把这故事写下来。他写在自己的笔记本中："在此处记下坎特伯雷的大主教（在十号礼拜四晚上）在阿丁顿给我讲的故事。只有大致框架，模糊，缺乏细节。这故事讲的是小孩子（不确定人数和年龄），假定他们父母已经故世，他们住在一幢古老的乡间别墅里，由仆人们照料。这些仆人道德败坏，带坏了这些孩子。孩子们品行都不好，个个穷凶极恶。仆人们死后（故事没说明是怎么死的），他们的鬼魂回到别墅里折磨这些孩子。"

他不必为了想起这个故事而去查看笔记，这些事他都记得牢牢的。他想把故事的背景设在纽波特，在礁石边的一幢年代久远的房子里，或者在纽约一幢更新的别墅里。但这些设定都提不起他的兴趣，慢慢地他就放弃了这是个美国家庭的构想。它成了英国人的故事，背景是在过去。最初的情节开展缓慢，他把孩子的数量缩减到了两个，男孩和他的妹妹。

他常想到妹妹爱丽丝的死，她去世已经三年了。他第一次读她的日记，满纸都是有失检点的话。如今他感到孤单了，正如她一生所感到的孤单，他觉得自己像她，虽然他从未得过她那样的症状和疾病，也不像她那样恬淡寡欲和听天由命。

在他最黑暗的时候，当他们的家人去欧洲旅游，又常常毫无缘由地回到美国，他觉得他们俩像被遗弃似的。他们从未完全参与到对事情和地点的热情中去，变成了旁观者和非参与者。他们最年长的哥哥威廉，还有排序在亨利和爱丽丝之间的威尔基和鲍勃，成熟老到，已经为这世界做好了准备，而亨利和爱丽丝却无人保护，什么准备都没有。他成了作家，而她卧病不起。

他还清楚地记得自己第一次感到爱丽丝的惊恐。他们在纽波特遇到了一场大雨，因为太沉浸在谈笑之中，没有留意正在暗下来的天空。她那时候十四还是十五岁，却毫无她的表亲们在那个年纪所拥有的古怪而腼腆的信心。他们平静而小心地走进屋子，和陌生人说话，他们和家人朋友相处时自在随意，这些都是爱丽丝所缺乏的自信。

在那个炎热的夏日，雨下起来了，海上的天空堆聚了紫灰色的阴云。他穿的是薄夹克，但爱丽丝只穿了条夏天的连衣裙，戴了顶质料轻薄的草帽。手头没有遮雨的东西。他俩好几次想躲到灌木丛里去，但雨借风势，下个不停。他脱下夹克衫，举在两人头顶，他们靠在一起默默地慢步朝家走去。他觉得她开心极了，简直就是乐不可支。他从不知道她如此需要别人全心全意的关注、怜悯和保护，无论是来自他，还是来自威廉或父母双亲。那段时间里，他们沿着潮湿的泥沙小路，从海堤走回村里，他觉得妹妹因为跟他靠得近而激动不已。快到家时，看着她满脸放光的高兴样，他第一次感到，她将来的生活会多么困难。

他开始观察起她来。直到现在，他还认为那个威廉要娶她的玩笑只是逗逗她而已，让她笑一笑，让威廉乐一乐，全家都一起开心一下。这也是表演给客人们看的。威廉是最大的孩子，比爱丽丝大六岁。当爱丽丝开始穿起五彩缤纷的裙子来见客，在意起自己对满屋子的大人产生的作用时，那个她要嫁威廉的玩笑就成了惯例。

“噢，她要嫁给威廉的。”凯特姨妈会这样说。如果威廉也在，就会过去挽住她的胳膊，在她脸上亲一口。她则什么也不说，只是眼睁睁看着大家，在他们的笑容和笑声中，她的目光隐含敌意。她父亲会把她举起来抱着。

“哦，不会太久了。”他会说。

亨利想，爱丽丝从不相信她会嫁给威廉。她是个有理性的人，即使十来岁的年纪，心底深处就敏感易怒。但她要嫁威廉的话说了太多遍，而且也没有外人流露出一丝半毫的求亲之意，这个想法已经潜移默化地扎根在她灵魂中寂静之处了。

当他思考着大主教告诉他的那个关于两个弃儿的故事，并试着构思小说时，他发觉自己想的却是妹妹在这个世上谜一般的存在。他回想着种种往事，她非凡的智慧和容易受伤的自然天性已经显现在他们面前。她是他所认识的惟一一个小女孩，如今，当他开始构思一个小女孩时，妹妹不安的灵魂就来了。

他记得一件事，那时爱丽丝应该是十六岁。记得是一次为时长久的晚宴，座上有一两位客人，有人谈起死后的生命，死后与家人重逢，或希望能重逢，或相信能重逢。接着有一个客人，也可能是凯特姨妈，说应该祈祷上帝，在来生遇见所爱的人们。这时候爱丽丝的声音猛地扯了起来，比谁都响，大家都停下来看她。

“人什么都不该祈祷，”她说，“一想到我们还会遇到那些人，我就要发抖。这是对他们圣洁的侵犯。这种个人想法，我是坚决反对的。”

她的口气就像爱默生的姨妈，沉浸在生死哲理的探讨中，为独立思考而自矜。她的家人都清楚，她思维敏捷，机智过人，但她该知道自己要收敛才好，如果她想和同龄少女一样的话。

爱丽丝有朋友，有访客，也会出门。她渐渐学会了与哥哥们的熟人的妹妹们交好。但亨利注意到，当一个年轻男子进入屋子时，她的举止就变了。她无法放松下来，沉默时充满了力量。她会变得多嘴饶舌，说些不着边际模棱两可的话。她身上有种极度兴奋和不安的感觉。他明白这些社交活动会让她筋疲力尽。

甚至家庭聚餐也是对她的考验，鲍勃和威尔基以戏弄她并把她说得哑口无言为乐事。那些年正是他们父亲最忙碌的岁月，他们横渡大西洋去寻找东西，却无人知道找的是什么，这是从他父亲深沉热切的困惑中产生的一种消遣。他们被拖来带去，从一个城市到另一个城市，从旅馆到公寓，从家庭教师到学校。他们说着流利的法语，知道自己会变得疏离。他们五个都和他们那代人分开了，他们比别人知道得更多，也更少。多的是，更了解欧洲城市的富裕和历史，更清楚孤独和迁徙的滋味，更明白孤立无援、自力更生的体验。少的是，对美国的了解，以及他们同时代人编织起来的关系和情感网络。那些年里，他们学会互相依靠，彼此间说话亲密，互相包涵，行动一致。他们就像一个有着老城墙的城池。无论围攻多么厉害，也没有人能打破他们的防守。日渐长大的爱丽丝就陷在了城里。

亨利并不真正记得在巴黎时，萨克雷到他家用餐的事，但他记得萨克雷其他场合的事。有件事被一再讲述，家中的每个人，包括他们那总是谨言慎行的母亲，也相信跟每个来访者说这事是有益无害的。

爱丽丝那时候有八九岁了。她的座位被安排在小说家身侧，亨利知道，这对她来说可不好过。她会对自己做出的每个动作、她的刀叉碰到的每一口食物都紧张兮兮的。进餐时，她会寻思这个大人物对她有何想法。亨利知道，在这种时候，她的脉搏会加速，她想要给人留下印象的企图会很复杂，会变得局促不安，会特别用心努力。

他不记得她那些年里穿过裙衬，但此事的焦点在此。萨克雷向她转过身，仔细打量她的服饰。

“裙衬！”他说，“我真没想到。年纪轻轻就堕落了啊。”

这也许是善意的评价，却给他妹妹带来突如其来的打击。后来的时间，她惟一的感觉就是羞愧难当，好像一个秘密、她隐秘的那部分被曝光了。他记得这句突兀的评价，看到妹妹的不知所措，看到她试着微笑一下。只有亨利知道这有多残酷，但其他几个人把这事在别人——只要是肯听的人——面前炫耀时，他也未加阻止，他们最高兴的时候，就是爱丽丝也在场，听着自己被这个时代最出色的小说家羞辱的时候。

威廉最为年长，也是最坚强的。无论走得多远，事情发生得再突然，似乎都对他毫无影响。在同学中，他很厉害，人缘又好。他确信自己有权参与下一个行动。他喜欢喊叫，喜欢噪音，喜欢大嗓门的伙伴。他喜欢把门摔得砰砰响，喜欢运动。无人注意到他书生气的一面，若不是他开始大胆跟父亲争执，他自己或许也不会注意。他做起那种事来，津津有味，兴致勃勃，才十岁出头，就开始鼓捣文字、词句、想法，就像他之前鼓捣篱笆和修整的草坪一样。

爱丽丝想在威廉面前表现得成熟，像个有阅历的女人，像个十八世纪的法国日记写手。他们母亲有一天说起内德·洛威尔深受豪威尔斯[①]新作中对波士顿描写的影响，爱丽丝显然有话要说，大家都朝她看去，她却开不了口，脸涨得通红。

“啊，可怜的人！”她期期艾艾地说，“如果他这样被一部小说影响，就有人会想他对罗马劫掠[②]是持什么感想，或者说对他妻子的挑逗有什么感受。”

再一次，餐桌静默下来。他们的母亲把椅子朝后一推，像是要站起来。另外几个惊诧地看着爱丽丝。威廉没对她笑。她垂下目光。她误算了时机，他们都明白了，如果放她到外面去，她会给人留下多么古怪的印象。

她的这种形象长留在他心中，她那充满了困惑和私密的内心生活与已经为她计划好了的生活之间的距离，令他琢磨不已。伦敦漫长的冬季渐渐缓和下来，白昼在变长，他什么长篇也不写，只是为短篇做着笔记，试着写了几个开头。妹妹的早逝一直令他挂怀，他一处处地想起她那另类生命的细节，可他一点儿也不希

① 威廉·迪安·豪威尔斯（1837—1920），美国小说家，散文家和编辑。

② 公元410年，西哥特人入侵古罗马，将之洗劫一空，这在文明史上具有重大影响，史称“罗马劫掠”。

望想这些，这只能增加他对昔日不再的感怀。

他还记得，妹妹十八岁还是十九岁时，有一天晚上，他回家来有事要说，不记得是他听过的父亲会感兴趣的一个讲座，还是他发表了什么东西。他兴高采烈地进门，碰到凯特姨妈，她说他妹妹不舒服，他猛吃一惊。

他坐在楼下，听到爱丽丝的哭声。父母都在照料她，凯特姨妈每隔片刻就上楼，在她房间外面团团转，或者跟他们一起照料片刻，接着又下来心急火燎地告知亨利情况。他记不大清姨妈用什么话来形容爱丽丝的不适了。可能是突发疾病，也可能是神经过敏症，但他知道那晚父母轮流过来跟他说话，他注意到他们对眼前困境的亢奋之情。他们神经质的女儿以及她奇怪的毛病赢得了他们的怜悯和关怀。

那晚，楼上房间里她的抽泣声没有低落下去，亨利知道她被抱着、哄着，他也发现，母亲以前只关心千篇一律的家务事，爱丽丝对她不怎么搭理，如今女儿却非常需要她。她下楼来到昏暗的客厅，坐在亨利身边，仿佛因为如此被人需要而产生了一种满足感。

没有什么东西如其表面所示。他为他的小说想出了一个女管家，这个人千娇百媚，聪敏伶俐，又非常称职。他因她新任务的挑战而激动起来了，她负责照顾大主教对他说过的男孩和女孩。他也想到了母亲和凯特姨妈，她们其中一个人提着盏灯，走进他坐着的客厅，两人又焦虑又疲惫。他母亲的嘴紧抿着，但眼睛很亮，双颊发红，两人都坐到他旁边。爱丽丝闷闷的哭声从楼上传来，两个女人坐在椅子上，神色严峻，俨然很有责任感，比他多年来所知的更有生气，也更加投入。

他又想到几年后和爱丽丝以及凯特姨妈在日内瓦的事，那时候谁也不敢对爱丽丝说，也不敢对彼此说，其实她所受的苦几乎就是自找的。他们说她这是心病，她母亲最贴切的形容是爱丽丝得的是真正的歇斯底里症。亨利发觉，她的病是好不了了，因为她看护着自己的病，牢牢抓住了它，好像它是一位客人，而她情不自禁地爱上了它。在他们欧洲旅游的日内瓦行程中，他们在旁观者眼里，甚至有时候在彼此眼里，大概就像一幅画，画中，罕见而有责任感的新英格兰人在欣赏风景，用智慧和敏感的眼睛观察旧世界。兄妹俩和他们的姨妈一起旅行，他们还没有定居下来。他觉得那时候是妹妹最开心、最聪敏，也是最有希望的时候。

他记得，每天下午，他们三人都会去湖边散步。凯特姨妈确信爱丽丝上午已经休息够了。

“地理书上从来就不提，”一次散步时，爱丽丝说道，“湖是会起浪的。整首诗都应该重写。”

“我们应该从哪着手呢？”亨利问。

“我要给威廉写信，”爱丽丝答道，“他会知道的。”

“宝贝，你得每天休息，别写太多信。”凯特姨妈说。

“那还有别的什么办法让他知道呢？”爱丽丝问，“散步比写信更累，这些新鲜空气恐怕都会要我命呢。”

她朝姨妈露出带有优越感的微笑，可亨利觉得，姨妈似乎并不觉得提到死亡很有趣。

“肺喜欢旅馆，”爱丽丝说，“它们渴望旅馆，特别是穿堂和楼梯，还有餐厅和卧室，若是风景好，窗子关上的话。”

“走慢点，宝贝。”凯特姨妈说。

亨利看着爱丽丝试图想说出一句话来逗乐他，惹恼凯特姨妈。他们继续散步，她有一小会满足于她的沉默和他们的陪伴。

“心脏，”她又说起来了，“喜欢漂亮暖和的火车车厢，头脑当然呼唤着一艘远洋班轮了。我一回到旅馆，就把这些告诉威廉，我们得走快些了，姨妈，亲爱的，慢步可是对记忆的诅咒。”

“如果多萝西·华兹华斯让她哥哥知道这些事①，”亨利说，“那么我想，他的诗就会写得更好了。”

“多萝西·华兹华斯不是诗人的妻子吗？”凯特姨妈问。

“不是的，那个是范妮·布劳纳。”爱丽丝说着，朝亨利调皮地一笑。

“走慢点，宝贝。”凯特姨妈又说。

那天傍晚爱丽丝下来吃饭时，亨利发现她精心地着衣梳发了，他知道，如果她长得非常漂亮，如果不仅仅是个小女孩，或者如果想法不那么尖锐，又或者如果童年过得更传统些，可能一切对她来说都会大不一样了。

---

① 指英国诗人威廉·华兹华斯的名诗《水仙》（发表于1807年），该诗写到很多湖畔风景。威廉的妹妹多萝西·华兹华斯也有同题材的日记传世。

“我们能不能周游世界，就我们三人，住在好的旅馆里，只要谁说了什么非常有意思的话，我们就写信回家？”爱丽丝问道，“我们能永远这样吗？”

“不行，我们不能。”凯特姨妈说。

亨利想起，凯特姨妈正是扮演了照顾那两个孤儿的严厉而又慈爱的女管家，亨利听话，善解人意，又依赖人，爱丽丝虽然好发怪论，但也会按要求办事。他们三人在那几个月中都很快活，但谁也没想过爱丽丝回家后会怎么样。

看着他们的人，没有一个会想到精灵古怪的爱丽丝已经油尽灯枯。在他们的陪伴下，爱丽丝渐渐康复，但亨利那时候就知道，他们不可能永远陪着她从一个城市旅行到另一个城市。在那张笑脸和每天上午欢天喜地走下旅馆楼梯来到客厅迎接他们的身影背后，是一片在等待时机一到就浮现出来的黑暗。那时，爱丽丝的厄运已经写入了她存在的方方面面，尽管日内瓦的日子平静而开心，但候在她前头的事情形成了小说的雏形。如今这个故事，他既觉得有趣，又为之困惑。故事说的是一个表面上无忧无虑，充满信心又有责任感的年轻女子，在夜间听到了令人毛骨悚然的声音，看到了窗口可怕的面孔，她白天的幻想变成了晚上的噩梦。

她最糟糕的时候是威廉结婚的前后。她爆发了最严重的精神崩溃，旧疾变本加厉地发作。几年后，在英国，她告诉他，在威廉迎娶那个女人的可怕夏季里，她的一大半已经死了。那女人漂亮、务实，又非常健康，最残酷的是，她的名字也叫爱丽丝。爱丽丝·詹姆斯沉入深海，黑色的水在她头顶聚合。

然而，虽然她有着严重而蓄意的精神疾病，她的精力仍然旺盛得奇怪。她所做的每件事都出人意料，说的每句话都含沙射影，声东击西。母亲死后，家里人以为她会彻底崩溃，把她看得很紧。亨利留在波士顿，想出种种办法来帮助她和父亲。但爱丽丝什么事也没有，她尽可能地变成一个有能力、有责任感、可爱的女儿，心情愉快地照管着家庭生活，和家里人交流，好像是她在撑着这个家似的。他去伦敦之前，有一天看到她站在屋子的门道里送一位访客，她抱着双臂，目光明亮，对客人说以后再来。他看到她温暖的笑容，看着她关上房门却又难过起来。她那时候的点点滴滴，她的姿态、脸上的表情、在门口转身的动作，都是从母亲那里借来的。亨利看到，她正努力成为这个家的女主人。

一年不到，父亲就过世了。他刚下葬，她就不知所措了。她和凯瑟琳·洛林交往甚密，凯瑟琳的才智与她相当，但强壮程度也相当于她的孱弱程度。爱丽丝决定去英国，不让凯特姨妈照料自己，这是种反抗和独立的举动，当然也是对亨利发出的呼救，洛林小姐也陪着她。她又活了八年，但主要是在床上度过的。她常说，这只是等待圆满的空茶壶枯竭了。

他也想起她刚到英国时，他去利物浦接她的事来。他深知她对于目的和偏好的固执程度，也知道她从父亲那里得来相当可观的遗产。这些再加上洛林小姐的帮忙，延误了这次圆满。他决心不去想她会打扰他的清净和离家在外的成果。但他一见到她就吓了一跳，她从船上被抬下来，无助又病弱。他走上前来时，她话都说不出来，只是闭上眼，痛苦地扭转头，以为他要碰她。她显然不应该旅行。洛林小姐和他一起把爱丽丝送去合适的寓所，又找来护士。亨利觉得，她非常依赖他妹妹的病弱状况，正如爱丽丝也一样依仗着她。

她希望洛林小姐不离她的视线。她失去了家人，失去了健康，而现在她的意志和强烈的需要把洛林小姐留在身边。亨利发现，洛林小姐不在的时候，爱丽丝就处于歇斯底里的边缘，而只要她答应会陪在她身边照顾她，她就安静下来，高兴地躺在床上。他写信告诉凯特姨妈和威廉这奇怪的一对人。他想对洛林小姐表达他的感激之情，她的奉献是如此慷慨热忱，但他知道，这种奉献是基于爱丽丝仍然是个病人。他并不高兴她们这种关系，表现方式也不健康。他不喜欢爱丽丝对她忠实的朋友可耻的依赖。有时候，他甚至认为洛林小姐对他妹妹造成伤害，但他也不知道还有谁能给她带来好处，最后他也就对洛林小姐听之任之了。

洛林小姐大多数时间都和爱丽丝待在一起，照料她，容忍她，赞赏她，而之前从未有人这样欣赏过她。爱丽丝擅长表达强烈的看法和病态的言谈，而洛林小姐似乎喜欢听她讲死亡和死亡伴随着的快感，讲爱尔兰人的问题和政府的不公，讲英国生活是多么讨厌。洛林小姐走开时，无论她离开时间多么短暂，爱丽丝都会生气难过，曾经与拥有这个时代最伟大的头脑的父兄坐在一起的她，如今已沦落在一个英国护士的浅薄怜悯之下了。这个护士是洛林小姐雇来的。

亨利尽可能多地去看她，即使在她和洛林小姐搬到了伦敦郊外之后。有时候他带着惊讶和兴趣听她说话。她喜欢精心制造的笑话，一些小事和怪事经过她性格的折腾，就会变得非常好笑。查尔斯·金斯利夫人对她亡夫的爱意是她津津乐道的话题。她用激愤讽刺的语气一遍遍地讲述这事，还没讲完，就要她的客人们同意这很值得重复。

“你们知道吗？”她会这样说，“查尔斯·金斯利夫人沉浸在对丈夫的回忆中了。”

她会停下来，好像这样就足够了，不必再多言了。接着，她摇一摇头，表示她又要发言了。

“你们知道吗，她和他的半身像坐在一起？你们去拜访查尔斯·金斯利夫人，就得拜访她的丈夫。他们都会对你们虎着脸。”

爱丽丝自己做了个怒视的表情，仿佛正在描述一种十足的邪恶。

“还有，”她又说，“查尔斯·金斯利夫人把她亡夫的照片别在她卧榻的鸳鸯枕上！”

她会合上眼，干笑几声。

“哦，希望查尔斯·金斯利夫人晚上睡得安稳！你们能设想还有什么比这更荒唐恶心吗？”

接着是医生。他们的造访和诊断让她既不屑又高兴，甚至当她得知自己得了癌症。医生的一丁点蠢话也会被一连说上几天。她有一天宣布，安德鲁·克拉克先生和他那狰狞的笑容来拜访过了，好像后者是他有名的附属品似的。接着她吸一口气，开讲她的故事，说几年前有个朋友等安德鲁先生来，他到的时候，说是

“死了的安德鲁·克拉克来了[①]。”

“所以等安德鲁先生的时候，我对洛林小姐说，我可以拿钱打赌，过了这些年，他进屋子的时候，还是会说同一句话的。‘听。’我说，门开了，一位气色很好的绅士进来了，脸上挂着狰狞的笑容，那句‘死了的安德鲁·克拉克来了’从他嘴角掉出来，好像他是第一次这么说似的，接着这位安德鲁先生发出一声准备已久的嬉笑，真的是准备了很久的那种。”

她观察着自己死亡的迹象，在末日面前毫不畏惧，但面对其他一切却都恐惧万分。她不喜欢住在楼下的牧师，说起她害怕万一她夜间发病，他会来给她送终，除非有人能阻止他这么做。

“想想看，”她说，“最后一次睁开眼，看到的是那个蝙蝠一样的牧师。”

她说话时，骄傲地盯着远方。

“这会毁了我练习多年的死亡表情。”

她苦笑起来。

“没人保护真可怕啊。”

随着时间的过去，他明白妹妹是不会离开她的床了，他发现洛林小姐也持同一看法。她发誓会陪伴爱丽丝到最后。老是提到“最后”，使他不安起来，有时候他看着她们两个在一起，那永远

① 原意是“迟到的安德鲁·克拉克”，但“迟到”（late）一词在英语中还有“去世”的意思，被爱丽丝故意曲解。

的病人和她的伙伴，兴致高昂，滔滔不绝，他就迫切地想离开她们，不能再留在这里，要回到他好不容易赢得的独处中去。

爱丽丝在英国期间，他写了两部小说，都浸润了妹妹的世界的独特气氛。他理解一个生活在改革年代的女人的难处，一方面是成长的规则，另一方面是改变规则的需要。他还觉得，更难的是一个女人在一个思想自由的家庭中成长的两难，一方面是将自由的想法付之言行，另一方面是处处保持正统和循规蹈矩的形象。当他开始写《波士顿人》时，他毫不困难地想象出两个人为争夺对第三者的控制权的斗争。这种斗争曾短暂出现在他和洛林小姐之间，后来他放弃了，把战场让给了她。另一部小说《卡萨马西马公主》也是在爱丽丝来英国后写的，他写出了她的双重性格，但他起初并没有意识到这点。她一半是公主自己，娇弱，有才，拥有隐藏的力量，刚到伦敦。另一半她应该看得出来：她是罗西·穆尼蒙特，卧病在床，“古怪的卧床不起的小病人”，“矮小、老练、尖刻、脆弱，且喋喋不休的妹妹”，“坚强，灿烂的人，似乎是被病痛磨亮的。”

她读过他所有的作品，对这部新作大加赞赏，却对那个卧病在床并被另两位主角所讨厌的妹妹不置一词。在日记里，她写到了亨利的勤奋和威廉的成功。她写道，这对一个家庭来说，是不错的展示，又补充说，特别是如果我把自己弄死，那就是最艰巨的一桩事了。

于是，到了伦敦之后，她开始急切地迈向死亡。她已经跟死亡周旋了那么久。她告诉亨利，她盼望会得什么可确诊的病，所以对癌症的到来她是觉得如释重负。她只有四十三岁。她做梦看到一艘小船在海上颠簸，在一大团乌云下驶过，她看到了死去的朋友安妮·迪克斯威尔，朋友也回望着她。她准备到她那里去。

亨利和洛林小姐看顾着她，她则渐渐衰弱下去，病痛被吗啡抑制住了。她似乎一点没变，他想她是否会就这么去了，仿佛是在不经意间死去。但她却死得并不轻松。

一天，他走进她的房间，对她的变化大吃一惊。她满脸痛苦，呼吸困难，洛林小姐说她的脉搏虚弱不稳。发烧使她安静下来，她不时地剧烈咳嗽，干呕一阵，精疲力竭地躺下。当她想开口时，咳嗽又会发作，把她弄垮了，她只好不出声。医生说，她这样子是过不了几天了。

他看着她，竭力想要给予安慰。他被她吓坏了，也认为不管她说过什么，她自己必定也被吓坏了。每一刻他都以为她要走了，他等着听她在沉入死亡之前还会再说些什么。

这时候又有了变化。几个钟头之内，似乎所有的病痛和不适都平息了，咳嗽和发热也缓了下来，她脸上垂死的气息却更加浓厚了。她没睡着。他坐在她身边，希望母亲能在这儿对她说些什么，帮她离去，轻松地离开这个世界。他试着想象母亲在房中的样子，他几乎是悄声对她说来这屋子吧，飞到这里来，母亲，用您的温柔帮帮爱丽丝。他想问妹妹是否感觉到母亲的灵魂在房间里。

显然，她不会留太久了，但凯瑟琳·洛林说他不能在凌晨时分留在这里，他也同意说他做不了什么。他打算走了。但正要走时，却看到她又变得不安起来，没法在床上翻身，挣扎着呼吸。接着她喃喃出声，他和洛林小姐彼此飞快地交换了眼色。慢慢地，她用力提高了声音，他们都能清楚地听到她说的话了。

“我受不了再多活一日了，”她说，“我求老天别再让我多活一天。”

这句话帮助他缓缓地走过肯辛顿回到自己的住处。他一直担心当她到了最后一刻，她也许会最为害怕，怕她说的想死之类的话到了最后的日子无非是虚张声势。他觉得心里放下一块石头，妹妹说的话是认真的。他一直看着她，知道若换了他是她，他是会被吓坏的，但她不一样。她毫不畏惧。

夜里，凯瑟琳·洛林对他说，她浅睡过去了。他在她床边开始又一天的守护，想到她的梦境，希望吗啡能使梦变得金光灿灿，带走萦绕在她生活中的所有黑暗和恐惧。他希望她现在是快乐的。但他无法不希望她继续呼吸，无论如何也不想让她走。他看着她在死亡边缘徘徊那么久，没法想象她会死。医生来了，却被要求别再诊治她了，她已经不需要任何医疗帮助了。

对将近五十岁的亨利来说，这是他经历的第一次死亡。母亲和父亲过世的时候，他都不在身边。他曾在母亲的遗体旁坐过，但并未亲见她咽下最后一口气。他在书中写过死亡，但并不了解死亡，等过漫长的一天后，妹妹的呼吸越来越浅，似乎消失了，然后又浮了起来。他寻思着，她的意识中发生了什么，她锋芒毕露的智慧又会如何，接着他感觉到她只剩下一口口的呼吸和微弱的脉搏了。没有意志也没感觉，只有这具正慢慢走向终点的身体。

这使他觉得她更可怜了。

他一直以为死亡之屋是个沉默的地方，寂静而又警觉，但如今他知道屋子里并不静默，因为还有妹妹不断起伏的呼吸声填充在空气之中。她的脉搏忽隐忽现，时而短暂停止，但她还没有死。他想母亲的死是否也是如此。爱丽丝是惟一一个知道的人，也是惟一一个他能问的人。

她的呼吸变得平顺有节奏了，睡眠也安稳了，他站起来触摸她。这个样子持续了一个钟头。她还没有打算要走，他想她现在是谁呢，最后的时间里，存在的是哪一部分的她呢？当她呼吸停止时，他一惊。虽然守护了这么多日日夜夜，他还是没有准备。她又吃力地、浅浅地呼吸了一次。他再次希望母亲能在这里坐在他身边，当爱丽丝最后离开时握着他的手。洛林小姐开始为她的呼吸计时了，她说，每分钟一次。最后一刻到来时，爱丽丝的脸似乎更明净了，有种奇怪的动人感觉。他起身走到窗口，放进一线亮光，再回到床边时，她呼出了最后一口气。房间终于安静了。

他留在她遗体旁，知道平静地躺在死亡之中正是她冀求之事。她的样子美丽而高贵，最初的怀疑过后，他相信，如果她能看到自己等候火化的遗体，她会为自己变成的样子感到冷森的欣慰。她的骨灰会送回美国，安息在剑桥①的父母的墓穴旁，这对他意义重大。他们不会把她埋在英国，不会把她留在远离故土的冬季泥土里，这使他感到安慰。

---

① 指哈佛大学所在的剑桥地区，本书中出现的牛津街也在该地区。

光线变化时，她的遗容也变了。她看起来既老又年轻，筋疲力竭，又极为美丽。她安静地躺着，脸色苍白无力，但面容精致漂亮，他朝她露出微笑。他记得，凯特姨妈给她留下一件披巾和其他尘世之物以表纪念时，她怒火中烧。他和妹妹身后都不会留下子女，他们活着的时候，欠的只是自己。他们没有直系继承人。他们都在婚约、深厚的伴侣关系，以及温暖的爱情之前退缩了。他们从不想要。他觉得他俩都被贬逐，被流放，孤独自守，而他们的兄弟姐妹都成了家，父母相继过世。悲伤而温柔地，他抚摸着她冰冷、平静的双手。

第四章　一八九五年四月

一天傍晚，他正坐着一辆四轮马车辘辘地驶往一席晚宴，突然间有了个想法，要写一篇小说，其中的戏剧性在于一对孤儿兄妹之间离奇而深厚的感情。他没有一下子想出这两人的形象，也没有想到他们身处的环境。他想到的东西模糊不清，不足以写到本子上去。这对兄妹意气相投，又多愁善感，故能领会彼此的感受和冲动。但他们并不是控制对方，而是十分了解对方。他觉得他们是太过了解对方了，就把这一点写到了本子上去，但能说明这点的情节和事件都还没有。也许这已经足够，但他心里始终牵挂着这个困惑的自我。两个人，一种感觉，一种想法，振动着同一根心弦，承受着同样的痛苦。两条生命，却有着近乎合二为一的经历。打个比方，这两人都对父母的过世耿耿于怀，这一不可挽回的失去带给他们的怅惋之情，几乎使他们失去了生活的勇气。

想法常常这样，在不经意间不请自来，常常是在他忙于其他事情的时候浮现出来。这个关于兄妹俩的小说设想紧锣密鼓地发展下去，他几乎都不必写下来了。他忘不了。它鲜明而清晰地存在于他的想象之中。慢慢地，它开始奇怪地与坎特伯雷大主教告诉他的那个鬼故事结合起来了，他也渐渐开始看到一些确乎其凿的东西，仿佛思考它们的过程也像一个鬼魂似的正逐渐地显出形体来。他看到了那对兄妹，被孤零零地抛在某个地方，是一对被遗弃在没有关爱的老宅里的手足，两人使用同一个头脑，同一个灵魂，拥有同等的痛苦，对即将到来的巨大的苦难也同样地没有准备。

故事一旦清晰起来，浮现的情节、各种枝节和可能性将他抬出了失败的阴郁。他开始有信心了，他如今会倍加努力。他又拿起笔，这支笔记录了他所有无法忘却的努力和神圣的奋斗。他相信，现在正是为他此生的事业而努力的时刻。他准备从头开始，满怀雄心地回到小说这门古老而崇高的艺术中去，他的希冀是如此深沉而纯粹，笔墨难以形容。

在午后的闲暇时光，有时他会随意翻阅自己的笔记。一天他看到几行信心百倍的字，几乎笑了出来，那是距今三年不到的时候，他无论白天工作和晚上做梦，都把它装在心里。这几行字就是一连数月恍惚、痛苦、失落的根源，如今他终于走出来了。他勉强自己把它读完：“背景是，他是从前的一个维也纳古老家族（我忘了是哪个了）里的人，出家后，他的家人为了延续香火，几乎强行把他拉出修道院还俗。他是一脉单传的孩子，必须结婚。把这个或别的什么用到当代的背景下。”

他飞快地扫过那串名字，讣告和死亡通知书上鬼魂的名字，人物和地点的名字，这些名字可以漠然伏在他的笔记本里，也可以继续被使用，他能花上一天又一天的时光，赋予它们生命。“比戈——维娜（基督教名）——董瑞（同上）——帕斯摩尔——忒拉福德——诺弗尔——兰思洛特——维纳——比戈瑞夫——胡森——多姆维尔。”最后八个字母①完全是出于无意写在了纸上。他不记得这个名字是从哪里来的，也不记得它之前的那些名字是怎么来的，也不知道为何要用这个名字，而其余名字却留在这里没有使用。这份笔记和这些名字仿佛距今久远，他不由觉得，他的剧本竟有这样一个毫无希望的开端，而被奥斯卡·王尔德的新戏取代之后，结局也同样没有希望。

他觉得，父母的死带来了一种奇怪的轻松感。感觉是那再也不会发生了，他母亲只会躺下安息一次，也只会入土一次。而让人痛不欲生的那一次，已经过去了。父母死了，爱丽丝也走了，他以为再不会有什么能令他动心。但他在剧院里的失败始终是个打击，他本以为自己再不会来体验这种沉重而刻骨的打击了。他不得不承认这和悲恸依稀相似，尽管知道这一承认无异于亵渎。

他知道自己不会再在剧院观众那里受辱了，因为他会照自己立下的誓言，投身于沉默的小说艺术之中。只要他眼下能够写作，他就过着理想的日子，心里充满了独处的欢欣，写完的稿纸上生出无边的喜悦。

他从爱尔兰回来不久，就开始日常的阅读、写信、布置家务，这时他年轻的朋友乔纳森·斯特奇斯就带着新闻上门来了，紧接着，爱德蒙·戈斯也带来了同样的消息。这事跟奥斯卡·王尔德

① “多姆维尔”（Domville）是由八个字母拼成的。

有关。

前几个月，亨利老想着王尔德。他那两个戏还在海马克和圣詹姆斯剧院上演。亨利毫不费力就能算出王尔德赚了多少钱。他给威廉写信说了这事，提到伦敦生活中出现的新现象：王尔德一夜成名，而不是荒谬绝顶；突然成为一个刻苦严肃的人，而不是成为忙于浪费自己和他人时间的人。

但斯特奇斯和戈斯带来的消息，亨利却没有传给威廉，也没有传给任何人。这两位朋友都喜欢打探和传播消息，他让他们都觉得自己才是第一个来讲的人，这半是因为他不确定他是否想让他们知道奥斯卡·王尔德的丑事值得在他家大肆宣扬。

其实在亨利去爱尔兰之前，就听说王尔德已经抛弃所有的掩饰。他在伦敦随心所欲做他喜欢的事，也随心所欲告诉他爱告诉的人。他到处炫耀钱财、新近的成功和名声，也炫耀昆斯拜瑞侯爵的儿子。在戈斯看来，那个少年和他父亲一样让人极为讨厌，但斯特奇斯不得不承认说，他相貌确实比他父亲漂亮多了。

亨利心想，他这两位访客传过来的话，早已人尽皆知。他知道王尔德和昆斯拜瑞的儿子的关系无人不知，但斯特奇斯和戈斯好像觉得只有他们和其他少数几人才知道内情，他们强调这些内情相当骇人听闻，压低了声音才能勉强说出口。亨利静静地看着他们，给他们叫了茶，认真地听他们精妙的措辞，但这些措辞，客气地说，并不怎么精妙。戈斯的说法是街头少年，但斯特奇斯低声说了句更有趣的话：没有固定住处的年轻人。

“他就像叫车子一样把他们叫来。”戈斯最后把话说清楚了。

“给钱吗？”亨利毫不知情地问道。

戈斯庄重地点头，亨利忍俊不禁，但也摆出一副庄重的模样。

他并没有觉得此事古怪或震惊。自从亨利第一次见到王尔德的那刻起，自从他在华盛顿的克洛弗·亚当斯家遇见他以来，和王尔德相关的所有事，就蕴有深意，藏有内情。若是戈斯或斯特奇斯告诉他，王尔德每晚穿成牧师老婆的样子，出去施舍穷人，他才会大吃一惊。他模模糊糊地记得别人告诉过他的事，是关于王尔德的父母，他母亲是发了疯，还是有革命精神，或者两者皆备，他父亲是个浪荡子，大概也有革命精神。他觉得，爱尔兰这个地方对王尔德这样的人来说太小了，但他身上一直有爱尔兰的征兆。即使伦敦也容不下他的两部戏和一时的蜚短流长。

“王尔德的夫人在哪里？”他问戈斯。

“在家里等他，到处是没有付清的账单，还有两个小儿子。”

亨利想不出王尔德夫人的样子，觉得自己从未见过她。他甚至不清楚，她是否是爱尔兰人，这点戈斯也不知道。但戈斯肯定地说，那两个男孩长得像天使一样，这使他猛然一震。他一想到有两个儿子在等着他们那不像话的父亲回家，就很庆幸他并不知道他们的名字。他想他们不了解自己父亲的名声，但父亲离开后，他们就会慢慢得知他的形象，希望他别回来。

尽管闲话中他觉得自己对王尔德有了一定了解，但戈斯告诉他，王尔德在法庭控告昆斯拜瑞侯爵骂他鸡奸时，他还是倒吸口气，在屋子里默默走动。

“他似乎都不该把这词给说出来。”戈斯说。

"我想，说话从来不是他的撒手锏。"亨利站在窗边朝外瞧，仿佛在等王尔德或者侯爵在下面的街道出现似的。

戈斯屡次暗示说他的消息是从最高层来的，也最为可靠。他隐约提到他正与内阁成员，还是首相办公室的人在交往，还有几次则确定地说是威尔士亲王身边的消息人士。斯特奇斯则相反，明说他所知的一切都是从俱乐部里听来的，或者就是几次和消息人士偶遇时才知道的，但对方也未必足可信赖。在那纷纷扰扰的几周里，戈斯和斯特奇斯从未同时造访，亨利心想，他们俩带来的消息一模一样，倒也是一桩好事。

戈斯每天必至，斯特奇斯则只在有新闻时才来，但法院一开庭，他也换成每天都来了。谈话间总有添油加醋和最新的细枝末叶。戈斯碰到了萧伯纳，萧伯纳告诉他自己与王尔德会面的事以及劝他不要起诉昆斯拜瑞侯爵。萧伯纳说，王尔德也认为此事并不明智，眼看一切都已平息，阿尔弗雷德·道格拉斯爵爷却来了，火冒三丈地要脾气——萧伯纳如是形容，要王尔德控告他父亲，攻击那些提出警告的人，死活要王尔德立即跟他走。萧伯纳说，道格拉斯的脸被怒火烧得通红，真是一个被惯坏了的公子。奇怪的是，王尔德似乎彻底屈服于他的淫威之下，跟他走了，好像对他惟命是从。他在那年轻人愤怒的烈焰下融化了。

斯特奇斯是第一个来告知昆斯拜瑞侯爵有打算呈堂的讼词。

"我听说，他有证人。证人会把细节全说出来的。"

亨利看了看斯特奇斯年轻的脸庞和瞪大眼睛的表情。他想拍拍他肩膀，告诉他，他很想听到细节，所有的细节，一出来就想听到，他什么都不想错过。

如今亨利的日子里装满了王尔德的事情。他读的是关于此案的印刷品，等的是这方面的消息。他写信告诉威廉这桩案子，明白地说他对王尔德并无敬意，既不喜欢他的作品，也不喜欢他在伦敦社交舞台上的作为。他强调说，他从未对王尔德感兴趣，但现在王尔德不顾一切地似乎打算当一个公众烈士，他开始对这位爱尔兰剧作家兴趣大增了。

“我听说了最重要的新闻。”戈斯还没来得及坐下就说了，还像站在甲板上一样晃来晃去。

“我相信道格拉斯的父亲会叫来一帮子无赖。我听说，年轻无知的少年会提供对王尔德不利的证据，而且这些证据都是无可反驳的。”

亨利知道不必提问。他也不知该如何问要问的事。

“我看到了证人的名字，”戈斯抑扬顿挫地说，“包括一堆可怜虫。好像王尔德和可怜虫、小偷小摸和敲诈勒索的人搞在一起。那时候价钱肯定低廉，但现在他可得付出高昂代价了。”

“道格拉斯呢？”亨利说。

“我听说他已经深陷其中了。但王尔德希望他不要搅进来。好像王尔德跟他那些肮脏的小骚货完事之后，就把他们塞给道格拉斯，天晓得还会给别的什么人呢。租用那些少年的人好像有一串呢。”

亨利发觉戈斯在看着他，等他的反应。

“真是糟糕的交易。”他说。

“是啊，一串人。”戈斯说道，仿佛亨利没有开口似的。

斯特奇斯和戈斯都没有去旁听审判，但似乎都对那场交锋知之甚详。他们说，王尔德自信且傲慢。斯特奇斯说，他说起话来，一点不留后路。他幽默诙谐，故弄玄虚，大大咧咧，目中无人。一天傍晚，戈斯从他往常的消息渠道探知王尔德已经离开了，但次日又证明他压根没走，戈斯对此一字不提。然而亨利的两位消息人士都肯定地说他会去法国，也都知道那些会作证的少年的名字，而且说得言之凿凿，详加描述每个人的品性容貌。

审判的第三天，亨利注意到戈斯和斯特奇斯的语气里都带上了前所未有的紧张感。他们前一晚都在分头讨论此事，睡得很迟，一直等到他们知道王尔德已经上了法庭，才带着新消息前来。戈斯说，他昨夜有段时间和诗人叶芝在一起，叶芝在那帮人里，是惟一一个为王尔德说好话的，尽说他勇气可嘉。戈斯说，诗人抨击世人太伪善。

“我倒是不知道，”他又说，“公众也卷入这张网里去了，我也是这么跟叶芝说的。”

“他认识王尔德吗？”亨利问。

“他们都是爱尔兰人。”戈斯说。

“他跟他熟吗？”亨利又问。

“他跟我说过一桩不寻常的事，”戈斯说，“他告诉我，他与王尔德共度过一次圣诞节。他说，那屋子比任何人的形容都更为漂亮，所有的东西都是白色的，到处都是奇特和美丽的物品。他说，那些东西里最主要的一件，就是王尔德夫人自己了，她聪明美貌，叶芝就是这么说的。他还说，那两个男孩，长着一头鬈发，就像纯真甜美的肖像画一般，模样真是一流了。他说，一切都是一流的，一个无限完美的家庭，不仅品味高雅，还充满温馨、美和爱。”

“显然还不够呢，”亨利冷冷地说，“要么是太多了。”

“叶芝想去拜访他，”戈斯说，“我祝他好运。”

亨利有一次转述了戈斯告诉他的话，斯特奇斯听得很仔细。

“很显然，”斯特奇斯说，“波西[①]是他一生所爱。他会为他抛弃一切。王尔德找到了他此生所爱。”

“那么他为何不能带他去法国呢？”亨利问道，“这类人在那里会被视为正常的。”

“他可能还是会去法国的。”斯特奇斯说。

“但他事实上还没去，这可说不通。”亨利说。

“我想我知道他为何还没走，”斯特奇斯说，“我跟认识他的人就这件事讨论过很久，或者至少我觉得他们是认识他的，我想我大概知道原因。”

“拜托你快说吧。”亨利说道，坐到了窗边的椅子上。

“在短短一个月里，”斯特奇斯缓缓开口，像是在考虑下一句话，“他坐在看他两个戏的观众里面，亲眼见证了自己的成功，看到大家都在夸赞他，他的名字用大号字挂在外面。对任何人来说，

① 波西是道格拉斯的别称。

都会心绪难平的。最近有书出版，或者有戏上演的人不该作出决断。”

亨利一言不发。

“这段时间，”斯特奇斯继续说，“他还去了阿尔及利亚，你想象一下，他在那里活动的情况传过来了一些。无论他，还是道格拉斯，好像都对在当地土著中间扬名立万毫不羞涩，这种激动之情能让王尔德乱了心，也让那些土著炸了锅，如果没有对其他人造成影响的话。”

“我想象得出。”亨利说。

“他一回来，就无家可归了，他住在旅馆里。他也没钱了。”

“情况不是这样，”亨利说，“我算过他从剧院里赚的钱。数额非常高。”

“波西帮他花掉了，”斯特奇斯回答道，“他还有债要还。我相信他的钱不够付旅馆费的，店主已经扣了他的行李之类。”

“这也不能阻止他去法国，”亨利说，“他能去那里弄行李，说不定还会弄到更好的行李。”

“他已经失了主心骨，失了判断力，”斯特奇斯说，“他没法作出决断了。成功、爱情和旅馆房间对他来说太重要了。而且，他也相信这对爱尔兰会是个打击，但我觉得这毫无意义。”

审判一结束，戈斯就很清楚，王尔德如果不逃走就会被捕。戈斯说，警方知道他在哪里，随着时间的过去，他以有伤风化甚至更糟糕的罪名被捕的可能性越来越大，证人都是从伦敦的下水道里钻出来的。

“我说过，有个名单，城里很恐慌，政府那边决心很大，权威人士跟我说，这种严重有伤风化罪定要加以制裁。我怕还会逮捕其他人。我听说了几个名字。太让人震惊了。”

亨利打量着戈斯，注意听他的语调。突然之间，他的老友成了制裁有伤风化罪的强烈支持者了。他希望房间里有个法国人，好让他冷静下来，他的朋友显然跟自以为是的英国公众携手了。他想告诫他，这对他的文章风格并无助益。

“说不定独自关押一段时间对王尔德有好处，”亨利说，“但牺牲者可不是这样。没人希望别人发生这种事。”

“很明显，内阁讨论过这个名单，”戈斯接着说，“警方好像已经讯问过一些人，许多人被劝说去海峡那头。我相信我们说话的时候，很多人就在过海峡了。”

“是的，”亨利说，“除了道德氛围，我想他们会发现那里的食物好多了。”

“谁受到怀疑还不清楚，但有不少谣言和暗示。”戈斯又说。

亨利发觉戈斯在观察他。

“我想，只要是妥协了的人，都应该尽快出门旅行。伦敦是个大城市，很多事情都可以暗暗地悄悄地进行，但现在这个秘密已经被破坏了。”

亨利起身走到两扇窗之间的书柜旁，看起书来。

“我想如果你，如果可能……”戈斯开口说。

“别，”亨利蓦地转身，“你别去想。没什么好想的。”

“好吧，这就松口气了，如果我能这么说的话。”戈斯静静地说道，站了起来。

“你来这里就是问这个？”亨利直直地盯着戈斯，他含有敌意的注视让戈斯无从回答。

王尔德审讯期间，斯特奇斯继续来访。王尔德被羁押后，一切去法国的可能都没了。

“我听说，他母亲可高兴着呢，”斯特奇斯说，“她坚信他给帝国带来沉重一击。”

“很难想象他有母亲。”亨利说。

那几周里，亨利问他的两位客人，也问别的遇到的人，可知道任何关于王尔德那两个金发小孩的事情，他们的姓氏会永远让他们丢脸了。带来消息的是戈斯。

“虽然他破产了，他妻子还没有。她有自己的私房钱，据我所知，她已经移居瑞士了。她还改了自己的姓和儿子的姓。他们不再姓父亲的那个姓了。”

“审判之前，她知道她丈夫的那些事吗？”亨利问。

“不知道，我觉得她不知道。这对她来说是个沉重的打击。”

“孩子们知道吗？”

“这我不知道。我没听说过。”戈斯说。

好几天，他都挂念着他们，警惕的、漂亮的小家伙待在一个他们一句话都听不懂的乡村里，隐姓埋名，他们的父亲犯下了黑暗的不可言喻的罪行。他想象他们在某幢瑞士塔楼式公寓里，住得很高，望出去就是湖，他们的保姆不肯跟他们说为什么要长途跋涉来此，为何这里这么寂静，他们的母亲为何离他们远远的，又突然走近来，好似他们有了危险。他想到，他们几乎不必对彼此说周围的魔鬼，他们的新名，与世隔绝的状态，还有他俩独自待在这些冷冰冰的屋子里忐忑不安的心情，好像在等着什么大难降临似的。他们的父亲是鬼魂般的记忆，他们爬上楼梯时，他就站在昏暗的光秃秃的楼梯平台上朝他们微笑，在阴影中朝他们挥手。

当王尔德被判了刑，关于伦敦黑暗的地下世界的流言蜚语也渐渐沉默，亨利和爱德蒙·戈斯的关系恢复如初，戈斯也回归了以前的样子。王尔德一关进去，戈斯说起话来就不再像一个上院议员了。

一天下午，他们在亨利的书房中品茶，他们的一个老话题，也是亨利常常牵挂的事，被提了起来。话题是约翰·艾丁顿·西蒙斯，戈斯的朋友和联系人，他两年前死了。亨利说，在所有人当中，每时每刻都被王尔德的案子吸引的，约艾西——他是这么叫他的——肯定是其中最有兴致的一个。他会差点就因此回英国的。

“他会讨厌王尔德的，当然咯，”戈斯说，“又粗俗，又下作。”

“是啊，”亨利耐着性子说，“但他会去关注那些公开了的事情。”

西蒙斯之前主要住在意大利，他写那里的风景、艺术和建筑，笔触极具感官性，更或许是过于感官了。他成了意大利光与色的品鉴家，但他还擅长另一桩更为危险的事情，就是被他称为希腊伦理学的问题——男人之间的爱情。

早在十年前，亨利和戈斯说起西蒙斯来，就像谈论审讯中的王尔德那样津津乐道。当时戈斯在权力层的活动还没这么游刃有余，这些对西蒙斯的看法，只是私下里说说而已，这点两人都心照不宣，然而年月流逝，这种默契也渐渐淡了。

十九世纪八十年代，西蒙斯从意大利写来的文字里毫不掩饰他的倾向。他用直率的笔调给所有的朋友和不是朋友的人写信。英国只要是他觉得会与他挑起辩论的人，他就把书寄过去。很多收到书的人都怒不可遏，尴尬不已。西蒙斯想让这事见光，公开讨论，当时亨利对戈斯说，这说明他在意大利的阳光下沐浴了很多年，已经很久没回英国了。戈斯感兴趣的是公众生活，想要讨论一下西蒙斯呼吁立法或者公众态度的意义。亨利却被西蒙斯本人吸引了。那时候亨利收到几封西蒙斯写来的关于意大利的信，几年前又碰巧与西蒙斯的夫人在晚宴上同坐在一起。他记得她总是沉默不语，十分无趣，他想不起他对她的情况表示兴趣时，她可曾有过一言半语。

当戈斯继续跟他说西蒙斯的时候，亨利却岔开去想她了，将她视为一个观点坚定、态度坚决的人，他的想象力开始作用在西蒙斯夫人身上，好像他是个肖像画家似的。戈斯说，她对她丈夫写的东西毫无共鸣，也不赞同他描写意大利的腔调，他那过分唯美的姿态把她吓倒了，于是他对男同性恋的一心关注，她也厌恨起来。戈斯说，她本来是一个狭隘，冷漠，恪守加尔文主义的人，她追寻道德目的和其夫追寻崇高美的变态程度不分上下。戈斯说，他们彼此让对方变本加厉，所以后来西蒙斯夫人越来越追求忏悔，而她丈夫越来越渴望古希腊式的爱情。

戈斯漫不经心地说着西蒙斯夫妇，没有发觉亨利听进去了。故事来得这样快，这样容易，以至亨利都来不及告诉戈斯。他开始构思了。

如果这对夫妇有个孩子——男孩，易受影响，聪明，对环境很敏感，父母相当爱他——又会如何呢？如果这孩子接受教育呢？这孩子又是怎么被教导人生观？他听戈斯说着，问了些问题，从回答中开始构织他的小说。随后冒出来几个最初的想法，父母俩一个想要孩子去侍奉教堂，另一个，也就是父亲，则要孩子成为艺术家。但这太过刻板，他便放弃了描写父母对待儿子这一宏伟构想。改了想法后，母亲只想拯救儿子的灵魂，为了达此目的，她必须保护他不受其父文章的影响。

他起先寻思着是否应该把孩子写成懵懂顽童不学无术，远远辜负母亲的希望和父亲的宏愿。但当他撇开戈斯的谈话，独自构思时，他决定只写这个男孩，再把小说的时间跨度缩短，弄得更有戏剧色彩。他还会引入一个旁观者，是个美国人，他欣赏那个父亲的作品，也是少数几个看出父亲真正才华的人。那个父亲，他想，可以是诗人或小说家，也可以两者皆是。美国人受到热情的款待，跟这家人近距离接触了几周，这几周中，孩子患病死去。

美国人明白一些父亲不明白的事——那天夜里，孩子卧病在床，母亲暗暗想着他最好死了算了，她看着他衰弱下去，握着他的手，但什么也不做，无比温柔地让他死去了。美国人没有把这事告诉他所崇敬的作者。

戈斯走后，亨利花了一个晚上写下了故事的框架，接着每天都不停地写。他知道这篇小说的格调会极为纤敏，甚至可能会过于阴郁和矫揉。但他喜欢上了这个故事，他想他会要试一试，因为这个关于腐化、清教主义和纯真的大体构思，相当有意思，也切合某种当下的环境。

他记得戈斯被《英国画报》杂志上的那篇小说吓了一跳。他说，大多数人会看出那是西蒙斯夫妇，没看出来的人会以为写的是罗伯特·路易斯·史蒂文森。亨利对他说，这篇小说已经写成发表了，他压根就不去想谁对号入座，谁又看出了谁。戈斯还是紧张不安，因为知道自己也出了不少力。他坚持说，用真人真事写小说是不老实的，奇怪的，还多少说得上阴险。亨利不听他的。为了报复，戈斯开始拒绝提供给他大堆的谈资。但过不了多久，他的朋友就忘怀了他反对过将小说艺术当作对真实的廉价剽窃，又开始把自从上次分手后听来的事一一说给亨利听。

斯特奇斯告诉亨利，王尔德的妻子离开瑞士去跟她狱中的丈夫私下会面，告知他他母亲去世的消息，亨利再次思考起在两股相反的力量下生活的孩子的命运。他想到他和威廉在日内瓦埃居旅馆窗口的情形，当时他十二岁，威廉十三岁，他们在瑞士的日子对他来说是永无止境的痛楚：绵绵不绝的苦闷，邋遢的街道，年久发黑的院子和小巷。他想象着奥斯卡·王尔德的两个儿子，他们改名换姓，前途不定，母亲离开时，他们正在窗口眺望。他想，现在到了夜里，他们最害怕的是什么。两个吓坏了的孩子待在一个不易居住的城市中，那里的阴影陡峻、昏沉，他们有点晓得母亲为何把他们丢给用人看管，他们被无可言喻的恐惧折磨着，几乎已经不记得、也不知道他们那坐牢的坏父亲。

第五章　一八九六年五月

他的手疼。如果他只是用它写字，老老实实地握着笔写，那么丝毫不会觉得不适，但一停下来，凡是需要动手时，比如转动门把手或者刮脸，从手腕一路到小指的骨头就会发出磨人的疼痛。如今拿起一张纸也成了轻度的折磨。他想这是否是神明的旨意，要他不停地写，一直挥笔。

每年夏季到来时，他总有挥之不去的忧虑，最后就会变成恐慌。随着越洋旅行越来越容易，旅途越来越舒适，这事也更为流行了。光阴荏苒，他在美国的许多堂表亲似乎攀上了更多的堂表亲，而他的朋友也找到了更多的朋友。他们到了伦敦，都想去逛逛伦敦塔、西敏寺和国家美术馆，而这些年已经成为当地名人的他，也是必须拜访的对象。当傍晚开始变长，燕子从南方归来，信件就接踵而至，他把那些介绍信看作游客自己写来的决心书，若是他们没有来拜访这位著名作家，没有来跟他促膝谈心，听听他的意见，那么他们的首都之行就黯然失色了。他们信中暗示说——事实上，他们常常坚持不懈，苦苦哀求——若他将他们拒之门外，那么他们付出的钱可就不划算了，世纪将尽时，他发现这点对他的同胞的意义是越来越重大了。

他记得去年在笔记本里写过什么，打那时起，那幅景象就在他心里了。乔纳森·斯特奇斯跟他说过，他在巴黎与年近花甲的威廉·迪安·豪威尔斯会过一面，豪威尔斯对斯特奇斯说，他对这城市不熟，一切对他来说都是新的，每种感觉都很新奇。豪威尔斯面露悲伤，心有所思，似乎在说这对人到黄昏的他而言一切为时已晚，他除了享受这些感觉、遗憾它们怎不在他年轻时到来外，别无他法。接着，回应着斯特奇斯的话，豪威尔斯把手搁到他肩上说："哦，你还年轻，要为此高兴啊，尽你可能地去生活，否则就是犯错。你做什么并不要紧，要紧的是生活。"斯特奇斯把对话一五一十地复述出来，表现出奇怪而伤感的吸引力，突然就有了种戏剧性，仿佛豪威尔斯是头一次说实话似的。

亨利和豪威尔斯认识三十年了，常与他通信。每次豪威尔斯来伦敦，都表现得很自在，像是个游历甚广的大都市绅士。亨利听到他对巴黎的说法，不禁诧异，斯特奇斯从他那里得来的印象是，他压根就没有生活过，如今想要开始也太晚了。

亨利希望伦敦让他的美国客人能和豪威尔斯一样说出心里话。他希望客人们会渐渐感知敬畏或后悔，或者让他们前所未有地懂得这个世界和他们在世界中的位置。然而他们对他说，也对彼此说，美国也有塔楼，而与伦敦塔比较，他们的垂直建筑在形体上——如果不算其他方面的话——更为美观。另外，他们的查尔斯河比泰晤士河起的作用更好。

尽管如此，每到夏季来临，从他的访客们的眼中看伦敦就会让他兴致盎然，他把自己想象成他们，第一次见到伦敦，正如他想象着自己去到意大利，或者回返美国时过的那种生活。一辆新电车，乃至是一幢单个的建筑物，都会使他不住地想，假如他留在波士顿，或者生活在罗马、佛罗伦萨，他会是什么样的人，现在又是怎样。

对孩提时期的他和威廉来说，也许甚至对威尔基、鲍勃，还有或许是对爱丽丝来说，从巴黎到布洛涅①，从布洛涅回伦敦，从欧洲回美国跟他们父亲的不安和激动的心绪相比，从来就不算什么。他们知道父亲的心态，却从不曾理解。才找到的避难所过不多久又被摧毁，或者正如整个童年时代他家的作为，刚刚抵达一处不合宜的居所，也不知道过了几时，父亲就会宣布说他们马上又要离开，这种状况使他渴望安稳和久居。他不知道为何他家会从巴黎搬到布洛涅。当时他一定有十二三岁了，好像正发生着一场股市危机，还是一批租赁人无法支付租金的风波，或是出现一封关于股息的警告信。

他们住在布洛涅的时日里，亨利和父亲一起在海边散步。有一个初夏的日子，风平浪静，极目是大片的沙滩和一望无际的海面。他们去了一家咖啡馆，那家有着明亮的巨幅玻璃窗，地上洒着糠粒，亨利觉得像是马戏团一样有趣。店里很空，有一个正在剔牙、面部表情极度扭曲的老绅士，而亨利感兴趣的是另一位把他的牛油卷浸泡在咖啡里的绅士，稍隔片刻，他就把牛油卷丢入鼻子和下颌之间。亨利还不想走，但父亲想去海边进行每日例行的散步，于是他只好放弃观看法国人进食习惯的乐趣。

① 布洛涅，全名滨海布洛涅（Boulogne-sur-Mer），法国北部港口城市。

他们走路的时候，父亲定是说话了。然而他如今的印象只是他在谈论一次讲演还是一本书或者一连串新想法时打的手势。他喜欢听父亲说话，特别是威廉不在的时候。

他们没有走得离波浪太近。他记得他们步履轻快，父亲可能还拄了根拐杖。这是一幅幸福的画面。在旁人看来，也许就是一个田园诗般的场景：晌午时分，父亲和儿子在布洛涅的海滨漫步。一个年轻女子在游泳，沙滩上一个上了年纪的女人看着她。游泳的那个体形硕大，可能是过度肥胖了，重要部位被一件精致的泳衣保护起来。她娴熟地游开去，又让波浪把自己载回来，接着又站起来，面朝大海，双手戏波。起初亨利并没有注意到她，父亲停下脚步，似乎要辨认遥远的海平线上的什么东西，接着他心不在焉地默默朝前走了一会儿，又转过身再次望向海平线。这次亨利意识到他是在看那个游泳的人，贪婪而急切地端详着她，然后转过身，看着后面矮矮的沙丘，装出一副这些沙丘也同样吸引他的样子。

父亲再次转身并朝家走去，他气喘吁吁，一句话也不说。亨利想要找个借口跑到前头去，从他身边走开，但父亲又回过身来了，脸上表情鲜明，冒出一块块的红斑，眼神犀利，像在发火。现在父亲站在岸边，颤抖着，望着那个背对着他的泳者，她的泳装贴在身上。父亲不再费力假装无事了。他直截了当地盯着看，但没有其他人发现这一点。那女人没有朝后看，她的同伴都走开了。亨利知道，这很要紧，好让他假装这样做是没关系的，没有人会来提起这事，也不会来评头论足。父亲一动不动，似乎对自己的存在毫无觉察，但亨利想，他一定知道他在那里，可是不管这贪婪地观看女人游泳到底是个什么事，父亲已经毫不在意亨利在旁了。最后，父亲转过身踏上回家的路，还不时地回头，那表情像是有人在追赶他，把他打败了似的。那个女人再一次游了开去。

亨利喜欢拉伊附近海滩柔和的色调，变幻的光线，奶白色的云朵仿佛有目的似的在天上来去。过去几年的夏季，他都在此度过，今年夏季尤其如此。他快步走着，想抛开计划，好好享受一下这个日子，但他却无法不扪心自问，他此刻究竟想要什么，回答是，他只要眼下的时刻更长久些——平静的工作，平静的日子，一幢美丽的小房子，还有这柔和的夏日阳光。离开伦敦前，他买了一辆脚踏车，如今就停在通往海滨的小路上等他。他知道，他不想让过去回来，他也已经学会不要主动让过去回来了。他的死去的家人不会回来。他不再害怕他们的离去，有了一种怪异的满足感，觉得此刻什么都不需要了，只盼时间走得慢些。

每天早上，他站在阳台上，都希望能找到什么办法来捕捉这幅美丽的画面，并把它留在身边。阳台铺了地，曲线像船尾犁出的波痕，呈现在脚下的景象如大海般纯洁无瑕，又充满变数。下面就是拉伊，在英国最没有英国味的地方，红色的屋顶，蜿蜒的街道，零落的建筑物，仿佛一个铺着卵石街道的意大利山区小镇，氛围舒心惬意，但也沉默严峻。现在他几乎每天都会在拉伊的街道上走一走，看看那些房屋，装着小玻璃窗的老店，方方正正的教堂塔楼，还有砖头饱经风霜的美。回到家，他的阳台就是戏院包厢，从那里可以俯瞰大地王国。他想，他的阳台就像人一般和蔼可亲，或许比人更亲切些呢。他希望能买下这幢房子，他知道自己已经开始憎恶起房东七月末要来收回房子的计划了。

六月，这里几乎没有夜晚。他在阳台上徘徊，山谷中缓缓升起雾气，轻柔的薄纱般的夜色降临了。几小时后，就破晓了。在这些忙碌而慵懒的日子里，他惟一的访客又写了封信来确认他来去的时间。小奥利弗·温德尔·霍姆斯是老相识，但现在关系疏远，成为一帮熟人中的一位，那些他在纽波特和波士顿认识的年轻人，现在已经三十出头，功成名就，引领着时代的潮流。他们到英国的时候，他觉得这些人真是摸不透，他们如此自信，说起话来，语气的顿止把握得十分到位，又那么惯于让别人听自己讲话。然而在他眼中，跟英法两国同类型的年轻人相比，他们显得出奇地青涩和幼稚，他们的傲慢无礼只是因为无知无识。这些问题，他的兄长威廉也一应俱全，但那只是他的一半而已，他的另一半尽是深沉的自我意识，讽刺掩盖了青涩和稚嫩。威廉知道自己的城府会达到什么效果，但他们那些在美国文学圈和法律圈里称霸的同时代人全然一无所知。他们始终天性纯然，这对亨利来说，真是相当有趣的事。

因此，威廉·迪安·豪威尔斯会钟情巴黎，他没有对这个赏心悦目的世界修筑任何心防，而在他这一年龄的欧洲人都会努力而谨慎地修筑起来。豪威尔斯已经做好被美俘虏的准备，也为在波士顿与美擦肩而过深深后悔。亨利赞赏美国人这种敞开的渴望，体验的积极性，还有他们闪动着期盼和允诺的目光。他在写作关于英国人道德礼仪的小说时，感受到英国人生活的内里是枯燥乏味——确定所在的位置，不打算做任何改变，沉浸在可靠感和合群感中，这样一套习俗安安稳稳地持续了上千年。另一方面，这些受过教育、活力充沛的美国人看起来如此阳光，很想接受新事物，十分确信他们的时机到来了。他坐在晨光熹微的阳台上，感受到他们的力量，知道他们还能做很多事，而近年来，他却不怎么注意他们。他很高兴邀请了奥利弗·温德尔·霍姆斯来波因特山住，还立下决心，只要可能，他会去伦敦见他。向来害怕这些打扰的他，此番却发现自己兴致盎然。

他开始形容霍姆斯，把他置于初相识之时来想，记起他那利落的作风和对朋友的倚赖。二十二岁的霍姆斯就已经相信，他居住的这个世界是一个能让他大展身手的世界。他好比一台刨床，在生活中开出一道深深的、自我裨益的沟辙。他认定，新鲜的经验对他来说是丰厚而有回报的，给他带来快乐。当他学着思考时，头脑却像一根僵硬的弹簧。他陷入贪污腐败和严行执法之间的争战，日子过得紧张激动。他已经找到了公众的喉舌和立足的姿态，找到构思词句、谋划应对和判断的方法，他确信私己和情欲要受到克制，不必展示在大庭广众之下。他高兴的时候，会夸夸其谈，咄咄逼人。亨利对他太了解了，故不会受其影响，但在威廉的煽动下，他像裁判似的密切关注着霍姆斯所扮演的角色，同时也深深地被他吸引。

他从威廉那里得知霍姆斯另一些侧面，这些霍姆斯小心翼翼地从不在他面前展露。霍姆斯似乎喜欢在他老朋友面前轻浮地谈论女人，这给威廉带来很大乐趣，特别是当他得知霍姆斯从不当着亨利的面说这些。威廉还特别指出，霍姆斯还喜欢跟大家讲内战的事，向围拢在周围的听众说他的伤口。

“年纪大了以后，”威廉说，“霍姆斯就像他父亲，那个老医生、独裁者。他喜欢自己屡说不厌的逸事，喜欢有个人来听他讲。”

威廉怀疑霍姆斯在过去三十年与亨利的会面当中，是否提起过内战。

“整一天，一直到晚上，霍姆斯都在滔滔不绝，子弹嗖嗖作响，机枪和人呐喊着，死人遍地，伤员不计其数。嗯，他自己也受了伤，即使有夫人们在，他仍然会谈论他的伤口。惟一的奇迹是他居然说不厌。他自然给你看过他的伤疤了？”

亨利记得这次谈话发生在威廉的书房里。他看得出威廉喜欢他自己的语气，他和弟弟相处很是自在，而他通常只和妻子在一起的时候才会这么放松。

亨利满意地记得那次谈话是怎么结尾的。

“那么你们两个谈什么呢？”威廉问，他似乎想要真实的信息，毫无虚假的回答。

亨利沉吟着望向远处，随后又把目光谨慎地移到远处书架上的许多革面卷册上去，静静地回答：“我恐怕，温德尔已经习惯于仅仅为自己作证了。”

用完晚餐，夜幕降临时，他等在阳台上。他现在记起来了，霍姆斯大抵就跟他说些自己的事业、同事、新的案子、法界和政界的最新发展，还有就是他在英国贵族圈里新的斩获。他说得自在又严肃，讲老朋友的闲言碎语，对新朋友赞不绝口。亨利喜爱他的世故，当他使用几乎不属于法律和战争的词句时，就会吐露出经过训练修饰的话语，突然间又说出一些更像布道和文艺性质的话来。霍姆斯喜欢思考和自我辩论，对自己的逻辑进行解释，好像正在一场战争中跟敌方作战，内在戏剧性十足。

亨利不在乎霍姆斯说什么。他很少见到他，知道联系他俩之间的东西很简单。他们都属于旧世界，都是德高望重的古怪的清教徒，都受到他们父亲的上下求索变化多端的头脑和母亲的谨小慎微紧张兮兮的目光的引导。他们都对自己的宿命有所感悟。更为确切的是，他们都属于那群上过哈佛，也都认识并喜爱明妮·坦普尔的年轻人，也都曾坐在她脚下，寻求着她的赞同，她也是大家人到中年后还时常想起的人。他们记得，有她在旁，他们的经历不足称道，他们的纯真也不值一提，因为她想从他们那里得到的是别的东西。她让他们精神振奋，当他们回想起那段结识她的日子，就有种奇怪而持久的怀恋。

她是亨利的表妹，是坦普尔六个孩子中的一个，父母死后，就成了孤儿。亨利和威廉觉得这些坦普尔的表亲没了父母，倒显得有趣而浪漫了。他们的地位令人羡慕，因为所有压在他们头上的权威都是模糊而暂时的。这使他们看起来自由自在，直到后来，当他们每个人都以不同的方式挣扎度日，饱受磨难，他才明白他们的失去是无法痊愈的创伤和如此深沉的悲哀。

从妒忌到怜悯，是很长一段时间。数年不见，当他再次遇到十七岁的明妮·坦普尔，仍然对她钦慕不已，甚至带点敬畏。他一贯知道，在她的姊妹群里，她对他别具意味，而且会一直如此。拿来形容她的话很多：无忧无虑、好奇、直率、自然——这点最要紧——而且，他觉得，也是失去双亲的缘故，她独具一种安逸和清新的气质。她从不需要去琢磨别人，也不必去模仿别人，或者跟这类影响搏斗。也许，他后来想，在如此厚重的死亡阴影下，她练出了最为可贵的内涵——对生活的品位。她的心思从不停歇，没有什么东西她不想知道，没有什么事情她不愿思考。他想，她是在努力将一种内在的探索生活与社交的敏锐感觉结合起来。她喜欢走进一间屋子就看到有人在那。他记得最清楚的是她的笑，忽而解颐，笑个不停，那轻快、奇怪，富有感染力，银铃一般的笑声。

她最初给他的印象是她的道德力量，那时她还不是那么不食人间烟火。她和一个妹妹一起来的纽波特，他觉得她们容貌秀丽，目光清澈，无拘无束，她们的叔叔阿姨都不怎么照看她们。第一次拜访，明妮就跟亨利的父亲争执起来。亨利不知道有哪个时候孩子是不跟父亲吵架的。自打他会听人说话，他就看到威廉和父亲在拔高音调进行观点相左的激烈探讨。许多男性访客和一些女性访客到家里来似乎也只为了争辩。一切事物的自由，尤其是宗教自由，是他父亲宏伟的话题，但他也还有别的很多话题，他不愿意把自己局限起来，这是他的宗旨之一。

明妮·坦普尔坐在花园里，起初安安静静地听亨利父亲说话，他大部分话都在跟威廉讲话，还不时地朝亨利和坦普尔姐妹的方向颔首。在庭院的茶几上，放着一壶柠檬汁和一些玻璃杯，这也许本该是一个外甥女们依偎在长辈脚下，愉快度过的普通、平和的夏日。父亲说的每句话以前就说过很多遍了，但威廉仍然露出鼓励的笑容，听父亲谈起女人来，他说她们很差劲，需要做的只是驯服和忍耐而已。

"天性上，"他加快加重了语气说，"女人是比男人差的，在情感、智力、体力上都不如男人。"

"我父亲有很多信念。"威廉温文地说道。他朝明妮笑了一笑，但她没有向他回笑。她的目光僵直而严肃。她坐直了身子，似乎准备说话，而且不加丝毫妥协。父亲注意到了她的不悦，不耐烦地看了她一眼。片刻之间，大家都沉默了下来，等着看她是否会说些什么。她的声音很轻，因此她终于开口时，老人不得不凝起耳力细听。

"也许正是因为我的差劲，"她说，"才让我这样想。"

"想什么呢?"威廉问。

"你真的想知道吗?"她问。她几乎要笑出声来了。

"说出来吧。"父亲说。

"很简单，先生，我想您说的是否正确。"突然间，她的声音清晰入耳。

"你是说你不同意吗?"威廉问。

"不，我不是这个意思，"明妮说，"如果我是这个意思，我就说出来了。我的意思，就是我说的话。我想这是否正确。”她的语调中带着锋芒。

“当然是正确的，”老人的眼中流露恼怒，“男人在体力上比女人强。这点非常清楚，也非常正确，如果你想要的就是正确二字。而且正如我说，男人的情感也比女人强，智力也是。柏拉图不是女人，索福克勒斯不是，莎士比亚也不是。”

“怎知莎士比亚不是女人？”威廉插嘴说。

“我的话你可满意了，坦普尔小姐？”父亲问。

明妮没有回答。

“女人的任务，”他继续说，“就是服从。做针线活，煮饭，准备做她丈夫的孩子的无眠的看护人。我们评价一个女人，就是看她的顺从和尽职程度。”

他的声音变得咬牙切齿，他显然是生气了。

“我们父亲就是这么说话。”威廉说。

“这样行了吗？”老人问明妮。

“没有，先生。什么都不行。”她朝他微微一笑，表情近乎纡尊降贵，她又说，“很简单，我不知道在体力上逊色于男人是否就意味着我们懂得更少，或者在这世上活得更不聪明。您看，我这里就有证据，我的头脑是薄弱，但我不认为比别人更为薄弱。”

“女人应该带着教徒的谦卑来生活。”老亨利说。

“先生，《圣经》里是这么说的吗？还是戒律这么说呢？或者您是在学校这么学到的？”明妮问。

晚餐时分，这个新闻就传开了。詹姆斯夫人、凯特姨妈和爱丽丝明白这会引起多大的愤怒。

“她不会在意为她做饭和管家的女人，”母亲和亨利在走廊上相遇时，她对他说，“她没规矩，没教养，我们得同情她，因为她的未来会很严酷。”

一八六五年夏天，内战结束，亨利最早的两篇小说发表，他准备八月份和坦普尔一家去新罕布什尔度假。奥利弗·温德尔·霍姆斯一听说会有一大帮女性为伴，就拒绝了去纽波特的邀约，答应去坦普尔家所在的北康威。他会和亨利同行，同样刚从内战回来的格雷也跟着去。亨利给霍姆斯写信说，明妮·坦普尔用超人的力量搜出了那地区惟一的一间房，不管明妮怎么恳求，怎么施展魅力，那恶棍就是不肯给房间安上两张床。

亨利对他说，他们会把那家伙自己的床从他身下抬走。与此同时，明妮则用她的眼睛掠夺着另一张床，或者毋宁说是另一间房。霍姆斯一想到一个敌人会给客人们双手奉上自己的床，就激动得不行。在去北康威的路上，他列举了他们能用到的战略战术，说了几个技术术语，把自己置于领袖和英雄的前线地位，把比他小两岁且没有参加过战争的亨利仅仅当作诱饵。他似乎不在乎亨利已经睡着了。

他们受邀去坦普尔姑娘们的家里用晚餐，亨利觉得那里照料她们的姨婆挺像乔治·华盛顿。一到北康威，他们就出发去找落脚地，在拐错了几个弯后，他们找到了一个高大阴沉的房东，他立刻对不在北康威及其周边地区出生长大的人表示反感。霍姆斯穿的制服和他的胡子都没能给他留下印象。房东看也不看亨利。他说，他跟那位小姐说的就是一张床，也只有一张床，但屋子的地板很干净，能睡上一整个团的人，他傲慢地补充了一句，就把钥匙给他们了。

屋里空荡荡的，只有一个脸盆架、一个水壶、一个脸盆，一个壁橱和一张小铁床，床上的被子却漂亮得出奇，跟简陋的装修毫不搭调。他们把行李放在地上，好似不确定是否要待在这里。

“我想我们应该请求增援，立刻对他发动攻击。”霍姆斯说。

亨利试了试床，床的中间陷了下去。

“可能这房间被户外生活的人住过。”亨利说。

他从地上拎起一盏小灯。

“我看啊，”他说，“新罕布什尔所有的飞蛾都来造访过这个圣坛了。它像是从开国之父那时就有了。”

“你表妹明妮聪明吗？”霍姆斯问。

“嗯，她很聪明。”亨利说。

“既然如此，我肯定她还给我们另找了间房。”

亨利走到小窗边向外望。天还亮着，空气中弥漫着松树的清香。

“还有，”他笑着转向霍姆斯，“那位小姐说，小狗舔她的脸，如果你无所谓，我也无所谓。”

“恐怕这个月会很漫长吧。”霍姆斯说。

表兄和朋友来时，明妮和两个妹妹正坐在后园草地的椅子上。

亨利此刻深深明白明妮在霍姆斯眼中是什么样的人。他想，她并不美貌，但说话、微笑时又另当别论。她善解人意，周身又散发着深深的肃穆感和高雅的幽默感。亨利一直以为霍姆斯更喜欢她的两个姐妹，基蒂和艾丽①，相比之下，她们更具有传统美，更有礼貌，也更害羞。

一坐下来，亨利就发觉霍姆斯成了军人，一个经历过屡次战役并与死亡擦肩而过的内战老军人。突然之间，军事战略不再是个玩笑。这三位坦普尔姑娘的哥哥威廉已战死沙场，她们与姨婆都面带悲伤，崇敬地看着这个战士。亨利仔细观察明妮，想看看霍姆斯理应使她动容的演说是否真的起到作用，但她完全不动声色。

晚餐后，两个年轻人走回自己房间，他们高兴地得知明妮已经为他们找了另一处公寓，这样约翰·格雷一来，他们就可以搬过去了。霍姆斯心情很好，他喜欢有那几个姑娘做伴，知道在他逗留期间有了一群从善如流的，年轻、优雅、快乐的听众。他边讲笑话边笑，又想出了新的折腾房东的办法，要赢到另一张床。

他们都没商量过该怎么睡觉，是其中一个睡地板，还是两个人头对脚睡，或者并肩睡。亨利知道霍姆斯会做决定，于是他等在窗口，等着他做决定。这时候霍姆斯鼓起了莫大勇气点亮了灯。

灯一亮，阴影横斜的空旷房间显得更大，更叫人动心。被子焕发出新的色调。霍姆斯表情凝重，似乎在专心致志地想着什么

① 基蒂是明妮的姐姐凯瑟琳的昵称；艾丽是明妮的妹妹艾伦的昵称。

难题。他从包裹里取出肥皂和毛巾，朝脸盆走去。他把壶里的水倒进脸盆，接着飞快地脱衣，直脱得赤条条的。亨利愕然发现霍姆斯体格粗壮有力，在摇曳的灯影下，显得较为丰满。他的朋友有一瞬间静止不动，仿佛是一尊年轻人的雕像，高大、健壮。亨利看着他，忘了他的胡子和凹凸不平的五官。他从未想过能这样看他。他想，霍姆斯这样脱衣，对一个曾当兵很久的人来说不算什么。但在寂静的夜里，在陌生、空旷的房间中，在朋友面前脱得一丝不挂，他必定知道这很不一样？亨利审视着他有力的大腿和臀部，他脊背的线条，他古铜色的精致的脖颈。他寻思霍姆斯在上床前是否会穿上内衣。他也开始脱衣了，当霍姆斯打开窗子，把肮脏的肥皂水倒出去时，他几乎脱了个精光。霍姆斯放回脸盆，裸身向床走去，把灯朝自己那边挪了挪。

亨利不知道自己赤裸身子站在脸盆前时，霍姆斯是否在看他。他心里十分忐忑，不像霍姆斯刚才那样自如而自信。他慢慢洗着，当霍姆斯跟他说话时，他半转过身，看到朋友头枕双手躺在床上。

“我希望你不会打鼾。我们有法子对付打鼾的人。”

亨利笑了笑，转回身去。他擦干身子，把水倒出窗外时，知道自己一转身就会看到霍姆斯满不在乎地随意打量着他。他尴尬不已，不知道霍姆斯是否希望他也裸身跟他睡到床上。他不知该不该问一下，这是不是他计划好的。

“你能把灯熄了吗？”亨利问。

“你不好意思了？”霍姆斯问道，但他没熄灯。亨利转过身，慢慢朝床走去，毛巾松松地搭在肩上，半遮着他的胴体。霍姆斯的目光中流露出有趣和专注的神情。亨利把毛巾拿下时，霍姆斯侧过身，熄了灯。

他们并肩而卧，谁都不说话。亨利感觉到自己胯部的骨头抵着霍姆斯。他想是否能提出换到床的另一头睡，但他不知怎么就明白，是霍姆斯掌握着控制权，默默地拒绝他提出这等建议。他闭上眼，翻过身把背朝着霍姆斯，听到自己的呼吸声，感到自己的心在跳。

“晚安。”他说。

“晚安。”霍姆斯应道。霍姆斯没翻身，而是仰天平躺。为了不致掉下床去，亨利不得不朝他靠了靠，但又移开去，靠在床沿，但这样还是碰着了无动于衷躺着的霍姆斯。

他想，自己以后还会不会这么亢奋呢。每一次呼吸，每一个霍姆斯也许会动的暗示，乃至霍姆斯也醒着的想法，灼烧着他的脑际。入眠是不可能了。他想，霍姆斯一定把双臂合抱胸前，一点动静也没有。而就是他一动不动，说明他此刻还没睡着，还警醒着。亨利很想知道，霍姆斯是否和他一样在意两人肌肤相触，抑或只是无所谓地躺着，对盘踞在身边的热量毫无感觉。次日他们会搬到别的房间去，故而是下不为例。没有经过商量，亨利也压根没去想，直到他在灯光下看到霍姆斯赤身站在脸盆架旁。即使是现在，只要还有选择，如果还有一张床，他会立刻去那里，在黑暗中蹑手蹑脚地离开这里。然而，他感到自身的无力给他带来放松。不动、不语，就够了，有必要的话他还会装睡。他知道他的不动和不语让霍姆斯可以自由施为，他等着看霍姆斯会怎么做，但霍姆斯还是不动。

自从与霍姆斯离开波士顿，他就感到紧张感奇怪地消失了，整个晚上也一直如此。他明白这是为何。威廉没和他们一块儿，他去巴西做科学考察了。他清楚，兄长的缺席减轻了他的负荷，消去了那种不时成为压迫的压力来源，尽管这种压力是轻微的。霍姆斯是威廉的朋友，比威廉大一岁，但霍姆斯却没有威廉那种足以击垮他的能力，也不会让他感觉一言一行都在接受审查、指正和嘲弄。

现在，霍姆斯突然朝床当中移去。他的举动在亨利看来是故意的，而不是睡眠中人的无意识动作。飞快而不假思索地，亨利朝霍姆斯挤了挤，他们就这样不动声色地躺了一阵。他感觉到霍姆斯的呼吸，也能感觉到旁边粗大的体形，但他小心地尽可能地把呼吸控制得低浅平静。

猛然间，就像亨利之前的动作，霍姆斯朝他背过身去，他醒悟到在这里躺着过一夜就是他的命了，他心念飞驰，身边躺着一个或许对他毫无知觉、早已习惯了和一大帮男人睡在狭窄的营帐里的家伙。他如今相信，霍姆斯是睡着了。亨利不知自己是失望还是松了口气，但他巴望自己也能失去意识，免得不停地想到天亮。

过了一阵子，他又渐渐认定霍姆斯没睡着。背对背躺着，他能感觉到身侧紧张入微的气息。他等待着，知道霍姆斯肯定会翻身，某些事肯定会打破这出沉默、缓慢、僵死的戏。他感觉霍姆斯和他一样意识到会发生什么。

于是当霍姆斯翻过身趴在他身上，一只手抵在他背部，另一只手搁在他肩上时，他并不惊奇。他不知是该翻身还是挪动，但他同时也想表明，这并不意味着反抗。他还是没动，只是微微放松了自己，更舒服地靠上霍姆斯的形体，闭上双眼，尽可能地平伏了呼吸。

他睡了一会儿，醒了醒，又睡过去。最终他醒来时，房间里洒满了阳光，他愕然发现，他一点儿也不怕已经醒了的霍姆斯与他目光相接或者接近他了。他觉得，他们之间发生的事属于这个秘密的夜晚，属于黑暗带来的私密。他知道这件事他们谁也不会提起，也不会跟别人讲，他相信白天把他们的一切都变得不同。另外，他还清楚霍姆斯在战争中经历过什么，知道他曾平静地正视死亡，曾受过重伤，更重要的是，在二十一二岁的年纪，他已经练就了钢铁般的人无畏精神。亨利不能肯定这种大无畏精神是否已完全进入私人领域，但在这个明媚的早晨，在新罕布什尔的这间出租房里，确实如此。

十一点，两人洗漱穿衣完毕，重新打包好了行李，结清房钱，准备好去觐见坦普尔姐妹了。他们再次坐在后园草坪的椅子上，计划出去散步和旅游。等上了茶，开始聊天时，亨利觉得自己仿佛浸在什么东西里了：之前发生的事在他的感官中纠缠不休、徘徊不去，鲜活在每时每物中，把别的一切事物都变得毫不相干，趣味索然。他喝着茶，听着表妹们说话，可是它挟着强有力的气势而来，他不得不提醒自己，已经结束了，新的一天带着新的任务开始了。

过了一会儿，他注意到明妮并没有参与计划，而是表现出不同寻常的安静和沉默。其他几位在忙于谈笑时，他跟她单独说话。

“我没睡着，”她说，“我不知道为什么会失眠。”

他朝她一笑，放下了心，知道她离群的行为是可以调整过来的。

“你睡着了吗？”她问道。

“好不容易才睡着的，”他说，“床不舒服，但我们也将就了。也许是，尽管床这样，而不是因为床这样才将就的。”

“好棒的床啊！”她笑道。

约翰·格雷下午来时，亨利觉得，离开战友时间不长但已经失去了一些军人光辉的霍姆斯，顿时又开始扮演起了战时老兵的角色，而格雷也全力配合这一角色，事实上还把这角色接了过来。他们被带往距离坦普尔家几英里外的老农庄，那里友好的年轻农妇给每人都分了一间阁楼。地板嘎吱作响，床式样老旧，屋顶低矮，但价钱划算，后来当丈夫的过来说，如果他们需要的话，他可以驾车带他们去周围地区。这位丈夫还用热情友好的口气说，无论他们想要什么，只要办得到，他都会以在整个北康威地区最便宜的价钱提供。

于是他们的假期开始了，这两个好动的男人扎入了悠闲的民间生活。这个小地方洋溢着舒缓的气息，充满着愉快的交流，尽情的聊天，享受自由的同时也能体察种种精妙之处，在这里可以聊起上百个人，也可以聊起私密的事情，美国的夏日正迈向最后的慷慨。

亨利来到北康威后，沐浴在愉悦的气氛中。他觉得这种感觉就像保管在家中安全之处的神圣的宝贝，每次回来都能找到。他观察着他的朋友，等着一种模式的出现，他明白自己希望两位同为客人的朋友像他一样欣赏明妮·坦普尔，不把她跟甜美迷人的妹妹们一视同仁，希望他们知道明妮是他们中间闪亮的灵魂。他发觉自己在暗暗地提拔她，在许多细枝末节上让他们欣赏她。当他看到霍姆斯和明妮谈得来，就觉得自己也参与了他们之间的事，他只要旁观他俩对彼此与日俱增的兴趣就好。

格雷说起话来颇为无趣。不管是在部队还是家中，显然他都是说话的那方，而且他学法律后，越来越喜欢在话语里加入拉丁词。他说起书本来就滔滔不绝，每天都会跷起腿，清着嗓子，对小姐们讲特罗洛普①，讲他的人物是多么滑稽生动，他的场景是多么迷人，他对祖国富人阶层的公众生活的把握是多么精准，而没有一个美国作家可以与他并驾齐驱又是何等的遗憾。

“但是，”明妮插话说，“他是否理解人心的真正微妙之处呢？他是否明白我们生存的伟大奥秘呢？”

“你问了两个问题，我会逐一回答，”格雷说，“特罗洛普对爱情和婚姻的描写准确而有感情。是的，我能肯定地这么对你说。

① 特罗洛普（1815—1882），英国作家。

嗯，第二个问题很难回答。我相信，对于你所说的‘我们生存的伟大奥秘’，特罗洛普会通过传道士、神学家、哲学家，甚至可能是诗人的视角来处理，但绝不会通过小说家的视角。我会同意他的看法。”

“哦，那么你们俩我一个也不同意，”明妮说，她激动得容光焕发，“举个例子，当你读完《弗洛斯河上的磨坊》时，你就会更清楚地知道，比起你阅读上千条布道，生存本身更奇特而美丽。”

格雷没有读过乔治·艾略特，热情的明妮就给了他一本《弗洛斯河上的磨坊》，他识时务地翻了起来。

“她，”明妮说，“是这世上我最崇敬的人，我最想见到的人。”

格雷揶揄地抬起眼，目露怀疑。

“她理解，”明妮又说，“一个高尚的女人的品格，这个女人对高尚持有信念，深切地感受到实际上它是多么难于……”她顿了顿，想了想，“嗯，难于实现，难以把它贯彻到底。”

“把‘它’贯彻到底？”格雷问道，“‘它’是什么？”

“我刚才说的，高尚。”明妮答道。

明妮还递给格雷一期三月号的《北美评论》，上面有亨利的一篇小说《一年的故事》。她对他说，她们姐妹们不被准许读亨利以前的小说——她们被告知其中张扬着法国人的不道德，却可以读他的这篇新作。过去几天，在出版上刚刚入门的亨利，等待着霍姆斯来谈论这篇小说。他知道霍姆斯已经告诉威廉，他相信小说里的母亲就是以他的母亲为原型，而那个士兵则以他自己为原型。于是突然之间，威廉就想出了一个有趣的新法子来逗亨利。他对他说，霍姆斯一家都很生气，老霍姆斯要去跟亨利的父亲告状。后来，威廉承认这些事大多是他捏造的，除了霍姆斯的那句评价。

霍姆斯什么都没说。现在亨利看着格雷穿过花园，一手提着把椅子，另一只手拿着《北美评论》，想找个遮阴的地方好坐下来读这篇小说。亨利为格雷的反应而紧张起来，但又高兴这篇小说终于能被提起了。他想象着格雷用一双老兵的锐目在读这篇小说，没找到足够的战争动作，却找到不少女人的事儿。看着他开始读小说，坐在花园里的另一张椅子上隔开一段距离清楚地看着他读下去，实在是桩难事，几乎叫人心慌意乱了。片刻之后，他再也撑不住了，受够了，那天下午，他散步走了很远，直到晚饭时分才回来。

他们一坐下来，明妮就开口了。

“那么，格雷先生，你对这篇小说怎么看呢？对我来说，有个当作家的表哥真是太激动了，激动得无法想象。”

亨利意识到了，他想明妮是否也意识到了这点，她的话对这两位把生命献给祖国的年轻人会产生什么影响。对他们来说，战争记忆犹新，他们的存在就让人想到所有惨重的损失和己方的英雄主义。明妮对亨利的小说这般热情，似乎就降低了他们的这种重要性，其实是减轻了有两位战士同桌的激动感。

“有意思。”他说，看来只想到此为止。

“我们都喜欢它，都为它觉得骄傲。”明妮的妹妹艾丽说。

“如果不写他的名字，”格雷说，“我会猜想作者是个女子，但你大概就是这样打算的吧。”

他转向亨利，亨利看看他，没说话。

“他写了篇小说，不是写了个打算。”明妮说。

“是的，但如果你想一想战争，或者跟那些活下来的人说说话，或者甚至去读一读战争的书，我肯定会有更多有意思、更真实的故事。”

“但这篇不是写战争的，”明妮说，“是写一个姑娘的心。”

“会写这种小说的姑娘难道还少吗？”格雷问。

霍姆斯双手放到脑后，开始大笑。

“我们不能都去当兵。”他说。

三位客人和坦普尔姐妹的谈话一再转回战争。由于姑娘们的哥哥和表兄戈斯·巴克是战死的，这两个士兵就小心翼翼地没有大加鼓吹自己的幸免于难和英勇事迹。然而很难避免聊起某些爆破和伤兵的特殊现象，比如亨利的弟弟威尔基、霍姆斯自己，还有戈斯·巴克，他刚刚痊愈就坚持要回去打仗。霍姆斯和威尔基又受了几处伤，但都活下来了。戈斯·巴克却在两年前被一个狙击手打死了，他那时快满二十岁了，地点是在弗吉尼亚州的拉帕汉诺克河边。一提到他的名字和战死的地名，他们就都沉默下来。

亨利小时候回美国时，曾在奥尔巴尼的祖母家中见过他，也在那里见过坦普尔一家，后来又在纽波特见过面。这时候别人都开始谈起亨利来了，但他的心思却晃悠到了五年前，那时内战就像一场可怕的噩梦，詹姆斯一家已经从欧洲回返纽波特，以便让威廉学艺术。

一八六〇年的一个秋日，亨利来到画室，看到表兄戈斯·巴克裸身站在一个基座上，高年级学生正在创作他的素描。戈斯体型健壮硬朗，红发白肤，他一动不动地站着，包括威廉在内的五六个学生画着他们的画，好像并不认得这个模特，而他也不害臊。戈斯·巴克和坦普尔姐妹一样，也没了母亲，这赋予他同样的神秘感和独立感。没有母亲会来叫他停止展示，立刻穿好衣服。他的形体美丽而有男人味，亨利愕然发觉自己有观察他的内心需要，却假装着他对戈斯·巴克的兴趣跟那些学生是一样的，属于距离之外的学术兴趣。他仔细看着威廉的素描，为的是可以抬起目光端详他那裸着身子的表兄运动员般完美的体形，那种力量，那种平和的性感气息。

此后几年，他忐忑不安地发现自己一直在想着一些既不能告诉格雷和霍姆斯，也不能告诉明妮的事，他的思想在那几分钟里盘桓在一个景象上，个中意义须要秘不外宣。他当然不认为格雷会有同样的想法，也不认为霍姆斯或坦普尔姐妹会想到或者想出同样的事来。他甚至不知道他哥哥威廉是否想到过那些不能让同国的人知道的事情。他想到自己坦承心念的后果，如果他一五一十地告诉同伴，戈斯·巴克这个名字在他记忆中激起了什么，结果又会如何？他寻思着，每天大家都在彼此周旋时，每个人是如何藏起一整个私密的世界，而当一个名字响起，或毫无缘由地，这个世界又会回到身边。他正想着，却瞟见了霍姆斯的目光，顿时觉得没能完全掩饰好自己，霍姆斯已经透过他的社交面具看到了他的心思，而那种心思已经藏进了不能被共享的地方。

此刻他俩都短暂而心照不宣地分享着一些什么，而其他人都没有觉察。

这些日子里，明妮·坦普尔渐渐有了选择。她选择的过程微妙而谨慎，起先谁都没注意到，但格雷、霍姆斯和她妹妹都没发觉的事，亨利却很明白，因为她想让他明白。她将亨利选为朋友和知己，她最信任的人和可以说话最随便的人。她可能也将霍姆斯选作了什么，因为她从未忽视过他，也没有把自己的光芒投射到别人那里比他那里更多。但她将格雷选成了她最能施加影响的人，最需要她的人。她不关心他的军事言谈，他粗鲁实际的评论以及简洁的俏皮话。她想要改变他，亨利一直从旁观察她怎样温文地哄着他，不让自己显得咄咄逼人。

一天，她把白朗宁的诗给格雷读，他还了回去，叫她自己朗读。

“不，我是要你读给自己听。”她说。

“我没法读诗。”他说。

亨利、霍姆斯，还有她那两个妹妹都没作声。亨利知道，在明妮将约翰·格雷打造为适合她的形状的斗争中，这是一个决定性的时刻。

“你当然能读诗，”她说，“但你首先得忘掉‘读’的部分和‘诗’的部分，把注意力集中到‘我’的部分上去，寻找新的读诗才能，过不了多久，你就会改变自己，你的青春也会回来。但如果你真想要我读，我会朗读这首诗。”

“明妮，”她妹妹说，“你可别对格雷先生太冒失了。”

“格雷先生是要当伟大的律师的，”霍姆斯说，“他正在学怎样为自己辩护，我觉得，所以他也许迟早会学会替更值得辩护的人辩护的。”

“我希望你朗读这首诗。”格雷说。

“我也希望有朝一日你来读它，带有情感地，轻轻地读。”明妮说着，拿起了书。

亨利开始想象一个女继承人，新近失去了双亲，她有三个追求者，这个年轻女子的耐心的智慧从来不曾完全得到周围人的欣赏。他不想把她写成跟那个八月里的明妮一般美丽，正相反，他把他的女主角写得相貌平平，但会时不时地露出大大的微笑。他把两位追求者写成军人，第三位——在小说里的名字是普尔·理查德——是个平民百姓，容易紧张，脾气倔强，因单相思而几近崩溃。理查德仰慕格特鲁德·惠特克，但她却不像对那两个军人一样把他放在心上。那两人中的一个是塞弗恩上尉，为人严肃认真，做事谨慎，三思后行，没有确定的目标是不会行动的。另一个是勒特雷尔少校，此人正相反，足可扮演格雷的角色，叫人又爱又恨。这三人为了赢得惠特克小姐的垂青而开始了一场围攻战，最后，她一个也没接受。

他的小说是从这样一刻开始的：理查德看到塞弗恩上尉陷入近乎无望的沉默，他自己也是如此，他们都看着惠特克小姐和勒特雷尔少校之间展开了一段生动的对话。在北康威，这种事对亨利和霍姆斯来说是家常便饭，明妮继续着软化格雷的斗争，想使他多多意识自己的灵魂，而不是身上的制服，多多注意到最深层的恐惧和渴望，而不是自我保护性质的、经过检查适合女性的军事谈论。霍姆斯刚开始以为明妮不喜欢格雷，还高兴了一阵，但随即心生警惕，格雷赢了。霍姆斯的警惕所发出的声音，太过分心的明妮、明妮妹妹和格雷都没听到，但亨利轻易地接收到了，还存储起来，独自一人时就拿来想想。

他当时没有意识到，其实之后多年也没有意识到，在北康威的那几个星期——沙沙作响的松树下聚在一起不停谈说的他们——对他而言已经足够，实际上已是他此生需要知道的所有。在他作为作家的岁月中，他从当时经历和目睹过的场景中提取素材：两个已经对前程雄心勃勃的高贵的新英格兰人，以明妮为首的美国姑娘，活力充沛，对生活敞开胸怀，抱有强烈的好奇心，无限求索，又充满魅力和智慧。而在他们之间却有许多的不可言说，大量永不为人知的事。在坦普尔姐妹夏天居住的屋子旁边的草地上，已经有了秘密和未经宣布的结盟，而且也已经有了这样一种感觉，明妮·坦普尔会离开他们，翱翔在他们之上，虽然他们都不清楚这会多快发生，又是何等凄恻。

他不记得自己何时得到她的死讯。那个夏季自然没有任何疾病的征兆。他记得一段时间之后，母亲说起明妮身体不好，但口气很不赞许，起初好像认为明妮生病无非是想吸引他人注意而已。

次年年底，他们这群人又在昆西街他父母家的客厅里会了一次。他记得自己发现明妮一直在跟格雷和霍姆斯通信时是多么吃惊。他还记得母亲喜欢格雷，觉得他一如往昔地好，比霍姆斯更好，之后还说明妮告诉她，她对霍姆斯非常不感兴趣，说他自我中心主义，但也说他的眼睛漂亮。亨利愕然得知明妮现在似乎对他母亲推心置腹了。

如今，多年之后，他坐在数千英里之外的阳台上。新月初升，他端详起它那奇怪、单薄而又充满敌对气息的美丽形体，想起威廉走进他的房间，带来明妮肺部有沉积的消息，不由叹了口气。亨利不确定这是否是他第一次听到这消息，但能肯定这消息是第一次不经窃窃私语地说出。亨利想起其后几个月他情绪低落，闭门不出，他知道自己没见过她，但一直从母亲那里听到最新的情况，他母亲向来对他人的病情十分关注，尤其是适嫁年龄的年轻女子，如今她对明妮的病情就很上心。

他努力回想约翰·格雷跟他说起明妮写给他的第一封长信。格雷说，他觉得那些信难读，让人有点尴尬，字里行间透着信任和兴奋，但他还是回了信，于是在她生命的最后一年，她一再给格雷写信。格雷把其中一封信里的一些话念给亨利听了，亨利如今觉得这些话对他的意义比对其他人更大，大得超过所有他自己写下来的话，也超过别人写下来的话。她的话萦绕着他，以至无论是现在开口说出，还是在寂静的夜中小声呢喃，都会将她带到近旁。那些话组成了一个句子。明妮写的是：“必须把你确信为真实的事告诉我。”他想，那就是她快乐在世的日子里想要的东西，也是她垂死之际想要的东西，但她的病情，以及她对自己时日无多的认识，使得她发奋构想出这一概括了她伟大、高尚的追求的语句来。“必须把你确信为真实的事告诉我。”他听到她用甜美的嗓音说着这句话。此刻坐在黑暗中的阳台上，他想假如她的这句话是写给他的，他该如何应对。

他自问，她强烈的个性、特立独行的企望，在一片沉闷、平庸和贫穷的环境中，是否可能使她的求生意志为之不安。当她妹妹们嫁人是出于安稳而非爱情时，以及明妮肺部大出血，健康每况愈下而被迫依靠妹夫维持生计时，这种感觉就愈加清晰。他记得在他首次独自坐船去欧洲的前两天，他在纽约见过她最后一面，当时他尽力藏起自己的兴奋激动和对未来的无限向往。他们都认为明妮也该做这样一次旅行，说他不带她去是错误的。虽然她病着，心存嫉妒，他们那天共度的时光却很明媚，相谈甚欢。他们说明年冬天要在罗马相会，也说起他去伦敦的安排，见什么人，游访什么地方。只是当他提到可能会去见刘易斯夫人，即她喜欢的乔治·艾略特时，她的嫉妒才一发不可收拾。她摇摇头，为自己妒忌成这样而大笑起来。

她显然是病了，他俩都很清楚，她康复不了了，他俩都没提到这点。但他离开她时，还问了问她的睡眠如何。

“睡眠，”她说，“哦，我不睡觉。我已经放弃睡觉了。”

但当时她勇敢而自如地笑着，他觉得她的笑容是经过精心安排，没有一点空洞和虚假的成分。接着她离开了他。

英国，一个星期天的下午，他去拜访住在北岸的刘易斯夫人，这是在家人的一位朋友的介入下得到的许可。他想象着明妮跟他同去，问了乔治·艾略特一些在明妮的圈子里无人想问，也无人想回答的问题。他想象着她的嗓音，先是战战兢兢，但会在房间里慢慢丰富起来。在告辞的时候，他想到他的表妹站了起来，被小说家注意到了，已留下了印象，她热情地去跟她握手，还得到了再次来访的邀请。在一封信中，他试图对明妮描述刘易斯夫人，描述她的口音、平和凝重的目光、奇怪的丑貌、睿智中的亲切感、端庄和个性、优雅和冷淡。不过这个写给父亲容易，写给明妮，现在就像写给鬼魂似的。

明妮是三月份死的，那是在他最后一次见她的一年之后。当时他还在英国。他觉得自己的青春走到了尽头，知道最后的死亡对她来说是可怕的。她会不惜一切代价求生存。在此后的岁月里，他很想知道她是如何看待他的书和小说的，又是如何看待他对自己生活所做的决定。格雷、霍姆斯和威廉也对她那深刻而苛求的回应产生了怀念。他们都怀有孜孜以求的抱负，强烈而不安的自我中心主义，却都在想明妮会对他们怎么想，怎么说。亨利也在想，她的生活会怎样，她高妙的挑战才能又将如何与这个无疑会要限制她的世界磨合。让他感到安慰是，至少他认得她，但这个世界没有，而生活中失去她的痛苦也就是他为与她青梅竹马所付出的代价。他想，曾经有过的生活，永远都是生活，他知道她的形象将永驻在他的思维之中，成为快乐和安宁的量度和标准。

认为从此往后明妮纠缠着他是不对的，正相反，是他纠缠着明妮。他到处想象着她的存在，回父母家时想，后来去法国和意大利时也想。在大教堂的暗处，他看到她浮现出来，娇弱、优雅、无比好奇，随时都会因看到一件艺术品而震撼无言，接着就会试图找出适合这一时刻的语言，让她的新感官生活安顿下来，深化下去。

她死后不久，他写了个短篇《旅伴》。小说中，威廉从德国旅行去意大利，在米兰大教堂与她邂逅，起初是在达·芬奇的《最后的晚餐》前看到她的。他喜欢描述她那紫罗兰色镶边的白伞，她举手投足带着智慧的愉悦感，以及她的目光和她的声音。如今她死了，他可以控制她的目的地，给她她想要的经历，并将戏剧性赋予一个被残酷缩短了的生命。他想这事是否发生在他之前的作家身上，霍桑或者乔治·艾略特是否曾为了起死回生而写作，他们日夜不懈地劳作，像魔法师和炼金术士那样，挑战命运、时间，和所有无法消解的因素，是否为了重新塑造出一个神圣的生命。

他情不自禁地设想假如她还活着，会做些什么。和爱丽丝在一起时，就不能提及明妮的问题，因为他妹妹嫉妒明妮所拥有的一切：她那不同寻常的美和魅力，她的自信，深沉的严肃，以及对男人的影响。到了后来，爱丽丝嫉妒明妮的死。

然而，威廉也对关于明妮的设想抱有兴趣，他和亨利讨论这个话题时，都肯定假如明妮还活着，她会不知道嫁给谁好，她的选择不是太理想化，就是太冲动，要么就是太不合情理。他俩都认为她的婚姻会是个错，而这似乎也意味着她那复杂的机体中有某样东西领会到了这点，明白她未来是一个一贫如洗，冰雪聪明的女子，知道这是个悲伤却无法解决的问题。兄弟俩感觉到，在某种程度上，在大多数程度上，狭隘的生活没有她的一席之地。亨利认为她所有的举止和个性都似乎指向这一结论：在她的历史中，持续的生活是多么深刻而琐碎。

他经常想到她会跟格雷、霍姆斯或者威廉结婚，她会枯萎，婚姻对她而言会是一场没有胜算的战斗。在《普尔·理查德》中，他将她送到欧洲去了，她没在那里结婚。在《黛西·米勒》中，他大肆渲染她的鲁莽、勇敢和对传统无所谓的态度，她死在了罗马。在《旅伴》中，他为她造就了一段婚姻，拟写出她与配偶相遇的意大利环境。他没有追随她进入日常家居生活，处在一个乏味男人的阴影之下。

当他读到《丹尼尔·德隆达》时，生出了一个从未有过的念头：一个充满活力的女子被窒息的婚姻生活毁灭的戏剧性可能。凑巧的是，他刚好也在读特罗洛普的《菲尼亚斯·芬恩》，主要是为看了好睡觉，却被劳拉·肯尼迪夫人的婚姻生活镇住了，读者会对这样的联姻非常感兴趣，他们的同情会施给这位勇敢、爽朗，以对自由的幻想来挑战命运的女主人公。

他动笔了。此时他已经在英国住了几年，觉得能把美国看得更透彻了。他无比地想要把一个美国的灵魂还魂，那个灵魂活泼、自由，做好了生活的准备，确定自己对他人和经历都有极为宽广的胸怀。不难把他的年轻小姐安置到奥尔巴尼他祖母的屋子里去，专擅而富有的托切特夫人会在那些古怪、狭窄的老式房间里救了伊莎贝尔·阿彻，并把她带到英国去，那是他众多女主人公的向往之地。到了英国，他能不费吹灰之力就在她身边围上三个他一早就精心准备好的追求者，一个言谈古怪，为人严肃，一个是文质彬彬，气度高贵，还有一个会成为她的朋友，追慕她的目标，却不适合做她的爱人，或者一旦如此就会落下笑柄。

他在佛罗伦萨写书，每天早晨在河畔的旅馆中醒来，或者晚些时候，在贝罗索加多的房间里醒来，就感觉有一项伟大的使命袭上心头，他要让明妮行走街头，让托斯卡纳柔和的阳光照在她柔和的脸上。但更要紧的，他尝试重新塑造她在道德品行上的存在，要比他曾经创作过的更为精致，更富戏剧性。他想把这位身无分文的美国姑娘带到一个坚固、老旧的世界里去，让她在那里呼吸。他给她金钱、追求者、别墅和宫殿、新朋友和新感受。他从未感觉这样满怀力量和责任感。他带着新的轻快心情走在佛罗伦萨的街道和码头上，走在贝罗索加多陡峭而蜿蜒的山路间，这种轻快也走进了这本书。行文优雅，轻松自如，仿佛是明妮在保护着他，把握着他。在想过一切，也写过一切之后，他有时会不确定自己写下的某些场景是真实发生过的，还是他想象出来，并最终替换了真实的世界。

然而那些年里，明妮对他来说是真实的，比他新近遇见、交往的人更为真实。她属于他自身守备最严密的那一部分，他深藏的自我，而在英国，无人知晓这点，也无人领会。在英国的天空下将她保存下来则更为容易，因为在这片土地上，没有人像他记得表妹那样记得死去的人，乏味的当下生活被相应的秩序统治着，在这里，他让她充满力量地行走，还伴随着多年来永不停息的一曲老歌，无论他去到何处，它悲伤的调子总是对他唱起。

直到他见到霍姆斯，他才想起他的老友是多么热爱英国人。霍姆斯刚到拉伊，从火车上下来，空气里就填满了各种报道，他见过什么人，他们怎么样，朱莉娅死后莱斯利·斯蒂芬耳朵聋到什么程度，马戈特·坦南特婚后已经大变样，他的新交卡斯尔唐夫人是多么迷人多么棒。亨利一点都不想说话，知道自己一开口，立马会被打断。霍姆斯目光闪亮，精神抖擞，尽管年月逝去，他却比从前更俊朗，对女人也更殷勤了。亨利想，大概是因为跟卡斯尔唐夫人的相处才使他变成这样。

“我想，”他好不容易在霍姆斯的滔滔不绝中找了个空当，“我想拉伊根本没有爵爷和贵妇人。这里会非常安静的。事实上，这里确实非常安静。”

霍姆斯在他背上拍了一下，笑了起来，好像这才注意到他。他升到了下议院后，要说有何不同，那就是他似乎不那么矜持了。亨利默默想到，也许这就是现在美国五十多岁的重要人物的样子，但他眼前随即浮现出威廉·迪安·豪威尔斯和他哥哥威廉的形象，明白其实只有霍姆斯才是这个样子罢了。他想跟霍姆斯解释说他是在写两部小说而不是一部小说，之前几个月身边除了仆人外也没别的人。霍姆斯却对景色大加赞美，忙得无暇听亨利说话，亨利突然为他在波因特山只住一宿而高兴起来。

他从威廉、豪威尔斯以及其他人那里得知，霍姆斯已经是个有名的法官，高层政法界都在讨论他的理论，就好比科学家和神职人员都在讨论达尔文的理论一样。亨利记得他曾问过威廉，这些理论到底怎么样，威廉直言不讳说，霍姆斯什么都不信，却能让这种观点自圆其说并流行起来。威廉说，他的立场就是他没有立场。豪威尔斯正相反，他没有直言不讳的习惯，只说霍姆斯努力追求的目标是把人文和实用的因素运用到法律中去，而不是把历史、理论或道德的因素用进去。豪威尔斯说，正如达尔文，霍姆斯研究出了一种胜者的理论，但他的成功同样是因为他那一针见血而又不加矫饰的语言。

他俩走过拉伊镇时，霍姆斯说，他经常想自己是不是应该来英国生活。接着又说，如果留下来，他不指望他们会把他当自己人。亨利点头以示同意，但一转眼他的心思又在别处了。

他们在阳台上用餐，饭后坐着休息，望着渐渐淡去的暮色中脚下的开阔平原。霍姆斯咕哝着伸直了腿，像是要安顿下来度过一个轻松而漫长的夜晚，亨利却希望现在是一小时以后，这样他就可以告退了。他们漫无目的地聊着，小心翼翼地回避那些会让他们产生分歧的话题，诸如好像已经跟霍姆斯吵过架的威廉，在波士顿境况不佳的霍姆斯夫人，还有亨利的小说——他知道霍姆斯对之有看法。他们能讨论的话题就只有美国的私生活和公众生活，以及法律和政治，于是很快就无话可说了。亨利发现他问了太多老朋友的太多问题，而霍姆斯太多次回答说他极少见到他们，几乎一无所知。他好几次说，他疑心亨利知道他们的事比他还多呢。

黄昏淹留不去，两人沉默下来，后来亨利觉得他们再也想不出什么话来说了。他挪了挪座椅，以便细看霍姆斯。在落日的余光下，他看出他此刻志得意满，十分自在，他却因霍姆斯在自己周遭聚集起来的愉快的自满气息而心生淡淡的厌恶感。

“时间过得真奇怪啊。”霍姆斯说。

“是啊，”亨利回答着，伸了伸腰，“我曾经以为时间在英国过得更慢，但在这里生活了这么久，才知道这是个错觉。如今我相信意大利才是时间过得最慢的地方。”

“我在想那个我们聚在一起的夏天。”霍姆斯说。

“是的，”亨利说，“那个灿烂，辉煌的夏天。”

亨利以为霍姆斯会说，那段时间已经一去不复返了，或者会说那就好比昨天一样，他该如何应对霍姆斯的陈词滥调呢。他已经打算给威廉写封信，告诉他作为清谈家的霍姆斯已经掉价了。

“我记得那个月里的每一个时刻。比昨天的事记得还清楚。”霍姆斯说。

他俩又沉默了。亨利不知何时告退才算不得粗鲁。霍姆斯清了清嗓子，欲言又止。他叹了口气。

“我好像是在倒退地过日子。”霍姆斯说，朝亨利侧转身，想看看他是否在注意听。“那个夏天一结束，就如我说的那样，我把它记得一清二楚，但在那些漫长的日子里，说着那些话，身边有着那些朋友，好像每样事物上都罩着一层巨大的帘子。有时候我觉得像是在水下，看东西只见模模糊糊的轮廓，拼命地想要上去呼吸空气。我不知道战争对我干了什么，除了知道自己活下来了。但我现在知道，恐惧、震惊、勇敢只是它们没有告诉我们的话，什么都没告诉我们，要是你每天都经历这些，你就会失去部分自我，再也找不回来了。战后我枯竭下去了，我自己知道，我灵魂的一部分，我生活和感觉的方式瘫痪了，但我说不出是哪个部分。没人知道哪里出了错，我自己大多数时候也不知道。那个夏天，我一直想改变，不再待在后面旁观。我想参与进去，成为一分子，像那几位好姐妹一样，将给予我们的生活饮尽。我想焕发活力，即使我现在也这样想，流逝的时光帮了我忙，帮我活了下去。我二十一二岁的时候，正常的情感就枯竭了，从那时起，我就想补回来，我想生活，跟别人一样生活。”

霍姆斯的声音几乎含着怒气，但低沉得仿佛自远处传来。亨利知道他能说出这些是多么不容易，也知道他说的都是真心话。他们又一次陷入沉默，但沉默中充满了悔恨和认识。

亨利觉得自己什么都说不出来。他没有什么好坦白的。他的战争是私己的，在他家庭之中，也在自己的内心深处展开。这种战争既不能提及，又不能解说，但对他的影响正如霍姆斯所说的那样。有时他觉得他的生活似乎归属于另一个人，归属于一篇尚未写下来的小说，归属于一个还没有充分构思出来的人物。

他觉得霍姆斯已经说了所有他想说的话，于是打算再留一会儿，对霍姆斯的坦承以示敬意，也使他的坦白有所着落。但霍姆斯看着他的样子，以及仿佛夜还长似的往杯子里倒白兰地的动作，使他逐渐意识到，他的客人还有话要说。他等待着，终于当霍姆斯开口时，他的腔调变了。他回到了自己那个法官、公众人物和阅尽世事的角色上去。

"好了，你知道，"霍姆斯说，"《贵妇肖像》是献给她的丰碑，虽然那个结局，我得说我不喜欢那个结局。"

亨利望着渐渐逼近的夜色，没有作声。他不想讨论他小说的结局，但为之感到高兴而满足，因为霍姆斯终于提到这本书了，之前他从未提过。

"是的，"霍姆斯说，"她非常高贵，我想你抓住了这一点。"

"我想我们都仰慕她。"亨利说。

"她始终是我的试金石，"霍姆斯说，"我希望她现在还活着，这样我就能知道她对我是怎么想的。"

"是啊，一点没错。"亨利说。

霍姆斯啜了口酒。

"你有没有后悔当初她生病时没带她去意大利？"他问道，"格雷说她请求过你好几次。"

"我不认为该用'请求'这个词，"亨利说，"当时她病得很重了。是格雷搞错了。"

"格雷说她请求过你，你却没帮她，到罗马去过冬也许会救她的命。"

"什么都救不了她。"亨利说。

亨利觉察到霍姆斯话中的锐意，也觉察到其中不慌不忙的残酷意味，他觉得自己正在受到老朋友的诘问和审判，不带半分怜悯和感情。

"她得不到你的回音，就心灰意冷。"霍姆斯说得好像这句话他已经考虑了一阵子了。他清了清嗓子又说下去。

“最后她知道无人会帮她，就心灰意冷。那时她非常孤独，心里只有这个念头。你是她表哥，能带她一起走。你是自由的，实际上你已经在罗马了。这不会给你带来任何损失。”

他们中一个再次开口时，已经是晚上了，天特别黑，看似无比严峻。亨利对仆人说他们不需要点灯，因为就要去休息了。霍姆斯啜着他的酒，两条腿搁起、放下、又搁起。亨利几乎不记得自己是怎么上床的。

到了早上，亨利仍在想该从哪一点上为自己辩护，或者该在何时结束这场讨论。显然，这些年来这个想法在霍姆斯心中愈演愈烈，而且显然他也跟格雷讨论过此事，这两个律师在这个问题上立场一致，盘诘他人也驾轻就熟。现在霍姆斯会去告诉格雷，他们说了些什么。

用早餐时，霍姆斯一派心平气和，好似昨晚做了场艰难而三思的判决，如今却又改变了主意。他计划下个周末再回来，他说话间，亨利想出了如何取消这些计划的办法。在很长一段时间内，他不想再见到霍姆斯。

此后一周，他用心写作，虽然有时手疼得厉害。他不去阳台，也只在吃饭和睡觉时才离开写字台。过了几天，他写信给霍姆斯说，他得将一篇小说在期限前赶出来，因此很遗憾没法在周末招待他了。他说，希望能在霍姆斯回美国前在伦敦跟他见上一面。

于是这几日他都沉浸在这封信带来的孤寂之中，但无法不去回想与霍姆斯的谈话。他开始构思写给霍姆斯的信，但一封都没能写下来。他认为这次问罪是不公平的，也是没有根据的，霍姆斯讨论这个问题的态度太冷漠，后来还蛮横无理。

他不确定表妹在最后几个月中给格雷写了什么。他明白格雷还留着她的信，他也在伦敦自家公寓里收着明妮在生命最后一年写给他的那些信。他知道她什么都没怪他，但他现在想要知道她在多年前是如何表达想去罗马的愿望的。慢慢地，他停下了笔。他清醒的时间都在想伦敦、意大利的早年时光和收到的那些信。他想去找到它们——他很清楚它们放在哪里——展阅它们，他不住地想着这事，于是知道自己得去伦敦一趟了。他会像鬼魂一样潜入他在肯辛顿的公寓，掠过一间间屋子，来到藏着信件的橱边，他会把它们读一遍，然后返回拉伊。

等火车时，他怕会遇到熟人，便装出一副去伦敦公干的模样。他连说话都怕，就连告诉仆人他要出门，跟司机说话，买车票，都觉得疲惫不堪。他希望自己可以隐身一两日。他意识到那些信不会透露什么，只会增加他的不确定感，这个念头在前往伦敦的路上压在他心上。他再读一遍，也不会比现在所知的更多。

出站后，他有种强烈的感觉，自他那场戏的灾难之后，他的生活又再度安宁。自那时起他奋力追寻的平静心绪头一次消失了。他开始感到，当他开启公寓里放置表妹信件的橱门时，会出现什么能看到的东西，他告诉自己这是想多了，头脑发热，但毫无作用。

他不费吹灰之力就找到了那些信，惊讶地发现它们这么轻薄简短。似乎是因为信纸的折叠，墨水把正反面都浸染了，有些字迹无法辨认。但这是她写的，也都标明了日期。他读信时，让自己的嘴唇随之开合："我会想念你，亲爱的，但我最高兴的是知道你很好，很快活。如果你不是我表哥，我会写信向你求婚，带我走，但事实是这不可能，因此我会安慰自己，心想即便如此你大概也不会接受我的请求。"他继续读道："假如我想尽办法，明年跟朋友在罗马过冬，我能见到你吗？"随后，在她的最后几封信中有一封写道："亲爱的，想一想我们一起在罗马的快乐吧。仅仅想到这我就要疯了。只要能在罗马过冬，我可以不惜一切。"

他把信放到一边，双手抱头坐着。他没有帮她，也没鼓励她，她则也注意不再这样直接请求了。他强迫自己把这事想到底：假若她坚持要来，他要么作壁上观，要么保持距离，要么是主动阻止她来，不管采取什么必要措施。那年，他逃入了盼望已久的明亮的旧世界。他写着短篇小说，领略着种种感受，慢慢构思着他最早的长篇小说。他不再是詹姆斯家族土生土长的人了，而是独自在一个温暖的环境中，怀抱清晰的梦想和自由的想象。他母亲写信来说，只要是在自由的餐桌上飧用，无论需要多少钱，都尽管去花。他不想要疾病缠身的表妹。即使她身体健康，他也不确定自己是否会欢迎这样一个具有率性的魅力和好奇心的人在身边。他当时要的是观察生活，或者用自己的眼睛想象世界。如果她来了，他就得透过她的眼睛看世界了。

他走到窗边，俯视街道。即使在此刻，他也觉得自己完全有权利把她抛下，继续走他自己的天赋和天性之路。可是，她的信使他生出满心的悲伤和内疚，当他意识到她必定把自己拒绝接待她的事跟别人说了，至少是跟格雷说了，他就又多了一份惭愧。霍姆斯说的“她心灰意冷”在他心中不住回响，跟他的无情和生存欲望作战。最后，他转过身朝向屋内，觉察到一个让人不堪承受的尖锐想法正盯着他看，像空气里的凶猛的捕食动物一般，悄声对他耳语：他更希望她死去，而不是活着，她失去生命后，他知道该拿她怎么办，但她温柔地向他求助时，他却拒绝了她。

大半个下午，他都坐在起居室的椅子上，让各种想法沉下去，滑过去，又浮起来。他寻思如果这些信以后不会有什么用处的话，是否应当烧掉。他把信搁下，回到刚才找到信的柜子前，翻了一通，找到他想要的红色笔记本。他知道自己在找什么，它就在开始的几页上，是几年前写的。它的轮廓在他脑中还清晰，但细节已经模糊了。他把笔记本拿到起居室更亮的灯光下。

自从霍姆斯来访之后，在忧虑痛苦的心境中，他对描写一位美国姑娘的兴趣渐渐淡了，而之前他曾做了笔记，也曾在这方面用力。家财万贯、生活刚刚起步的姑娘的故事似乎有无限多种可能。她会去欧洲，她会生活下去，会活得激情洋溢，有滋有味，即使时间短促。

他读完了他的笔记，那写的是一个年轻的英国人，贫穷，聪明，英俊，虽然爱着另一个人，但他的任务却是挽救这个美国姑娘，爱上她，帮她生活，尽管他已经在一桩这个垂死的姑娘所不知道的事情上无望地妥协了。没有钱，他也打算帮助这个姑娘。

读笔记时，他震惊于这个故事的冷酷无情。年轻人假装喜欢这个姑娘，也许是想得到她的钱，他的爱是一种欺骗，而他真正爱着的那个人却看着这一切，知道如果他们拿到钱，自己就能嫁给他。他想，这个故事庸俗丑陋，但此刻却强有力地来到他身边，觉得没必要再多作笔记，这故事已留在他心中。

他再次把那些信拿在手里，看着明妮信任、清晰的笔迹，写这封信的人曾只想得到世间的善意。他清楚地看到她到欧洲来了，为的是最后看一眼生活。他给了她钱，他想象着她继承了一笔钱财，也看到了他的男主人公，一部分对她充满爱和怜悯，另一部分却心如铁石，贪婪，准备背叛。只有当动机是庸俗丑陋时，故事才会庸俗丑陋，但假若动机是复杂模糊的呢？他猛地坐直了身子，接着起身走到窗前。那一瞬间，他看到了另一个女子，清晰地捕捉到了她奇特的中立的道德观，她为了使那个垂死的姑娘领略爱情，牺牲了多少，又得到了多少，她是多么细心，又多么实际，从不让双方分别出现在天平的两端。

他有了他们，三个都有了，他要拥抱他们，守着他们，让他们随着时间改进，变得更加复杂，不再那么庸俗丑陋，更丰富，更能激起共鸣，更像生活可能的未来，而不是像生活本身。他又走过房间，把信和本子收起来，拿到橱边，扔到架子上，关上了橱门。他不再需要这些了。他现在需要的是开始写作，运用他的头脑。他决定返回拉伊，准备当召唤来临时，再次挖掘他的表妹明妮·坦普尔的生与死。

第六章　一八九七年二月

他的手没有好转。他捧着它，就像捧着一样托付他照管的异质体，不舒服，不喜欢，有时还讨厌得很。他上午还能写作，但到了中午，就痛得厉害起来，从手腕到小指的骨头、肌肉、神经、肌腱都在痛。如果手不动，也不会痛，但动起笔来，特别是当他停下来思考又接着写时，就会发作得难以忍受，痛得他简直能把笔扔下。

百般无奈之下，他只好去读前面几页稿子，在心里想好怎么修改。他发现自己的思路奔跑在前，能毫不费力地在心里继续写下去，逐字组织完整的句子。他觉得自己能在想象中给句子画上一个句号，然后再写完另一句。他没有大声把这些句子念出来，也没有小声地念，但它们就是整句整句地冒出来，他很容易就记住了前面几句写的是什么，每句的开头是什么。他坐在桌前，想给威廉写封信谈谈这个现象，但蓦地醒悟到他没法写信，其实他也有段时间没写正经的信了，他很当心保存自己右手的力量，为的是写每月连载的长篇，那个无论手痛不痛，都得交稿。上午那几个钟头，写稿手不痛时，他就全神贯注在小说之中，但渐渐地，连这几个钟头也难起来了。

喜欢现代发明的威廉给他写信说速写有种种好处，坚持说口授法更便捷，只要注意力足够集中，就能有行云流水般的更好效果。亨利对此将信将疑，也担心代价太高。另外，他满意于自己的独处状态和对白纸黑字的牢牢把握。但疼痛蔓延到整条胳膊了，日复一日，为了让连载不断，也为了给打字机续纸，他都得忍受折磨，到了这时，他知道没法再坚持了。他筋疲力尽了。

他想，可以让速记员来给他写信，也有很多事迫在眉睫了。他又为隐私担忧起来，但又确定自己的信里没什么绝对私密的东西。如果有，他会立刻删掉的。推荐给他的速记员是个苏格兰人，叫威廉·麦克尔平，每天早晨来公寓，看起来很有效率，值得信任且足可胜任。这人沉默之外少见性格，板着脸，除了手头的活，似乎对什么都不感兴趣。

于是亨利口授他的信件，麦克尔平闷着头一字一句地用速记法记录下来，之后给他过目誊清的稿子。很快，亨利开始直接对速记员口授，有时候他想，不知麦克尔平和他那全新的打字机哪个对他说出来的文字更感兴趣。

他对朋友说，他的手已经降格为永久性无能的难缠之物。而他的速记员逐渐成为一个空气般无处不在，又奇特地透明的人，尤其是当亨利发现，与写信相比，口授同样适合写小说。手治愈之后，在晚上打字员回去后，他自己写一些信，到了白天，便用新机器和它沉默的主人来创作严肃作品。

起初他很谨慎，没有到处宣扬自己的新方法，但他很快就后悔应该一个人都不说。因为别人知道他如今是把语言录进一台机器里去的，把小说的艺术产业化了，就对他的决定不敢苟同，对他的未来更无善评。他对他们保证说自己肯定不会因速写而让文字简单化了，也不会因任何设备而被篡改，简单地说，他与灵感的交易反而在机器和苏格兰人的到来后有所改善。

他喜欢在屋子里走来走去，给新句子起个头，让它蜿蜒前进，又让它停一会儿，加个词，再顿一顿，接着就让它飞奔到一个优雅而合适的终点。他每天早晨都盼着快些开始，他的打字员准时到来，任劳任怨，虽然这些由小说家念出来的文字在意趣和重要性上都不亚于他那些已经进入商场的旧作，但此人似乎无动于衷。

他感觉到，他的整个写作生涯正是通往这一有声的自由，几个月后，他知道自己无法再回到纸笔上去了，也没法再回到没有机械的独处中去了。无论他去到何处，这个苏格兰人也会带着这台庞大而笨拙的打字机跟到何处，打字机不消片刻就会取代速记。打字机得拎着，苏格兰人也得喂饱，于是迁移就变得相当麻烦，开支大增。他跨越海峡、坐火车以及住旅馆的生活都到了头。其他气候和城市美景的呼唤在打字机忠实的嗒嗒声和他自己的嗓音中，不知怎地就被淹没了。

这些年他写了很多房屋，而且写得细节毕现。他的建筑师朋友爱德华·沃伦提出要把花园山庄、波灵顿、东苩和界限山庄画出来，这些都是他描写过的别墅，每个房间逐一写过，里面是精心创造的氛围，珍贵的装饰品和古旧的挂毯。沃伦说，这能给他的书来个建筑版。亨利每次去沃伦家，都会去看一幅他画的拉伊镇兰慕别墅的花园房，是从街道望过去的视角，他赞赏画中的英国精髓、老砖和年深月久的舒适感。

亨利梦想在伦敦城外有一幢自己的房子，想象着自己每天晚上坐在一间老式铺木房间的明亮的灯光下，木地板上了暗色的漆，覆着地毯，火烧得旺旺的，烧着的木柴渗出汁液，噼啪作响，厚重的窗帘拉着，漫长一天的工作结束了，不会有什么社交事务。

夏天到来，他去萨佛克海滨的村庄里散步，喜欢上了那些地名——大雅茅斯、布兰德斯顿、萨克斯曼德姆、邓尼奇——这意味着一份粗粝的遗产，一段古老的历史。他觉得一栋海边的石头小屋正是他的理想，简单且与周围海洋文化紧密相连。当他带着随行的打字员和雷明登牌打字机，从一个地方去到另一个地方，在糟糕的旅舍和昂贵的旅馆之间徘徊时，他盼望这会是他最后一个断断续续的夏季，但他也知道这种得过且过、衣食不继，没有家的生活还会忍无可忍地过下去，这就是他的命，除非他能拥有自己的可爱的避难所。随着时间的流逝，他越来越渴望了。

在萨佛克的村庄中，他逢人便问，述说他的需要和愿望，拿出他在伦敦的地址，摆明自己是当真的。有几次，他兴致勃勃地去看房产，但没有一处接近他的梦想，那些房子本身没错，只是太难看，推荐给他，只是因为无人想要。

他在拉伊也同样表达了想要一处长期住处的愿望。他与一位当地的铁匠交上了朋友，此人还做五金生意，成天站在门口等生面孔来闲聊。亨利在拉伊镇的一次散步中，停在了米尔生先生的门口，初次见面后，米尔生就立刻以詹姆斯先生称呼他，知道他是个美国作家，正在拉伊漫游，还越来越喜欢和欣赏拉伊。他住在波因特山那段时间，与米尔生第二次还是第三次交谈之后，米尔生发觉他想在此地要一处久居之地，可以在乡间，要是在镇上就更好了。米尔生先生喜欢聊天，但对文学不感兴趣，又没去过美国，不认识别的美国人，而亨利的五金知识也相当有限，所以这两个人谈的都是房产，哪些以前出租过的，哪些正在出售，哪些已经被买走或收回了，还有一些人人垂涎的房产，在记忆里从未被买卖或出租过。每次过访，只要一提起这个话题，米尔生先生都会把印有亨利伦敦地址的名片拿出来给他看，说他没有乱放，没有忘记这事，接着就会怂恿般地提到某处好的旧别墅，对单身汉来说十全十美，但又遗憾地承认说那栋房子还牢握在业主手中，近期看来也不太可能脱手。

亨利把他跟米尔生先生的交谈当作游戏，一如他跟渔夫谈大海，跟农民谈收成，都是高雅的休闲形式，欣赏英国的方式，让英国的滋味透过词汇、言语和当地话呈现出来。于是当他拆开一封寄到他伦敦住址的信，注意到信封上的笔迹不是出自惯于写信的人之手，随即又看到寄信人是米尔生时，还在为此信的来路感到困惑。直到他读了第二遍，才意识到这是谁写的，接着像是胸口被击了一拳，他明白信上说的是什么了。米尔生告诉他，拉伊的兰慕别墅已经撤空了，可以住进去了。他第一感觉是他要失去它了。那位于砾石山顶安静角落里的房子，它的花园房曾被爱德华·沃伦画得那么美，他多次去拉伊时，曾那样心动又觊觎地瞟见它的样貌。那栋屋子既不显山露水，又很富丽宏伟，既处于中心区域，又与世隔绝，这种别墅似乎是属于别人的，他们住得舒服自在，温暖又有收获。他查了查邮戳，心想他的五金商是否把这一撤空的消息对所有来访者都说了。他对这栋房子的喜爱和渴望的程度远远超过别的房子。没有什么事比这更富有戏剧性，更得来全不费工夫了。他能想干就干，发个电报，搭上下一班列车，但他还是觉得自己会失去它。但已经没有余地来思考、遗憾和担忧的了，惟一的办法是冲到拉伊去，这才能确保他不会因为自己的疏忽而没法成为兰慕别墅的新居住者。

离开之前，他写信给爱德华·沃伦，请他也尽快去拉伊看看那栋房子的内部情况，外面的样子他是非常喜欢的。但他等不及沃伦了，自然也无法再写作，坐在火车上，他疑心是不是瞧着他的人都会看出此行对他的意义何等巨大，多么令人激动，又潜藏着多大的失望的可能。他知道那不过是一栋屋子，别人买了它又卖了它，无动于衷地带着他们的财产轻松地走了。在去往拉伊的路上，他惊讶地发现除了他之外，无人理解这事的意义。这么多年，他没有国家，没有家庭，没有自己的房子，只在伦敦有一处写作的寓所。他没有不可或缺的外壳，而这些年暴露在外，使得他精神紧张，筋疲力尽，心存恐惧。这就好比他过着一种没有墙的生活，没有一块空地可以把他与世界隔开。兰慕别墅会给他美丽的老窗户，他可以通过窗户观察外界，而外界只能在他的邀请之下才能向内窥探。

他梦想着作为一个主人，如何邀请朋友和家人来住，梦想着装修这栋老房子，购买他自己的家具，日子过得平平顺顺。

他一走进大门，就有种幽暗的舒适感。楼下的房间小而安适，楼上的房间较为宽敞，光线也好。有些栎木墙板已经被盖上了现代墙纸，但他相信很容易就能恢复原状。有两间屋通往花园，花园经过精心的料理，植物栽种合宜，虽然对他来说是太大了些。客房里曾住过乔治一世，他知道这一间既适合家人，也适合朋友。他在屋子里走动时，把一扇扇门都打开，也叫人帮他开门，他什么话都不说，心里仍然担心，只怕自己表现得太过热切，先前也来要过房子的人会出现在门口，大声命他离开。

当他从花园步入花园房，巨大的凸窗俯视着砾石山下，他瞥见了自己使用这间屋子的情景，夏天他每日在这里写作，享受美好、通风的环境和明亮的光线，他禁不住喘了口气。他离开花园房，站在围墙下时，已经无法自拔了，墙上爬满了古老的常春藤，一棵老桑树撑起一地树阴，砖头因时光和风霜变成了浅浅的赤褐色。在房中和花园里走动就像填写一张表格，他走的地方越多，就觉得自己越接近于在表格末端签名，将它归为己有的一刻。

房东得知他未来房客的大名和职业，吃了一惊，很快同意签下二十一年的优惠租期。沃伦以专业眼光看了房，提出一系列的改进方案，冬天就能整改完毕，这样春天这房子就能住了。亨利承蒙麦克尔平的帮助，寄了好几封信给朋友和嫂嫂，告诉他们他有新房子了。在麦克尔平走后，他亲手把每年七十镑的租金添了进去。

奇怪的是，在之后的几个月里，他只感到忧惧，仿佛毫无准备地做了一项充满风险的巨大经济投资，他拥有的一切都有可能失去。如今他有各式各样的事要安排，要再聘用用人，要购买家具和生活用品，伦敦还有一套公寓得出租或是保留。另外，作出这等高额承诺后，他还得确保自己未来的经济状况。但除了这些缘故之外，他另有一种模糊不明、无法形容的恶兆。过了好几周，他才明白那是什么，他是一瞬间想到的：他走进兰慕别墅楼上的房间，走到他的卧室时，他相信自己会死在这屋子里。细看租约时，他知道二十一年的时光足以将他带入坟墓。房屋的四壁见证了将近三百年来过往的男女，如今它邀请他来短暂领略它的魅力，它将他诱来这里，提供他不会持久的友好款待。它会欢迎他，然后目送他离开，一如它目送其他人离开一般。他会病倒在其中一间屋子里，他会冰冷地躺在这房子里。这个想法让他充满恐惧，却又感到欣慰。他毫不迟疑地过来和他的临终之地相遇，来揭开它的神秘，揭开它还不曾为人所知的层面。但他也是来这里生活的，漫长的白天伏案写作，漫长的黑夜坐守壁炉。浪迹萍踪的他找到了自己的家，他渴望着它将自己包围，渴望它的熟稔感，它那内在的美。

那年冬天和来年春天，他从务实的决心中得到了力量。豪威尔斯来伦敦后，他们共度悠长的上午，任凭室外雾气浓重，他们谈论很多事情，包括美国的短篇和连载市场。豪威尔斯在这次拜访中提出冷静的建议，回返美国后又插手干预，于是那里的编辑纷纷向他约稿，套近乎，这也是那个季度的奇迹之一。

其他事情也逐渐各就各位。沃尔斯利夫人发现了他的新居处，坚持要来拜访并提出建议。他知道她是个厉害的天才聚物家，她的品位很实际，但懒于装修小房间和私密场所。她熟悉商人和他们的店铺，这些年来，她渐渐得到一流商人的尊重和敬畏，也对最次等的商人加以品评。《波灵顿的收藏品》还在连载时她就读过，是叫人从美国寄给她的，她认为那个为了精心收藏的波灵顿珍品而放弃生活的寡妇凯尔斯夫人，是以她为原型的。

"不是因为她贪婪，"她说，"也不是因为她愚蠢和守寡。我从没守过寡。而是那眼力，什么都不会错过的眼力，能看到安娜女王的座椅恢复原状后的模样，能看到挂在暗处的古旧的壁毯，还能看到为了画框才要买下的画。"

她以为他没钱可花，也以为他的品位跟她一样，于是她琢磨了他新居里的每一间房，详细了解各种需要。她觉得兰慕别墅妙极了，真希望能把它搬回家去，但正因为她不能，就只好这样安慰自己：带着他在伦敦购物，指点给他街角和小巷里的古董交易所和老家具行。他惊讶地得知，她收集大部分小藏品的那些年恰好是他们夫妇俩最困顿的时候，什么都没有继承到，只靠他的薪水和她微薄的私房钱过日子。她说，她的眼睛已经被贫穷磨尖了。

白昼渐短，他与她在伦敦逛来逛去，推开灯光微暗的店门，里面有警惕的商人，他们跟沃尔斯利夫人是老相识了，有的还记得她买过的古董，她的讨价还价，还有她买去收藏的东西，那些东西在当时看起来稀奇古怪的，以为是她肆意挥霍。当他准备退居到乡村生活的安全和孤独中去时，就已经开始怀念起这个伦敦了，那灯火通明的店铺，车水马龙的街道，最为丰富而繁忙的社交生活。他喜欢近晚的光线，清冽的寒气，也喜欢夜晚的邀约，尽管他一再声明对此表示拒绝。当他和贪得无厌的同伴走在街道上时，他用爱抚的目光看着伦敦，接着，他们来到老储藏室和陈列室，被商人们领到这里那里，这些商人极为礼貌和审慎，好像他们卖的是隐私。他想着自己的新生活和新家具，新近粉刷的墙壁和打磨的木质器具，感到有种出奇的轻松和快乐，他的目标才完成了一半，拉伊的兰慕别墅此时还停留在想象之中。

自从沃尔斯利爵爷被提拔为英军司令官，他们从爱尔兰胜利班师回朝后，沃尔斯利夫人对亨利的态度就霸道起来了，不过此刻她却挺温柔，对商人非常客气。他从不知原来她也会放低嗓门。在灰尘满地的老店里，她查看新货，或者索要老地图时，脸上就浮现出新的思虑，看上去谦逊娴雅，而随着冬日的过去，她越发显得端庄起来。她自然完全明白什么值得买什么不值得买，对兰慕别墅中各位置的摆放，也已胸有成竹。因为她热情又没耐心，他不得不跟她作斗争，好几回都要小心翼翼地藏起自己对某样东西的渴望，因为她都没放在眼里。

沃尔斯利夫人给他提供了一次秘密的伦敦导游，那些隐蔽之所的东西足以填满、装饰兰慕别墅，她还提供给他伦敦的另一面，那是最为拥挤吵闹的居住区。他指出的和把玩的每样东西都拥有一个惊人而不为人知的背景，呈现出英国古老的财富和历史意图。

这几个月中他勤奋写作，写文章和小说，但有些日子，他完成了与自己定下的契约，写完了预定的字数，让他的苏格兰人忙了一个上午后，会突然决定再去一趟商人那里，与灰尘、剩货，以及乱七八糟的变卖遗产混迹一处。他漫无目的地从一家店走到另一家，看中一个画框，一把椅子，或一套餐具，但并不买下，而是等到自己的心意更为坚定，或者有沃尔斯利夫人作陪时再买。

一天下午，四五点钟时，天色开始变得朦胧阴暗，他逛到布鲁姆斯伯里街的一家古董店，之前他只跟沃尔斯利夫人来过一次。他清楚地记得这家店主有一双不同凡响的眼睛。当时那位店主什么话都没说，却对沃尔斯利夫人和她朋友进行了诱劝，给他们施加了微妙的压力，只是淡淡一瞥，就让现场笼上了一层肃穆的气氛。亨利还记得他那修长光洁的手指，留着干净的指甲，不时地略微触碰柜台上的物件，动作轻柔而紧张。他发现沃尔斯利夫人也是一言不发，但坚决不作任何交易，即使店主拿出一些极好的东西，包括一张虽小但精妙绝伦的法国挂毯，以及一些古董级天鹅绒织锦，店主和沃尔斯利夫人都认为现在几乎不可能有如此的质地了。她什么都没买，但对一些东西详加研究，连店主机灵、耐心的目光都显出嘲讽的意味了。出来后，她说价格太高——虽然刚才几乎没有提到钱——她还说这位已经做了多年生意的店主不该再得到鼓励。

亨利想买一样东西，他已经考虑过一阵了，那东西没什么用，还可能不值这个价，而且当然是很贵的，这样东西吸引他目光，他想拥有，想近身存放，这样就会在价值之外独具意义。那张法国挂毯就是他所想之物，它勾勒的图景是一位意大利大师的画，不是弗拉·安吉利科就是马萨乔[①]，布面上的粉色线撑起了主基调。他想他会再好好看一看它，再与店主切磋一番，或许不经沃尔斯利夫人的指点就决定买下，因为他知道她从不改变主意。

他看到店门开着，就步入亮着灯光的室内，轻轻关上了门。他想，能让顾客这样进来，果然是店主的奇怪作风。店铺的前室狭窄拥挤，但他记得只消往下走几步，就是一间通往大储藏室的长屋，储藏室里还有阶梯可上阁楼。他磨蹭了一会儿，等店主现身，接着开始打量一个茶杯，觉得可能是塞夫尔的[②]。他又随便看了几样别的东西，就走到后面，看到了下面整个储藏室。那里，凑在一张贵妃榻边讨论它的布料，测试它的牢度的两人，正是沃尔斯利夫人和店主。他立时觉得自己是个入侵者，便回到暗处继续等待。他没有料到沃尔斯利夫人会在那里，觉得最好还是别打扰她。这是她的领地，他没有得到许可。现在他认为最合适的做法就是悄悄离开这家店。

正在此时，另一位客人开门进来，弄出了很大的声响。这是位正当盛年的华服绅士，他关门的时候好像跟开门一样犯难。店主走上楼梯，一眼就看出这两位先生是分头来的，彼此没有关系。他像是对这两位的到来颇感意外，但很快掩饰起来，友好地认出了亨利，而对第二位客人，他的态度就没那么热情。这次他好像比上次更机灵了，更像外国人，更为深沉，模样也更漂亮了，黑

① 安吉利科（1395—1455）和马萨乔（1401—1428）都是意大利文艺复兴时期佛罗伦萨画派画家。

② 法国著名的宫廷瓷器，因产于凡尔赛附近的塞夫尔皇家瓷厂而得名。

眸子里透着狡黠的融融暖意。显然，他并不知道亨利已经看到了沃尔斯利夫人，当他微笑着盘算该怎么做时，亨利一直看着他。店主请亨利稍等片刻，随即下了楼梯。亨利听到下面的模糊话语，看到第二位顾客端起一台带镂花木柄的古董银制钟。他等着沃尔斯利夫人现身，想着他这位入侵者该对她说些什么才好。

店主一出来，亨利就发觉他微露忧色。随即一身丽装的沃尔斯利夫人也跟着上来了，亨利不禁觉得她太过花哨了。

“我倒是不晓得你会一个人出来闯，”她说，“迷路了吧？”她粲然一笑，发出一声短促的笑声。

他朝她鞠了个躬，抬起头来时发觉她也认识另一位先生。她和店主都因此人在场而感到颇不自在。亨利朝他望去，却发现就在他鞠躬、转头的刹那间，沃尔斯利夫人和那位绅士交错的眼神间透露出某种急切、近乎警示的意味。

“这里大多数东西你都买不起。”她对亨利说。他俩都立刻感觉到这句话虽然是说笑，却太过唐突尖锐了。

“穷人总是能饱饱眼福的。”他说道，等她来补救眼下的情势，想她会怎么做。

“那么来吧，我给你看看。”她说着便带他走下楼梯，并又要了一盏灯。

他知道这是让那位先生走人的意思，所以毫不奇怪地听到古董店的前门再次响了一声。沃尔斯利夫人让人把灯放在一个意大利柜子上，他想那个人究竟是谁，为何他们没有彼此介绍，为何屋子里的气氛如此紧张，而有着丰富社交经验的沃尔斯利夫人又怎会让这次相遇变得如此尴尬。他想，难道沃尔斯利夫人会在一个普通的冬日下午，在一家古董店里让步妥协吗？这种妥协采取了什么方式？店主又是如何牵涉其中？沃尔斯利夫人和店主开始赞美柜子的性能和美观，店主每说一句，沃尔斯利夫人就忙不迭地点头，还重复几句以示强调，他俩都坚持不将价格说出口，以免引起震惊和愤慨，最好不要让眼下这位爱美又拮据的顾客知道。

他俩说着说着，店主沉默下来，沃尔斯利夫人一个人继续说话，亨利确定自己大致明白了刚才那种情形，但是不解其中意味。沃尔斯利夫人跟一位绅士约好在此见面，但这不能说明什么问题，正如她在伦敦行动自如，还毫不犹豫地带着亨利四处购物。紧张气氛的起源是她不愿跟这位绅士打招呼，也不愿介绍他。亨利对此不能理解，想不通她为何既没有完全无视那位先生，也没有做出认识他的样子。沃尔斯利夫人和店主接下去的谈话像是在把沉默聚集起来，再把噪音填充进去。他意识到自己看到了伦敦奇怪的一幕，其中蹊跷只有他人知晓，而无论他怎样思考，也无论他们的尴尬在古董店里持续多久，他都不会知道。

沿着楼梯朝店的前室走去时，他的目光被挂毯吸引住了，自从他上次来访之后，它已经被换了地方。此刻它显得更加华丽了。他的两位同伴在他身后止步。他觉得他俩也看得到这一精致的着色，古旧的底线衬着明艳的绣线，整个织工显示出一个远去的辽阔王国。

“是十八世纪的吗？”他问。

“再看看吧，你可能会看出来。”沃尔斯利夫人说。

店主端着灯走近，他又看了看。

“你喜欢吗？”他问她，心想她是否还记得上次来时也看过。

“谈不上‘喜欢’，”她说，“这是伪品。是重织过的，有些手工是最近的。你看不出来吗？”

他愈加仔细地端详，粉色和黄色的绣线在他看来也是古旧的，尽管这两种色调在整体上很显眼。

“它就是做来愚弄我们的。”沃尔斯利夫人说。

“它非常动人，非常漂亮。”亨利像是在自言自语。

“哦，如果你压根看不出这种低级品里的重织部分，那么你比你所想的更需要我。”沃尔斯利夫人说，“无论如何，你都不能再独自出来乱闯了。”

他想，再隔一段合适的时间，他会回来买下这幅挂毯。

他在失去伦敦。他屈尊参加了改革俱乐部①，排在长长的名单之后，心知要经过多年消磨，他的大名才会排到顶端。他喜欢在改革俱乐部的安慰之中，在服务生的关心和照顾之下，想象一种伦敦生活，想象这个辽阔的城市尽在他的掌握之中。他对自己默默说道，他已经向伦敦敞开了他全部的生活，才六个月大就被携来此地，因他父亲早年向往永恒的智慧、尘世的快意，以及一些无法言喻，却始终与他失之交臂的神圣之物。

① 改革俱乐部成立于一八三六年，会员宣誓忠于一八三二年的大改革方案，早期主要是自由党的政治组织，现在已经发展为非政治性的社会团体。

由于凯特姨妈在他十几岁时已经多次跟他说起，他知道他们曾在温莎大公园附近租下一间小屋，这个家庭的最大幸福是拥有两个顽皮不堪的健康男孩，使得他们的父母和阿姨整天不得空闲，还有就是拥有足够的钱供老亨利在那个时代最为伟大的人物之中去追求他的兴趣爱好，探求真理，如果真理无法探得，则通往真理之路将走得难忘、严肃、有价值。老亨利好做善事，行的是上帝为他立下的宏伟的大好计划。他认为人人都应该理解这个计划，去过一种从未有过的生活。他的使命，就是在阅读、写作、议论，以及抚养孩子之时将每个人最本质的新意和善意与潜伏在四周、隐藏在内里的黑暗调和起来。

亨利准备离开伦敦时，爱德蒙·戈斯频频来访，他尽力保证不会烦扰到亨利，也不会逗留过久，以免使一直对他宽宏的主人感到不便。他读了从大西洋那头过来的老亨利·詹姆斯的一部作品，一直因自身原因而对童年经历尤其是幼年经历很感兴趣，他听过一系列讲座后，就相信幼年经历对行为的影响比先前认为的更大。他对亨利父亲笔下的一段重要生活经历大是着迷，那是发生在温莎大公园他的租房里。

他父亲写过在公园附近的农舍中发生过的事，认为那是瞬间的顿悟和欢喜。他时常提起，而亨利记得每每说起这个话题，母亲就脸色一沉。凯特姨妈的脸色也是一沉，但也是她屡次把这件事说给亨利听。他还记得，她讲故事时有种满足感，因为这件事又被讲了一回，而且听的人是认真听讲的小亨利。

戈斯不知道事情发生时，亨利还是家中的小小孩。他提起此事，只是想问一问这是否对亨利父亲往后的行为产生影响。他得知亨利和威廉也在场时，就迫不及待地让亨利告诉他一切他所知道的事，并保证不会拿去发表，也不会传扬出去。亨利说，他那时还小，对此毫无记忆，而父亲的说法已经写在书里了。

“但家里人肯定说起过吧？”戈斯问。

“是啊，我凯特姨妈跟我说起过，但我母亲不喜欢这个话题。”

“事情发生时你凯特姨妈也在场？”戈斯问。

亨利点点头。

“她是怎么说的呢？”戈斯问。

“她很会讲故事，你没法肯定她说的是不是真的。”亨利说。

“那你可得告诉我她都说了些什么。”

他便把姨妈说给他的事复述给戈斯听。她通常会这样起头：那是暮春的一个午后，一年中温暖明亮的时光，他们用过午餐离席后，她的姐夫还坐在那里沉思，这是他的习惯。她说，他常常会没头没脑地从桌边走开，拿来纸笔，专心地写上些什么，读上一遍后，又会把几张纸揉成球奋力扔到房间那头去。他常会突然站起来，疾步走过去找书，拖着一条木腿，好像那是他的负担似的。一旦读懂书中的意蕴，他会无比激动。凯特姨妈每回都说同样的话：有两方在打仗，一方是他的好心，另一方是他父亲——奥尔巴尼的老威廉·詹姆斯——放在他肩上的沉重的清教徒的手。她说，老亨利·詹姆斯每到一处，都看到上帝计划中的爱和美，然而老清教徒的训诫却叫他不要相信亲眼所见。每天都在打仗。他焦躁不安，忍无可忍，但同时也在寻寻觅觅中摒除杂念，动辄欣喜若狂。他的第一场危机发生在年轻时，当时腿被烧伤，不得不切除。如今在伦敦的暮春里，他等待着自己的第二次灾祸。

“我凯特姨妈，”亨利说，“说起话来很夸张。她对我说她们走开时他在读书。那天风和日丽，她们带着我们两个小男孩外出散步。袭击发生时他一个人在场。不知从何处突然冒出来，像是夜幕里巨大而朦胧的形体，像是只愤怒的啄食猎鸟，时隐时现地蹲在角落里要把他带走。全身漆黑却形象宛然的幽灵，嘶叫着朝他扑来。她说，他知道它为何而来。它就是来毁灭他的。从此以后，他就像个婴儿般时时受惊吓，他认为不管它是什么，它再也不会离开他了。她们找到他时，他蜷缩在地，两手遮住耳朵，喃喃地叫着她们。威廉和我才两岁半和一岁，看到他恐惧的样子，听到他喃喃的话语，也被吓坏了。凯特姨妈立刻把我们带走。她说威廉之后好几天都脸色苍白，母亲不留在屋里就没法入眠。但我们两个当然什么都不记得了。”

“这可难说，”戈斯说，“记忆或许被封锁起来了。”

“不是，”亨利肃然说，“什么都没锁起来。我们就是不记得了。这点我能确定。”

“继续说吧，请接着说下去。”戈斯说。

“姨妈告诉我，我母亲把他从地上扶起来，开始还以为他被罪犯袭击了，但接着听他描述所见，只好不停地告诉他没有什么黑色的物体，也没有奇怪的东西蹲在角落里，他是安全的。但她没法让他不流眼泪，也不能完全确定到底发生了什么。不久，她意识到他说的不是什么动物或小偷，事情是发生在他脑海中，是他的想象。这是一幅阴暗的图景。她就像结婚第一年他做噩梦时那样，拿来一把剪子，慢慢地，轻轻地给他剪指甲，柔声跟他说话，使他的注意力转移到剪指甲的动作上去。随后他镇静下来，她把他带到他们房间，陪着他。”

“那么她把你们独自留下了？”戈斯问。

“不，当然没有，”亨利应道，“姨妈照看着我们。那晚我们睡下后，父亲也终于平静下来，她坐在我母亲身边，两人都不知该去请教谁，又该怎么做。父亲自从有了母亲的安慰之后，就沉默了，目光茫然，张着嘴。他一直在发出低沉的喃喃声，或者说出几句像是胡言乱语的话来。她们远离家乡，除了父亲那些著名的朋友，谁也不认识，她们不知是否该去找卡莱尔或萨克雷，问他们这位病人——如果可以这么说的话——该如何医治，或者说到底，像这种除了对职业和家务活外，凡事追根究底的男人是否都有这种阴暗恐怖的时刻。”

“那么她们怎么做？”戈斯问。

“那晚我们父亲睡着了，我们也睡着了，但这两个女人守着我们，心知生活改变了。姨妈对我说，我母亲知道它是什么，而且一直坚信不移，不管别人怎么说。她认为魔鬼来拜访了哲学家，但那魔鬼却是我父亲想象出来，或者是陷入了那段时间的阅读所形成的古怪噩梦。母亲相信有魔鬼，但也知道惟有他才看得到，惟有他才觉得真实，他每走近一扇玻璃窗，就会看到窗外藏着一张脸。别人都看不到，因为别人都没去钻研那些思想和信念，在那些思想和信念中，黑暗和魔鬼都被驱逐出我们的世界观。那就是我的父亲。”

“那你母亲和姨妈最后怎么做呢?”戈斯问。

“凯特姨妈说，她们有两个孩子和一栋房子要照顾，只能看到实际存在的东西。医生要求他保持安静，不能读书写字，也不能思考，如果能办到的话，也不要串门。那几个月里凯特姨妈记得最清楚的是每次我母亲走进房间，父亲就伸出双臂，像个想被抱起来的婴儿。他生活在恐惧之中，总觉得看到过的东西还会回来，用目光扫视房间的各个角落和窗户。他生活在她们触及不到的世界中，说起话来也不大对头了。”

“你姨妈有没有说过这影响到了你和你哥哥?”戈斯问。

亨利叹了口气。他不知道自己为何会答应把这事说给朋友听。

“他最无助的日子里有那么一天，像是我开始学走路的时候，”亨利说，“来得很突然，很惊喜，我一下子就变成一个热切而自信的小小步行者了。好像我跟父亲交换了位置似的。慢慢地他们明白了我为何那么快就学会了走路。我想到处都跟着威廉，他走路时，我用饥渴的目光盯着他，如果他走到户外，或者走过房间，我就跟着他，黏着他，惹他烦。当然我还没能自如地微笑和大笑，但我一学会走路，无论威廉做什么，我都会冲他笑，虽然他做的事在我看来并不怎么好笑。凯特姨妈说，那个英国夏天拉开序幕时，这可真是一个难搞的家庭。”

“我想象得到，”戈斯说，“真是太不寻常了!”

“最后，当然啦，”亨利接着说，“都忘记了，或者，如你所知，被当作我父亲爬向知识和智慧的顶峰时重要的一刻，留在历史中了。”

“但她们是那样觉得吗？”戈斯问。

“不是，”亨利笑道，“不是，凯特姨妈说她和她姐姐从没那样觉得。她们恐惧地发现父亲开始向所有的来客讲述他黑暗中的苦难，后来还去对陌生人讲。你一定也读到过了，在一处水边，他遇见了一位夫人，肯定是奇切斯特夫人，他向她描述了他那蹲伏的嘶叫的怪兽。奇切斯特夫人立刻就说，他遇到的事别人也遇到过，这标志着他快要领会上帝的伟大计划了，那是上帝对人类的梦想，她说，他应该去读一读瑞典哲学家斯韦登伯格的作品，他对这些事情的领悟无人能及。那段时间，我父亲把任何新的启示都看作是对前一个启示的大幅超越。虽然他被禁止看书，他还是在伦敦读了两本斯韦登伯格的书，在其中一本书中他发现那天下午发生的事叫做‘空无’，此后无论别人再说什么他都对此坚信不疑。这种‘空无’仿佛是通往理解上帝之路中的一步，上帝把我们创造成他的模样，我们的冲动和欲望，我们的思想和感觉，都深深地被神圣化了。于是我父亲又高兴起来，满脑子都是斯韦登伯格，认定他的使命就是把这一真理传播给全人类，至少也要传播给说英语的人，但实际上主要是在美国传播，我得补充一句，大家都没怎么当回事。”

“这或许能说明你为何又回到这里。”戈斯说。

“回英国？”亨利问。

“回到那事发生地点的附近。讲座上说孩子能接受一切，藏在心里却吸收不了，他们说这就是无意识。”

“那威廉怎么没来这里呢？”亨利问。

“我不知道，”戈斯说，“这是个谜。”

“或许当我说我不想再讨论这事时，你会表示理解。”亨利说。

一连几天，他没法写作，早晨睡醒后就万分后悔对戈斯说了此事，后来他把这段从心里驱逐出去，才能安安静静地继续他的计划。

有些日子，亨利觉得自己写得太多太快，让他的苏格兰人太辛苦了。短篇小说一经发表，他就不怎么关心了，结集出书时再修改一次，之后就忘怀了。然而新作品集《困窘》出版时，戈斯对其中一篇小说有很多看法，于是他又读了一遍，以便与朋友讨论。那是他鬼故事中的一篇，名为《到来之路》，此刻读来只觉过于单薄，即使是作为商业作品。戈斯想要讨论第一人称的写作技巧，谈谈要使第一人称显得信服是多么困难。亨利想，他倒是礼貌又圆滑，只关心大问题，没有跑题到故事本身去。但是之后数次见面，还是谈论这篇小说，亨利不禁有些烦躁了，这时戈斯提起的第二件事深深地吸引了他。戈斯认为因为大多数读者都不大相信有鬼，所以大多数鬼故事都没能让人全然信服。他说，它们既要是鬼故事，又要同时有合理的解释，既要能唬人，又要在可行的范围之内。

亨利不同意。他认为一篇小说什么都不该揭示，包括最为诡异的事，但他仍然对戈斯的说法感兴趣，尽管他觉得这种说法太过激烈，热情有余，却不能构成主题的规则，亨利认为主题是需要宽度的。私底下，亨利为《到来之路》感到惊骇，后悔把它收到集子里去，心知最好让它就此沉没。他简直憎恨戈斯注意到了它。

跟戈斯在一起的那些晚上，他无意间说出他是如何得到兰慕别墅的，说五金商人米尔生先生就像等着将他渡到理想隐居之所和幸福之地的船夫。他对戈斯说起豪威尔斯的来访，说自己的经济状况已经改变，因为在美国的出版出现了新希望。就像是一个老朋友给了他一枚硬币，放在他舌头下，帮他踏上通往冥府之路①。

“拉伊，”戈斯笑道，“确实是个死神，特别是在冬天的工作日里，但我敢说周末也是一样。”

“如果我是爱伦·坡，”亨利说，“我会写那些人旅行到一间无人知晓的屋子，屋子的门正是通往坟墓的门。”

“你会怀念伦敦的，然后这事就能解决了，乡村生活会让不小心谨慎的人害怕，你一害怕，就会逃跑。”戈斯说。

在豪威尔斯的说情下，亨利答应给《科利尔》杂志写一篇小说，他参考了自己的笔记本，又跟戈斯谈了谈现代鬼故事的可信度问题，但没告诉他自己的计划，然后他动笔了。这次他构思了故事的框架，使用第一人称叙述，那本是主人公忘了的故事，现

① 这是希腊神话的典故。传说冥河的摆渡者卡戎会向过河的鬼魂收取一枚硬币的船资，故此古希腊的丧葬风俗中有把硬币放在死者舌头底下的做法。

在想起来了，要在一个周末聚会时在乡村别墅中当众朗读。他口授小说时，巴望能吓到苏格兰人，讲故事时，便仔细观察他，想看看他是否神情有异，面容失色。

他的叙述者的语调是刻板平实的。从她语调里缓缓出来的是一种善良，一颗乐意将每个新认识的人、每段新经历都视为睿智与感性的回报之心。他寻找着一种叙述语调，这种语调充满听天由命、逆来顺受的沉静气度，权威与职责相结合，有条不紊地物尽其用。这种人不会怨天尤人，对她来说大惊小怪是要命的弱点。他想要一种读者都能自然相信并信任的语调，但也要一种能引起五十年前回忆的文字风格——我们的女主人公是个贪婪的读者——间或被简洁生动的语句打破。

这个故事已经在他的笔记本中躺了两年多，时时在他脑海中闪现，但始终没有成形，也没有动笔的灵感，直到此刻，他知道他需要给《科利尔》的新编辑写这样一个故事，扎实、惊悚、有情节，能抓住读者，并让他们看了还想看。那就是坎特伯雷的主教告诉他的故事，两个被监护人丢在大宅子里的孩子，他们由女家庭教师照管，无论何时都不会跟监护人联系。

要在这些骨架上着肉并不难，写出一个热心肠、值得信任的家庭教师，把小姑娘写得温柔漂亮，把小男孩写得可爱神秘，再把宅子写成一幢古怪的老宅，让它成为我们的女主人公、家庭教师的冒险之地。他不想让她具有反思和自我审视的能力，他想要读者通过她注意到的事物，以及被她的叙述掩饰的事物，来了解她。这样读者就能透过她的眼睛来看世界，也能把她给看透，尽管她想把自己隐藏压制起来，不想看到自己。

宅子里空空荡荡，充满回音。女管家的两个小家伙一点儿也不娇纵，他们接受女管家兼好心的家庭教师的训导，就像盛得满满的容器，除了给他们的那些，别的什么也容不下了。里里外外都是不祥之声，伴着不祥的回音。他一想到就赶紧动笔，晚上休息后，家庭教师听到远处有孩子的微弱哭泣声，接着听到她的门外有轻微的脚步声。他徘徊在屋里口授这些句子时，认定这些声音在此刻算不得什么，但在晚上，或者在即将有事发生的阴郁气氛下就显得意味深长了。

刚开始，他把小说写成商业模式，履行合同，能吸引广大读者的那种，他打算年底前完工。那段时间他正准备搬去兰慕别墅，他不明白为何会在白天受到这篇小说的困扰。他也不明白为何他精心创造，小心掌控和操纵的声音，似乎对他自己都产生了影响，令他赋予女教师一种力量和自由，但他实则并无此种打算。他让她自我愚弄，这点他从未在其他角色身上试过。他让她忍受危险，还让她想要危险降临，把它招引过来，跟它打招呼。他颇为享受恐吓她的过程。他使她在孤寂和与世隔绝中生出想要见人的渴求，盼望从窗口看到面孔，从远处望见人影。

他知道，这种渴望迟早会降临到他头上，只等花园门嘎吱作响，或者在灯光下夜读时树枝抽打窗户，或者在老宅子中失眠。在更有价值的想法还没有浮现时，第一个念头就是要欢迎前来打破这悲伤、无助、单调、孤独的自我的东西，就是刹那间无比希望它终于到来，不管它是什么。即使是最为黑暗的形体，也能带来纯粹、尖锐的释放，恰似在干旱的土地上，脆弱的空气中划过的闪电。

他在写。他将所有的节奏都放慢，齐齐推向高潮。句子写得简单、清楚，女教师看到的可怕景象像能坚定她的措辞，迫使她运用不加雕琢的真实叙述。在窗口张望的人正是之前她见过的人。就是这个人。他的面孔挨近窗户，他注视着她的目光中带着深沉的威胁之意，而她也意识到了自己从来相信的东西，确信后的震惊剧烈地洞穿了她：他不是为她而来，而是为了孩子们而来。

他写小说时，没有想过孩子的种种。他给他们取了名，让他们的教师用最好的话来赞赏他们。然而慢慢地，他开始觉得自己在设想他们古怪的个性，他们什么都藏在心底，一直与教师对着干。她却没有看清这点，但无论他用她的话写了什么，他都给予小米勒斯和小弗劳拉他们自己的思想。

每次他即将描写鬼魂的出现，或者描写可怕的精灵彼得·昆特，这些都无关紧要了。空寂的宅子，女教师对宅子的新鲜感，还有扩散的身影，这个情景对她来说是千真万确的，对孩子们和管家婆克罗斯夫人来说似乎也是真的。他构思时毛骨悚然。他看着麦克尔平想寻找感兴趣的迹象，但没有。他知道若是问麦克尔平这些情节是否令人不安，是不得体的。但大多数时候他并没有想到麦克尔平，也不想雷明顿的声音。大多数时候他的心思集中在语调之上，集中在女教师对她所见的每样事物的生动描述上。他的主要任务是阻止读者询问为何女教师不跟孩子的监护人联系。他想要提供足够的细节，迅捷的动作，以及故事的发展来维护这一虚构：她只有一个人，只能独自面对。他想要诱使读者成为她的眼睛和耳朵，再进入她的灵魂，毫无疑义地驻扎在她的意识之上。

这篇小说在《科利尔》上分十二期连载。赶上截稿期一点不难。他知道会发生什么，有时候他淡淡地流连在对女教师造成的惊悚上，喜欢她的头脑中突然产生的逻辑，确定他曾一再示意孩子们什么都知道，又什么都不知道。米勒斯和弗劳拉是他写到现在最有独立性的两个，除了显而易见的危险，他俩什么都受得了，有时候他写作时，自己也不知道那危险究竟是什么。

他知道如今的工作条件是有史以来最好的。苏格兰人沉默，尽职，下手准确。从口中说出的句子，与一笔一画写下的句子相比，具有更强大的力量和稳定性。当晚见到它们被清楚整齐地打印出来，就立刻赋予它们一种权威。他一直知道该做什么，怎么修改，怎么删节。他很快就要失去肯辛顿的公寓了，要么转租给别人，要么就这么租下去，但它不再是他的了。他每天在几间屋子里走动时，对气氛很敏感，好像他非常需要记住它们似的。他白天没有客人，也无人打扰，或独自或与沃尔斯利夫人上街，还有去请教正在装修兰慕别墅的爱德华·沃伦。他如今很乐意出去吃饭，也很高兴接受邀请。很快，这一切都会结束，将属于过去。他即将离开伦敦。

他每天上午写作，描述跌宕起伏的惊悚情节时，他自己的情节带着鲜明的震撼出现了，迫得他犹豫起来，最后停了下来。一天上午，他正在口述弗劳拉被发现不在床上的情节，她说她什么都没看见，但她的女教师认定她在撒谎，这时他发现自己差点用爱丽丝的名字替换了弗劳拉，但还没说出口就纠正了。此时他的故事对他来说是多么真实啊，情节丰富，紧迫，但打断它的不是什么鬼怪，而是带着痛苦和历历细节而来的回忆。回忆跟他的惊悚故事作战，还取得了上风。它战胜了他。他不得不停下来，踱进卧室，独自站在窗口。随后不得不出去告诉麦克尔平，今天他不再需要他了。他想这是他第一次在打字员脸上看到一丝惊讶，但很快就消失了，麦克尔平收拾好东西就走了，什么也没问，什么也没说。

在他的回忆中，爱丽丝有五六岁了。他们已经回到纽波特，或者也可能是第一次去那里。有几天父母离开的时候，把爱丽丝交给凯特姨妈照顾，爱丽丝觉得凯特姨妈对她小小的自我管束太严，乃至有点不正常了。孩子对凯特姨妈指出这点后，她毫不妥协，坚持要爱丽丝听她的话，把爱丽丝惹火了。亨利记得，一开始她是找哥哥们寻求支持，但他们不理她，接着她噘着嘴生闷气。后来，她得知父母回来之前还有两天要在这种新制度下过日子，就开始对凯特姨妈服服帖帖的，若是纽波特需要一个听话姑娘的话，她就是典范。

除了她的兄长和凯特姨妈，没人发现此后一段时间她对凯特姨妈干的事。凯特姨妈也抱怨不得，因为爱丽丝对她的骚扰在时间上是零零星星的，性质也很滑稽，而且不管怎么说，大多是在她背后搞的名堂。如果凯特姨妈对一位访客微笑或者热情招呼，她的小外甥女就会站在她裙边模仿她笑着做鬼脸。她的所有口头禅，像“噢我的天呐”还有“哟哟哟”，都被爱丽丝说得顺理成章，不过被夸张了很多。爱丽丝常会面带诡异地盯着姨妈瞧，但从不瞧上很久，以免引起母亲的注意。她经常没事就踮起脚尖跟在姨妈后头，模仿中年老处女的步态。

凯特姨妈自己却没看到爱丽丝对她使坏的程度，也没看到她切切实实的怀恨，而爱丽丝的父母在那个夏天开心地以为孩子们天真无邪，没有什么藏着掖着，也没弄虚作假。威廉很喜欢这种恶作剧，对此大加鼓励，但动力只来自爱丽丝自身。她一定是一睁开眼就有了这念头，只要人醒着，就会想着这事。后来这种事结束了，只是因为爱丽丝厌倦了。

这就是他给米勒斯和弗劳拉创造的世界，他们是两个天真、美丽，被抛弃的孩子。他们心底的自我并不在一起。他们确保自己与愉快的任务拉开距离的能力并不引人注目。他将自己所知的一切都赋予了这篇小说：那些年里他和爱丽丝独自在英国的生活，他们家人终生担心还会回到窗前使他们父亲战栗惊叫的带有威胁性的黑东西，还有他即将在老宅里面对的岁月，跟他的女教师一样满怀希望，也满怀挥之不去的恶兆。

爱丽丝已经死了，凯特姨妈在坟墓里，什么都没发现的父母也了无生气地躺在地下，威廉在遥远的他自己的世界中，他会待在那里。肯辛顿只有一片寂静，屋子里什么声音都没有，除了他自己极度寂寞的声音，那仿佛是来自远处的模糊喊叫，他的回忆令他伤怀，过去张开双臂朝他走来，寻找安慰。

第七章　一八九八年三月

他要照片，照片就来了。一张是近景，细节清晰，纪念碑上的浮雕是肖上校率领的马萨诸塞州第五十四军团战士，另一张是远景，上面是波士顿公园，圣·高登斯[①]的纪念碑在角落里。亨利把照片拿到窗口，在更好的光线下看了看，又回到桌边，看到威廉的信中把这座新纪念碑称作杰出的艺术作品，简洁朴素，现实主义风格。他能听到威廉的肯定语调。威廉在美军的第一支黑人兵团——五十四军团纪念碑揭幕仪式上作官方发言，他们的弟弟威尔基就在该军团中服过役。他说，他讲了三刻钟，然后坐着一辆四轮大马车跟在游行队伍末尾兜了两个钟头。他在信中对亨利说，这是一个不同寻常的伤感场合，一切都被柔化了，过去的时光变得诗意而不真实。

亨利的回信不难写，他说他非常希望自己也能在场，又字斟句酌地补充了一句：他们可怜的亡弟威尔基的灵魂在纪念碑揭幕那天定是在波士顿公园的，这一盛典亦是赋予他诗意的公道。亨利发现威廉没有在信中附上他的发言稿，也没有夹到照片里，他就高兴起来，这下不用对此作出评论了。威廉已经成为公众人

① 圣·高登斯（1848—1907），美国著名雕塑家，五十四军团纪念碑的作者。

物，男子气概十足，言论无惧无畏。他能对着济济一堂的听众讲上四十五分钟，话题是美国事业的高贵品质和共和国烈士的遗产，尤其是威尔基和鲍勃服过役的五十四和五十五军团烈士的遗产。

这些年，亨利始终记得自己第一篇关于内战的小说中的句子："如今大众期刊上都在挖掘他的战役，而好奇者还在进一步探索。我个人所感兴趣的始终是未曾写下的历史，我目前的工作就是把这幅图景反过来。"一整天，他断断续续地研究这些照片，心想若用他的语言，用他颠覆的图景，会对五十四军团和内战有什么说法。他还寻思着另一个没有问过的赤裸裸的问题，这个问题的力量能让威廉揭幕仪式上演讲时的力量一下子瘪了气。它与威廉、亨利切身相关，它被轻轻地问了出来：为何他俩都没有跟他们的两个弟弟一样，为了自由的事业而去打仗？

他父亲的木腿是他孩提时代最喜欢，也被讲得最多的故事之一。若是亨利生病了，或者跌跤摔伤，或者答应去做一件辛苦事，他母亲就会允诺给他讲这个故事，她讲起来仿佛亲眼所见一般。她说，他父亲是个好玩的孩子，离开对他管束很严的父母就高兴得不得了。他最开心的是和伙伴们一起玩。他们有种游戏在公园里玩，有危险性，要用到热气球。他们用松脂油点火让热气往上冒。气球一旦着火，就得当心了，因为着火的气球会掉到身上，碰到头发和衣服，人也会着起火来，母亲缓缓说着，声音沉重，表情凝重，因为松脂是非常易燃的。

他喜欢"松脂"这个词，让她再讲一遍。小小年纪，他就知道松脂的含义。那天她又继续说道，他父亲有一次不小心把松脂油泼到了裤子上，他一点都不知危在旦夕，仍然和其他男孩站在一起看气球腾空，接着就着火了，气球一个个掉了下来，所有的男孩都避开了，彼此警告不要靠近气球。然而，她对他说，他父亲看到一只着火的气球飘向公园后面的马厩，他喜欢那里的马，马童有时候也让他来喂它们，因此他发现气球落在马厩的草垛上时，就知道出危险了。他朝草垛奔去，爬上梯子想把火扑灭，但是——他母亲攥紧了亨利的手——虽然火势不猛，干草也没有点着，但他一站到火上，火苗一碰到松脂和裤子，他父亲（当时才十三岁）就着火了。他尖叫着从草垛上跑下来，但当他们把火扑灭时，他的双腿已经严重烧伤，其中一条不得不截断。

膝盖以下被截肢，他母亲说到此处，将手放在他膝盖上，他没有退缩，她平静地说起那有多么痛苦，他是多么坚强，又如何强忍着不大声哭叫。但她说他最后实在忍不住了，他们经常说起他的叫喊声方圆几英里外都能听到。她对他说，此后两年，你父亲只能躺在床上，思考他不能再跑也不能再玩耍的未来。他会安装一条木腿，那比截肢的痛苦更考验他的毅力。

但奇怪的是——说到此处，她的声音柔和起来——也是那场灾祸惟一一个好的结果。她说，在那之前，你爸爸的父亲对他十分严厉，而且老是围着无数的工作转——她看了看他，他点头表示自己从《圣经》上知道“无数”这个词——他母亲有一大堆家务活，还有其他孩子要照顾。但事故发生后，他们都来帮助儿子了，对他表现出前所未有的柔情，他觉得被他们的爱包围和保护着。起初，他们从不离开他身边，他父亲仿佛对他的痛苦和恐慌感同身受，好多次都哭着被人扶走。后来他开始康复了，他们对他有求必应，渐渐地，你父亲的梦想从奔跑和游戏变成精神生活，以及书籍和思考。她说，他开始思考世间人类的命运，与上帝相关的人类生活，而在美国从没人想过这些。他有一定的《圣经》和青少年神学基础，但最初卧床的两年，他可以想读什么就读什么，当然，也有时间去思考。他母亲说，于是你父亲开始了他崇高的追求。后来，他跟爱默生成为朋友，爱默生常说亨利·詹姆斯比他更有优势：他对痛苦有过亲身经历，而且不在学院派和同行学者的影响下思考和阅读。他母亲告诉他，爱默生常说，你父亲有一个真正的有创造力的头脑。

周日或假日出去旅行，以及学校停课时，亨利总是待在母亲身边。别人在玩耍和胡闹中得到乐趣，他却会等到她有空，或者也会帮着干活，他们常会把她没干完的活留给凯特姨妈，然后悄悄地去到一个舒适的地方，母亲跟他说说话，或者读书给他听，他们还会一起打理她的东西，一件件地摆放整齐。

家里人分成三派：威廉和亨利是一派，父亲对他们的教育事无巨细；威尔基和鲍勃是一派，他俩吵闹的本事一流，且不爱学习，这让父亲很不高兴，觉得他们既然年龄相近，一起送去学校念书不仅方便，可能还较为有效。威尔基会听从鲍勃的劝告，而鲍勃也会在威尔基的影响下与客人相处得很好，对熟人露出热情的笑容。爱丽丝是个独立的共和国。

当别人尤其是纽波特的人问起他们，他们的父亲是干什么的，五个詹姆斯家的孩子都难以回答。他们的父亲靠继承的遗产、租金和股息生活，但他干的事基本上不是这些。他也算是个哲学家，有时会去做讲座，写文章，但这些事都不是三言两语讲得清楚的。父亲建议他们跟提问者说他是个真理的追求者，但这样一来问题就愈加复杂。他们长大些后，又常被问到一个更令他们困惑的问题。他们将来想做什么？威廉起初是要当画家，鲍勃想开一家干货铺，大家听了都乐坏了。爱丽丝聪明地说想当个妻子。但亨利和威尔基想做什么呢？这个问题父亲不感兴趣，跟母亲也说不明白，最后就搁置不议了。假如他家的古怪需要举例说明的话，这就是一个例子，他们和纽波特的人们都渐渐接受了这种古怪。

老亨利喜欢争论和新的话题，随时准备就任何问题与任何人探讨，有需要的话，也会讨论政治，虽然他把政界看作是一种巨大的让人分心的东西，会阻碍上帝之光关照下的人类的进步。然而他却迷上了内战，这不仅因为他看到了其本质是进步和残忍之间的战争，还因为他预见战争结束之时，活跃的力量会走到前沿，不再有胜利者和被征服者，他的国家会经历一次宏伟的变革，从青春走向成熟，从虚浮走向敦实，从飘摇的影子走向永恒的存在。

然而，在内战初期，老亨利逢人就说，他的儿子们死命想去参军，但他会抓牢他们的衣服。老亨利说他不认为他的儿子们应该参战，因为他相信没有一个现存的政府，或未来的政府，值得一个真诚的人付出生命，值得他们这样一尘不染的人付出生命。

当父亲发现把勿论政事和谨慎看家结合起来是一大乐趣时，亨利在纽波特家的楼梯底下发现了一大捆过期的《两个世界评论》①，橙色的外包装完好无损，它们就像一群天使在他私密的屋子里对他歌唱。即使是名字，也为他展现了一个在周围的沉闷气息、家庭生活、爱国主义以及宗教狂热之外的世界：圣佩韦②、龚古尔兄弟③、梅里美④、雷南⑤。这些名字不仅昭示了那些当代最有探索力的头脑，且展示了风格自身的思想，他们将思考视为一种风格，散文写作不是确凿无疑的义务感召，也不是为自我定位的不懈努力，而是游戏，是对语调的运用。

关上房门，独自待在屋里，成为他生活中至高无上的慰藉。他吃饭时才会现身，任由大家嘲笑他沉默、严肃、脸色苍白和形容憔悴。除了独自入迷的时刻，其他都无关紧要，不仅有《两个世界评论》，还有巴尔扎克，他笔下的法国，亨利只得管窥一斑，但这已足够让他知道，他自己不可能拥有巴尔扎克《人间喜剧》中的法国这样的主题，它是那么层次丰富，意义深刻，焦点犀利，中心明确。

威廉去了哈佛，威尔基想离开桑博恩寄宿学校，那是在爱默生和霍桑支持下的“男女同校的试验学校”，鲍勃已经离开了桑博恩，独立谋生，变得惹人讨厌，亨利的母亲开始关注她的书痴二

---

① 法国的评论性月刊，创办于一八二九年。

② 圣佩韦（1804—1869），法国文艺批评家，著名言论是提出“象牙塔”之说。

③ 龚古尔兄弟：兄埃德蒙·德·龚古尔（1822—1896），弟茹尔·德·龚古尔（1830—1870），法国著名自然主义文学家，根据两人遗嘱成立的龚古尔文学奖是法国最重要的文学奖项之一。

④ 梅里美（1803—1870），法国剧作家和短篇小说大师。

⑤ 雷南（1823—1892），法国史学家、作家。

儿子，仿佛他得了病似的。他母亲保护着他的隐私，不让任何人说他坏话，特别不让他父亲批评他。自从老亨利开始通过倾听自言自语来找到自己相信的事物，他不批评亨利，就意味着对他的肯定，因为他只对他不诅咒的事物施以博爱。

他母亲开始每天两三次默默地出现在亨利屋内，带来一大杯新鲜牛奶，或者一小罐蜂蜜，一壶凉水。她进去不敲门，往往也不说话，用平静的动作和悄无声息来对亨利正在干的事表示赞许。亨利后来想，詹姆斯夫人是第一次看到了丈夫的理论付诸实施，没有一丝一毫的犹疑能动摇她，这一理论是要通过阅读和思考去发现和发掘自我隐藏的快乐。

在纽波特的一个宁静的夏夜，他母亲走进他房间，发现他在椅子上睡着了，书放在腿上。他醒来发现她的手搁在自己额头，脸上现出忧虑的神色。她立即下楼，旋即又和女仆回来，女仆给他铺床，他母亲挥舞着一块刚刚浸湿的布头，说是要给他降温。他母亲说，如果这还不行的话，就要请医生来了，现在他得赶紧上床。她说他用功过度，必须休息了。他知道自己并未用功过度，只是在炎热的夏天睡过去而已，这时候凯特姨妈来了，他成了病人，得到了家人们对病号的所有密切关怀。

他母亲开始把一日三餐送进他房间，只要家里有不合他意的客人，就允许他离开，如果他喜欢外出，或者有令他感兴趣的客人在，他也可以不躺在床上。她不跟他谈论病情，每次问他感觉如何时，只想知道他是不是还是老样子，或者已经好了些。她不让他随便说自己完全没病。

于是两人之间出现心照不宣的情况，每人都知道这出戏的角色、台词和动作。亨利学会了缓步行走，从不奔跑，笑起来要微笑而不能大笑，站起来时要迟疑而笨拙，坐下去时要松一口气。他学会了不大快朵颐，不畅饮。

此后不久，每当大家兴高采烈，热血沸腾地讨论起参军和报国时，他母亲总是看着他，怀着更大的忧虑和宠溺。他早晨醒来常看到她坐在他床边，不知何时悄悄进入他房间，温柔地端详他，当他睁开眼时，她露出平静的笑容。

有几次他无法掩藏自己的力量，情不自禁地参与进去了。那年十月，纽波特刮起猛烈的海风，“沙滩和国家”酒吧角落里的一个马厩着了不大的火，但很快就一发不可收拾。马厩烧完了，马匹、马车和值钱的东西都被转移到安全处，整整两条街，包括店铺、酒吧、马厩和私宅都处于危险之中。每个有行动能力的人都得从井里抽水，或去蓄水池挑水。那晚，身边的人们干得热火朝天，紧急呼喊此起彼伏，亨利不假思索地干了起来。直到火被扑灭，他的胳膊和背部感到疼痛时，他才念及母亲会有多么担心。

他母亲和他姨妈已经从鲍勃那里惊闻他的行为，正等他回家。

他们让他坐到沙发上，给他准备热水沐浴。他闭上眼靠在沙发上，任凭他们围着他忙里忙外。他母亲紧闭着嘴。后来，他洗完澡，擦洗干净，感到疲惫准备去睡觉时，她说她怕他背上受了伤。她说，他们早上会知道伤势是否严重，但现在已晚，他得去睡觉，能睡多久就睡多久。

次日，他直到午时才起床。母亲要他慢慢地走。她扶着他下了楼梯。他靠着她走进起居室，父亲和姨妈都把椅子挪开，好让出道方便他通过。他们扶他坐下，仔细打量着他，鼓励他多吃多喝，好恢复体力。后来，母亲又把他扶回床上，好几天他都在自己房间里用餐，得到了全家人的体贴。

此后几个月，亨利动笔翻译法国文学，老亨利则渐渐转变了对战争的看法。他不仅将它视作值得以理论支持的事业，而且还是值得投身其中的事业。当他在餐桌上向家人陈述这些观点时，鲍勃大感兴奋，他年纪尚小不能参军，但已足够被激情点燃，但老亨利的妻子对亨利是越来越担心了。

无论是战争爆发之前，还是在战争初期，亨利和他母亲都对他的疾病和症状缄口不言，亨利也不让自己明确表示患了何种病症。他开始和疾病一起生活，将他的行动不便当作是一件奇怪的秘事，而不是游戏和演戏。他坚持不让它确诊，让母亲与他之间的心照不宣继续在罪恶的道路上前进，他也从不去想其他可能，他认真地伴着病生活着，即使是在独处的时候。

然而，战争的第一年，消息传来，两位表兄去参军了，是戈斯·巴克和威廉·坦普尔，即明妮的哥哥，因为亡父的关系，他参军第一天就自豪地当上了上尉，如今即使是不怎么关注此事的人也不禁注意起詹姆斯家的男孩了——他们还是平民，亨利仍然无所事事。

亨利的母亲知道亨利那抽象的无名之病，他莫须有的疼痛不能再继续说不出个名堂了，必须要有专业的诊断。于是他父亲陪他去波士顿看了理查德森医生，一位有名的外科医生，在凯特姨妈看来，此人因为亡妻的巨额财产变得更有名了。他在治疗背部创伤方面很有名望。

亨利已经很久没有跟父亲单独相处。在去往波士顿的路上，老亨利似乎跟他在一起很不自在，像是无法确定是否该跟他的二儿子讲一讲他对战争将给美国带来改变的看法，这是他目前惟一感兴趣的话题。大多数时候他都沉默着，但并不封闭，看上去像是一个头脑正在运转，即将得出某一宏论的人。他们到达波士顿后，老亨利的行动似乎比在纽波特更为艰难了，像是一踏入大都市，他的自信和木腿的力量都减弱了。

理查德森医生的脸上带着鲜明的浅笑，笑容闪烁在他明净的眼眸和刮得干干净净的上唇上，他一边笑着一边看着他的病人。老亨利开始说话时，他沉默下去，他说他们走了多远的路，他有几个孩子，他们的境况如何，他对新美国有何希望。医生打量着老亨利，微笑变成了皱眉，冷下了目光等他说完。当他明白这位父亲并不打算住口时，他干脆地站起来，走向他的病人。他用双手示意他脱下上衣。亨利开始脱衣时，父亲犹豫了片刻，医生给他拿了把椅子，请他坐下。这时候亨利已经脱到了腰部，医生还没有说话。他让亨利把双臂举过头，他慢慢地费力地检查他的骨架，手臂的骨骼，他的肩膀，肋骨。接着他开始一丝不苟地抚摸他的脊梁骨。最后，他叫他仰面躺在沙发上，又重新检查了一遍。之后，他示意亨利脱光内裤之外的所有衣服，冷静地抚摸他臀部和骨盆的骨骼，随后又把先前摸过的脊梁骨、胳膊和肩膀摸了一遍，用力很重，亨利直皱眉头。

亨利以为他会问哪里痛，是怎样的痛，他也准备回答，但理查德森医生什么都没问，只是不停检查，手劲很足，检查得缓慢，彻底，有条不紊，他的沉默甚为冷淡。终于，他走到脸盆边，在手上倒了点水，用肥皂洗了洗，拿毛巾擦干。他把衣服递给亨利，点头让他穿起来。他站直身子，伸了伸腰。

“没什么事，好好干一天活就能治好，”他说，“多做锻炼。早起早出门，这不是所有病症的良方，然而是对这位年轻人的最好医疗。他的情况很好，生活道路正在前方。我得问你收费，先生，因为告诉你这个好消息。你儿子什么问题都没有。而且我这决定下得不容易，我告诉你的可是三十年的临床经验。”

亨利俯下身去拿外套时，理查德森医生用拇指和食指捏住他的脖子，用力按着，亨利的脸都痛歪了，想把他的手挣开，但医生却愈发用力。他的手相当有力。

“早起早出门，”他说，“在未来很长时间你不会得到更好的建议。现在回家吧。”

他想，即使是多年之后的现在，他仍然讨厌医生，他曾心满意足地在《华盛顿广场》中描绘了一个该职业最为不堪的形象。在描写斯洛泼医生的职业习惯时，他用上了理查德森医生的一些更为可恶的怪癖。他疑心，如今他真正的、严重的背痛，是不是就是在那次充满侮辱和粗鲁的拜访后落下的。他的便秘也很让他受罪，他把这也归罪于理查德森医生，并对这个行业的人敬而远之，以免生出别的病来。

亨利把威廉寄给他的照片放在兰慕别墅底楼房间的桌上，一天数次地拿起来看，他在这座波士顿公园的纪念碑上发现了越来越多的有趣之处。他自己的名字也很容易就会被刻在战亡或残疾名单上，那么现在他也就是他哥哥以及那些还活着的人的自豪的回忆了。

当他查看拉伊周围环境，为新生活感到欣慰，创作一部新小说时，他仿佛第一次由衷感到，事物要走向反面是多么容易。他想，他并不适合当兵，但他这一阶层的大部分去参战的年轻人和他熟识的人也都不适合。他认为使他远离战争的并不是智慧，而是一种近乎怯弱的东西。当他走在新居所在镇子的卵石路上时，他几乎要为此感谢上帝。他希望自己的快乐是种单纯的快乐，但其中却有深深的内疚和惭愧，令他想起了弟弟威尔基的遭遇，照片使得这点尤其鲜明清晰。

他记得在波士顿那天他穿上外套，看着父亲付了医生的钱，陪他走到大街上。回家路上的沉默是别种意味。现在父亲陷入了沮丧的思索。亨利想，他俩都不知该如何对母亲说。

当他们在纽波特家门口跟她见面时，他记得他俩都表情凝重，面露忧色，她后来对他们说，她想这消息会是糟糕透顶的。她说还以为亨利得了绝症。当她听说诊断结果很好，他背部的创伤并不危险，无非是一点小病时，便如释重负。

“去休息，”她说，“休息就够了。这么长途旅行，以后几天你得好好休息。”

亨利记得他望着父亲，心想他会不会把真实的诊断结果告诉她，但父亲像是很难脱下衣服，不得不有人去帮他一把。他的大衣一挂到门厅里，他就找了本书坐下来读。亨利猜想，即使私底下在晚上，父亲也不会透露医生的真话。但父亲和他并没有合计过要欺骗母亲。亨利觉得，父亲从未对她说儿子非常健康，是因为这么一说，无疑是驳倒了她自己的判断，也是对她的指责。这也会迫使她面对这样一种可能性：亨利的孱弱和行动不便只是为了寻求关心和体贴罢了。这会毁掉亨利在家中的道德形象，在这个家庭中，疾病是何等严肃的事，拿此事开玩笑，简直是大逆不道，这会让每个人都深感不安，包括他父亲。

亨利想，父亲需要时间来权衡“早起早出门”的话和亨利正在接受的治疗之间的差异。他发觉父亲喜好改变的脾性随时都会表现出来。他知道如果不加以约束和引导，它会发展到非理性的方向去。他知道自己整个夏天在房间里无所事事，母亲和姨妈的宠爱有加，能让父亲突然抛下书站起来，两眼冒火，宣布得对亨利采取措施了。

他谨慎行动起来了，向威廉咨询哈佛的一门课程，又去问即将入学的朋友萨吉·佩里。他没有直接提到父亲不可捉摸的脾气，也没有提到他会怎么发作。他的调子很高，说他不该继续用家里的钱混下去了，要考虑谋个职业。威廉点点头。

“你考虑过当牧师吗？一准是需要你的，特别是如果你去哈佛学神学的话，那么你就能激情洋溢地劝诫，重点说说自己对卧床不起是多么悔恨。”

他任由威廉取笑，但不让他转移话题。他还年轻，关心的是眼前境遇，而不是长远发展。于是，他最大的愿望就是整个夏天独自一人。威廉说到“法律”，他就意识到这是惟一可行的选择。他知道家里有些熟人的儿子也走了这条路。但更重要的是，学习法律听上去既严肃又果断，也是方向的转变。这能让父亲为之小小地激动一下，而且在短时间内不会再想有另一次激动了，至少不会想因亨利而激动。

母亲或许因为偶然听到什么，或仅仅因为父亲在这件事上保持沉默，便问他他的背是不是好了许多。一天她问是否以后的医疗方案应该是更多的锻炼，而不是更多的休息。他从她的犹豫以及淡淡的担忧中看出父亲并没有把话挑明，但他也明白危险已经迫近，他的未来会轻易地不经过他就得到一个决定。一个晚上就能定下来，父母会在睡觉前开始商量，叽叽咕咕个不停，直到拿定主意，早餐时他们就会宣布，一旦定下来，就没有退路了。

亨利等待着这一刻。他需要他们俩同时在场。他会说自己现状未定，他想对自己的未来有所决定。他会说他并不清楚想做什么，但他清晰地察觉到此地的危险——假如他让一扇门长时间开着，父亲就会来关上，并飞快地上锁，父亲会提出要他参军，而且一旦提出，这个建议就变得严肃深沉，成为讨论的焦点，别的选择都被摒除在外。他须得快速推进这个讨论，可能会说他已经跟威廉谈过，虽然这样做也有危险，万一威廉突然进来，他就会失去支持，只能完全依靠父亲那变幻莫测的想法了。他不能说他想“当”一名律师，因为父亲会抓住“当”这个字眼，教训说他是珍贵的天赐之物，应该用努力来陶冶，同时也要佐以敏锐的智慧和思虑。于是父亲会说，你不能“当”律师，也不能“成为”律师。父亲会坚持说，这种语言，是冒犯了我们的造物主赐予的最崇高的礼物，即生命，也冒犯了造物主赐予我们的仁慈，那使得我们在生存中前行，不断成就未来。

不，他将要说的不是想当律师，而是想学法律，想去听法律课程，想把智慧运用到条律上去，并以此来开拓心智。如果这些话能说得自如真诚，如果能说得好像他的最高期望已经维系在这惟一的决定上，那么经过一番讨论，父亲会因这一改变而点燃激情，母亲也会点头同意，谨慎地权衡种种结果。

他想过先去母亲那里说出他的计划，但他知道事情可能会做过头。不管怎样，父亲会疑心他俩是否有把他排除在外的密谋。还要提到背伤，但须得措辞巧妙，既不把它说成是决定性因素，也不说成是阻碍因素，而是使之从视野中退却，被新决定一劳永逸地根除。

正如他梦想的那样，他找到了他们，父亲在读书，母亲在房间里安静地走动。

“我需要跟你们谈谈我目前的状况。”他说。

“坐下来，哈里。”母亲说，她走到桌边的长靠背椅边坐下，双手交握在前。

“我知道现在是我做决定的时刻了，我已经想了很久，但可能想得还不够，我来找你们，是想看看你们是否能帮我弄清我究竟该怎么过我的生活，该做什么。”

“每个人都得弄清他该怎么过他的生活，”老亨利说，“我们大家都有这问题。”

“这我知道，父亲。”亨利说了一句，就留下一片沉默。他知道父亲此刻不会给他提出一种职业，也不会建议他早起早出门。他留下的不是决定，而是讨论空间。他看到父亲双目闪光，心绪激动，在纽波特和家人共处的一个普通早晨突然间变了，充满了可能性。

没人提到入伍，但它却在谈话中盘旋，不时冲到眼前，也没有人提到他的病，但它也徘徊在空气里。亨利小心翼翼地不一开始就说出什么特定的想法，只谈他的焦躁不安、他的抱负，以及他想要弄清——这个词他反复用了好几遍——自己该做什么的心情。

“父亲，我对美国感兴趣了，它的传统、历史，还有未来。”

“是的，但那是每一个美国人的课题，我们都应该投入时间精力去学习我们的遗产。”父亲说。

“美国在变化发展，”亨利说，“方式很特别，需要认真地加以研究。”

他想，“认真”这个词是否用错，是否意味着父亲对他课题的研究不那么认真呢。父亲很容易受伤，但此刻他的头脑正转得飞快，忙碌的自信心如铜墙铁壁，不会受到烦扰。亨利看着他思索最后一句话的全部含义，接着注意到他的目光变得凛然，表情变得刚硬。他喜欢父亲这样的转变，遗憾的是这不常有。他没看他母亲。

“那么你想做什么？”父亲问。

那一刻，老亨利的面容和声音都像是一个手握重权的人，一个拥有巨额个人收入，如清教徒般严苛的人。他想，这就是父亲的父亲在讨论计划和金钱时的模样。

“我不想成为历史学家，”亨利说，“我想去学一些更有特殊意义的东西。简单地说，先生，我想跟您谈谈我是否应该去学法律。”

“然后让我们都免于牢狱之灾？”父亲问。

“你想去哈佛跟你哥哥一起读书吗？”母亲问。

“威廉说那是美国最好的法学院。”

“威廉连怎么违法都不知道。”父亲说。

改变法律体系是改变美国的一部分，随着话题的深入，这个想法越来越使父亲感兴趣。当他阐述到一定程度时，他似乎放弃了担忧，他原是担心这个话题过于狭隘，而这些决定的内涵又很有限。他或许会想到，当关系到美国自由的价值观和个人权利的战争正在外面打响时，他的两个长子却花他的钱在图书馆里过日子。但是，当着亨利的面，他不会让这种想法盖过他的激动，而他的妻子也以温柔的沉默和笑容来表示支持亨利去哈佛学法律。

如今亨利的夏天摆脱了父亲紧张兮兮的关注和母亲的管制。他的事已经告一段落。他的父母可以去担心威尔基、鲍勃和爱丽丝了。亨利可以慢慢品味卧室里窒闷的热度。他可以自由作为，想读什么就读什么，不必担心父亲会随时不打招呼就出现在他卧室门口，告诉他外面在打仗，他的国家需要他，他应该去服从军队纪律，穿上军装，睡在军营里，列队前进了。

父亲同意他去法学院之后，亨利发现了霍桑。当然他知道他的名字，正如他知道爱默生和梭罗一样，他也扫过几眼他的小说，但并不像关注那两位散文家一般地关注他，因为他读到的作品中有种沉闷和荒芜的味道。这些小说是简单的道德作品，写的是简单的道德者，轻薄短小，温和琐碎。亨利跟萨吉·佩里讨论过这些话题，他俩都认为最有价值，最丰富，最厚重的文学应该是在拿破仑统治过和攻击过的国度写出来的，文学只存在于能在土壤中找到罗马硬币的地方。霍桑的《再次讲述的故事》让他和佩里想起，这些故事本可以是由他们的姨妈来讲的关于她的姨妈的故事，摒弃一切社会细节和动人风光。

他们觉得，如果有人想要写一写新英格兰的生活，那么注定要面对的是稀薄的社交气氛，没有礼仪体系，却有乏味的道德体系。他想，这些就够任何一个小说家悲惨的了。没有君主、宫廷、贵族、外交机构、乡绅、宫殿，也没有城堡、庄园、乡村老别墅、牧师住宅、茅草屋、爬满常春藤的遗址，没有大教堂、修道院、小诺曼式教堂，也没有文学、小说、博物馆、油画、政治团体、体育阶层。他想，如果这些都没有了，那么对于小说家而言什么都没了。没有滋味，没有可以演绎的生活，只有在薄弱的传统中被表达的薄弱情感。特罗洛普、巴尔扎克、左拉和狄更斯如果生在新英格兰，注定要与当地人一起生活，那么，他觉得他们会变成令人厌恶的老传教士，或者令人害怕的疯教师。

佩里对他刚刚读完的《红字》表示敬畏，这使亨利感到吃惊。佩里坚持要亨利立刻读这本书，过了几天，他发现亨利仍然没读，似乎颇感失望。其实亨利已经读了开头几页，但觉沉闷得可笑，便轻易地被其他事情吸引过去，把小说抛下了。现在他再次试读，认为以带喜剧色彩的语调讨论监狱、墓地和甜美的道德之花的开头，就是缺乏合适的背景、丰富多彩的社会而造成的。霍桑以庄严肃穆代替了艺术技艺。他认为这是他祖父所有的那种清教徒式的道德观，据说这在祖父身上表现得极其充分。他告诉佩里，他不介意读清教徒的小说，也不介意有清教徒品行的祖宗，但他反对一本书里的这种道德观——如果可以这么说的话——浸润到语调中去，这是作品本身最为关键的架构。

在佩里的坚持下，好几天他把书带在身边，却忙于阅读梅里美的小说，他打算把它们翻译过来，阿尔弗雷德·德·缪塞[1]的一个剧本也吸引了他。此外，霍桑缺乏色彩的观察力，人物的单薄，以及开头那种迟缓呆板的语调使得亨利不想再在这本书上花费时间。所以当他再次翻开开头那几页，想看看如何发展时，他是毫无心理准备的。

这本书对他心智的袭击并非突如其来，书的魔力开始对他起作用时，他仍然不知自己已被拉进去，被抓住了。他说不清是何

① 阿尔弗雷德·德·缪塞（1810—1857），法国剧作家，诗人。

时，《红字》开始闪光，和他读过的巴尔扎克小说一样展现力量。和家人用过晚餐后，夜幕缓缓降下，读书间隙，他把书放下时惊讶地发现霍桑笔下并没有新英格兰普通琐碎的卑微，也没有滑稽的言语癖好和气质举止。霍桑没有去写稀奇古怪的事，也避免了琐碎。他将选择和机遇放在伸手可及外，相反追求深透，写的是单个人物、单个动作、单个地点、单个信仰，以及单种发展，并用象征性的黑暗的森林将它们包裹起来，那是充满了罪恶与诱惑之地。亨利想，霍桑没有观察生活，没有对之进行想象，也没有寻找一套符号、意象来运行生活。通过物质的匮乏，社会本身的狭隘和冷淡，不成熟的人际关系和清一色乏味的信仰，霍桑利用了新英格兰所缺乏的东西，从沧桑无情的视角创造一个故事，在整个夏夜抓住了读者的心。

他读的大部分书都没法跟别人讨论，除了佩里，或许还有威廉，但次日坐在餐桌边，他却向家人问起霍桑。顷刻间，父亲容光焕发。哎，原来他六个月前遇到过这位小说家。当时他去波士顿参加星期六早晨俱乐部①的聚会，他是特邀嘉宾，他看到霍桑也在人群里。他父亲说，那次聚会让人不大满意，因为弗雷德雷克·赫奇②老是喋喋不休，大多数时候都在唠叨些废话，所以也听不清霍桑说了些什么。他说得也不多，人挺腼腆的，但更不妙

① 星期六早晨俱乐部：成立于一八七一年，意在推动文化和社会交流，每年十一月至次年四月，每周六上午聚会，主要内容是讲座和讨论上周的话题。

② 弗雷德雷克·赫奇（1805—1890），美国超验派先驱之一。

的是，他举止粗俗，不讲礼仪。他或许更愿意去储藏干草或去林中小径散步。亨利父亲记得霍桑最主要的一件事是，餐上桌后，他对别的东西没有兴趣，只是垂眼盯着餐盘，吃得狼吞虎咽，以致没人敢问他问题。

凯特姨妈说，几年前在波士顿，她认识霍桑的一个妹妹，是个讨人喜欢的女士，尽管相当无知，仍然讨人喜欢。这个妹妹对她说，她哥哥结婚后就臻于化境了，直到那时他仍然闭门不出，叫家人把他的饭菜放在他房间上锁的门外。凯特姨妈说，他白天不出门，除了他房间里的一小方窗口，也不见天日。除了晚上，他极少在他居住的塞勒姆镇上散步。她说，他妹妹对她说，这个小说家在黄昏时分会沿着海岸走上几英里，要不就是在塞勒姆沉睡的街道上转悠。她说，这就是他的消遣，显然也是他与生活最亲密的接触了。凯特姨妈还语带险恶地补充说，他妹妹告诉她，纳撒尼尔从未从写作中赚到过一个子儿。

接着老亨利问威尔基和鲍勃的看法，因为他俩在桑博恩跟小说家的儿子朱利安是同学。但连几乎从不迷惘的威尔基也想不出能说朱利安什么，除了说他人很好。鲍勃在餐桌上说，他此刻才相信老霍桑是个牧师。他以为只有女人才会写小说。

这时亨利的母亲才开口。她打断大家的笑声，说她认识霍桑所有的妹妹，她们告诉她，纳撒尼尔踢球时受过伤，那给他带来很大痛苦和不便，好几年都只能卧病在床。她冷冷地说，正是这样才使他成了作家。

亨利找到佩里讨论这本书，告诉他自己所了解的作者情况，却发现佩里所知更多。纳撒尼尔·霍桑最近正在欧洲广为游历，特别是在英国和意大利。他并非亨利父亲以为的那种乡巴佬，而是一位严肃的艺术家，读得多，走得也多，可能是美国最高雅的人之一。那个夏季余下来的日子里，亨利和佩里一边为上哈佛做准备，一边把霍桑所有的书一读再读，几乎每天见面分享各自的印象。

第一个夏天的战争似乎出奇的遥远。尽管朴次茅斯丛林的战地医院就在近旁，也不能把战事带得更近。他们听说，他们几乎可以像旁观者和参观者那样去看望养伤的士兵，这群伤病员躺在帐篷里或是临时搭就的简陋棚子里。亨利和佩里一起坐船去查探了，他不知道该说什么，也不知道怎么才能把目光从伤口和断肢上移开。一到营帐，他就注意到了这里的寂静。他和佩里不知道该走到谁那里去，是不是该征得同意。没有人朝他们走来，他们简单地问了问一个坐在帐篷外面的圆木上、只穿裤衩、胡子拉碴的士兵。他声音轻和，但语调淡漠，目中无神。他懒得细说，只说这两位来访者可以随便问人，随便参观。谈话结束后，他们不知该如何告辞，佩里给了士兵一个硬币，这人慌忙藏好，环顾周围是否被人看到。

病员们了无生气地躺着，半死不活地用眼角余光打量这两个从纽波特来的人。最先让亨利吃惊的是这些人看上去都那么年轻，那么娇嫩青涩。他和佩里在士兵中间分头行动，他油然而生强烈的同情心，非常想去安慰他们。他原以为会看到伤口、鲜血和绷带，但看到的大多却是发烧和感染。他走到他自觉可以去的地方，那里注视着他的目光似乎友好，那里的人似乎没有因高烧而不可接近，也没有太过敌对的情绪。他一开始没有多说话，以免他的嗓音、音调和衣着打扮会显得过于讲究而冒犯他们，但很快他发觉这并不要紧，他从士兵那里得到的是腼腆而又戒备的欢迎。

他看到有一个人比他还小，金色头发，明净的蓝眼睛里没有一丝一毫的害怕和恐惧。他礼貌地问这小伙子，他是怎么受伤的，并凑上前去听他回答。小伙子起初什么都不说，只是摇了摇头，但接着他像是被打断似的接上了先前的话，开始讲他一点都没感觉到子弹射入大腿，他说，他一点都没感觉，仿佛这就是他的问题了。他说就像是被虫子咬了一口，当他把手放下去摸到那地方时，火燎般的剧痛开始了。

小伙子说，他讨厌等待，整天坐在那里无事可干，接到命令要走这条路，又接到命令要走那条路，谣言纷纷，但什么都没发生。他说，现在等待结束了，但他希望能回去再次等待。

亨利对小伙子说，他一定会好起来的，但小伙子既没表示肯定，也没表示反对。亨利想，他已经学会了坚忍，这与他的年轻很不相称。痛苦不知怎么已经钻到他心里头，并不依不饶地留在那里。亨利不知小伙子的父母是否知道他失去了下肢，是否知道他们的儿子在哪里。他想过要问问他是否要写封信或捎个话，但他觉得难以启齿。显然，如果感染不清除的话，他还要再动手术，否则会死。亨利用自然温和的语气跟小伙子说话时，无法理解的是他怎么如此平静而勇敢，不管发生什么，他都默默接受。

最后他觉得没什么可说的了，就给了小伙子一点钱，这个伤兵静静地接受了，他还写了自己纽波特镇的地址，说他康复后如有需要可以找他。小伙子看了看地址，点点头，脸上毫无笑容。亨利觉得不能去问他是否识字。

当晚，轮船回纽波特，他坐在船上的折叠椅上。嘎吱作响的轮船乘水缓缓朝家而去，他和佩里不坐在一起。他望着暮色，耽溺在渐渐下降的热度里，这回他觉得自己融入了美国，而在此之前，他一直是与之脱离的。他听得很仔细，但不知该如何回应。他想象着那个年轻人在帐篷里的生活，为生存而抗争，作了最坏的打算，也一心想要回家。他想到外科大夫手术刀出鞘的那刻，他的腿被压住了，吗啡和威士忌只要有都被用上，胳膊被反绑了，嘴被塞上了。他想抱住他年轻的朋友，最坏的时刻已经过去，他要帮助他，带他回家照顾他。但他也知道，虽然他很想帮助、安慰那个士兵，他也很想一个人待在自己的房间里，入夜之时，身边有书籍、纸笔和知识，门始终是关着的，早晨之前不会有人来打扰。这两种欲望之间的距离使他对自我的神秘充满悲哀和敬畏，拥有个体意识是多么神秘，仅仅知道自身的情感，仅仅体验自身的痛苦、恐惧、欢愉、满足。

在这温暖的夜晚，在回程的轮船上，望着那柔和的横亘的地平线，突然之间，他深深地感到，这个自我是如此的熟悉，它真实而又割裂。当手术刀无情地切入别人的血肉、脂肪、肌肉、肌腱、神经、血管，切入另一个自我的坚硬的骨头，切入那个并非是你的痛苦的人，切入那个离家很远、躺在帐篷底下的人时，这个自我统一又分裂。他觉得他的分裂是完整的，不可侵犯的，正如那个士兵永远不会知晓远离战场的老亨利·詹姆斯的儿子的舒适和优越条件。

一八六二年九月，父亲带着威尔基去波士顿，帮他和他朋友卡伯特·拉塞尔参加了北军。不久，鲍勃·詹姆斯谎报了自己的年龄，也参军了。威尔基和鲍勃成了众所瞩目的焦点。他们最漫不经心的观察所得都会被珍而重之地一提再提，只要这两个弟弟一有片言只语的消息，就会立刻传入兄长们的耳里。

亨利在剑桥跟威廉合住一段时间后，自己找了个方方正正的小房间，门户低矮，窗台很宽，他把自己的书在窗台上分门别类排列得整整齐齐。他走在剑桥附近的乡间小路上，颇有兴味地看着高高的榆树下青草覆盖的长坡上孤零零的住房。他想象的不仅是屋子里的生活，还有可以如何描述这种生活，假如青年霍桑从旁经过，他又会怎样形容和塑造。

他和哥哥一起在牛津街和柯克兰街相交拐角处的阿普山小姐餐厅吃饭。用餐时，他倾听着别人说的每一句话，很高兴因为哥哥健谈，他自己就不必多说了。他喜欢学神学的学生们说话时那种简短枯燥诙谐的腔调。他满怀敬意地听蔡尔德老教授讲话，讲到战争，他的语气就变得严峻而阴郁，就像他收集的很多民谣。

上课时，亨利也尽力注意听讲课题，但心思却主要花在对同学的观察上，研究他们的类型，观察各种从沉闷普通到令人印象深刻、出类拔萃的表情。他想让他的眼睛代替他思考，看透那些面孔，笑容和蹙眉，走路和举止的方式，将之转换为性格和脾气。

大多数同学都是新英格兰人，上课时，他能轻易从他们严肃的表情，欠缺温和随性的脾气，以及自制和走路的样子中看出来，他们的祖上曾站在教堂讲坛上，激动地宣讲对错之间的区分，这些条规深深地扎根在他们成长的家庭中。

现在他们上法律课时，头顶悬着一片阴影，这是他们没有志愿参加的战争的阴影，除了最新的紧急消息，他们对战争绝口不提。他们不像那些会轻易接受命令和发号施令的年轻人，也不像那些会集体行军，或者被截肢的年轻人。他们相信共和国，相信奴隶制要被废除，正如他们相信上帝，但他们也相信自己的自由和特权。他们知道废除奴隶制是崇高的事业，并为之祈祷，同时他们又做笔记、读大部头学术书，为将来做准备。亨利觉得，看着他们比跟他们说话要容易。在他们的面容上，他看到一种幼稚的诚实像一道巨大的石墙守护着他们。

亨利上课很认真，但几乎没有翻过一本法律书。他读圣佩韦，去洛威尔[①]的课堂上听英国和法国文学，听来波士顿批评奴隶制的爱默生。他去剧院。沉浸在剑桥和波士顿的种种生活中。战争的声音已经微弱，但有时会变响，有时震耳欲聋，仿佛就在近旁。一天，他在哈佛校园里看到表兄戈斯·巴克，显然是请假回家，他远远地看到，但没有追上去，以为以后还会再见到他。但他再也没有见到他，戈斯在弗吉尼亚被射杀了。他没法调和对表兄的两种回忆，一种是他雪白的皮肤，闪动着希望的眼神，充满弹性

① 詹姆斯·拉塞尔·洛威尔（1819—1891），美国诗人，文学批评家。

力量的身躯，另一种是被一颗子弹击碎、摧毁，还那么年轻，毫无准备地被痛苦撕成碎片，他躺在那里，别人从他身边走过，后来被埋在一个谁也不认识他的遥远的地方。

他母亲写信告诉他戈斯的事时，说她也给威廉写信了。在阿普山小姐餐厅吃饭时，他不知该怎么跟威廉说表兄的事，他发觉威廉走进餐厅时，脸上带着阴沉的尴尬。他不由自主地握了握威廉的手，但这让他俩更不安了。威廉朝他沉重地点点头。他俩都无话可说。直到威廉告诉蔡尔德教授，他们的表兄在弗吉尼亚被一个狙击手的子弹杀死了，沉寂才被打破，他们终于谈论起戈斯的死。

“所有遭遇噩运的年轻人，”蔡尔德教授说，“他们健康又勇敢，抛下了爱着他们的人，死在了战场上，战争还在继续。”

亨利不知道蔡尔德教授是从一首歌谣中引用来的，还是就这样自然而然说出来的。他看到威廉眼中含泪。

“最好的人去打仗了，”蔡尔德教授说，“最好的人倒下了。”

有时候在阿普山小姐餐厅吃饭，蔡尔德教授似乎要说待在家里的人，包括跟他一起在餐厅吃饭的人，都是懦夫，但他好像都忍住了。

此后几个月，威廉和亨利都没有对彼此提到戈斯·巴克的名字。亨利想，他俩都有一种不愿承认也不愿谈论的负罪感。

当亨利去里德威勒看威尔基时，他无法相信他孩提时代柔弱的同伴会受得住军队的规矩和艰苦，靠的只是他的乐观心态和善于合群。亨利觉得，从一个快活的士兵到随和的军官，他弟弟学会了去喜欢同伴。他后来还想起来，弟弟的那些笑着、讨人喜欢的、晒得黑黑的战友，正如他在法学院里的同学，似乎都很蔑视波士顿的家谱，但尽管如此，他们过上了军队生活，心胸开放，在户外快乐自得，还有一种掩饰了他们的出身和背景的幽默感。朴次茅斯的战地医院似乎已经遥远，那天他回到哈佛，觉得这场漫长的战争，甚或是这场血腥的战争，在他亲眼目睹的极好的纪律和良好的感觉之前，是多么遥远的一幕。

母亲把威尔基信中她认为是最有内容，最有意义，最叫人担忧的部分转录到她写给亨利和威廉的信里。一月，威尔基写信回家说有一种叫疟疾的致命高烧袭击了两军。“两周前，”他写道，“我们三天之内就埋了两个战友，还有很多人都染上了。”他想让自己显得对行动不耐烦，急着回家，但亨利从信中读出更多的却是他弟弟的理想主义，坚信他的事业是正义的，并愿意为之作战。母亲转录的威尔基的信中写道：

“我状况极好，精神振奋，但常常想家。如果到明年五月，情况还像现在这样没有希望的话，怕是我们都见不到家了，因为我想政府希望这三十万已经服役九个月的军队再多待三个月，确实非常需要他们。对于从高层发出的为了崇高事业的号召，他们能说什么呢。就我而言，如果国家需要，我就高兴留下，但我肯定这会很艰苦的。”

亨利想到母亲细心地把这段挑出抄下来。他知道这段话明示了职责所在，而她寄来这段话时，心情是矛盾的。她什么都没说，但亨利满足地想到，她，以及他或威廉，制造了这样一种状况：威尔基和鲍勃在战争中代表了詹姆斯家。

那几个月里，虽然威廉和他一日三餐都在同一张餐桌上，但彼此交流不多。如果亨利收到母亲的信，觉得应该让威廉看看，他会不加评议地交给他，而威廉也会这么做。兄弟俩都喜欢独自待着，他们从内省中得到愉悦，不时地彼此为伴，他们享受自由，摆脱了父母的干预和家庭生活的喧嚣，但更高兴的是，他们都如饥似渴地读书。

另一方面，这也是威尔基生活中的英雄时刻，他以后再也不会体验这一时刻了，也再也无法从中恢复了。他自愿加入肖上校率领的五十四军团，在里面当了个军官。军团从波士顿开拔是件盛况空前的事，老亨利·詹姆斯特地赶来，在老奥利弗·温德尔·霍姆斯家的好位置观看游行队伍，对他来说这是他们家族史上至关重要的一刻，也是美国自由史上至关重要的一刻。

威廉和亨利从母亲那里得知此事。她写信来通知他们父亲的到来时，显然以为兄弟俩都想看到威尔基威风凛凛的样子，亲眼目睹家族史和国家命运相交的一刻。她似乎没有想到他们都不想参加。

威廉当即写信告诉她，那天他在实验室有个重要的实验，他会尽力赶去那里，但如果不成的话，就只好不参加盛会了。

亨利直到日期临近，才写信给母亲说他的背疼又犯了，需要休息，他希望五月二十八日盛会那天能有所好转，他答应会尽力去那里，但如果他的背继续让他难受，或者病情恶化的话，他就没法去见父亲，也没法陪他去霍姆斯博士家了。他没有再读一遍就把信寄了出去。

五月二十八日晨，亨利没去阿普山小姐餐厅用早餐。他去吃午饭时，发现威廉当天的三餐都取消了。蔡尔德教授和另两位废除黑奴制的狂热者打算参加游行，他们以为威廉不在，必然是因为急于去看他的弟弟，他们都对他弟弟敢于参加肖上校的五十四军团而佩服不已。亨利愕然发现他们以为他也要去看军队，当他准备开溜时，竟无人问他要去哪里。

亨利悄悄回到寓所，躺在床上，觉得周围的寂静和沉默更胜平常，仿佛所有的噪音都汇聚在了游行的道路上，把他留在不受打扰的边缘地带，这里没有声音，也没有动作。他伸了伸腰，走到桌边，用指节轻轻敲着光滑的桌面，享受着这种沉闷和安谧。他从书架上取下一卷圣佩韦的书，翻阅起来，但此刻特别强烈的是一种离开事物中心的感觉。他像屏气一般地顿住了。这简直令人兴奋，但更重要的是，随着午后时光渐渐消去，他感觉到一种正在到来的快乐，这既不像写作中产生的快乐，也不像从清静无为中得到的快乐，而是因为当外面充满危险气息时，他却待在一间有床有书有桌子的屋子里。当人人都热血沸腾时，他却是镇静的。他镇静得难以阅读和思考，只能沐浴在这个下午的自由中，尽他所能地品味这种安静而奇特的背叛，品味自己躲开世界的鬼祟。

当他回到纽波特，全家人都在殷殷期盼。家人几乎没有注意到他何时归来，也不关心他半流放的状态。吃饭时他们不说别的，只谈论威尔基、鲍勃和他们的战友——家里人已经知道很多人的名字。每封来信都会引起母亲、凯特姨妈和爱丽丝激动的叫喊，但信会原封不动地先递给老亨利，当他谨严、沉静、缓缓地读过一遍后，就交给他妻子，她会把她认为最需要立即公布的内容大声宣读出来。之后会给亨利或威廉，如果他们在场的话，接着是凯特姨妈和爱丽丝，她俩是一起读的。最后老亨利会再细读几遍，觉得威尔基的信里有些部分值得在《纽波特新闻》上发表，他会精神饱满地独自出门，意图明显地把信交给编辑。

他们在一八六三年七月十八日收到的信上说，威尔基已经遇到了最能考验他的时刻，每天都在极其危险的环境中度过。《纽波特新闻》自豪地做了全文刊登：

“亲爱的父亲，我们从艾迪斯顿河乘船去前线。我时间不多，只能说十六号那天战斗结束后，我们死伤了四十七个人。军队表现很英勇，我非常想保持它赢得的英名。我们现在正去莫里斯岛，明天一早就要开始进攻福特·瓦格纳。我祈祷上帝，希望到时军队能和在詹姆斯岛上一样英勇。”

他们都知道福特·瓦格纳。老亨利严肃地对他们说，那是战争史上最为坚固的单体防御工事。他说，得把它攻下来，但这不是轻而易举的事。把五十四军团送去作战是聪明的做法，老亨利为此感到万分激动，这个军队的步兵绝大多数是黑人，他们一出现，就会引起南军的愤怒。之后他们再没得到消息，来詹姆斯家的焦急的客人很多，老亨利逐一跟他们讨论此事，对每个人都重复一遍，直到他确信自己对战争的看法是正确的，而且还是惟一有价值的看法。

他们所能做的惟有等待。他们知道这次战役是场灾难，福特·瓦格纳仍然守在南军手中。他们听说五十四军的战士英勇异常，但也听说他们死了很多人。但他们没有听到威尔基的消息。在炎炎夏季的日日夜夜，原本悠闲、幸福和快乐的时节，他们却难以成眠，吃饭成了勉强而尴尬的聚会，随着时间的流逝，他们明白威尔基不会毫发无伤地离开战场了。否则他现在应该向他们汇报了。他们在恐惧中等待。

亨利想到他被埋在一堆死尸下面，他的安息之地连名字都没有。

“那对你母亲来说是最糟糕的事，”凯特姨妈对他说，“想想看他可能还活着，想想看他随时都可能走进大厅，给她惊喜。你母亲一直都抱着希望。”

不管在什么时候，都无人提起那个威胁，或者是流传着这样的威胁，据说杰夫·戴维斯①宣称如果活捉五十四军的白人军官，就要吊死他们。当凯特姨妈从报纸上看到这条消息时，早已看到的亨利看着她把报纸拿到厨房，在炉子上烧掉了。

当然，他们迟早会知道福特·瓦格纳发生了多么可怕的事：每时每刻都有大批将士倒下，尸体堆积如山，威尔基还亲眼目睹了肖上校的死，他的朋友卡伯特·拉塞尔也死了，威尔基第一次腰部受伤，接着脚上被霰弹击中。他受伤倒地后，被两个担架员发现，把他抬到了伤员临时休息地，这时来了一圈环射，打掉了

① 即杰斐逊·戴维斯（1808—1889），美国内战时期南方邦联政府的总统。

他后面那位担架员的头。威尔基看到他当场惨死。另一个担架员逃跑了。威尔基次日早晨醒来，发现自己身处大约三英里之外的卫生所的帐篷里。不久他就被送往波特皇家医院，那也不是真正的医院，而是一块住满重伤员和垂死者的野地，地上只铺了层薄薄的帆布，病员只能得到最简便的医疗帮助。威尔基半昏半醒地躺着，伤口渐渐感染，没法联系家人。

他的得救是个奇迹。卡伯特·拉塞尔的父亲到南加州去找他儿子，他相信儿子是被当作俘虏抓起来了。虽然别人肯定地告诉他，他儿子牺牲在战场上了，但他依旧满怀悲痛地拼命地在帐篷里寻找伤员，他就这样找到了威尔基，非常偶然地在伤兵中发现了他。他当即拍电报通知詹姆斯家，让他们知道这一情况，他一边继续寻找儿子，一边让人把威尔基·詹姆斯送回家。到了八月初，拉塞尔先生在乱哄哄的南加州放弃了无望的寻找，接受了他早先得知的消息——儿子已经死了。他跟躺在担架上的威尔基一起坐船抵达纽约。威尔基的伤势一直在恶化，嵌在脚部的霰弹不得已在甲板上取了出来，但另一处靠近脊椎的伤口感染更为严重，碰不得。

威尔基到纽波特后，拉塞尔先生只能跟他一路同行，他已经快死了。担架一路抬进门厅，医生却说不能再抬进去了。一家人围在他身边如释重负，这一刻终于来临，他活着回家了，但他们也意识到他的时间可能不多了，所有人都明白让他活下来才是这世上最重要的事。接着他们注意到了拉塞尔先生悲痛的脸，亨利看到他们一个个都尽量掩饰自己的兴奋之情，不一心只想着威尔基，因为眼前站着的是一位刚从儿子阵亡的战场上回来，心碎欲绝的父亲。刚开始，威廉在听医生的指导，以便自己可以照顾弟弟，父母握着威尔基的手，不让来访者靠近，姨妈和妹妹拿着热水、毛巾和清洁的绷带在厨房到门厅间来来回回，亨利则看着拉塞尔先生，被他庄重、沉稳的文雅气度打动，发觉他越关心同情地看着病人，就越显现出他的与众不同。拉塞尔先生等着告别的时候，始终保持沉静得体的姿态。就是这种沉静得体最终渗入空气中去，让大家都意识到，这位好心人失去了惟一的儿子，却仍然在这个照拂病人的情景前无泪地端坐着，亨利发觉，这使得大家在他周围的动作更小心谨慎了。

将近一年之前，威尔基和卡伯特的生活还是富足无忧，好似他们生活的这方天地是特地为着他们的自由和幸福创造清理出来的。在波士顿和纽波特，以及新英格兰的村庄里，他们到处受到欢迎，别人听得懂他们的口音，欣赏他们的仪态。迟早，他们青涩的直爽性格会随着阅历改变，正如他们俊朗的外貌会日渐成熟，他们的信念会日渐坚定。但无人告诉他们，也无人提醒过他们的父母，他们在二十岁之前就会中弹倒下。他们的祖父母、曾祖父母所创建的新英格兰，不是一个充满暴力死亡、战争呐喊、伤口感染的地方，而是一个有着安宁、礼仪、和平和正义的地方。当亨利坐在门厅的凳子上，坐在拉塞尔先生身旁时，他知道，他们这位客人所受的打击不仅是因为他的好儿子悲惨离世，更是因为那种公共契约，那在历史中形成的公民法度，被野蛮地打破了。

威尔基回家时身无一物。连制服都已经破烂，不得不小心地除去。盖在他身上的毯子被扔到门厅的角落里。过了几天，亨利晚上看护弟弟时，才注意到这块毯子，把它弄到厨房里去。他打开毯子时，一股味道直冲出来，但这鲜明地提醒了他威尔基在战场受了多大的苦，他没法随手把它丢弃。它闻起来像是烟草味，又像威尔基制服上散发的那种混合着腐臭和汗味的气味。但更像土地的味道，混合着泥浆、粪土的土地，战争的土地，被军队袭击的土地，被掘墓人打扰的土地，臭气熏天的土地。他把毯子放到厨房后面的棚子里，又回到门厅，可是身上还有那股味道。这是他弟弟经受的一切的生动证明。

一家人的心情随着威尔基的病情起起落落。亨利觉得第一天他对拉塞尔先生太过关注，因为只要能不看着弟弟，不去想他的将来，他做什么都行。拉塞尔先生一走，他就别无选择，只得接受这可怕的景象。威尔基的头发纠缠打结，四肢虚软多汗，他似乎没有睡着，侧身躺着，一直不停地呻吟，疼痛加剧时，会突然大叫起来。有时叫声会变成响彻屋子的尖叫。亨利以为弟弟要死了。

第三天早饭时，母亲对他们大伙说，不管用什么法子，每个人都要尽量分担一点威尔基的痛苦，从他身上取走一些，放在自己身上。她丈夫点头时，她说，这家里的每个人都应该取走威尔基的痛苦，用自己的身体承受一小部分。亨利望向威廉，发现他也在点头，好像刚才说的那番话十分明智而实用。亨利回到房间躺在床上，集中心神想着威尔基腰部的伤口，医生已经动过手术，但感染仍没有清除。他想，不管怎么希望，都没法减轻弟弟受的罪。他走下门厅，坐在低声呻吟的威尔基身边。凯特姨妈已经在那里了，朝他笑了笑。他靠近他，握了一会儿他的手，但这似乎给他造成疼痛，他又把手缩回去了。他希望弟弟能像以前那样笑着，但如今这张皱缩的脸似乎永不会笑了。痛苦中的皱眉和龇牙咧嘴代替了爽朗和温暖的问候。亨利和凯特姨妈默默地坐在威尔基身边，直到母亲下来，一言不发地取代了她妹妹的位置，坐到担架床边的凳子上。

家里人一直对鲍勃隐瞒威尔基的危重情况，直到病人开始好转，才把真相告诉鲍勃。鲍勃给他们写了封私信，表达他和其他很多人对袭击福特·瓦格纳的看法：要紧的战略问题被忽视了。他说，阵亡者是愚蠢的纪念碑。鲍勃的信让父母不快，其中没有理想主义，也不见积极性。从其他来信中显然可见鲍勃已经厌倦了。他受够了日晒、痢疾和上司的轻辱。他的信只有最亲密的家人才看，他母亲有数封信没读，以此表达自己的不满，她让丈夫把调子最高的片段读给她听，如果他找得出来的话。

随着威尔基的伤势好转，他开始做噩梦。他大喊大叫，好似仍然处在战争的热度和撤退时的混乱中。他好到可以被抬进卧室后，每个家人都轮流在晚上陪伴他，但没人知道该怎样让他睡好，使他相信自己没有受到攻击，没有中弹，他的朋友和战友没有战死周围。只有当梦中狂乱激烈的动作把他弄醒时，他的噩梦才会终止。疼痛让他恢复神志。

白天往往并不比威尔基曾经目睹的场面更好，反而成了他睡醒后的梦魇。父亲始终对他的康复抱有信心，也相信阵亡的人如今享有永恒的晨光，无法想象的幸福。他说，即使是威尔基的痛苦，只会令威尔基今后在精神上出类拔萃，也让家庭团结在一起。

一天亨利坐在威尔基卧室里，这时威尔基已经可以缓缓地讲几句话了，他请父亲布道。威尔基声音低弱，但目光急切，带着纯真的渴盼望着父亲。老亨利解释说，每个人，无论健康富有的，还是病弱受伤的，都毫无区别地依靠着上帝，我们最大的利益就是像羊群一样心无杂念地跟随上帝。他正讲着，威尔基打断了他，起先颤抖着嗓子，后来提高了声音，眼中含泪。

“啊，父亲，教人们信仰上帝的关爱容易，”他说，“但在我那个地方要做到很难。”

老亨利沉默下来。他们看着威尔基喘着气，想再说下去。父亲转向亨利，似乎要问他的二儿子他是否应该继续布道，还是等着看威尔基还有什么话要说。亨利没有回应，但威尔基的声音很快有了力量讲下去，明确使他们知道他不要听布道了，虽然本来要听的人也是他。

“我醒过来，躺在帐篷底下的沙地上，慢慢想起来很多发生的事，我受伤，倒下，两个人想把我拖回医疗站，其中一个倒下了，我无力地朝医疗站爬去。醒来发现自己被遗忘了，失血过多，头晕恶心。我躺在地上想，我是否还能看到家呢，这时候我看到一个可怜的俄亥俄州人，他的下颌被打掉了，我想他是看到我离他不远，但站不起来，就爬过来，淌了我一身的血。当时我觉得……”

威尔基双手遮脸，无法自抑地哭了起来，一个字也说不出来了。他的哭声越来越大，变得歇斯底里，直到他在床上颤抖起来，父亲和哥哥束手无策地看着他。母亲进来抱住他，使他安静下来，柔声对他们三个说话。

“威尔基还是婴儿时，”威尔基终于睡着后，她说，“在摇篮里一直像是要笑。我想知道他是一直笑个不停呢，还是听到我来了才开始笑的。但我一直不知道。这就是我现在的希望，这就是我等待的——他会再笑起来的。”

那年九月，威廉回到哈佛继续学业，但亨利没跟他一起去。父母仍然满心装的都是威尔基，听说对福特·瓦格纳的再次袭击在发动前被幸运地撤销，鲍勃毫发无损时，他们放下了心。

亨利还是待在自己屋里，威尔基正在康复，鲍勃还在军里。威尔基开始宣布说，他只要自觉可以，就要返回军队中去，不管医生觉得是否可行，母亲听到这个，对亨利的封闭和沉默态度转而温柔。用餐时，母亲说了很多两个小儿子多么勇敢，牺牲多大，但她的语气与其说是骄傲，倒不如说是苦涩。

“他俩都看到了他们这个年纪不该看到的事。他俩都看到了恐惧，感到了恐惧，我真的不知道他们什么时候才会镇定下来，不再被那些我们无法想象的景象困扰。我希望他们没去参军。我只能说这些了。我希望战争从没开始过。”

凯特姨妈点点头，但老亨利淡漠地看着远处，仿佛妻子说了些温和的话。每次吃完饭，亨利就回到自己房间。母亲又开始担心他的背了，给他拿来靠垫，叫他看书时躺着，不要坐着。

他第一篇小说被纽约的《大陆月刊》录用了，法国的小说风格，写的是一个出轨的女人，他不知该如何把这事告诉他们。小说会匿名发表，因此他知道只要他愿意，就可以不让他们得到消息。他等了一两天后，看到父亲独自在藏书室里，却决定揭开自己的秘密。父亲一个钟头不到就读完了小说，说他不喜欢内容，调子不够高，更为基本的动机写得不够曲折。但随即父亲就写信告诉威廉，威廉给亨利寄了张便笺，把他取笑一番，奇怪他怎会有法国女人出轨的经验。最后，父亲在纽波特到处传扬儿子有篇法国风格的小说即将发表。

威尔基回到了军营，但被判为不适合继续当兵，于是他再次回家，决定把身体养好，就可以看到战争结束，去为之欢呼胜利。没有什么能使他的激情黯淡。在威尔基等着回军营时，亨利习惯坐在他身边默默地看书，威尔基则昏昏欲睡，或躺着什么话也不说。一天晚上，他悄悄地准备回自己房间，让威尔基静静休息，却在过道里碰到了凯特姨妈。她低声对亨利说，她在厨房里为他留了些甜蛋糕和牛奶。他正想告诉她自己并不想吃蛋糕牛奶时，发现她的脸色一沉，皱起眉头，他便明白过来，她是想要他同她一起去厨房。

两人轻轻地走过屋子，来到厨房，她小声讲了几句威尔基的康复情况，便关上门，提高了声音。

“他要回去打仗真是疯了，”她说，“好像他受的伤还不够，受的罪还不够。”

“他对这个事业满怀理想。”亨利说。

凯特姨妈不敢苟同地噘起嘴。

“到战争结束，他还是会定不下来。他跟所有詹姆斯家的人一样，只有你不同。”她继续说道，“顽固，满脑子愚蠢的激情。”

她看了看他的脸，想自己是不是把话说过了，但他被逗乐了，朝她笑了笑，表示她可以再说下去。

“你父亲的家里人都一个样。如果他们喝一瓶酒，就会喝上几千瓶。赌一个晚上，就能倾家荡产。看一页神学，就会……”她停下来摇头叹气。

“你知道，他们一半人都年纪轻轻就死了，让你的表兄妹都成了孤儿，坦普尔家的姑娘和可怜的戈斯·巴克。当然，那个老爷，奥尔巴尼的老威廉·詹姆斯当时跟阿斯特先生一样有钱，但阿斯特家的人都很会做生意，是头脑清醒的人，而詹姆斯家的人在老爷死后只会赌博、喝酒，年纪轻轻就送命，一意孤行地搞愚蠢的事业。每次我听威尔基说要回去打仗，我就分明看到了随时会做蠢事的詹姆斯家的人。威廉一会儿要当画家，一会儿又要当医生。你是家里惟一一个像我们这边的人，也是惟一一个靠得住的。”

“但我去年也学了法律，改变了主意。”亨利说。

“你对法律没激情。你这样做是为了好离开这里，战争那么疯狂，你却做得很对。如果你留在这里，他们会让你参军，那你就会被切掉半个，在这里一瘸一拐的了。”

她的语气尖锐起来，目光锋利，几近狂热。在昏暗的灯光下，她就像一幅画中的老妪，既明智又疯狂。她住了口，让嘴和下巴停下来。她看着他，等着回应。但他没说话，于是她又开说了。

“你一贯如此，知道怎么照料自己。至少我们还有你。”

儿子的第一篇小说发表后，老亨利又一次不安分起来，说他决定让大家定居波士顿。亨利很高兴离开纽波特。如今他把自己的小说对家人保密，只给他们看他给杂志写的评论，《大西洋月刊》、《北美评论》、《国家》。他瞒着大家，每天谨慎而缓慢地写着一篇小说，说的是一个把母亲和爱人抛下，跑去打仗的小伙子。一提起笔，他就沉浸在纯粹而艺术的创造中，仿佛写的是蔡尔德教授收集的民谣。他塑造了难以相处的、骄傲而野心勃勃的母亲，她勇敢而快乐的儿子约翰，以及纯真、美丽、撩人的情人利齐。每个情节他都认真创作，次日早晨把前一天写的东西再读一遍，不停地删补。他想写快些，那样就会有速度和叙述的流畅感。后来在灯塔山家里新租的公寓里，他想到一件使他震惊的事，但没有因此停笔。

“第四天傍晚，暮色苍苍，约翰·福德，”他写道，“被担架抬到了门口，他的母亲面带僵硬的悲痛，大步走到他身边，朋友们默默地在周围伸出援助的双手。”

约翰病情太重，无法移动，而他的伤势也不允许情人利齐来探望他。下笔时，亨利觉得自己极为贴近清醒的生活以及大多数梦中的担忧：他受伤的弟弟的命运。他父亲不会因他写了不道德的题材而责骂他，威廉也不会因为他写了他所不知道的世界而嘲笑他。一个镜头突然闯到他心里，他屏住呼吸，生怕自己会丢了它：“利齐从约翰家门前转过身，从一堆布头里拿起一块，那是匆忙间被扔在厅里的旧军毯。她把它裹在身上，走到长廊上。”

他想去厨房后面的棚子里找那块从威尔基那里得来的毯子，但随即想起他们现在是在波士顿，不是纽波特，毯子自然是在搬家时扔掉了，或者还留在那里。他开始回忆毯子的气味，战场和军队的气息：“旧毯子上有股奇怪的泥土味，还有淡淡的烟草味。突然之间，年轻姑娘的感官被前所未有地带到了遥远的南方阵地。她看到大家躺在湿软的地上，抽着心爱的烟斗，紧紧地裹着毯子，黄昏微亮的天穹笼罩在他们身上，也笼罩在她舒适的虚弱的身体上。她的心飘摇在这些景象之中……”

这是一种新鲜的力量感。记忆突袭而来，熟悉的事物呈现眼前，那是他私己的存储中如此深沉的部分，无人会知道他历史中的这一刻从何而来，他相信自己做了件勇敢而有创意的事。

第八章　一八九八年六月

他看着他的小说家朋友朝客厅的窗口走去，但没告诉她，若是坐在他原先给她安排的位置，可能会更舒服。她找了个背光的地方。他想她是否记得，她的那些女主角，有两位，甚至是三位也是这样走进房间，故意欣然背对着大窗户坐下，以便别人在最好的光线下观察她们。

然而弗罗伦斯·莱特夫人一坐下来，就皱眉，扭脸，好像一点都不关心自己的面孔。她每说一句话，就有激动的表情变化，微笑，蹙眉，皱起她完美无瑕的鼻子。他好奇她的脸怎会经受得住这么多反复无常的变化。他很快又想，会爆发山崩的，会出事的。同时，他兴致勃勃地听她讲她在意大利的生活，讲她的下部书，她迷人的女儿，讲到拉伊的火车多么慢，讲她只能待上很短的时间，就得回到六岁的漂亮女儿——仆人们正在厨房里招待她——身边去，这点让她感到遗憾，又讲她女儿的教育和遗传，接着又回到了意大利和死亡的话题上，亨利的好友、小说家康斯坦斯·费尼莫尔·伍尔森自杀了。

“在威尼斯，”她说，“他们在谈论你，说你为何突然离开，一直没再回去。他是一个艺术家，我告诉他们，一个非常优秀的艺术家，不是外交官，但他们想见你。威尼斯悲伤着，它一直悲伤着，但如今更悲伤了，我觉得有些人是不认识康斯坦斯的，但他们也说在怀念她。可怜的康斯坦斯，你知道我没法去那些街道。我只能转过身去，我不知道你会怎样做。”

门慢慢开了，弗罗伦斯·莱特的女儿悄悄地走进房间。小姑娘表情平静地打量着屋子。她穿着一条蓝色长裙。亨利发觉她的双眸是特别柔和的蓝色，她的皮肤光洁白皙。她当时站在那里，对正在交谈的母亲表示尊重，他觉得她美丽极了。他从沙发上向她伸出双臂，她不假思索地静静朝他走去，抱住了他，坐到他大腿上，用两条胳膊箍着他。

“当然，我们都去看她的墓了，”他的访客继续说道，“有些墓碑，你一看就知道那个人已经安息，他们自然而然躺在那里。但我一点儿也不觉得可怜的康斯坦斯是那样的，虽然墓园是最好的，她会喜欢，但我不觉得她安息了，我一点儿也不觉得。”

亨利听着弗罗伦斯夫人说下去。他没有跟坐在他腿上的女孩说话，以为过一会儿，她自会朝房间那头的母亲走去。可显然她觉得很舒服，胳膊渐渐软了，睡了过去。他不知道在陌生人身边觉得安心是不是这个孩子的一种魅力，但他不准备去问她母亲。

孩子醒来时，屋子里的光线暗下去了，女佣把茶端走，弗罗伦斯·莱特夫人已经讲了许多话题。女孩睁开眼睛，朝他微笑。他被深深打动了，仿佛她怀着孩子对父母的信心来到他身边，带来了信任和好运。她站起来时，他朝她笑了笑。

弗罗伦斯·莱特夫人没有评价刚才发生的事，他也什么都没说。他尽力不让这小女孩感到尴尬。她是那么自然地来到他身边。

她们离去时，用人们过来跟她道别，显然她去厨房和食品间时也留下了极好的印象。这孩子却第一次害羞了，拉住母亲不放，母亲对她说话的口气谨慎又坚定，鼓励她稍微笑一笑，挥一挥手再走。

他回到客厅，坐在刚才坐过的沙发上，觉得那天使般的孩子仿佛还在这里似的。自从数日前回到伦敦，他就开始写作，强迫自己白天待在书房里，不写信回信，也不邀请任何人来看他。弗罗伦斯·莱特夫人却比他聪明，拍了封电报来说她已经在路上了，还明确表示不需要回复，然后正如她说的那样来了。

现在兰慕别墅的灯亮起来了，他回到写字台前，开始思索她是怎么形容威尼斯的。他面前有封信是巴巴罗宫的主人，柯蒂斯夫人写来的，他曾多次领略过她的好客之情。她也用同样的话形容过这座城市。她写了它的悲伤，还写了那座建筑物附近的街道，康斯坦斯·费尼莫尔·伍尔森就是从那座楼的二楼窗口跳下去的。

她的死，正如他妹妹爱丽丝的死，日复一日地和亨利在一起。她的形象来了又去，有时是她了无生气的破碎躯体躺在她窗下的街道上，有时是一个细节，当他跟她说话时，她的嘴唇安静地嚅动，她听力不佳，便竭尽全力想听懂他在说什么。他看到她在贝罗索加多的阳光下，撑着阳伞，穿着白裙，朝他微笑，仿佛她正让人给她描绘精致的肖像，往往他尚未开口，她就完全给予特许，也许那是她最为幸福的时光。他觉得她是他最好的朋友，是家人之外与他最亲近的人。他仍然无法相信她死了。

沃尔斯利夫人建议他为兰慕别墅购买的物品中间有一盏苏塞克斯的灯，它显示了他所居住的海岸一角，海与陆地的关系变更。他愉悦地想到，拉伊和温切尔西之下的大地不断移动，海岸不停变化。海岸线没有固定，也没有嵌在石头里面，他喜欢把它想成是可以随意猜度的。有时候，他在自己明亮的花园房里来回踱步，或坐在楼上的会客室里望着灯光，他会天马行空地想到他大笔一挥，或说一句话，河流就会改道，大海就会奔涌，或者海岸线上会出现一个新的小小的锯齿。

现在拉伊和温切尔西的位置都近乎愚蠢。他喜欢对他的来客们说，十三世纪一场特大暴风雨毁了温切尔西大量沙滩，镇子的未来也受到威胁。他喜欢告诉客人，镇子因此搬迁，老镇像幽灵一般留在原地，也像是古老家族的最后一代人，只留下陈旧的记忆和渐渐消逝的财富，而另一个篡夺其地位的家族兴起了。但新兴事业的成功也不会长久。他会接着说，大海和陆地作战时，一般赢的都是大海，消失的都是陆地。拉伊和温切尔西——新温切尔西——怀着伟大的蓝图和梦想要成为伟大的海港。但在之后几个世纪，陆地获胜了，一块不大的平原慢慢地，狡诈地在镇子和大海之间形成了，温和地然而却是实实在在地把大海推了开去，如今羊群在平原上吃草。

如果第一个温切尔西是被淹死的话，第二个温切尔西就地势很高，很干燥。他说得这仿佛是一个残酷的事实。他会说，这块平原是对陆地奇怪的补充，是被大自然偶尔放在这里的，并给他带来了快意，好像他自己也在事情发展过程中出了把力似的。这使得拉伊更加扑朔迷离，也使他更喜欢拉伊：大海曾经一度来到家门口呢，如今它退去了，只留下海的光彩，海鸥，以及一块平整的土地，这是水不知何故租给苏塞克斯及其居民的东西。

在这块海洋客气退场的地方，他搬来了，以他温文尔雅的方式，创造了使作品进步，使睡眠安宁的空间。如今他拥有一个家，比他父母曾梦想过的还大得多，他的小王国顺利运作，这少不了关怀、自豪、忧虑和高昂的支出。

他从伦敦叫来了史密斯夫妇，他们曾在那里为他忠诚服务过，史密斯太太负责烹饪，史密斯先生当男管家。他也在拉伊雇用了范妮当女佣，她漂亮，文静，谨慎。他还觅到了一个叫伯吉斯·诺克斯的宝贝，个头矮小，也不漂亮，但他做事精准，又讨好人，这点足以弥补。诺克斯还年轻，这是他头一次认真地受雇，这意味着他没有不良或马虎的习惯。他能被训练成家僮和男仆，而不会因此觉得家僮的活儿不那么有尊严，不如男仆值得他花费精力。

亨利跟男孩的母亲谈过，她说了一大通他是多么愿意干这活，作为十四岁的少年，他干净、成熟，口碑良好，跟他分离，她又是多么悲伤。男孩最后出来时，他的脸蛋和体型是顽皮的模样，但目光却无限地挚诚，亨利一下子就喜欢上了他。但他丝毫不动声色，孩子在一边听着时，他只对母亲说，他会先雇用伯吉斯·诺克斯一小段时间，看他是否适合，之后他们可以适当地谈一谈雇用条件。

亨利喜欢自己在拉伊为人所知。走在街上，他心情愉快地与每个他认识的人彬彬有礼地打招呼。他身边常伴着他的狗马克西米利安，或那个苏格兰人——他在拉伊找了住处，热衷于散步和骑脚踏车——或小住在兰慕别墅的客人。住在传统的英国小社区始终是他的梦想，他被拉伊接受，以及他对拉伊的居民、地形和历史的熟识，使他十分自豪，在美国客人面前尤其如此。

客人通常是坐火车来，亨利亲自去车站接人。伯吉斯随他同去，很有技巧地推着一辆独轮车，那可以把客人的行李推到山上的兰慕别墅去。亨利对这些场合伯吉斯表现出来的社交本能而感到惊讶。火车停在拉伊车站时，他带着独轮车站在一边，做好准备。亨利和客人最初互相招呼和观察时，他一刻也不会来打扰，他也不去问客人，而是跟火车的搬运工打交道，确定哪件行李是詹姆斯先生的客人的。但他会确保让旅行者看到行李已经在独轮车上了。接着亨利和他的访客向山上走去，他轻松地尾随其后。

从狭窄的通道上望过去，别墅完美无瑕，美丽异常，即使那些只见过它外表的人也如此认为。它的秘密却在花园之中，那是一个与外界隔离的私人花园，里面藏有丰富的古代油画，细心和品位将它造就。

亨利一租下别墅，就雇了当地的园林工乔治·甘蒙来做兼职。每天他都与他商量哪些地方要改，讨论是否更换新的油画和应季的调整，但他们大多时候说的是现在开的是哪些花，哪些花即将开放，今年和去年有多大不同，哪些活儿很快就能干完。接着他俩都从细节和整体的角度欣赏着这个围墙里的空间。乔治·甘蒙让沉默持续下去，什么话都不再说，等着亨利觉得该回去写作，然后自己走开，亨利就喜欢这样。

史密斯夫妇不喜欢拉伊。之前十年，他们在肯辛顿为他工作，住在他公寓的用人房里，他们每天跟同样的商人打交道，去同样的地方。他们认识附近许多用人。对他们来说，肯辛顿那几条街代表了一个村庄，他们在这个村子里活得很自在。每天早晨，史密斯太太带着令人尊重的表情，从小说家那里得到当天的指令，但她也会以一种痛苦和害臊的方式来让自己显得警惕、机智。他工作时，这些指令就是让史密斯先生默默而谨慎地把精心烹饪的家常菜端上来。有时候如果有客人来，他会提前几天告知史密斯夫妇，并和史密斯太太细细地商量菜单。他离开的时候，不知道史密斯夫妇干些什么，但他觉得他们大胆地把他整个公寓占为己有，并养成了许多坏习惯。

当他住在里面的时候，他们安静、仔细、小心翼翼，让雇主高兴，他觉得自己一般是不苛刻的。他们为他工作六年后，得知他会在妹妹死后出国，史密斯太太便拿一桩私事来求他。后来，他意识到夫妻俩在这件事上达成一致之前，商量了很久。她说话时明显地颤抖着身子。请求很唐突，大多数雇主，无论是多么仁慈，都会当下拒绝的，都会觉得这相当鲁莽。但他却被史密斯太太话中的力量和真诚的恐惧打动了，他当然也明白她的需要多么迫切。

她对他说，她妹妹病了，将会动手术。她需要一个养病的地方。短时间内病人无法照顾自己，她也没有别人可以照顾她。既然詹姆斯先生要去意大利几个月，他们觉得房子会空在这里，她想她妹妹是不是可以搬到客房去住，在那里得到照顾。当然，詹姆斯先生回来之前她一定会走。

他很高兴自己没有对这个问题加以思索，也没有找人请教。他当即决定，对史密斯太太说，只要她和她丈夫能应付她妹妹的所有开支，那她妹妹就可以住下，但他从意大利回来时，公寓必须是空的，里面没有声音。他一说完，就看到他的厨娘强忍着控制自己，想说谢谢，但也想尽快去把这消息告诉丈夫。她紧张地朝后退步，不停地对他道谢，然后转身奔出屋子。

他离开之前那几天，没有对史密斯太太提起她妹妹。他已经把条件讲清楚，觉得再提此事，就有点令人难堪了。他也不想再看到史密斯太太强硬的样子。于是他在意大利的时候，就以为史密斯太太的妹妹没用他一分钱，他回去时她的所有痕迹都会消失。

但两个月后，他一走进门就知道自己的公寓里有个被照料的病人。史密斯先生在门厅里遇到他时对此不置一词，他觉得这颇有趣。他几乎没有掩饰自己的不耐烦，和善地叫史密斯先生去跟他妻子说，詹姆斯先生想在书房见她，史密斯先生表现出来的意思却是，这不过是个普通的要求，不用太费心去说。

史密斯太太似乎比他在任何时候见到的更为大胆。她充满自信地站在他面前。是的，她说，她妹妹还在这里，正受着癌症的折磨，而她，史密斯太太，等着詹姆斯先生说该怎么办。

如果是写小说，他的角色肯定会对史密斯太太说些冷话，但亨利知道她妹妹正病卧在旁边的房间里，而史密斯太太沉重的责任他也分担了一部分，因为这个女病人是在他屋檐下。

“医生来过了吗？”他问。

“先生，他来过了。”

“你能让他马上再来一次吗？我想跟他谈谈。”

医生是个阴郁而好奇的人。他想知道史密斯太太的妹妹在这个家中是何地位，但亨利说他们只讨论医疗问题。医生说，这位夫人还需要动一次手术，但术后需要大量的治疗，他不知道这是否可以做到。

“这种治疗需要钱，这很花钱。”

亨利给他开门时，史密斯先生在门厅里徘徊。

“您能否关心一下手术，告诉我接下来需要什么治疗？”他突然问道。

“这要花钱，您得知道，先生。”医生说着离去了。

之后两星期，病人去动手术了，亨利发现史密斯先生在喝酒。他等到夫妇俩都不在家，女仆也为杂务出门的时候，他走进厨房，发现一个空的威士忌酒瓶，还有几个空的甜酒瓶和谢利酒瓶。他查了家用账册，但没发现这些酒是用他的钱买的。他觉得自己在厨房里窥探实在很傻，决定再也不做这种事了。如果史密斯夫妇想买酒，就随便他们去买，只要不妨碍他们的工作就好。这么说起来，史密斯先生似乎特别是在下午三四点钟和傍晚时分目光呆滞，但可能这是因为他担心小姨子的病情，加上酒精的作用造成的。

医院来的消息说手术很成功，但病人需要至少一个月的二十四小时看护。他能确定的是，史密斯太太的妹妹在康复之前是无处可去的。由于他没有客人要来，他觉得自己很难每天走过空空的客房时想到已经熟悉这间屋子的史密斯太太的妹妹在外头得不到照料。史密斯太太也会更难相处了。他知道她必定已经准备好了要向他的同情心发动决定性的猛攻，觉得自己没法忍受她来求他之前家里这种准备的气息，没法看着她可怜可鄙的卑微模样。他决定立刻告诉她，他会让她妹妹住进客房，还给她付看护费，条件是他们不得打扰他的房间，他的日常生活也不能受到影响。当她听到这话时，表情像是在说她更害怕他了。

史密斯夫妇心存感激。她妹妹康复后回到了自己的雇主那里，史密斯太太甚至做了一个简短而正式的演讲来告知他。但也许意义更为重大的是，他在这妹妹的医疗事件中的牵涉，似乎把他与史密斯夫妇的命运联系起来了。显然，如果他俩谁需要医疗，或者别的什么照料的话，就是他们雇主的责任了。他给他们的佣金很高，他们也没什么支出，史密斯先生穿的都是雇主不要的衣服，而史密斯太太也不好打扮，他认为他们深谋远虑，把大部分收入存储起来，以便退休后可以过得轻松快活。

他答应在需要时帮助他们，但并没有换来更好的服务，不过史密斯夫妇的工作也没有一下子退步。史密斯太太仍然每天早晨去领指示，并尽力做好。史密斯先生好像还在喝酒，但并未有严重的失态，只有当他下午细察时才发觉他的言语和步态都显得费力。但有一个变化发生了。史密斯太太现在能在雇主面前跟史密斯先生谈论与家务无关的事了。她知道亨利珍惜安静的环境，她也一定知道他希望她和她丈夫讨论私事能在他们的房间里。但亨利没法指正她。在他慷慨帮助她妹妹的那些日子里，她赢得了一场看不见的斗争，结果就是她以这种狡诈的方式让自己在这家里过得更自在了。照顾她妹妹，施加同情和怜悯，已经缩短了他与史密斯太太的距离。

他搬去拉伊前几个月是在激动和忙乱中度过的，不记得史密斯夫妇对这事有何反应。他觉得他们年纪越来越大，大概会喜欢小镇子的平静和兰慕别墅更宽敞的便利。不管怎么样，他们没有明确反对，他要确保搬家时他们不会累坏，因此那几个月里他们的主要任务就是把自己和自己的东西搬到拉伊的新住房去。他知道，有一两个朋友注意到史密斯在上菜时掩饰自己喝醉酒的事实，但他认为离开伦敦喧嚣的压力后，他就会跟史密斯谈一谈，帮他恢复清醒。

他们刚搬进别墅，他就发现了一个问题。史密斯夫妇睡在阁楼的用人间里。因为楼梯只有一个，他们得走上别墅的二楼才能回屋，而他的书房和卧室就在楼下。他们房间的地板嘎吱作响，特别是他床正上方的那块地板，每次有人踩上去时，就会移位。在拉伊的最初几周，每到晚上，史密斯夫妇就准时上楼回房间，但他们静不下来，不时地踩着地板来来去去，安静一会儿，接着又动起来了，毫不在意下面雇主的休息。有时候他能听到他们说话，还有几次他听到重物砸在地板上。

他请教了建筑师沃伦。他说，地板情况很好，换上新地板也无济于事。他说，应该让史密斯夫妇动作轻点儿，否则就把他们的卧室搬到底楼去。他指出，餐具室旁边有间小屋，可以容纳他们的床，只要把窗户弄大一点，贴上合适的壁纸，就可以让他们住了。于是史密斯夫妇住到了餐具室旁边。

拉伊的店员对史密斯夫妇并不热心。肉贩听不懂史密斯太太的解释，切下来的肉不是她要的那部分，她抱怨起来，肉贩就不高兴了。面包师傅也没烤出她要的那种面包，她又回头来说别的面包师也没烤出这种面包，没有一种面包能合乎她的要求，面包师傅一点也不觉得好笑。杂货店老板不喜欢她的伦敦做派，很快史密斯先生就去杂货店订货了，因为他妻子不受欢迎。

史密斯夫妇发现兰慕别墅在拉伊孤零零的。周围都是更小更平常的别墅，里面只有一个女佣，可能还有一个兼职厨师，但没有像他们史密斯夫妇这样地位的人。拥有类似的用人的房子是些位于乡村的庄园和大别墅，但那些用人不会像肯辛顿的同行们逛街那样逛到镇子上来。史密斯夫妇很快就确定，拉伊没有他们这样的人，也不会有日常的招呼和新闻交流。不久，他们在商店里受到了冷遇和淡淡的敌意，而伯吉斯·诺克斯正相反，他走到哪里都受到热情欢迎和喜爱。

史密斯先生和史密斯太太躲进了兰慕别墅。史密斯太太骄傲自己从未离开别墅周边范围，也从未去参观拉伊最有名的历史遗迹。她统治着厨房、餐具室和餐具室的花园。她接到任务后，就会装出另一种姿态，显示她强硬的能力和工作的决心，但这并没有使她的雇主不流露出讨厌她的情绪来。

在肯辛顿，亨利常有客人来，但尽管他很注重待客之道，在夜晚招待客人却只是小小的消遣罢了。如今到了拉伊，他更希望别人来做客，写了很多信让朋友们来看他的新房，还略带激动地等着他们的到来，并对房子作出评价。于是客房的装修和每日的打扫就成了要紧事，还有食物和服务的质量，现在已经囊括了早餐和午餐。史密斯太太不习惯这么多的客人。起初亨利对她说，什么人要来，他们需要什么，这事儿还挺新鲜，但她很快明白客人会络绎不绝地来兰慕别墅，给他们煮饭，确保他们过得舒心，就成了她的工作。

早晨他给她指令的会面变得气氛紧张了。倒不是她说了什么话，而是她的脸色不一样了，先是沉默片刻，然后低低地叹口长气。他没有在意她态度的转变，只管告诉她谁要来，该做什么，并不等她的回音。但过了不久，她开始用尖酸的评价来拖延，说招待客人增加了开支，肉贩子很是可怕，或者伯吉斯·诺克斯是个讨厌鬼。来了更多客人后，她说话开始变得咄咄逼人。他没法控制自己想见老友和亲戚的愿望，在发现史密斯太太明确表示出对访客的恶劣情绪后，他大为震惊和恼怒。

同时，她丈夫的步态和动作变得僵硬木讷，许多客人还错以为是一种老式的礼仪。但亨利知道他又喝酒了。他想把这事跟史密斯夫妇提一提，他可以像史密斯太太曾经来求他那样去求她，让他们帮帮忙，坚持要史密斯停止喝酒。但他没有勇气提这种要求。他知道不管怎样，只要史密斯太太不让丈夫喝酒，她的强硬就会更上一层楼，他不想面对这种情形。

伯吉斯·诺克斯却变得更听话，更积极了。他什么都不会丢，不会忘。他还不习惯微笑，但很快就知道每个客人的名字、习惯和需要。他像是知道收到某封电报后，是要立即去打扰正在待客的主人，还是只需放在厅堂的架子上即可。他在阁楼的地板上走动时十分小心。

史密斯太太老是把伯吉斯从厨房里赶出去，对此伯吉斯并不计较。他不干活的时候，就会逛到拉伊较远的地方，开始练习最轻量级的拳击，并很快拿到了冠军。他高高兴兴地回家，但到了被指派的时候，就会流露出对自己在兰慕别墅中地位的自豪感，他似乎知道别墅里发生的所有事。当亨利开始疑心史密斯太太跟丈夫一起喝酒时，他知道若是想听到史密斯夫妇的习惯，只需问一问伯吉斯·诺克斯即可。

客人们对做客期间表示满意，并希望再来兰慕别墅，这对他意义重大。他喜欢读信中提到以前和今后的拜访。他在镇上和当地都没有亲密的朋友，晚上那几个钟头出去也不容易，因此他的客人很重要。他发觉每次来访前的等待和期盼，是最幸福的时光。他告诉每个人，他上午是要在书房里的。他把客人留在早餐桌旁后，就来到书房，开心地想到下午他们还会见面。同时他又有几小时独处的时间，或者让苏格兰人做口录。客人走后，他也过得很快活，享受着屋子里的安宁，好像有客来访只是一场争取独处的战斗，而最后获胜的是他。

然而过不了多久，令他心满意足的独处就变成了孤独。第一个长冬，在刮着大风的阴天，兰慕别墅的书房，还有这别墅本身，就像笼子似的。他和史密斯夫妇都搬离了他们熟悉的内地。他有他的工作，但他知道每当一天结束时，他俩都会偷偷地喝得醉醺醺的。

他不清楚史密斯太太喝到什么程度。她把厨房主持得很好，烹饪水平也没有下降。但她早晨现身时却越来越不修边幅，听说还有客人要来时的反应也越来越嚣张了。她披散的头发危险地靠近放置锅和罐子的地方。手指甲的状况也叫人对她没信心。有客人在场时，他会取消汤、肉汁，和薄沙司，他怀疑她是否知道个中缘故。不能指望史密斯太太给他们做出安全的菜。

史密斯先生上菜时，尽量不在走进房间时脚步踉跄，但一转身离开房间，就没法自控了。亨利养成了这样的习惯：不让他重要的客人坐在面对门口的位置上。他发觉，一旦桌边的客人们看到史密斯踉跄或蹒跚的样子，他们就会一直看着他。他的目标是阻止这事成为餐桌上的话题，也不让它之后被提起。他不想让伦敦的人和他小圈子里的美国朋友知道，他喜欢喝醉酒的用人。

伯吉斯·诺克斯开始协助史密斯，给他开门，暗暗提醒他走稳步子。亨利希望这问题能自行解决，或者保持原状。他不想采取行动，因为他知道这会是什么行动。他尽量不去想史密斯夫妇。

一天下午，他从楼上的窗口看到史密斯太太的妹妹正朝别墅而来。他听到她进来了，猜想她去了厨房她姐姐那里。自从她离开他的公寓之后，他没再见过她，虽然那时见得不多，但对她的印象是一个坚强理智的人。他决定要跟她谈谈，下楼时在门廊上看到伯吉斯·诺克斯，便叫他去告诉史密斯太太的妹妹，如果她有空，他想见见她。他会在前厅里等。

史密斯太太的妹妹很快就在史密斯太太的陪同下来了。前者是一副体面整洁的模样，而后者却比平常愈加邋遢，脸上挂着他已经熟悉了的无礼表情。

“夫人，很高兴见到您身体康复。”他对史密斯太太的妹妹说。

“我很好，先生，恢复很多了，非常感谢您的好心。”

史密斯太太一脸不高兴地看看他，又看看妹妹的后脑勺。

“您到这地方来做客吗？”他问。

“不是，先生，我跟桂冠诗人家的园林工结婚了。我们住在园林工的小屋里。”

“桂冠诗人？”

“先生，是阿什福德的奥斯汀先生。”

“当然，当然，阿尔弗雷德·奥斯汀。”他想了一会儿，才明白过来她是在为丁尼生爵爷[①]工作。

他正要询问是否能单独跟她谈谈，却意识到他显然打断了史密斯太太跟她妹妹之间不开心的谈话，为此史密斯太太还在怨愤。当她妹妹在尽量掩饰时，她继续对他们俩怒目而视。

“那么我想我们还会见到您吧？”他问。

“哦，我不想来打扰您，先生。”

“没关系，”他说，“您觉得您的姐姐情况好吗？”

他坦然地看着她，当她垂下视线什么话都不说时，他也不施

① 丁尼生于一八五〇年至一八九二年间获得英国“桂冠诗人”称号。

以援手。她听懂了这个问题的意思。他给他们三人留下时间去明白她为何没有回答。当他觉得目的达到后，就决定不再需要单独见她了，该说的已经说了。他热情地笑了笑，在她离开房间时朝她鞠了个躬，没去理睬史密斯太太。他现在知道如果需要史密斯太太的妹妹时该去哪里找她。

他的妹妹爱丽丝一定会大声笑话他的困境，她会让他详细描述史密斯夫妇的事。但他想她也会飞扬跋扈地命令他立刻采取行动。他的嫂子爱丽丝是他们家里最讲实际的人。她会平静地想出聪明的法子来把史密斯夫妇赶走。但他却不能告诉她，因为他受不了威廉给他写信谈这事。他也不能求助伦敦的人。他想，他所有的英国朋友在刚发现史密斯夫妇的醉酒和坏脾气时，都会立刻解雇他们的。

他开始在想象中与康斯坦斯·费尼莫尔·伍尔森对话。她会对厨房和食品间后发生的事情兴致勃勃。她还会知道该怎么做，她会想出办法，让史密斯夫妇毫无怨恨地离开，或者改变自己的行为。他怀念她那种镇静的娴雅，平易的温暖，好奇和同情交织的样子。他想到她在威尼斯的最后的日子，她跳窗之前的那些日子。他叹了口气，闭上眼睛。

他的家人和大多数朋友都不太清楚他和康斯坦斯很熟。那段时间住在佛罗伦萨的人很少，连威廉夫妇都不在其中，当时他与康斯坦斯同住在贝罗索加多的一幢大别墅里，那时他觉得大家对他俩的关系议论纷纷。但知道的人却不断地在写给他的信中提到康斯坦斯，说到她的含糊和神秘，他们常常对她的死表示奇怪。但只有一位朋友直接问他是否知道她为何自杀。莉莉·诺顿是他朋友查尔斯·艾略特·诺顿的可爱女儿，也是他喜欢的一个波士顿人，格雷斯·诺顿的侄女。莉莉在意大利认识了康斯坦斯，虽然比她小了二十岁，但很崇拜她，对她很是依恋。

他给莉莉回信，措辞尽可能地坦白直接。他解释说，正如她所知，当时他不在威尼斯，只是从旁人那里得来的消息。他写道，康斯坦斯生病了，烧糊涂了，但原因并不全在于此。他对他的小友说，康斯坦斯还有一些不愿让外界知道的事，那是她长期以来严重的忧郁症，而她孤独的生活又使这种情况雪上加霜。他就写到此处。既然莉莉有足够的勇气来问，那么她现在就应该有足够的勇气来读这一赤裸裸的事实。

莉莉·诺顿没再提起此事，但她姑妈格雷斯却偶然提到，她的侄女因他信里冷酷而肯定的口吻而很不痛快。当莉莉·诺顿接受来拉伊的邀请后，他知道他们第一天会单独相处，他想她会不会重提康斯坦斯的事呢。毕竟他们有很多话题可聊。莉莉已经被欧化了。她会以欧洲人的方式来考虑很多事，并且审慎地避开那些危险的话题。仅仅她的亲朋好友，就能让她和她的主人愉悦地谈上几个小时。他想，他对诺顿家、塞奇威克家、洛威尔家、迪克斯威尔家，以及达尔文家的兴趣足以让他们边说边慢慢用餐，兴许还能边说边与他年轻的朋友在镇上的街道上散步。

他去车站接她，很快就看出她已经变得那么有趣而难以对付了。从车厢下来，她看见了他，但没有笑。她目光警觉，表情凝重，有点不自然，但又极其平静。她拥有女公爵的气质，不必举止傲慢别人就会遵从她的命令。但莉莉朝他走来时，露出了笑容，表情敞开了，好似她突然间冲动地下决心要当一个美国人，知道如何让自己自然的一面和矫揉的一面彼此映衬，讨主人的欢心。

伯吉斯·诺克斯和搬运工把她的行李放上独轮车时，莉莉瞥了伯吉斯一眼。她看在眼里，对伯吉斯的主动精神不动声色地表示赞许。到了别墅，她对亨利说，她绝不再说"漂亮"这个词了，但她得指出，别墅非常漂亮，花园极为漂亮，就连他让她写信时用的那间小客厅也漂亮，她的房间当然也漂亮。她亲热地朝他微笑，碰了碰他的肩膀，她已经不再崇拜任何东西了。她说，她真高兴在这里。

他们在花园里坐下来喝茶时，他细细地打量起她来。比起她家庭的上一辈女人来，她更是想法多变，个人魅力十足。她有点遗传了诺顿家的长脸蛋，但在她身上也变得更柔和好看了。她的眼睛像母亲，未说先笑的样子也像母亲，听别人讲话时常常面带微笑，但当她收敛微笑，一脸高贵的严肃时，他就看到一个年轻的女人，她的腔调和举止，正式和友好的方式，对他来说都很新鲜。他期待着与她共度时光。

他陪着她走过镇子，为她的魅力感到得意，喜欢她各种或调皮或敏锐的观察所得。她知道他一直在看她，也知道镇上的人都在仔细打量他们。散步中，他发现她很有想法，他们沉默一阵后，她会一下子高兴起来，随即又晴转多云，面露沉思，表情显得阴沉冷峻，仿佛祖先的标志并没有离她而去。他更喜欢她了。

她已经年过三十，她的性格中有种疏远而讽刺的意味，显示出她的姑姑格雷斯对他说过的话——她不会结婚的。她有自己的收入，虽然不高，但足以让她在意大利和英国自由旅行，在合适的时候回国，这很像康斯坦斯·费尼莫尔·伍尔森曾经的生活。他希望她能去照料一幢很好的别墅，或者照料一个很好的姓氏，但他感觉到她有那么一种悲哀，多多少少是为了她的独立。他们散步回兰慕别墅的路上，他好几次因她想起妹妹爱丽丝：她的语气、豁达的判断、随心所欲的奇怪措辞，当然还有她抑扬顿挫的腔调。她们两个都出身于相似的家庭，在家里，大家对思想的推崇仅次于良好的仪态，在家里，信仰上帝的有组织的团体和相信精神的脆弱的理想主义之间彼此较劲。詹姆斯家的动荡不安让爱丽丝靠不了岸，但继承了诺顿家的沉静的莉莉却没有牺牲她尖锐的见解。如果他妹妹也能像莉莉这般稳重镇静，他可以不惜一切代价来换取。

晚餐前，他把莉莉独自留在楼上的起居室里，自己去检查餐厅。他看到伯吉斯·诺克斯站在敞开的客厅门口，皱着眉，满脸焦虑，举止慌张。伯吉斯表示他是在为餐厅担心，亨利走进房间，就看到桌布上有一大块新染上去的紫色污迹。

“这得立刻更换。”他说。

“她说没事的。”伯吉斯说。

“史密斯太太？”他问。

伯吉斯点点头："她不让换，先生。"

他推开厨房门，看到史密斯先生坐在桌边，头枕在胳膊上。史密斯太太在炉边搅着一个锅。她看到他，也不开口，只是耸耸肩，表示自己无能为力，也无所谓。他尽可能地提高声音。

"桌布必须马上更换，管家也得履行职责。"

史密斯太太放下勺子，朝桌子走去。她面无表情地站在丈夫身后，坚决地从上往下抓住他肩膀，把他提了起来，等他站直后，才放开他。他目光呆滞地认出是雇主站在厨房里，接着便以生硬勉强的步伐朝角落里的碗柜走去。

"一刻钟后，我们就开饭。"亨利说，"我希望一切都没有问题，从桌布开始。"

当他陪着莉莉·诺顿来到餐厅，他立即看到桌布已经换过了，桌面也布置得很好。他让莉莉坐在背对门的座位上。他不知道来上菜的是史密斯，还是伯吉斯·诺克斯或者史密斯太太自己。当史密斯最终端着第一道菜进来，并开始倒酒时，亨利无比吃惊地发现史密斯几乎站都站不稳了，也看不清眼前的东西。这种醉酒很奇怪。史密斯走路既不摇摆，也不蹒跚，正相反，他好像沿着一条看不到的直线笔直前进，而且动作僵硬。他始终一言不发。酒精好像把他变成了一截木头。

亨利注意不去长时间地看着史密斯，史密斯倒酒时，他还说了几句平常话。他肯定莉莉·诺顿什么都没发现，但他知道得让史密斯夫妇走人了。第二天他还有两位客人来用午餐，莉莉和另一位朋友会来用晚餐。之后他就要采取行动了，虽然他不知道该如何开始，也不知道该采取什么行动。

“你知道，”莉莉说，“康斯坦斯死后我就不在威尼斯了，但我见过去过那里的人，他们都说那街上有什么东西，就是在她摔下来的地方。他们都避着那地方走。而且没人能相信她是自杀的。这太不像她的作风了。”

她平和地看着他，接着瞟了一眼面前的餐盘，好似有了什么新想法。她又抬眼看他。

“我和一个认识她妹妹的人聊了很久，”她说，“家里人感到奇怪的是她很多文件丢失了，信件、日记，还有其他的私人文书。她最后的日子是怎么过的，对任何人来说都是一个谜。”

“这，”亨利说，“是桩伤心事。”

史密斯打开房门，无言地站着，朝屋子里使劲瞅着，仿佛里面一片漆黑似的。莉莉转过身看到了他。他一动不动足足有半分钟，站在门口的样子像个鬼，又像一个见了鬼的人。接着他缓缓走到桌边去收拾餐碟。他默默收拾，动作很不得劲，接着一切平安地离开屋子。

“她，当然，是个伤心人，而且十分孤独。”亨利说。

话音刚落，他就知道自己说得太快，也太唐突。

“她是极有天赋的小说家，是个了不起的女人。”莉莉说。

“是的，确实如此。”亨利说。

他们相对无言，等史密斯返回。亨利意识到他此刻无法改变话题，莉莉·诺顿的口气不让他这么做。

“我觉得她应该有更好的生活，”莉莉说，“然而没有。”

她最后一句话中并没有接受和容忍之意，却有指责和挖苦。亨利惊愕地发现她对这次谈话早有预谋，在他这间小餐厅里发生的事是她暗中一手策划的。他不时地去看史密斯有没有来，希望不管他醉成什么样子，只要能来打断这气氛紧张的交谈就好，因为那会不可避免地导致气氛紧张的沉默。

“那个夏天我们大家都跟她在一起，”莉莉又说，“她忙忙碌碌，满怀希望和计划。我们大家都记得她那么开心，虽然也有忧郁的时候。但这却破碎了。”

“是的。”亨利说。

史密斯打开门，伯吉斯·诺克斯在他身后。伯吉斯穿着一件过大的外套，看起来像是个流浪儿。史密斯端着一盘肉，动作犹如行将就木的人。伯吉斯跟在后面端着其他盘子。莉莉·诺顿转过身打量他们，亨利顿时发觉她明白兰慕别墅里发生了什么。她没能好好掩饰自己。她像是大吃一惊，目光从两个仆人身上转回来时，笑容很勉强。史密斯开始给她添酒，但手上不稳。另外三个人无可奈何地看着他把酒倒了一点出来，他想弥补一下，却把很多酒直接倒在了桌布上。他从桌边走开时，摇摇晃晃，颤颤悠悠，把上菜的事全部丢给了伯吉斯·诺克斯。

他们默默地用餐，他本想转变话题，但又冒出来另一个不想提起的话题。他知道如果问莉莉具体的问题，她姑姑怎么样，或者她有什么计划，她要么会大笑起来，要么会情绪激动。他只好什么都不说，让她来决定接下来谈什么。

终于，她开口了。

“我认为她不该去威尼斯一个人过。那个地方任何时候都不适合独自居住，尤其不适合在冬天。”

“是的，她搬走应该更为明智，”他说，“这不好说。”

“当然，柯蒂斯夫人和她都以为你想在威尼斯找一间度假公寓，”莉莉说，“我相信她们甚至为你去找过一阵。”

他看出她要说什么，心知必须阻止她。

“我想她们误会我非常喜欢威尼斯的美丽和愉悦，”他说，“是的，只要我在那里，就希望能有一个观景处，不管多么平常也好，来拥抱这座绝佳的水上城市。但这些乐趣只是短暂的，我想。余下的事情就索然无味了。要干活，还有种种需求。”

她目光阴沉尖锐，带着一丝同情。她笑了笑。

“是的，我想象得到。”她冷冷地说。

早晨，他告诉史密斯太太，他希望她丈夫白天能躺在床上，接受医生的检查。午饭就由女仆和伯吉斯·诺克斯来上菜，诺克斯还得找一件适合他的外套。他问她是否能随他去花园一下，他知道莉莉·诺顿正在一个看不到花园的屋子里写信，不会见到这一场景。他想在明亮的天光下好好看一看史密斯太太。他一看就知道她不能继续在他厨房里干了，她看来已经很长时间没有洗澡，也没有换衣服了。

“我确保您的客人住得舒心，”她说，“确保她样样周到，不会有怨言。”

她的口气近乎无礼。他明白她还要说别的，就抬了抬右手，阻止她说下去，然后微微一躬，回屋子里去了。

他找到伯吉斯·诺克斯，让他立刻去拉伊的各个商店打听史密斯太太的妹妹的名字，她住在阿什福德园林工的小屋里。伯吉斯很快带消息回来，她叫蒂克纳太太。他转身回书房时，伯吉斯碰了碰他肩膀，手指在唇上一竖，带他往花园走。

亨利惊奇地看着伯吉斯环顾周围查看是否有人看到他们，他的表情十分警惕。伯吉斯带他来到厨房后面的外围建筑，亨利好奇他的小男仆要给他看什么呢。伯吉斯确定亨利跟着他来后，就示意他走进一个棚子里，拉开一块帆布，下面露出一大堆的威士忌酒瓶，葡萄酒瓶，和谢利酒瓶，腾起一股子发馊发酸的味道。

中午，亨利让医生下午过来，又给蒂克纳太太发了一封紧急电报。接着他去迎接莉莉的朋友艾达·希金森，此人的全部生活就是波士顿所能提供的家务琐事，对此亨利能够理解。还有一个专程从伊斯特本赶来的朋友，好像亨利家里的情况十分安泰和谐。他知道莉莉·诺顿不至于会鲁莽到把这事告诉他人，除了她的姑姑格雷斯，她对这种事极其热衷。他庆幸自己没有对她或对别的人全盘托出。他对朋友解释说男管家身体不适，只好由女仆和小伯吉斯·诺克斯来上菜，希望她们不要介意。

史密斯太太这次的菜又做得非常之好，用过午餐，伯吉斯对他说，蒂克纳太太已经到了，他请她在前厅等他一下。他知道这样做，就没法带客人们去花园里逛，但他并不为难，因为还有工作等着，他得去写连载的小说，而诺顿小姐会带客人去拉伊散步，她已经相当熟悉拉伊了。

他们仿佛什么也不知道似的愉快分手了。他去到蒂克纳太太那里，诉说自己的困境，着重说这不能，也不会再继续下去了。他要解雇这两个人。他说，他可以妥善解决此事，但不会再雇用他们了，希望蒂克纳太太能给他们安排一下，但他不会在这方面给予帮助。

蒂克纳太太什么都没说，表情也没泄露任何情绪。她只是问她姐姐在哪，她是否可以跟她说说话。他们走进门厅时，看到女仆正让医生进门。亨利让蒂克纳太太去厨房，跟医生简单交谈几句后，让女仆陪他去餐具室后面的屋子，他从伯吉斯·诺克斯那里得知，史密斯先生在说谎。

那天晚上他与莉莉·诺顿，还有他伊斯特本的朋友共进晚餐，谈的都是政治和文学方面的事。莉莉特别迷人、机智。亨利想到前一晚她坚持要提康斯坦斯·费尼莫尔·伍尔森的事，还含沙射影地说是他抛弃朋友，把她留在威尼斯听天由命。他想，莉莉·诺顿是否也被抛弃过，或者她是否也生活在对这一结局的恐惧中。她不嫁人，也不跟能使她更好地展现天资和魅力的人在一起，在他看来，是个错误，而且会越来越错。他看着桌子对面的她，想到她对自我的再塑造，以及对自己影响力的刻意经营，会损害求婚者更为看重的其他素质。他想，康斯坦斯也许能为她写一部非常好的小说。

医生上午又来了，说这情况无药可救。他说史密斯先生一直醉醺醺的，是因为长年累月每日饮酒。即使停止喝酒，他的症状仍然会很严重。蒂克纳太太和丈夫一起来了，她对亨利说，非常感谢他的慷慨，事实上也很需要，因为史密斯夫妇身无分文。他们一点积蓄都没有。他们把所有的钱都花在喝酒上了，还欠了拉伊几家酒店的钱。蒂克纳太太话讲得很快，她丈夫站在她身边，帽子拿在手里，显然是一副尴尬样。

他想，收拾好东西的史密斯夫妇只是两个垂头丧气的受害者，一句话都不为自己辩护。史密斯太太默然走进自己房间，避开他的视线。他知道他们是找不到工作了，在把他给的薪水用完，家人也没法再照料他们之后，就得面临绝望了。他想，这么多年为他忠诚服务的史密斯夫妇，已经一去不返了。但他也知道无论如何，他也要把他们赶出这屋子。

他写信把这事告诉了嫂嫂，但没再告诉别的人。他说，这是一场十足的噩梦，痛苦、厌恶、麻烦。他明白拉伊的人会很快得知史密斯夫妇的命运。他知道，虽然他们不受欢迎，但这么快就被解雇使得他还是会在走过镇子时招来别人的目光。

此事过后，他觉得疲惫不堪，没有了仆人，只得在当地的一家旅店里吃饭，这也让他很不愉快，只有在工作时才会缓解。上午他坐在客厅宽大的南窗下，把前一天写的东西读一遍，早晨那里的阳光最好。从窗口可以望见平整的绿色草坪，他喜欢看乔治·甘蒙在老桑树的树荫下工作。过后他去花园散步，被兰慕别墅高高的花园围墙保护着，与外界隔离，真好。

第九章　一八九九年三月

如今什么都来之不易。五年来他头一次离开英国，但所见所闻，都不是什么值得思考和珍藏的新鲜经历。他在巴黎见到了罗西娜·艾美特和贝·艾美特，是明妮的妹妹艾伦·坦普尔的两个女儿。她俩都是在明妮死后出世的，只从几张相片上对这个不存在的人有所了解。两个姑娘并不相像。罗西娜更漂亮外向，贝较为矮胖，性格文静，比姐姐更信任人。她在美术馆里仔细观察作品，在街上仔细观察生活，已经显示出她的志向是当画家。姐妹俩都觉得街上的生活比美术馆的作品更具艺术性，也更美丽。

有时候她们说话时，他能听到明妮·坦普尔的声音。他嫉妒她们丝毫没有局促之态，一点都没意识到自己热情洋溢的美国口音并不如她们以为的那样地道，也不像她们想的那样因为历史而简单了。

他已五十六岁，有十足的把握来谴责一些事，贝·艾美特开玩笑地说，他在模仿《华盛顿广场》里的斯洛泼医生，此人带着他不幸又没教养的女儿在欧洲游历。他批评姑娘们的口音不对，去博物馆时，常常纠正她们。比如说，罗西娜喜欢巴黎橱窗里的珠宝，亨利立刻指正。

“是珠宝，不是祖宝。”

她点头说当今的美国姑娘元音都发不清楚，他回答说：“是元音，不是元英，罗西娜。”

姐妹俩很快就爱上了她们表舅的训诫，开始更放肆地顶撞他的挑剔。她们让他更为真切地想到，她们过世的大姨就爱这种冲突，喜欢一个新说法引起的反应。这两个姑娘坚守阵地，用的策略不是跟他争吵，而是对他轻嘲淡讽，乱用辅音还有时下的习语来惹他生气。一天早晨，贝宣布说她要去楼上做头发，亨利问她：“要怎么做，用什么做?”

巴黎比他以往所见的更繁华，但他却在华丽背后触到了一些他不喜欢的东西。他谨慎地没有跟艾美特姑娘们提起此事。他爱感受她们对色彩、景色和质地那种一尘不染的敏锐感，他也爱听她们向他指出，或向对方指出种种细节，她们是那么愉快地沐浴在这城市的辉煌之中。好几次，贝·艾美特沉默下来，不再说笑，仿佛沉浸到某个回忆中去，稍受打扰就会恼怒，他就觉得康斯坦斯·费尼莫尔·伍尔森的幽灵在周围拽着空气，她安详、内省，对细微的迹象和阴影十分敏感，正如明妮·坦普尔对繁茂的场景和光线十分敏感。

他的表外甥女们让古老的记忆复活了。有时她们被周遭所吸引，没有注意他黯淡下来的回忆。他发现她们对他的魅力无动于衷，这倒是件宽慰的事，他想到自己的某些老朋友太需要他的关注，也对他的言语行动过于关注，他们能否学学艾美特姐妹呢。

他让姑娘们继续她们的欧洲游，自己往南而去，却发觉他没有很多朋友，一样可以活得轻松。他喜欢不定期地通信，也喜欢了解他们的生活和活动。但当他在马赛过夜，得知次日会落入他们掌握中时，他觉得自己应该过保罗和明妮·布尔盖的家门而不入，不见朋友们才是福。布尔盖的声望和财富已经使他在蓝色海岸的一个平坦山腰上拥有了一处二十五英亩的房产，周围是茂密的松林和雪松树，风景十分优雅。在这里，他过分关注自己的看法，这种看法被反犹主义激化后，变得执迷不化，不容反抗，也令人反感。

庄园里还有一位客人，是个法国不太有名的小说家。亨利在最初几天尽量不和保罗或明妮·布尔盖或他们的客人谈论左拉和德雷福斯的案子①。他觉得他对此事的看法会跟主人相悖。而实际上他对左拉和德雷福斯的支持也容不得自己听到布尔盖夫妇的偏见。他感觉得到，布尔盖夫妇豪奢的品位和一流的生活享受是跟他们狭隘的政治观分不开的，那种政治观的本质是冷酷和憎恶。他觉得英国人的观点更为圆滑，对他们自身境遇与他们政治主张的关系持模棱两可的态度。

他觉得自己对布尔盖的了解好像布尔盖是他一手造就似的。他了解他的本质和教养，他的种族和性格，他的虚荣心和势利，以及他对思想的兴趣和他的抱负。但这些与这个人的整体影响力，以及他随时流露的自私本质相比都是小事。这比任何人所料想的更为丰富，更招人喜欢，也更复杂。

---

① 一八九四年，犹太裔法国陆军上尉德雷福斯被指控出卖法国陆军情报给德国，军事法庭裁定其叛国罪名成立。事后虽经证实纯属诬告，军事法庭却因德雷福斯的犹太人身份而拒绝改判，左拉曾为之辩护。

亨利知道，自己这样关心布尔盖，他却什么都没注意。如果让他列举一下亨利的性格，那会是一张简单、明晰而又不准确的表格。亨利想，他并不观察隐藏的内心，而且对此毫无兴趣。他很高兴在布尔盖家的客居生活终于结束了。让别人看不到自己，日渐擅长消除自我的痕迹——即使对一些他认识很久的人来说也是如此——的做法，使他满意。他喜欢倾听，一直喜欢，但并不打算显露自己的内心思想，想象的事物以及感受的深度。有时候，他感到这种空白比戴上面具更有过之而无不及。这既是内向的行为，也是外向的行为，因此在离开布尔盖庄园，踏上前往威尼斯之路后，他再也不去想今后还可能遇到这对主人的问题了。

他没忘记自己多么热爱意大利，但他担心自己已经过于老朽，不能再度被它吸引，或者那处于时间和旅游业压力下的意大利，已经荣光不再了。火车在文蒂米利亚晚点了三小时，他一直坐在车厢里，看着一群乏味、吵闹、抱怨纷纷的人，吵得最厉害的是一帮德国有钱人。他真想站起来，坚定地走过边境，让伯吉斯·诺克斯在后面用独轮车推他的行李。他迫不及待地想离开法国，让意大利的翅膀在身上轻轻拂过。意大利人的风格是开门见山，活泼生动，高雅之心不外露，人人都以为理所当然。终于当他坐在热那亚一家旅馆窗边的沙发椅上，沐浴着意大利的空气，回想着意大利的种种往事时，他感到轻松又舒心。

他来到威尼斯。到了夜晚，他知道无论是旅游业还是时光都没有损伤这个城市悲愁与灿烂交织的特质。他从火车站出发，坐平底船沿着运河去了巴巴罗宫，在灯火昏暗的水道上左拐右折。这样的旅程有种沉重感，仿佛乘客正被戏剧性地载向厄运。接着，船速慢下来了，缓缓地在水上漂着，又在泊位上轻轻撞了一下，这时，威尼斯的另一面显现出来了——未经修饰的豪奢，不知羞耻的富丽，全然与实际需要脱节的程度。

威尼斯载满了旧时的声音、回音和印象，是无数的奇怪秘密、破碎命运和受伤心灵的避难所。五年前，他在解决了朋友康斯坦斯·费尼莫尔·伍尔森的事后，离开这座城市，以为再也不会回来。好像他和康斯坦斯都在与威尼斯的一赌中冒了太大的风险，她失去了一切，而他失去了她。他在威尼斯的回音如此清晰，历历在目。暴力和残酷并非抽象之物，毫不亚于美丽和豪华。它们代表的是他朋友的惨死。他在巴巴罗宫的柯蒂斯家中做客，待在一间后室里写一篇新的小说，那间屋的天花板被涂绘得很是浮夸，古旧的淡绿色缎子墙布稍有破损和斑点。他知道，数间房之遥的地方，大运河在闪闪发光。他曾多次站在阳台上，在那里可以细看穹顶、卷纹、扇形的拱券，还有安康圣母教堂顶上的群雕，宽阔的台阶就像袍子的后裾。向右看，他会被达里奥宫映得眼花缭乱，那里有最漂亮的大理石镶嵌和环形雕饰，优雅，坚实，精美。

视线从安康圣母教堂转向达里奥宫时，目光每次都会被塞米特克罗楼阴沉的哥特式窗户吸引，一瞬间，威尼斯对他来说不再精彩，它丢弃了繁复宏丽的伪装，变得真实、冷硬，充满恐惧。五年前，就是从这幢楼的二楼，康斯坦斯·费尼莫尔·伍尔森摔到了人行道上。

他第一次见她，是在一八八〇年的佛罗伦萨，当时他正在创作《贵妇肖像》。他三十七岁，她四十岁。她有一封明妮·坦普尔的小妹亨丽埃塔写的介绍信。她读过了他的所有作品，他却没有读过她的作品。他遇见过很多带着介绍信来找他的美国女人，她们都在欧洲旅行。他想，如果这些信放在一起，可以凑成厚厚的一册，但带它们来的人却比它们更为无趣，这些人包括一大帮希望自己是《黛西·米勒》作者的女作家，她们急切地告诉他，她们正在创作极其优秀的作品。

康斯坦斯的一只耳朵是聋的，这事让他很感兴趣，也似乎使她不快。他并没有很快领会此事的意义。她特别内向和自足，既不想取悦他，也不想给他留下深刻印象。她活在自己心里，他认为这种内向的程度很不寻常。他带她出去观景时，她希望能避开游客，对此他并不惊讶，但他惊讶的是她对佛罗伦萨的英裔美国人毫无兴趣，也拒绝被介绍给他在佛罗伦萨上层社会的朋友和熟人。她坦白表示，想把夜晚留给自己，她没法兴致勃勃地融入到那么多人中去，不管他们多么有钱，地位多么重要。

他说不清她对教堂、壁画和油画的反应是否完全是她的独创。然而她新颖的见解，她的喜欢和不喜欢，她困惑不明的本事，都使他乐意在上午陪她在城市里逛。两年后，她读到《贵妇肖像》时发现，自己不知不觉给他提供了暗示，他将一个美国妇人刻画得开放、好奇、见解独到，她首次去意大利，一位鉴赏家暗中坚定地给她指引方向，此人并不富有，却对美学有研究。他利用了她的那种感觉，并将之维系到他的另一些早期人物身上，他在与新美国朋友在城市里逛的时候，有时当天就把这些写下来。因此伊莎贝尔·阿彻见康斯坦斯·费尼莫尔·伍尔森所见，感康斯坦斯·费尼莫尔·伍尔森所感，如果他能将康斯坦斯的感受彻底升华的话。

她取笑他作品的背景平淡无奇，知道他自幼在詹姆斯家长大后，她更乐了，就像他在纽波特、波士顿和欧洲的游历也让她觉得有趣。她是詹姆斯·费尼莫尔·库柏[①]的侄孙女，曾见过一个他从未了解的美国。她告诉他，她很熟悉俄亥俄州和佛罗里达州野外的环境。说着，她朝他露出威胁的笑容，他觉得她很不礼貌，她应该指出，他是他们家族中第一个踏上意大利的人，而她的祖叔在佛罗伦萨生活过，还写过一本有关的书。

除了背景特别，奇怪的是她还一个人忙忙碌碌。她上午与他会面，下午就自己去佛罗伦萨的山里走上几小时，晚上读书写作。每次碰面时，她对这个城市都有新的看法，都有新的经历来说上一说，他安排给她观光的东西，她都有新鲜的视角。

他没有在给父母、妹妹爱丽丝和哥哥威廉的信中提到她。那些年，只要稍有暧昧的迹象发生，他们都会立马催他成婚。他知道自己信中的每行字都会被细细揣摩，以便找出他情系何方的蛛丝马迹。对于波士顿那些对消息饥渴无比的亲人，他尽可能让心坚如磐石。

---

① 詹姆斯·费尼莫尔·库柏（1789—1851），美国著名小说家，以北美大陆、印第安部落和西进运动为背景写过系列小说《皮袜子故事集》。

康斯坦斯和亨利的轨迹先是在罗马相交，接着又是在巴黎。此后几年他们一直通信，并阅读彼此的作品。有时他忙于写作或与他人通信，但只要给她写信，他常会发觉旧日有她为伴的愉悦感又重新浮上心头。他收到她回信后，会再写过去。他怕两人沉默如许长久后，她会因他突然的热情而困惑，他知道她是个谨小慎微的人。在她答应他会毁掉他的全部信件后，她已经是他最聪明的读者了，同时也是最受信赖，词锋最利的知己。他们认识三年多后，她来到伦敦，成为他忠实、克己、最好的秘密朋友。

他俩都不说自己的私生活，也不说自己隐藏的内心世界。他对她说自己的作品、家庭，而她则谈自己对种种事物的看法，那都是属于一颗十分特别的心灵的个人看法。无论事情是多么笼统含混，他们都能推心置腹。她没有跟他谈过她的作品，但他从某些迹象和事件中推得，她每写完一本书，精神就会极度紧张，她生活在恐惧之中。冬季对她并不友善，阴暗的天气和低温都让她郁郁寡欢，有时候她起不了床，没法见他和其他人，也没法写作，他还发现，她没法看到希望，虽然她极力不想让他知道自己受折磨到了什么程度。她，既能成为他的朋友和伙伴，也能沉默和退缩。他从未遇到第二个人会把这样截然相反的情绪兼而有之。他知道自己能信任她，如果需要的话，也能与她若即若离。她会突然从他身边离开，好像生怕他要赶她走，而她受不了这种痛苦和羞辱似的。她对他做的事，没有一桩是简简单单的。他为之惊奇，也时常觉得自己并不十分了解她，不知分别时飞快的动作是出于她的脆弱，还是她确实想要独处，还是她在害怕，或者各种因素都有。

一八八四年二月在伦敦，一个傍晚，亨利和肯布尔夫人去看意大利演员萨尔维尼演的《奥赛罗》。那是一个时髦之夜，也是一场时髦的戏，那里有比肯布尔夫人及其陪客更富有的人，他们拥有种种头衔，也有肯布尔夫人和陪客都不具有的美貌，但观众中没有一对人比这位著名的女演员和陪伴她的《贵妇肖像》作者更时髦，更受到关注的了。

肯布尔夫人跟他在一起时趾高气扬，而他则时时夸赞她聪慧过人，听她说话时带着专注而欣赏的神情。他还是小伙子时就看她上台了。她知道他们周围的每个人都想听到她在说什么，于是她的声音一会儿拔高，一会儿压低。她跟一些人点头致意，又跟另一些人略略交谈，但并没有为了谁而驻足。她径直穿过拥挤的人群来到他们的包厢，以目光显示她并不愿别人随便进来。

灯光暗下来的一刹那，亨利看到康斯坦斯·费尼莫尔·伍尔森正在坐下来。不跟他提自己打算来看戏，正是她的作风，虽然他几天前才见过她。她在伦敦的日子里，他们从来没有一起出门。她在人人都有伴儿的现代伦敦生活中独自闯荡，令他困惑不解。康斯坦斯看起来形容憔悴，满腹心事，不像是一个出身老美国家庭、周游过世界的一流畅销小说的作者。从他的包厢望去，她倒像是某位夫人的陪客或女管家。他不知她是否看到了他。

他看着嫉妒和阴谋的故事在台上展开，清楚地意识到此事更为深层的后果。他可以轻易装作没有看到她。但如果她看到了他——他觉得她一贯是巨细靡遗的——而且对他的故意忽视稍有所觉的话，他知道她会伤得有多深，这个伤口会藏得多么隐秘，在伦敦的冬季，她又会如何默默地舔舐这个伤口。

舞台间隙，他跟肯布尔夫人告了个假，走到人群中，看到康斯坦斯在座位上查看《奥赛罗》的剧本。他站到她面前，她抬头的瞬间，他发觉她不知如何是好，他开口说话，又意识到她听不见。于是他微微一笑，示意她跟他走。他知道，他们走向包厢时，肯布尔夫人正把敌意的目光投向他和他的同伴。

他介绍康斯坦斯时，她看上去比之前坐下来时更孤苦伶仃了。她跟肯布尔夫人说话时，他看到的是在戏开演前的所见——寂寞、忧郁，似乎超过了她努力想要强调的其他特质。而从未受过冷落的肯布尔夫人，看到亨利想邀请他的朋友进包厢，就粗鲁地转过身，戴着眼镜直直瞪着远处的某个地方。

康斯坦斯住在伦敦郊外那两年，他一直与她见面和通信。他发现尤其是在妹妹爱丽丝来英国后，她一直尽力不让自己成为负担，不在任何事上依靠他，还不时提到她的旅行和写作计划，以及她出名的独立性。他不被允许对她表示同情，也不被允许完整地认识她，除了知道一系列情绪强烈的矛盾，那背后有着两种事实：她非常聪明，她是孤独的。

她的听力恶化了，他说话时，她不得不盯着他的脸，看着他的嘴唇，以便明白他在说什么。她的脸上挂着沉重的忧思，当他提到自己将要去哪里，何时出发时，她更为忧切。那些年里，他常常想着去意大利。他想只要写完一本书或者一系列短篇后，就有空了。这些计划已是他生活中的一部分，他可以不经咨询和犹豫就忘记它们，修正它们，或者重新计划。慢慢地，他发觉每当他把自己的想法告诉她时，她就会回家考虑这些想法。好几次，他注意到她的惊讶和淡淡的恼怒，因为她发现他又改变主意了，而且没有跟她讨论这一改变。他终于明白，他的存在对她如此重要，他所说的每一句话，写的每一行字，她都会私底下细细咀嚼。对她而言，他是一个谜，比她在他心目中的形象更大的谜。但他认为，她在解谜上投入了更多的心思和精力，或者至少想升华这个谜的内质，而他并没有做到这一步。

当她准备离开英国回佛罗伦萨时，他想说服她去认识一些那里的人，认识他的朋友，参与到城市的社交圈子里去，无论那圈子是多么小。她笑着摇摇头。

“我已经在美国见了够多的美国人，”她说，“也在英国见了够多的英国人，我不认为意大利人会对我很感兴趣。不，我宁可写作，也不要喝茶，宁可在山间散步，也不要在晚宴上穿裙。”

“那里有两个很有魅力又很严肃的人我想让你认识，”他说，“他们自己也不常进社交圈子。我也不希望你活在整个英裔美国人圈子的怜悯之下。”

“如果是那样的话，”她说，“我非常想见见你的朋友。”

亨利写信请朋友在伍尔森小姐回佛罗伦萨后为她提供社交便利，却是冒了从未有过的风险，他从未将她介绍给英国的什么人。他知道老朋友弗朗西斯·布特和他女儿利齐带了一笔钱来，把波士顿最好和最精致的东西都带到了佛罗伦萨的贝罗索加多山上。在品位和习惯上，他们是简单的人。他相信如果他们更简单一些，父亲的作曲天赋和女儿的绘画天赋就会让他们出人头地。他们缺乏坚定的抱负和奉献精神，却有一流的鉴赏力和一流的好客心。他知道他们会善待这位有其风格和出身的美国小说家。

他们不太可能不喜欢对方。利齐已经四十岁了，前不久嫁给了一位特立独行的画家弗兰克·杜威内克，于是向来对女儿宠爱有加的弗朗西斯·布特会有时间和精力来照顾一位新朋友了。而他把康斯坦斯介绍给布特父女的真正危险却在于他们对彼此喜欢的程度会超过对他的喜欢，当贝罗索加多夜幕降临后，他们会谈论他的事儿，对他做出种种结论，而这些结论又会引起进一步的讨论，直到他成为将他们捆在一起的话题。

他并没有高估自己。他知道康斯坦斯一开始会小心谨慎，寡言少语，他也知道老弗朗西斯·布特会喜欢跟新朋友谈些大略的事，只说说珍稀的古钱币、老绸缎，以及久已被人忘怀的意大利作曲家。然而，他也知道二十五年前就在纽波特认识的利齐·布特一直希望他成家，而且把这种愿望跟他和他妹妹爱丽丝说过，她经常与他们兄妹俩通信，而她父亲则与威廉通信。亨利意识到，康斯坦斯到佛罗伦萨并托他们照顾后，布特父女会知道一些别人不知道的事：他是多么看重康斯坦斯，而她对他又是多么重要，但他们会觉得这很奇怪，因为他们与亨利及其家人那么亲近，却从未听到谁提过此人。他们想和康斯坦斯谈论此事也并非没有可能。

他听说，她在佛罗伦萨定居下来，并和弗朗西斯·布特和他女儿利齐见了很多回面。他收到了康斯坦斯的一封信，其中的坦率和亲密令他吃惊。她说，和布特父女在他们贝罗索加多的家里很愉快，但她第三次或是第四次拜访时却大吃一惊，并且一直惊愕到现在，她得先打开书，才能下断言。她写道，贝罗索加多别墅里的房间，和《贵妇肖像》里描述的一模一样。她经常被招待的那间屋子，更是精心搭配，高雅之处一目了然，还有挂饰、挂毯、橱柜、陈列柜、油画、铜器和瓷器，更不必说松软的高椅子，这些东西都在小说中吉尔伯特·奥斯蒙德的会客厅里。

不仅如此，她还半带指责地说，老人家自己也被一五一十地写在了书里。他的脸漂亮、狭瘦，五官搭配恰到好处，最大的毛病是突出了一些无关紧要的东西，特别是他胡子的形状。她说，有时候父女俩谈话的样子也像吉尔伯特·奥斯蒙德在跟他女儿潘西谈话。“你把我介绍给你小说中的两个人物，”她写道，“我很感激，但我想你是不是打算把我也写到续集里去。”

他好几周都没回信，后来回信时，只字不提她对他小说和布特父女的看法。他冷冷地写完了信，知道她不会不注意到这点，相信这种语气加上回信的延迟，大概可以把他小说取材的话题移到不可谈论的领域里去，他和她一直都在这块领域中像荣誉市民似的徜徉。

然而，他还是对她和布特父女以及弗兰克·杜威内克的关系相当好奇。他突然有了一个念头，想到了一位在欧洲跟女儿在一起的有钱又有教养的美国老绅士。在他的小说中，两人都会结婚。女儿先嫁人，随后父亲也走出了孤独。他想到这两人的对象私底下都认识，或者是现在认识了。他明白自己正在做康斯坦斯说过的事：把她置于其他人物的近旁，即《贵妇肖像》中的父女，看看会发生什么。他把这个构思弃置一旁，不想满足她的猜度，证明自己把他介绍给布特父女的目的，但他相信去佛罗伦萨一趟，看到的必定比他能想到的更有趣。

康斯坦斯在贝罗索加多山租下了布里凯利-利洛比别墅，别墅俯瞰城市，有足够的空间和漂亮的花园。但亨利十二月去时，让康斯坦斯和布特父女保证佛罗伦萨的人不会知道他的到来。康斯坦斯还没买下这房子，仍然住在离布特家不远的公寓里，与布里凯利-利洛比别墅中间隔着一个小广场。她把空空的别墅让给他住，他接受了。

于是他发现自己其实是住在她未来的家中，几乎每天看见她，允许她指挥家居摆设，而他在佛罗伦萨的其他朋友却都不知道他在这个城市里。布特一家是知道的，他们正忙于利齐即将到来的分娩，但这也没有阻止弗朗西斯·布特到贝罗索加多山上来探望他。

弗朗西斯·布特与众不同的知识背景正与他温文尔雅的气度相符。他似乎没法冒犯他人，也不会被他人冒犯。《贵妇肖像》出版后，很显然他自己、他的房子和女儿都被赫然用在了书里，小说里冷酷的恶棍跟他长得一模一样，但他非但没有跟作者提出抗议，还觉得颇为有趣。亨利知道，他非常适合在佛罗伦萨居住，正如他也适合波士顿、纽波特一样。无论是为主为客，他都跟谴责无缘。他给人的印象是，虽然脾气温和，但这等宽宏的社交礼仪代表了另外他所相信的礼仪，只是他显然并不想展露自己的信仰。

老人裹着披肩，坐在布里凯利-利洛比别墅主客厅的沙发椅上。亨利注意到他动作缓慢，体形轻捷，手指修长，还有这张脸，虽然他好美食，但这些年却出奇的自制。

“我们都喜欢你的朋友，伍尔森小姐，”他说，“她有独特的魅力和智慧。利齐和我都非常喜欢她。”

“她也喜欢你们，我相信。”亨利说。

“她温柔聪明，你知道，每次离开我们的样子都很可爱，好像她很依赖我们似的。我们一直希望她能多留一会儿，但她得写作，天，她得写作。”

说话间，弗朗西斯·布特眼中闪动着愉悦。

“当然我们都很清楚，她是因为你才成为我们的朋友。她非常欣赏你，也很信任你。”

他朋友跷起二郎腿时，亨利发现他的鞋子很漂亮，脚形也很修长。亨利想把话题转到利齐的分娩上去，虽然他在弗朗西斯刚到之时就问过了，他还是说了。

“你要给利齐带去我最好的祝福。”他说。

“我什么都告诉她，你知道，”弗朗西斯说着又笑了，“我们都为康斯坦斯担心。她内心深处有些东西我们都看不到，但我们已经对她颇为了解。”

“是的，”亨利说，“康斯坦斯为人深沉。”

“她受了很多苦，也许比任何一个有她这等才华的人所经受的都多，”弗朗西斯说着，皱了皱眉，“好在她遇到了你，认识了你。我们都这么想。”

亨利茫然地看着他。

“我们都发觉过去几周自你来后，她的变化越来越明显。你知道，她变得快活起来，表情轻松很多，笑容也多了。这是毫无疑问的。”

弗朗西斯・布特停下来咳嗽一声，拿了块手帕，又啜了口给他准备的茶，样子像是已经说完了要说的话，意思也已经够明朗了。接着他又突然开口，声音很大，好似要打断别人。

“我们想知道你住在这里是不是开心。”

“哦，是的，我非常喜欢这房子。”

“康斯坦斯近在咫尺，这是她的房子，或者很快就是了……”弗朗西斯・布特嗓音低了下去，但仍然能听到，“当然，没人知道你在这里，所以我想也不会有任何谣言。无论如何，贝罗索加多都是一座堡垒。”

他用手指轻轻弹着椅子边缘。

“不，问题是——你走后她怎么办？这就是我跟利齐担心的。不是担心你在这里，经常跟她见面，而是担心你不在这里，不跟她见面，如果你理解我意思的话。”

“我会尽力的。”亨利说。他知道这话很无力，但弗朗西斯・布特朝他粲然一笑，笑得容光焕发，于是他也没有自行纠正。

“我相信你会的。我们只能做到这些了。”老人说。

他喝完了茶，起身告辞。

一月，康斯坦斯一买下布里凯利–利洛比别墅，亨利就搬到山下去住。他日子过得挺悠闲，下午和晚上去参加那种康斯坦斯不屑参加的社交活动。他感到厌烦，常常觉得侨胞太多，但他把这种感觉隐藏起来，最终在某个夜晚这种感觉就溜走了。

大家都知道甘柏伯爵夫人藏有一批拜伦的信。尤金·李汉密尔顿是文学圈里有名的长舌男，他告诉亨利，他见过甘柏伯爵夫人了，她让他想起关于另一批信的事。

李汉密尔顿说，拜伦的情妇也即雪莱的小姨子克莱尔·克莱尔蒙特活到很老。她跟她的侄孙女在佛罗伦萨隐居，安度晚年。据李汉密尔顿说，有个痴迷雪莱的美国人，听说她手头有这两位诗人的手稿，就向她展开攻势。她死了，那个人又转而进攻她的侄孙女，一位五十岁的妇人，最后这侄孙女说如果他想看手稿，就要向她求婚。

李汉密尔顿很快地说着，因为这都是众所周知的事儿了，却没发觉他听得很认真，故事的戏剧性打动了他的听者。

之后这件事的内涵和可能性一直装在亨利心中。他回到住处后就记笔记，把这两位有趣、贫穷、名声扫地的英国老妇人写下来，她们活到了一代奇怪的人中间。她们住在一个外国城市的破旧的角落里，非常珍视她们的信件。他思考这出戏的核心时，发现全掌握在这个美国人的手里，他装成旅游者和学者的样子。这则关于三个人被封锁在逝去的记忆和迫切需求中的故事，需要时间来考虑。不能在佛罗伦萨的上午把它写出来。也不能把故事的背景设在这个城市，以免人人都知道他只是改编了一个家喻户晓的故事。他想，他要把故事搬到威尼斯，而此时邀请也越来越多，于是他决定自己也搬去威尼斯，把这篇小说写出来，他是越来越喜欢它的滋味了。

在威尼斯，他在一幢阴暗潮湿的大厦里找了几间房，那是他朋友布朗森夫人的。虽然白朗宁也在这些房间住过，但并没有使之蓬荜生辉，也没有扫除冷冰冰的气息，但布朗森夫人肯定地说屋子的历史让它们与众不同。他开始习惯一个人吃过饭后，到这座城市闹鬼的街道上散一会步。天黑后威尼斯人就回家，而且不再出门。威尼斯多雾，古怪，他生平第一次寻思，在这座他如此喜欢的城市里，他究竟在干些什么。他随时都可以去英国。现在故事已在他心中成形，他也见识了够多的破旧宫殿，他的女主人公就住在那里。他对古老的秘密有了感觉，看了很多处于阴影之下、珠光宝气、拒人千里的建筑物上巨大的装饰，它们曾经充满了甜蜜的浪漫和畅快的欢愉。他还看到挂着蜘蛛网的晦暗的储藏室，很多都堆着乱七八糟的东西。

一天傍晚，他经过圣母堂，过桥朝大运河走去，这时他瞥见了一个女人的背影，在楼上，背对着亮着灯的窗户。她在跟人说话，不知是她头发还是脖子的某种感觉，使他停在了空无一人的大街上。谈话热烈起来，他看到她耸着肩，打着手势。就他所见，她比康斯坦斯年轻，皮肤更黑，肩膀更宽，因此令他想起康斯坦斯的并非是她的身体。他走开时，发觉自己非常渴望能在那个女人说话的屋子里，他盼望听到她的声音，想知道她在说些什么。他缓步走在黑黢黢的街上，生活都隐藏在两旁的建筑物里，他意识到，虽然他在贝罗索加多只待了三个星期，却思念着他的朋友，思念和康斯坦斯·费尼莫尔·伍尔森共同度过的生活。他怀念她锐利和缄默共存的样子，怀念她身上显现的美国生活，怀念独处的时光赋予她的气质，怀念她远大的志向，她对他的欣赏和信念。他怀念他们每天共处的几个小时，也怀念之前和之后那可爱的沉默。他决定要么回英国，要么回佛罗伦萨。他写信向康斯坦斯陈述了自己进退维谷的处境，觉得她或许会把这封信当作是种恳求。

康斯坦斯立即回信了，很快就把布里凯利-利洛比别墅他住过的屋子腾给他，那屋子楼层较低，透过一扇门和三个拱券可以看到百花大教堂和城市。他能在那里安心写作。虽然整个佛罗伦萨的精致丰富都在贝罗索加多居民的俯瞰中一览无余，但贝罗索加多并没有对佛罗伦萨展示自己。它远离市区的宫殿、教堂和博物馆。当他从河边穿过几条街后，发觉晚上走回贝罗索加多，就像在托斯卡纳郊外走向某个小山村似的。康斯坦斯住在他楼上的大房间，他们共用家仆、厨房和花园。没有别的人住在别墅里。这次他们甚至不需要探讨是否该隐瞒他在这个城市的事实。几乎无人知道他和伍尔森小姐住在同一个屋檐下，此事也没有告知他人。亨利在给威廉的信中只说他在贝罗索加多找了房子。给戈斯的信中说他一个人住着写作。给柯蒂斯夫人写信描述贝罗索加多的美丽以及他对景观的爱好。他没说这些全是承蒙康斯坦斯的好意。

他也没告诉任何人这段时间他离开了，因为布特父女和康斯坦斯的医生曾有过警告。弗朗西斯·布特对他说，康斯坦斯的抑郁症十分严重，发作起来，便卧床不起，比任何人想象得都厉害。他抵达时也看出了征兆，尽管她竭力隐瞒。他去佛罗伦萨参加夜宴，她便高兴，因为可以在晚上独自待着。她的耳聋似乎也让她不适，每次两人会面才一小会儿，她就好像要被迫告退似的。

随着春天到来，天气暖和起来，康斯坦斯心情也好起来了。她喜欢这宽敞的屋子，花园里的花开了，她每日愉快地眺望脚下的老城，但从不想走出这方小天地。她保护着自己的隐私，也尊重他的隐私，在他和她同住的六周内，他们从未一起出现在公共场所。

他努力写着那篇关于雪莱的书信、克莱尔·克莱尔蒙特和美国来访者的小说。他觉得自己回到这幢漂亮的别墅，回到这个充满田园气息的地方，是不大妥当的，因为他在康斯坦斯什么都没法提供的情况下向她求援。她知道，他也知道，他会走，这只是一次休息，在他一贯的独处、他的伦敦生活以及其他旅行之间的一次休息罢了。但在她而言，这个季节、这幢别墅，还有他的长住都把这段时间化作她生命中最舒心，最迷人的时刻。他认为，她的快乐来自两者的绝妙平衡，一是他们彼此保持距离，二是他们都不需要别人的陪伴。她着装谨慎，常常穿白衣。她很关心屋子里的装饰和花园的情况，还用挑剔的目光打量厨房。

一天下午，他们在阳台上喝茶，布里凯利-利洛比别墅来了一位不速之客，一个非常喜欢英国的小说家罗达·布劳顿小姐，亨利在伦敦和她相识多年了。她在从伦敦寄来的信上说她会来拜访，但没有确定日期。她见到他十分惊喜，热情地拥抱了他。

“我知道你在意大利，”她说，“这是威尼斯的朋友告诉我的，但我不知道你在佛罗伦萨。”

亨利看着她在藤椅上落座，挪了挪靠垫，用她一贯前言不搭后语的腔调滔滔不绝起来，不知道的人会以为她是个傻瓜。

“你们俩都在这里！”她说，“太棒了！我在意大利旅行了好几年，你们一个都没见到，现在却两个都见到了。”

亨利笑着点点头，仆人给布劳顿小姐添了茶。她似乎从来不听别人说话，也不关心别的事情，只知道自己该怎么舒坦，但他知道，这是高度的伪装。其实她是什么都不想错失。他觉得她一直知道他住在伍尔森小姐的家里。他下定决心，要让她在离开布里凯利–利洛比别墅时怀疑此事的真实性。

他们谈论了很多布劳顿小姐在威尼斯见过的人，接着话题转到了离开伦敦的好处上。

“我一直梦想着在佛罗伦萨生活。”康斯坦斯说。

“现在你做到了，”布劳顿小姐说，“现在你做到了。你俩有这么漂亮的房子，多幸运啊。”

布劳顿小姐喝着茶，康斯坦斯锐利的目光盯着远处。亨利希望自己正在写作，觉得他能在自己的房间里想出恰当的回答。但他得急中生智，他不知道自己是否能彻底地否认此事。

“当然了，布劳顿小姐，我和你一样只是来做客的。伍尔森小姐才是幸运的那个。”

他看向康斯坦斯，发现这句话并没有引起她的兴趣。

“你住在哪里呢？”罗达·布劳顿问。

“哦，我一直在东游西逛，”他说，“之前我在威尼斯，你知道的，接下来可能要去罗马。佛罗伦萨很不错，但对于一个穷作家来说，社交活动太多了。”

“我都不知道你来了佛罗伦萨。”罗达·布劳顿又说了一遍。

亨利想，第二次她的话听起来就不那么确信了，他觉得关于他去哪的话题已经谈得够多。幸好布劳顿小姐给了他一个开口的机会。他淡淡地向她鞠了个躬，表示她对此事一无所知其实正在他的计划之中。当她明白了这一暗示后，康斯坦斯转开了话题。

他不希望自己的新小说被当作克莱尔·克莱尔蒙特和其侄孙女的故事来读，他也不觉得把故事背景从佛罗伦萨换到威尼斯就足够了，他把已故的作家写成了美国人，而且还是美国先驱作家。他知道自己作此决定时，想到的是詹姆斯·费尼莫尔·库柏，他构思这位美国的探险家时，发觉用的是自己回返佛罗伦萨的经历，以及他自己的闯入。他打草稿时开始明白这件事的讽刺意味。如果他要寻找一个离乡背井，手头拥有文书，并且与一个美国先驱作家有关系的老处女，那么楼上就有一个，虽然此人个性相当独立。

他寻思着假如他不让老处女提出结婚，会怎么样；假如他把小说的结局处理得跟他眼下与康斯坦斯共享的奇怪、微妙、有无限可能的生活一致，会怎么样；假如他让他的探险家想过（或有点想过）那种房客的日常生活，并有一位聪明沉默孤独但不愿被驾驭的女士相伴，会怎么样。她不会向他提出求婚之类明确的要求，她想要的是一种亲密、愉悦、不同寻常的关系，有忠诚、关怀和喜爱，也有独处和距离。

佛罗伦萨的一天上午，女仆已经来了，他拆开一封凯瑟琳·洛林的来信，写的是他妹妹爱丽丝的健康和治疗情况，他开始跟康斯坦斯说起爱丽丝。

“生活对她来说很艰难，”他说，“生活就像是她病症的根源。”

“我想生活对我们所有人都难。距离这么大。”康斯坦斯说。

“你是说她的想象和她受到的局限之间的距离吗？”亨利问。

“我是说充分发挥我们女人的智慧和社会对此的反应之间的距离，”康斯坦斯说，“爱丽丝已经做了她力所能及的事，我很欣赏她。”

“她没做什么事，除了躺在床上。”亨利说。

“那就是我的意思。”康斯坦斯回答说。

“我不明白。”他说。

“我是说这种反应已经渗进了你的灵魂深处。”

她朝他微微一笑，仿佛说了什么好听的话。

“我肯定她会同意你的看法，”他说，“好在她有洛林小姐。”

“她像是个照顾人的天使。”康斯坦斯说。

“是的，我们都需要一个洛林小姐。”亨利说。

最后一句话刚出口，他就后悔了。洛林小姐的名字暗示了一个除了照顾人什么都不会的老处女。他这么说是开玩笑，或者表示感谢，或者意在减轻谈话的紧张程度，但他知道，这个名字停在空中，是他自身需要的浮躁表露，好像他也想从康斯坦斯那里得到这些。他朝她转过身，准备说些什么弥补刚才那句话的害处，可是觉得她似乎什么都没觉察，或者没放在心上。但他肯定她听到了。她继续谈话，一派平静。

在他离开佛罗伦萨和她过世之间的日子里，他们继续通信和见面。有一次他俩都在日内瓦，隔湖而居，但天天见面，爱丽丝·詹姆斯开始查探他们的亲密关系。她跟威廉写信说，亨利在大陆的某个地方跟康斯坦斯谈恋爱。他回去后，发现妹妹脾气凶暴更胜平时，难以伺候，怒气冲冲，指责他抛下她不管，却跟一个女小说家出去游荡。

康斯坦斯离开了佛罗伦萨，据她自称，是因为佛罗伦萨社交活动对她干扰和侵犯过多。她又去了伦敦，按照她热衷的习惯生活，将独处和勤奋写作放在首位。她兴致勃勃地在东部独自旅行，常给他写信述说自己的近况，戏谑的语气中透着距离感。她回到英国后住在彻尔腾汉，后来又住在牛津。亨利写信告诉弗朗西斯·布特，她特立独行的能力和以往一样出色，令人敬佩不已。

他们仍然亲密，一直对彼此的行踪和行为了如指掌。爱丽丝·詹姆斯病危之际，康斯坦斯正在牛津，亨利随时向她通报妹妹的情况。这两位女士在一八九二年年初都给对方写了冷淡而幽默的短笺。爱丽丝死后，康斯坦斯又在英国待了一年，最终决定回意大利，去威尼斯生活。

那时候，两位小说家之间形成了一种奇怪而又不受约束的亲密关系，他们彼此心满意足。他们住在英国乡村不同的小旅馆里，每天一同散步赏景，共进晚餐。这种时候，她特别斤斤计较，处处咄咄逼人，一心想要在阅读和景观上的看法跟他不同，时常取笑他沉迷高雅的趣味。他想，如果有一个不偏不倚的观察者，他会怎么看待他们的成长历程呢。他俩都是离开美国多年的美国人，都不知婚姻带来的承诺，也不知怎么当父母。他俩都没有在晚上照顾过一个哭闹的小孩。他觉得他俩能被错认为姐弟关系。但他看着她拿自己才智的创造自娱自乐。她的才智统领着无数事情和属类，她以此来判别自己的朋友、整个建筑和城市，还有她的记忆和他的观察。他还知道，她朝他微笑时，无人会想象这位带着忧喜参半心情，有趣又迷人的朋友是在她弟弟的陪伴之下。他觉得，正如他们对彼此来说都是一个谜，对注意到他们的小圈子里的人来说，他们也是一个谜。

她带着行李从牛津去威尼斯时，亨利在巴黎与她见了一面。整理行装花了她数月时间。她疲惫，困顿，左耳的疼痛使她很难受。她一到就说，她没法常常见他了。她说，他能独自应付这个城市，或许她晚上可以跟他待一会儿，但又说也不能肯定自己能否见他。

虽然提了醒，第二天晚上，康斯坦斯的状况似乎已经好到可以与他共进晚餐了。他注意到她动作迟缓。他说话时，她不得不把右耳朝向他，以便可以听到他的声音。

“我收到了弗朗西斯·布特一封信，”她说，“他知道你来了巴黎，但以为你是一个人来的，以为我们已经有段时间没联系了。”

“哦，是的，”亨利说，“我写信告诉过他我的计划，但那时候还不详细。”

“我想他会很奇怪，”康斯坦斯说，“因为我告诉他，我们会在这里有几天的会面时间，而你同时给他写信说你是一个人来的巴黎。他问我你是不是可以同时既一个人待着又和我在一起呢。”

“亲爱的弗朗西斯。”亨利说。

“我应该告诉他，部分隐身只是我魅力的一小方面。”

她的话有点挖苦味儿，像是着恼了。

“威尼斯，当然，”他说，“会很美的。你一旦住在那里，它就像梦境一般。”

她叹了口气，点点头。

“困难的是搬家，不过住下来可能更难。”她说。

“一大遗憾是威尼斯没有山，”他说，“要么住城里，要么不住城里。佛罗伦萨的好处就是可以让人轻易地找到漂亮的住处。”

“我很怕去那里，不知为什么。”她说。

“我常想，”他说，“我每年冬天都去那里住一段时间，那个时候很安静，不会有我们的同胞来把路堵上，可以有常去的地方，有常走的路，不当任何人的客人。”

“这是个梦想，”康斯坦斯说，“每个去威尼斯的人都做这个梦。”

“自从我妹妹过世后，”亨利说，“我的经济问题已经大大减轻。因此这也不是不可能。”

“在威尼斯租一层楼，当度假公寓？”她问。

“可能是两个度假公寓。”他说。

她笑了，像是头一次放松下来，几乎活跃起来。

“我没想过你去住在大运河上。”她说。

“不是。是更隐秘的地方，”他说，“地点并不要紧，只要不容易被人找到，一路上有很多死胡同就好了。”

“威尼斯有时候让我感到恐惧，”康斯坦斯说，“有种不确定感，好像每次出门都有可能会迷路似的。”

“我们会尽力给你引路的。”亨利说。

在租下兰慕别墅前几年，他在冬天的伦敦过得很轻松。无人从美国来拜访他，他认识的伦敦人都尊重他的习惯，跟他很合得来，他也不愿出门旅行。城市的远处有种悸动的力量使他守住伦敦，尽管在伦敦，新闻传到他那里也都是二手货了。

他喜欢一成不变的上午，熟悉的书，卓有成效的时间，还有偷偷溜走的美好下午。在伦敦，他每周几次出去吃饭，剩下的夜晚独自度过，某个钟点一过，他就感到疲倦，可是奇怪地坐立不安，但他会慢慢地平静下来，独自一人待着。

康斯坦斯如今住在威尼斯，她的来信上说她已经改变了习惯。她写威尼斯的潟湖，写她去周边的岛屿和一些难走的小地方，避开游客，坐着平底船四处游玩。但她也开始写她见到的人，提到他在威尼斯的朋友，例如柯蒂斯夫人和布朗森夫人，还提了别人的名字，像莱亚德夫人，说明她也是她们圈子里的人，或者至少也是常被邀请去她们家并且十分乐意接受邀请的人。

他曾那么欣赏她与事物保持距离和自力更生的能力，但他如今开始相信他的老朋友似乎乐意进入英裔美国人的威尼斯圈子了，让自己被威尼斯最富有、最好客的女主人所接受。当她写信告诉他，她和柯蒂斯夫人在努力为他寻找度假公寓时，他大为震惊。他恐惧地想到，康斯坦斯在跟别人探讨他的计划，但她对此不甚了了，他也不清楚。她信中的语气以及他收到的柯蒂斯夫人信中的语气都显示康斯坦斯近乎是在挑明她跟他很熟，过去十年常与他见面。他知道这很快很容易就能被误解了。

他会尽力让自己过一种不被骚扰的生活。他认为，他既不会冒犯他人，也不会轻易地被人冒犯。出版商让他心烦，有个叫奥古斯丁·戴利的戏剧制作人，胆大妄为，使他生气。杂志编辑则常常让他耐心不足。还有，已经允诺的报酬迟迟不至，或者有本书没有按时出版，或者某本书压根没有卖出去，或者他的作品被报纸恶毒攻击，这些都是他挥之不去的烦心事，尤其到晚上更是如此。但只要过了一段时间，这些就都无关紧要了，不会花费他很多的时间和精力。他忘掉这些事，不与怨恨纠缠。

现在，正在威尼斯的康斯坦斯晚上去大运河旁的大厦里随意谈论他，全然不顾她所骄傲的沉默是金，这个想法开始让他担忧。她的下一封信写她在毕扬德蒂楼的居住情况，还提到莉莉·诺顿——她的父亲和姑姑是亨利和威廉的好友——使他有种不祥的预感。他乐意告诉康斯坦斯，他在写剧本，在伦敦过着隐士生活。他没提到自己要去威尼斯，或在那里租房子，然而被康斯坦斯和柯蒂斯夫人逼迫承认他有此意，他觉得她俩如今行动一致了。

他曾经两度在康斯坦斯的帮助下住到了佛罗伦萨山上，而且几乎无人知道此事。上贝罗索加多山的路陡峭、狭窄、盘绕，想去拜访的人都得付出一番努力，还得有准确的方向。看来似乎康斯坦斯为他在威尼斯另有打算。他并非没想过秘密去那里居住，但如今他和康斯坦斯的关系公开了，他俩就会被囊括进某个社交圈子里去。在他想象中，她用她那只好的耳朵听丹尼尔·柯蒂斯那些老生常谈的事，或者听布朗森夫人说她跟白朗宁的经历，她几乎没有掩饰自己的不耐烦。他想象着她朝他转过身，投来讽刺的一瞥，暗示自己对这伙人的蔑视。而他最挂心的是，她也会代表他跟他的老朋友合谋，因为她已经加入他们的圈子。这种合谋是善意的，但会严重干涉他自己的安排和想做的事，而那却是不可侵犯的。他听说她和柯蒂斯夫人在为他寻找住房后，渐渐生出一种无力感，即便他还是个孩子时没有过这种感觉。

七月，他写信给柯蒂斯夫人，纠正伍尔森小姐以为他想在威尼斯找房子的误解。他说，他知道自己对水城的感情是不怎么当真的，但他奇怪自己是否曾跟伍尔森小姐笨拙地表示过他想去威尼斯住的意思。他写道，事实上，他并没有那个打算，因为种种实际考虑，他得在伦敦住。他说，他每次去威尼斯，都梦想要有一套普通的度假公寓，无疑下次也不例外。他写道，每次在那里时这个梦想都格外鲜活，但每次回家，梦想就凋零了。他感谢柯蒂斯夫人为他做的事，又说他特别希望今年冬天能去意大利，但他也从严酷的经验中学到不要制订过难过快的计划。

他知道这封信会给康斯坦斯看，他想得到她的反应。在英国，他们以奇怪而微妙的方式渐渐依赖彼此。虽然有些事他们从不启齿，但别的事，包括他们在写什么，他们和编辑、出版商的关系，都说给对方听。他知道她非常喜欢他这种信任，他觉得她一个人时，会思索他说过的所有细节。她如今知道他并不想在威尼斯落脚，也似乎不想在今年冬天过来拜访，虽然他答应过她他会的。她得自己应付那些人，特别是无所事事的有钱人，他知道她鄙视这种人。

他想，他们或许可以在春天见面，在日内瓦或是巴黎，但他认为自己不会去威尼斯。他觉得如果他去参加柯蒂斯夫人的沙龙，她会挑剔地打量他，之后当他接受英裔美国人圈子——那里的人都认为他奇货可居——的邀请时，她还会尖刻地暗示他的举止很迷人。

从夏到秋，他没有收到她的信。他以为她生气了，也以为她跟他一样正在写作。他跟所有人通信都一样，会很长一段时间不写信给他们。但肯辛顿和威尼斯之间的沉默却独独不同。终于在九月底她来信了，语气很是淡漠，这封信只是告知她在毕扬德蒂楼里得到很好的照顾，但她已经搬出来，住到了更私密的所在，即附近的塞米特克罗楼，在那里她可以一个人住。她还附带提到她把自己最近的一部小说写了又写，已经筋疲力尽，希望这个冬天什么书都不写不看。她写道，爱着你的，然后署了名。他又把信读了一遍，知道她是字斟句酌的。他看着“什么书都不写不看”的那句，想了一下，但直到后来，他才明白此话的不祥之意。

十二月，他继续与戏剧制作人奥古斯丁·戴利争执，此人傲慢无礼，还把他的剧本《贾斯帕夫人》给退了回来。在这件事上他们来回通了很多信，临近圣诞节前几周，他整天头脑里都装满了跟戴利的争吵。但他在伦敦的圣诞节和新年过得很平静，他一边思考，一边重写剧本。

一月的一个下午，他正在静静地写作，史密斯把一封电报放在了壁炉台上。亨利事后想来，他应该让它留在那里几个钟头，看也不看一眼，继续写他的东西。但他去喝茶休息时，无意间走到壁炉台旁，拆开了信封。电报通知他康斯坦斯死了。他第一个反应是去找史密斯，平静地叫他送茶来。接着他转身回到书房，关上门，坐在写字台前，细读这封电报，这是康斯坦斯的妹妹克拉拉·本尼迪克特从美国发来的。他知道他得去一趟威尼斯，考虑从谁那里才可以打听到她身亡的详情。他喝完送来的茶，走到窗边，拼命看着外面的街道，好像那里远远地有些琐细之物，有些动作、声音，能帮他完全明白发生了什么，或者帮他消除逐渐明晰的意识。

她怎么会死？他突然生出一个念头，疑心她并非因病而死，这个想法让他浑身发冷。他觉得，她身体很好，十分健康，他没法想象她会染上什么病。她写完了书，这会令她陷入抑郁，以前都是这样。他知道她厌恨冬季，而威尼斯的冬季尤其阴暗严酷。他打了个寒噤，想到他没有去威尼斯，也没有把这事直接告诉她。他没有作出和她见面的打算，他肯定这点使她极为消沉。他站在窗口，突然觉得她是自杀的。想到此处，他发起抖来，只得走到书房的扶手椅坐下，他僵坐在那里，一遍遍回想前一年她的事情。

过了一会儿，史密斯打断了他，拿来了第二封电报。他匆匆拆开。是康斯坦斯的外甥女拍来的，她在慕尼黑得知消息，现在已经到威尼斯了。她确定了这一事实。他把电报放在一边，决定不去威尼斯了。他在那里帮不上什么，而且一想到她了无生气的躯体，想到她遗体的形状，还有灯光下她的脸上或隐或现的过去，都使他感到恐惧。他不想看到她的遗体，不想接近她的棺材，电报告诉他，棺材一周后会下葬罗马的新教公墓。

他闭门不出，也没有把这事告诉别人。他写信去意大利，给康斯坦斯的医生，也是他的朋友，信中表示震惊，说他不知她是怎么死的。他说，这太令人惊痛。他说，他都不知道她生了病，他想到阴郁可怕的景象，她临终时孤零零的无人做伴。她本来就是他所见过的最悲愁、最不快活的人之一。他写完信，想到她复杂生活中的脸，她闪动的目光，她智慧、敏捷的表达。他哭了起来，走到窗口，望着下面，街道上来来往往的都是对他毫无意义的人。

到了早晨，他知道虽然没有梦见她，但她的灵魂，她不断追寻自我的本质，都在夜间到达他的心底，他一醒来，就想再度睡去，可以不去想她已经故去。他认识的人里，无人如她那样仔细地读他的作品，那样努力地想了解他。无人有她那样的抱负、敏锐、脆弱、忧郁、勇敢和难以捉摸。无人有她那样伟大的同情心，而如今这种同情心也已经走到尽头，这在他空荡荡的心里成为沉重的负担。

他再没收到信，随着时间的过去，他想着一系列的事，不断地想，捕捉其中的含义。他左右为难，一会儿想坚决不去罗马，一会儿又想立刻动身。好几次，他叫史密斯去订前往罗马的票，又叫他退票。就这样彷徨数日后，他在《泰晤士报》上读到康斯坦斯是从她威尼斯住处的窗口跳楼身亡。报上说，是自杀。他立刻对自己说他并无责任。他想，他什么都不欠她，也没有答应过她什么必须要做的事。他们不是情侣，也没有血缘关系。他对自己说，他欠她的惟有友情，正如他欠其他很多人的一样，而其他人都知道，每回他在写小说时都会放下百叶窗，不会见客。他的所有朋友都知道不要向他提出要求，康斯坦斯也知道。

亨利写信给已经在罗马的朋友约翰·海。他对海说，他其实已经准备出发，准备去新教公墓站在她的墓旁，但一得知她的死因，他就因怜悯和恐惧而崩溃了。他写道，他现在没法出门。他又补充道，她一直不是个乐观开朗的女人，别人对她的感情其实有一半是担忧。

他写信和独处时有个念头，他一直将之拒之门外。这念头有种粉碎性的力量，他尽可能让它不得近身。他勉强自己去想康斯坦斯并没有随便花费他的时间，也没有随便让自己的情感过于强烈。她微妙而又紧张地默默提出自己的请求，但这些请求却因此分外清晰有力。他如今不得不面对这样的想法，他也给过她有力而微妙的信号，说他需要她。每次他想到这样的后果，他就退居到自己上锁的房间里去，他非常需要这个地方的安全感，正如他需要她和他的关系。

她似乎陷入巨大的误解，不仅被他形单影只、久坐不动的国外生活所欺，还以为他是个不想要妻子，也不会要妻子的男人。她的智慧当然应该警告过她，他只要稍受压力，或者感到害怕，就会退缩。但她的需要和同情心都盖过了智慧，他想。然而她很谨慎，她知道他的需要和沉默是为他们腾出空间，但当她过于接近，公之于众时，他拒绝了她。

他有坚持独处的理由，但他的想象却越不过恐惧。他施展了控制力，他所做的事让他战栗。他知道，如果冬天他去了威尼斯，她就不会自杀。如果她曾请求他去拜访而被他拒绝，那么他现在只能为之负疚。她的请求已经结束了，却永远留在那里。他让她倒下了。他不知道她在威尼斯的朋友，以及他的朋友是否明白这种情况，是否会在她死后加以议论。

他无法面对康斯坦斯的自杀是早有预谋的事实。他写信给别人，给罗达·布劳顿，弗朗西斯·布特还有威廉，一个个跟他们说康斯坦斯最后的举动太鲁莽，太疯狂，是狂躁的一刻。他并不完全相信自己写的东西，但每次一写下来，似乎又清楚明了了。他没有把自己对她死因的保留看法告诉别人。但是她死后，她灵魂的某部分拂过他的房间，他觉得她是他此生认识的惟一一个十分擅长解读未言之辞的人。不需要把话轻轻说出，也没必要在心里想明白，她鲜活的灵魂懂得他所知道的事，他很清楚她并没有发疯，也没有心血来潮，无论受到何种压力。她是一个非常坚定的女人，作决定时审慎而理智。她一直讨厌惊悚和突然的变故。

到了晚上，火燃着，灯亮着，他独自一人待着面对朋友的事。他相信，是她安排了自己的死亡，而且已经考虑过一段时间了。她的小说已完成，他知道她常常在写完一部书后觉得自己再也不会写作了。威尼斯的冬天悲愁而潮湿，她不是处于阴暗的孤独中，就是和她突然不喜欢的人在一起。

由于他心里有些什么抵制了她，由于他对传统和社会礼仪的尊重，他把她丢在了那里。他可以救她，只要他送去一个信号。

他想，她筹划了自己的死亡，就像筹划一本书似的，充分表现了犹豫不决和神经质，也充满了强烈的欲望，鼓足了行动的勇气。他从她的医生那里得知，她那几周染上了流行性感冒，这也进一步坚定了她的决心。他知道，她认定自己安息后才会更幸福，她也准备对自己施以极端暴力来达到目标，把自己的骨骼和头颅粉碎在坚硬的地上。她永不停息的好奇心，她无比诚恳的回应，她实实在在的想象，他都回想起来了，在这个伦敦的冬天，曾经这样的她清晰地来到他的眼前。当她的死不再是新闻，他知道他得去威尼斯她死的地方，再从那里去罗马，去她破碎的身躯躺过的地方。

他出门之前，她的形象强大而鲜明。那个他始终若即若离的形象被一个无限可能的女人代替了，那是他想出来的幻影。他的父母死了，妹妹也死了两年了，威廉远在他乡，他不再把伦敦社会放在心上，虽然他曾那样关心留意过。他可以爱怎么做就怎么做，他可以在贝罗索加多和康斯坦斯共处一幢别墅，他也可以鼓励她去英国沿海城镇为他们找一幢排屋。

现在他想着她的遗体，想到她住过的房间里充满她的气息，想到她的书和纪念品，她的衣服和文件。她对这些房间的喜爱超过了对大多数人的喜爱，那是她神圣的地方。他开始想她在威尼斯毕扬德蒂楼的房间，还有塞米特克罗楼的房间，以及她在离开英国之前在牛津的房间。他思念着这些地方，仿佛他知道它们，有理由怀念它们。他看到她的身影在房间里穿梭，一举一动都很稳重，这时候，他明白了在她死后他为何不愿去威尼斯，也不愿去罗马参加她的葬礼。他得从她身边走开，他须得迫使他们分离。因为他们的关系如此暧昧，有着无限可能，他就得面对在所有可能的终点她都已经不在了的事实。她对他不再有用了。

他粗暴无礼地拒绝了的感情，却将他带近了她。现在他一心想要去威尼斯看看她的房间，读一读她的手稿，待在她创造的氛围之中。他需要她的陪伴，去意大利的日期临近了，他寻思自己是否一直都需要她的陪伴，如今这种已无意义的想法却让他沉迷其中。

在热那亚，他在等康斯坦斯的妹妹克拉拉·本尼迪克特时，给凯·布朗森写了封信，请她帮忙以同样的条款定下康斯坦斯去年夏天在毕扬德蒂楼住过的房间。他也希望旅馆老板能像给伍尔森小姐做菜那样也给他做菜，他记得他的朋友是多么喜欢那样的饭菜。他毫不意外地得到回音，那些房间可以使用。康斯坦斯指引着他，他不知怎么就知道房间是一直空着的。她已经死了两个月了。

美国领事和他们一起过来，揭下她门上的封条，是她死亡那天当局给贴上的。她的船夫提陀在下面等他们。本尼迪克特夫人和她女儿默默地看着死者之屋的门被打开。亨利觉得她们是在犹豫要不要进去。他站在她们身后，想让自己相信她的灵魂不在这些闲置的屋子里，这里只有她的文书、物件、遗物、藏品——因为她喜欢收集物品。他无比清晰地感到，这一切她都计划好了，都预见到了。她喜欢细节，一定提前想到了领事会来揭下封条，船会等在下面，她也想到了等着进她房间的三个人——妹妹克拉拉·本尼迪克特、外甥女克莱尔和朋友亨利·詹姆斯。

他想，这是她最后的小说。他们都在扮演预定的角色。他看着那两个美国女人站在卧室里，不敢走到窗边，她就是从窗外的小阳台上跳下去的。康斯坦斯能想象出他们悲痛的表情，也知道亨利·詹姆斯会仔细打量那两个女人，带着冷冰冰的同情心观察她们。她会对自己笑一笑，因为他按捺住自己的情绪，谨慎得一语不发。这幕戏就在房间里展开，他们每一次呼吸，脸上的表情，所说的每句话和没有说出来的话，都属于康斯坦斯。亨利相信，当她知道自己要死时，她就想到了这有趣而讽刺的一幕。他们是她的角色，她为他们写好了台词。而且她知道亨利会在这些场景中领会她的技艺。他的这种领会是她梦想的一部分。无论他看什么，想什么，他都感觉到她计划的锐意，还听到一种悲哀的笑声，笑的是这么容易就操纵了她的妹妹、外甥女，指挥着她的小说家朋友，这个似乎曾想把她撇开的人，这真是太有趣了。

两位本尼迪克特夫人不知道该做什么才好，她们雇了提陀把她们从城市的一个地方载到另一个地方，很快她们谈起他来就显得很喜欢他的样子。她们在康斯坦斯的朋友那里寻求安慰，但当她们得知她摔下去后并没有死，而是奄奄一息地呻吟，她们就伤心欲绝了。每次进她房间，她们都会哭，亨利感到如果康斯坦斯看到了这些，或者她也将之囊括在自己想象的场景中，她会后悔自己的所作所为。她不会这么绝情。

面对现实，她妹妹和外甥女无从措手。她们起先是不希望去动康斯坦斯的文书，似乎情愿让一切都原封不动。她们像是不信她已经死了，觉得动她的东西，就会忘掉这个拥有这些东西的女人。

过了几天，所有的悲伤和迷乱都在康斯坦斯朋友们的陪伴下减轻了，再加上很多午餐、晚餐、聚会，分散和安慰了妹妹和外甥女的心。这时亨利和她们约在公寓见面，他已经拿到了公寓钥匙。康斯坦斯有大量的手稿，没写完的和未发表的作品，书信、片段、笔记。他前几次去公寓，什么都没动，但他对这块地方在心里规划了版图。他知道他跟两位本尼迪克特夫人关于哪些该保留，哪些该毁弃会有一场争执，而他会输。他等着她们，决心尽量不要发生冲突。

他听到她们在转动门锁，颤抖了一下。她们的声音像是不速之客。这是他第一次听到她们之间的日常对话，说的不是康斯坦斯的死，也不是她们的震惊和悲痛。她们走进卧室，看到他站在窗口，就敛容沉默下来。

“我想问问您，您觉得这公寓还舒服吗？”本尼迪克特夫人问。

“公寓很好，”他说，“空气里恰如其分地充满伍尔森小姐的气息。”

“我觉得我受不了睡在那里，”克莱尔说，“也不能睡在这里。”

“这地方非常冷，”本尼迪克特夫人说，“这是最冷的地方。”

她叹了口气，他觉得她又要哭了。他和克莱尔都看着她，但她像是又聚起了力量。他如今看出来，她的性格中有一种和她死去的姐姐一样的顽强。那一刻她勉强自己开口时，就像是康斯坦斯。

“我们得做个安排，”她说，“我们还没找到遗嘱，可能会藏在她的文书里。我们得开始做些实际的事情。”

“康斯坦斯是优秀的作家，”亨利说，“在美国文人里是一个非常独特的人。因此她的文书得谨慎处理。可能会有没发表的手稿，一两篇她没写完或者没寄给编辑的小说。我认为这些应该妥善保管。”

“这样我们很高兴，”本尼迪克特夫人说，“如果您能为我们查看她的文书。我想，我们俩都受不了这事，或者没法集中精神到这上头去。我觉得这屋子是我到过的最伤心的地方了。”

他们要求康斯坦斯书房和卧室里的火每天早晨点着，还要有个仆人照应到傍晚。两位本尼迪克特夫人坐着提陀的平底船来来回回，在美国人的邀请下忙忙碌碌，她们每次过来，亨利都会拿出些东西给她们看，一篇没发表的小说，好多首诗，一封有趣的信。她们同意每样东西都应该保存，或许应该带回美国，保存在她的回忆之地。

他只想要她一件纪念品。带着悲伤的心情大致看过她收藏的物品，犹豫一番后，他终于选择了一小幅油画。那是她所爱的美国风景，没有经过开发的旷野。他把这幅画给她妹妹和外甥女看，她们要他一定得收下。

从早到晚，他一直在她桌前。每次两位本尼迪克特夫人一离开公寓，他就走到窗前，看着她们上平底船，察觉她们渐渐活跃起来，接着他回到她桌前，找到他保留下来的文书，把其中一些拿到卧室的壁炉里去，另一些拿到书房的壁炉里。他将它们付之一炬，站着看着它们烧掉，直到化成灰烬，还要确定灰烬不会被辨认出来。

他不想让妹妹爱丽丝写给伍尔森小姐的古怪、恶毒、含沙射影的信笺留在要被他人阅读的文书中。连他自己都不想去读。他在翻检文书时发现妹妹的手迹，就冷冷地挑出来放到一边，确保它被压在其他东西下面，以免被突然到来的本尼迪克特夫人们看到。他还找到一些他自己的信，一看到手迹，就放到一旁。他没有兴趣重读，想把它们毁掉。他没找到日记和遗嘱。

但在她的文书里面，他发现了她的医生新近写来的信，信中说的是她所患的多种病症，还有她的抑郁症。他读着读着，就看到了自己的名字。他不再看下去，把信小心翼翼地放到那堆要被烧毁的东西里面。她所有的文学手稿，包括草稿，他都整理出来，让两位本尼迪克特夫人带回家。

大多数晚上他都与两位本尼迪克特夫人共进晚餐，他一直注意要再请一个人在场，这样谈话的内容就可以更广，不会局限于他们在威尼斯的缘由上。他希望来吃饭的人很多，这样她们就很难跟他再次讨论他在做的事，或者她们在做的安排。渐渐地，她们显然厌倦了威尼斯，无所事事的日子、雨水滴答的季节、灰蒙蒙的光线和左右一成不变的人都让她们觉得她们应该准备回去了。他还注意到，随着日子的过去，康斯坦斯的朋友和稍大的圈子里的人已经对她们兴趣寥寥，当然在一开始，她们得到很多同情，但是在威尼斯停留一个月后，这样的邀请就渐渐少了。

这些夜晚，他早早地从餐桌旁离开，大家都明白他任务繁重，不能被通常的规矩约束。本尼迪克特夫人们让他随时支使提陀，如果回寓所的路途遥远。虽然毕扬德蒂楼下面的楼层里住着一些美国人，包括莉莉·诺顿，他惊讶地发现他可以毫不困难地直接去到自己在顶楼的住所而不用碰见他们。每天晚上，他都看到床边壁炉里点着火，亮着灯，沙发椅旁的桌子上也有一盏灯。房间不是很讲究，但在光线下色彩丰富。由于寓所不比宫殿那么大，没住进仆人，又因为房东喜欢伍尔森小姐，尽力布置房间，所以亨利觉得这屋子温暖舒适。高高的软床一开始就让他睡了个无梦的好觉，他每天早晨精神清爽地起来，为一天的工作做好了准备。

他希望夜晚快快到来。他盼望回到毕扬德蒂的寓所，不是因为他累了，或者被这些人弄得烦了，而是因为那些房间本身给了他一种持续整个夜晚的温暖。

提陀随叫随到。就像每个为康斯坦斯工作的人一样，他也喜欢她，希望能照顾她的妹妹和外甥女。他送亨利回去时，始终恭恭敬敬，保持沉默，但他明白亨利的角色不过是个局外人，因为他之前没见过他，亨利也不是她的家人。亨利知道，如果他想要得到康斯坦斯生命最后几个月准确的精神状态，提陀是最有可能知道的。但他跟提陀熟悉之后，才明白他大概什么都不会说。

提陀只有一次当着亨利的面说起过她。一天夜晚，他们在等本尼迪克特夫人的女儿过来，本尼迪克特夫人让亨利表扬提陀的技术灵巧，特别是在拐弯和在小运河里行船的时候。亨利把她的赞词翻译过来，提陀向她肃穆地鞠了个躬，接着说伍尔森小姐也认为他出色，但并不因为她适才所说的灵巧，每个船夫都具备这点，而是因为他熟识开放性的潟湖，并且能够在那里安全驾驶。他说，很多美国人喜欢大运河，喜欢整天在大运河上来来回回。但伍尔森小姐不是。她喜欢大运河是因为它能通到幽僻的开放性水域中去，那里你一个人都碰不到。他说，即使在冬天，她也喜欢。即使天气不好。你能划多远就去多远。在那里她有喜欢的地方，他说。

亨利想问他，她是否直到最后还这样出去，但他从提陀说完话的样子看出，除非本尼迪克特夫人再问，他是不会多说什么了。亨利为她翻译后，她却漫不经心地朝船夫笑了笑，接着问亨利，他觉得她女儿让他们等这么久，到底是在干什么。

不多久，他开始在夜里醒转，种种担忧的想法使他心中烦乱，到了早上，夜晚的躁动尚有留存。但过了一段时间，夜里醒转却成了睡眠的插曲，有的是夜晚沉沉的宁静，而不是烦扰。他不害怕，也没有担忧的想法，只是感到久久的暖意。这段时间，他一点都没有觉得康斯坦斯的存在，却感到一种说不出来的庄严的东西。随着时间过去，他走进屋子，以及夜间醒来，心里越来越愉快。他觉得自己整天都盼望这个，想着如果他离开这里回返伦敦，这种安宁和甜蜜的善意是否能与他相随。

不是鬼魂，也不是什么令人不安的魅影，而是一个轻轻盘旋的身影，如今夜间到他身边的是他母亲的影子，散发着保护的气息，女性的温柔纯净而优雅，将他轻柔地包围，哄着他在这些屋子里睡觉。这里前不久还住着他的朋友，她的死仍然令他心怀愧疚，当他每日坐在她桌前，静静地把她的医生和爱丽丝的朋友洛林小姐的信整理出来，在煤还干净的时候放进壁炉，她悲愁、消沉的灵魂每日望着他的决心。

两位本尼迪克特夫人跟美国领事关于她们亲戚的房产进行了大量的磋商，小题大做，言辞闪烁，她们监督着她的文书打包，油画和纪念品包裹起来，交给领事保管，直到这件事在法律上的解决令他满意。四月份多雨，寒冷，两个女人都伤风感冒，困在屋子里。她们再次出门时，威尼斯已经变了，白天长了，风也小了，她们很多熟人都已经因为这个或那个理由，离开了这座城市。因此她们的告别晚宴散漫无序，也没多少人参加，亨利通常在九点前就急于从餐桌边起身，跟她们握手，吻别，允诺说只要还有她塞米特克罗楼寓所的钥匙，他就会把她的成果整理出来，再把钥匙交给房东。

早晨，本尼迪克特夫人们离开了这个城市，亨利发现她们没有处理康斯坦斯的衣服。他意识到她们一定知道她的衣橱和妆台里面是满的，因为她们在那里找过她的遗嘱。他不知她们是否讨论过此事，还是这件事太让人伤心，她们没法解决，到了最后，她们则是不好意思再提了。无论是什么原因，她们似乎都把康斯坦斯的衣橱和个人作品交给他来处理了。他等了几天，以为或许她们会让威尼斯的朋友过来联系处理这些衣服。但没人来，于是他确信本尼迪克特夫人们利用了他的支持，扔下了装满衣服的衣橱和装满鞋子、内衣和其他物什的柜子，自己逃走了，那些东西她们好像碰都没碰。

他不想再讨论康斯坦斯的房产，因此也不愿再与康斯坦斯的朋友联络，他知道她的衣服留在公寓里的消息会很快被她们传开，她们会随心所欲地过来窥探，索取钥匙，侵入在她死后他一直为她看守的隐私。每当他想到她那一幕幕的将他和她的亲戚囊括其中的计划，他就觉得她的死很遥远。他相信，把衣服丢弃或者送人，肯定符合她对自己后事安排的心思。他在焚烧信件后已经感到她深深的不满，如今在考虑清理她的衣橱时，又有一种隐隐的悲伤，因她的离去而承受着不快的负担。

他只对提陀一人袒露心意，他觉得他会愿意在他的监督下，把他朋友还留在世上的东西运走。他相信提陀会知道该拿它们怎么办。但当亨利给他看满衣橱的衣服、鞋子和内衣时，提陀只是耸耸肩膀摇摇头。亨利说也许有的修道院会对这些旧衣服感兴趣，但提陀还是重复这些动作。提陀对他说，她们不会要死者的衣服，没有人会要死者的衣服。

有一阵子，亨利想把钥匙交给房东，离开这个城市，但他知道他很快就会收到一堆信，问这些衣服该怎么办，不仅是房东的信，还有侨胞的信。

这时候，提陀站在康斯坦斯的卧室里，目光灼灼地看着他。

“我们能把这些东西怎么办呢？”亨利问他。

他这次的耸肩几乎带有轻蔑之意。亨利继续看着他，肃然坚持说这些衣服必须清出去。

“我们不能把它们留在这里。”他说。

提陀没有回答。亨利知道他的船等着，他知道他们会一起把衣服搬出去放在平底船里。

“你能烧了它们吗？”亨利问。

提陀摇摇头。他仔细打量着衣橱，像是在守护里面的东西。亨利觉得假如他要把衣橱清空的话，提陀会冲过来阻止他动他女主人的衣服。他叹了口气，垂下目光，希望提陀会对目前这个僵局说两句话，提个建议。他们之间的沉默持续着，亨利打开窗子，走到阳台上，望着对面的楼房和下面康斯坦斯坠落的地面。

他转身看到提陀的眼神，就知道他有话要说。他朝他打了个手势，鼓励他把话说出来。提陀说，这些东西应该全部带到美国去。亨利同意地点点头，接着说现在已经太晚了。

提陀又耸肩。

亨利拉开一个橱柜的抽屉，又拉开一个。他转过身时，提陀正看着他，关注的目光里隐隐透着惊恐。亨利面对他站住了。

你知道么，他问他，他经常载她去潟湖的那个地方在哪？就是他对亨利说起过的那个？那里是不足什么都没有？

提陀点点头。他等着亨利再说下去，但亨利只是看着他，想着刚才说了什么。提陀似乎有些焦虑。好几次他像是要开口，但终于只是叹气。最后，好像隔墙有耳似的，他偷偷摸摸地指了指衣服，又指了指门，最后指了指远处的潟湖的方向。他默默地表示，他们可以把衣服带到那里，埋在水下。亨利点头以示同意，但两人都没动，直到提陀举起右手，伸出手指。

五点钟，他低声说，这里碰头。

五点，提陀等在门外。两人走进公寓，谁也没有开口。亨利之前猜测提陀是否会带个同伴前来，还是他们能够彼此信任，什么话也不问，也不犹豫，就把康斯坦斯的衣服带走，沉到潟湖底。但提陀是一个人来的。他表示说，他们俩现在可以开始把公寓里的东西搬上平底船了，动作要快。

提陀提起第一捆连衣裙、外套、半裙，示意亨利去拿第二捆，跟他来。亨利把衣裙拿到手中，就闻到一股强烈的味道，使他想起母亲和凯特姨妈。这种气息如此亲切，那是她们在更衣室和橱柜旁忙碌的生活，是她们为旅行做的准备，也是她们无论何地都自己动手的折叠、保护和整理。他提着那捆衣物走过房间时，闻到了另一种专属于康斯坦斯的气味，她的香水味，是他认识她这些年来她一直使用的香水，现在他把衣物带下楼梯，放进等待着的平底船里时，香水味和其他气味混杂在一起了。

他们从她卧室到船上的路走得飞快而警觉，好像在干什么违法的事。就这样他们逐渐清空了衣橱。他们拿走她的鞋子和靴子，然后是白色的内衣，他们彼此都小心翼翼地不去看对方，把内衣放在船里的衣裙和外套下面，这样就不会被看到了。他们最后一趟上去看是否还有东西落下时，已经气喘吁吁了。这种气味拉近了她与他的距离，如果此刻他看到她站在空荡荡的房间里，他也不会惊讶。他几乎可以对她畅所欲言。提陀下楼去船上后，他又一次环视房间，感觉到她在那里，是毫无疑问的存在，旧日那个实际的她很高兴看到这项工作完成了，她什么东西都没留下。如果他想在此逗留，她就会久久瞪视他，这种感觉如此强烈，相比之下，屋子里的灰尘和空气都很稀薄。

城市里的日头黯淡下来，粉红色的落照与大运河两岸宫殿上苍白而丰富的色彩交织在一起，水光反映着布满红色和粉色云影的天空，他们朝潟湖驶去。现在他们轻松下来了，但仍没有说话，也不当对方就在身旁。亨利欣赏着光照和建筑物，又回头望了一眼安康圣母教堂，感到一种奇特的满足感。他累了，但他好奇提陀究竟会把他带到哪里去。

他想，这就好比与她再次见面，远离朋友、家人和一连串的社交活动，相会在平静的地方。他们就是这样认识的。没有人会发现他来过这儿，提陀不太可能会主动把这事告诉他们的朋友。提陀载着他驶出丽多岛，进入到亨利从未去过的水域时，惟一一个看着他们的人就是康斯坦斯。他们划着划着，终于只有海鸟和落日为伴了。

起初亨利以为提陀会去寻找具体的位置，但他很快发现，他漫不经心地前后划桨，但非常确定他俩目前要做的事。两人目光相遇，提陀提示亨利说应该开始他们沉重的任务了，而亨利摇了摇头。他想，他们也能把她的遗体运来，抬起来从船上扔下去，让她沉到水底。提陀继续绕着一小块地方转圈，看到亨利不动，他略带责备和惬意地笑了笑，把撑杆放下，平底船开始在宁静的水上轻轻摇晃起来。提陀为自己祈祷之后，便去拿第一条连衣裙，把它平平地放在水上，好像水是一面床似的，仿佛裙子的主人正打算外出，即刻就会走进房间。两人看着衣料的颜色渐渐变深，开始下沉。提陀放下了第二件，接着是第三件，每次都轻轻地放到水上，他做这些事时，伴随着缓慢平静的动作，每次衣物漂走，他都摇晃起脑袋，不时地动着嘴唇祈祷。亨利看在眼里，但没动。

平底船轻轻摇晃，亨利不知船是否在往哪个方向漂去，只是静坐不动。她的内衣沉下去时，他想到这些托运物品就在他们下面，缓缓地沉入海底。

提陀去拿撑杆时，他们同时看到不到十码的地方有一片黑色的东西，提陀喊了一声。

在四合的暮色中，它像是一只海鸥，或是从深处浮到水面上的圆圆的东西。提陀双手持着撑杆，像是在自我保护。接着亨利看出那是什么了。有些衣服像黑气球一样又浮到水面上来了，证实了他们刚才进行的奇特的海葬，它们的胳膊和肚皮都漂在水上。调转船头时，亨利发觉威尼斯笼起了一层灰色，很快潟湖上也要起雾了。提陀已经把平底船向咸水区撑去，亨利看着他用撑杆把浮起的衣裳压到水下，杵在那里，接着把注意力转向另一件局部浮起来的衣服，又把那件再推下去，动作猛烈，决心十足。他不停地推啊，扎啊，沉下一件衣服，又去弄另一件。最后，他扫视水面，确定不再有衣服出现了，但它们似乎都还在深色的水面之下。接着，几英尺外，一件突然浮了起来。

“别管它！”亨利叫道。

但提陀已经过去了，他又祈祷了一番，拿撑杆找准衣服的中心，扎了下去，他支着撑杆，对亨利点点头，像是在说他们的工作完成了，虽然艰巨，但毕竟结束了。随后他拔起撑杆，回到他的船头位置。是回去的时候了。他熟练地慢慢地把船撑过潟湖，向躺在黑暗中的城市而去。

第十章　一八九九年五月

他给保罗·布尔盖的信中说，罗马越变越摩登，他却越来越古董。他逃离了威尼斯，逃离了沉淀在威尼斯空气里的回忆和回音，刚开始还拒绝了所有罗马人的邀请和提供的住处。他住到了距离西班牙广场不远的旅馆里。在这个城市的最初几天，他发觉自己行走迟缓，仿佛酷暑的炎热已经来到五月。他没有一到就去爬西班牙阶梯，也没有去近在旅馆几条街之外的地方朝圣。他尽力不去召唤回忆，也不把将近三十年前的城市与现今的城市相比。他不允许安逸的怀旧情绪来感染这些日子里淡淡的甜蜜。他不想见到那个年轻的、姿态更富感染力的自己，不想为明白不再有新发现、新感受，只有旧日重现而伤怀。他让自己喜爱这些街道，仿佛它们是他曾经记得的一首诗，而他第一次看到这些颜色、石块，端详这些面孔的岁月，便似现在的他身上价值不菲的那部分。他的目光不再有曾经的惊愕、喜悦，但也没有疲倦。

坐在大遮阳篷底下的露天咖啡吧，看着从阴影中渐渐移出的石膏雕塑，他就心满意足了。赭石的色彩突然灵动起来，在日光下熠熠生辉，他的精神为之一振，想到如此简单的东西就能消去久久盘桓在他心里的威尼斯的阴影。他想，在此地终老倒是更容易，这里没有一种颜色是简单的，没有一件事物是新鲜的，即使是太阳西下，日光徘徊的样子，也带有历史的荣光。

在威尼斯，他一直避开圣母堂和安康圣母教堂之间的街道，尽量走大运河的另一侧，免得自己出现在康斯坦斯坠地身亡的那条街上。在逃离这个城市之前的某个晚上，他自信地走回巴巴罗宫，以为自己快到里亚尔托桥了，却没料到自己身处险境。他事后想到，他应该直接转身退回去，找到去那座桥的正路。然而，每转一次弯，他不是走进死胡同，就是从巷子走到河边，更不祥的是，朝右拐弯，就会接近那条可怕的大街了，他希望自己再也不要站到那里。他觉得在寂寂的黑夜里，他被引领着前进，仿佛有人在指引着他，而他心存歉疚，无力跟上去。他喜欢这个早早打烊后变得沉寂空旷的威尼斯，他常常喜爱独自散步，但凭着运气、直觉、技术和知识来走路，一不小心就走错了路。但此刻他知道自己不仅迷路，还已经走到了离她身亡之处不远的地方。他呆立住了。前面那条路他已经走过，是死路，看似通往水边，但实际不是。右边是条又长又窄的路。他只能走回头路，这时他有种冲动要跟她大声说话，觉得她的灵魂——如此不安、独立而又勇敢的灵魂——会居住在这些街道上，与时共存。他想，她的生活并不轻松，如今她遗下的任何部分也同样地飘摇不定。

“康斯坦斯，”他喃喃地说，“我已经尽我可能，尽我胆量走到了最近的地方。”

他想到潟湖里起伏的海浪，那里什么都没有，只有辽阔的水面和苍茫的夜色。他想象着风在虚空中呼啸，湖水发出嘈杂之音，那里没有灯火，没有爱，他看到她在那里，盘旋着，与水天融为一体。他知道该回去了，慢慢地从来路上回去，一步步小心走着，集中精神不犯错误，最后他来到一个他能认出的地方，是他客居的宅邸，里面有他的书籍、手稿和温暖的床。那一晚，他知道应该尽快离开威尼斯，到南方去，再也不来了。

罗马的天气十分宜人，他每天出去散步时，空气里闪动着美丽的光彩，他大胆地从意大利大道一直走到拉特兰圣约翰大教堂和博尔盖泽公园，那里的新草已经及膝了。每样事物都光彩温暖。越来越多的旅客走到他的路上，越来越多的邀请不断到达他的旅馆，城市朝他露出笑颜，他也没有回之以皱眉。他想，他第一次游访罗马，还是二十多岁，行事随心所欲，结交朋友，到处游玩，在不太冷的仲冬时节，从波波洛城门出发沿着老邮路在平原上骑车，一直骑到佛罗伦萨。在乡间骑过一块块斜坡，山坡上夹杂着紫色、蓝色的鲜花，和孕育它们的棕色土地。渐渐地他与永恒的城市一般无二：他被历史碰撞出凹痕，他有种种责任和层层记忆，他被观察着、检视着，被加以很多要求。现在他要在公众场合露面了。正如老城的街道更干净，光线也更好，他也会换上勇敢的面孔，遮住老伤口，抹去旧伤痕，在合适的时间出现，努力不让看着他的人失望，也不过多泄露自己秘密的过去。

沃尔多·斯托利夫妇[①]和莫德·豪·埃利奥特夫妇[②]，都以为

① 沃尔多·斯托利（1855—1915），意大利雕塑家、文学评论家、诗人、编辑，其夫人名为艾达·莫德·布劳德伍德，出身书香门第。

② 莫德·豪·埃利奥特（1854—1948），美国女作家，曾与姐姐为母亲合写传记，并因此获普利策文学奖。她的丈夫约翰·埃利奥特（1858—1925）是艺术家，擅长插画和壁画。

他初到罗马是住在对方的家中，现在他们软磨硬缠地诱惑他住进他们自己的罗马牢笼。沃尔多·斯托利住在巴贝里尼的威廉·韦特莫尔·斯托利家，他们盼望亨利能给这个老雕塑家写个传记，此人天赋平平，但做事极其认真。莫德·豪·埃利奥特和她的艺术家丈夫只希望他能成为阿考蓝波尼堡的常客，来访无须通报，和他们的客人处在一起，像他们一样欣赏屋顶阳台的风景。

但这两家人住到罗马都不是为了便于隐居，因为他们都不擅长想象自己不常拥有的快乐，于是他的独处需要在他们看来几乎是罪大恶极、不能批准的借口。四五天后，他屈服了，答应轮流接受他们的邀请。他在英国曾饶有兴趣地看到继承人在父亲死后掌管了大宅子，好像屋子的舒适和屋子里的东西都是为他而设似的。现在他看着新一代人把这个城市挪为己用，年轻的沃尔多·斯托利和他父亲一样把时间花在凿子和锤子上，只是更不为大众生产了，一心一意毁掉更多的汉白玉。还有莫德·豪·埃利奥特，即朱莉娅·沃德·豪的女儿，也步了姨妈卢瑟·特里夫人的后尘，二十年前，特里夫人在奥黛斯卡尔堡也这样宴请过艺术家和新英格兰人。

他们既非罗马人，亦非美国人，但他们的仪态无可指摘，举止风度翩翩。他们招集老友，活络而友好地款待来客，并把他们区别对待。他们也收集了不少古董，很有品位地摆在宅邸里。莫德的丈夫约翰·埃利奥特是个画家，和他的同胞一样，虽然才高八斗，却没有真正的抱负和热情。他和沃尔多·斯托利，以及他们的朋友在工作室里都不拘一格，但一有仆人在场，他们就知道该怎样发号施令。在罗马，有点私房钱，晃着半瓶子醋就能让人刮目相看了，但在波士顿，这类事是被人嗤之以鼻的。对他们而言，亨利不仅是个新英格兰同胞，会说意大利语，住在欧洲，还是个艺术家，为他们特殊的氛围、古怪的窘境，还有在欧洲的沧桑经历抒写编年史，并赋予其重要性。他感觉，他们太喜欢他了，无论何时也不会冒犯他，不会在意他小说中的语调和那种受挫折被欺骗的感觉，这种感觉毒害了他笔下很多侨居欧洲的美国人的生活。他们对过去怀有相当的尊敬，七十年代也在他们的兴趣范围之内，由于他了解那些年的罗马，他能融入这个珍贵而又人烟稀少的世界，把他们引入这个世界的正是他们的父母。

于是，十九世纪最后一年，一个温暖的五月傍晚，他站在阿考蓝波尼堡的屋顶阳台上，俯视圣彼得广场，阳台上鲜花盛开，周围是快乐的人群。他们望着渐渐暗去的余晖，称赞罗马的穹顶和屋顶。远处，阿尔宾山和萨尔宾山围绕着横着高架渠的乡村。客人们指出圣天使堡和暗色群林掩映下的平齐奥山和博尔盖泽别墅的位置时，他无须说话，只是点头以表同意。他们的语气里带着惊讶和激动。他们大多是年轻人，浅色的夏装漂亮地衬着早开的玫瑰、三色紫罗兰和薰衣草，那是主人以新世界的热忱大量栽培在阳台上的。根据胡髭的样子，以及脸上单纯和煦的表情，可以判定那些男士是美国人，那几位女士则必然是新英格兰人，因为她们乐意让同乡的男士多说话，自己少说话，只当男士的话说完后，才插入几句聪明话，或者不同意的看法。他心想，他妹妹爱丽丝在这群人里会十分不安和不适，但她的朋友却都很喜欢。

他周围的这群人赏景时如果心情愉快，会突然安静下来，他们彼此很熟悉。他知道其中一些人以自己的美国身份为傲，对他们自己的地位也有着强烈的意识，并将之自然而然地传达给旅行中的同伴。他们不需要通过向名作家提问而获得自身资本，他们能作出如下暗示：在这座城市最豪华的私人寓所之一的这个楼顶阳台上，他们与遇到的任何事物都是平等的，不会受其影响。这群人中无人会认为应该问他这类问题，诸如是否快要写完一部小说，是否正在构思小说，他对乔治·艾略特有何想法，这使他放下了心。当他指着当地的某个建筑时，他们会短暂地听他说话，态度跟听别人说话一样。

他注意到有个年轻人独自站在远处，一边观察他们这群人，一边装作看风景。不久，他发现他自己也时不时地被他打量。此人显然与站在一起的那群年轻人不同，没有他们随和的举止，也没有他们的自信和圆通。他的目光太锐利，他的姿态太别扭。亨利发现他相当英俊，但好像正是他的金发和挺拔的身材使他有所戒备，局促不安。他在自己周围创造出一种紧张气氛，过来看落日的人虽越来越多，却没有一个走近他身旁，与他说句话的。亨利移开视线，和别人一起赞叹落照的辉煌。但当他转过身时，那个年轻人直直地盯着他，那样子更使他决心在这个晚上接下来的时间里避开他。他看上去很像是那种随时会问起写作的进度、未来的计划，对乔治·艾略特的问题有激烈看法的人，但此人脸上也有一些特别柔和之处，在强烈而不加掩饰的目光下，尤其令亨利觉得有避开他的必要。他毫无疑问是个艺术家。亨利从天台下楼去房间时，不想对他了解更多，之后也一直不朝那人看，后来他走到大街上终于松了口气，他没有跟他讲过话。

然而数日之后，埃利奥特夫妇家里举办了更为私密的聚会，别人把这位年轻人介绍给他，他是雕塑家亨德里克·安德森。安德森收起了上次见面时的姿态和目光，像手里换了一件作品似的，换了种几近揶揄的礼貌。随后他们坐下来用餐，他带着心有所思的沉默，听着别人说话，优雅地颔首但一言不发。但他起身告退时，先前的紧张感又显露出来。他一站起来，就打量起每一个人，表情并不友善，接着飞快地转身走了。走到门口他又止步，对着亨利的目光微微一躬。

他意识到，他的罗马朋友永无厌倦相聚之时，在四散消夏避暑之前的大部分夜晚，他们都会想着法子搞活动聚在一起找乐子，无论活动规模多小。他接受了公开邀请，让这种社交成为他罗马日常生活的一部分。和他们相处时，他小心翼翼地不过度沉迷于自己在这个城市的早年生活，也不经常说这些街道变化很大，或者没怎么变，七十年代这些房间又都是什么样的，虽然他认为这种话题会使年轻一代感兴趣，无论是定居者还是拜访者。他不愿被视为老顽固，只想把过去作为珍贵而私密的财产留给自己。

当莫德·豪·埃利奥特请他参加一次她筹办的特别晚宴时，他从她的语气中发觉，她和她丈夫，还有沃尔多·斯托利夫妇都对过去，对他们父辈盛年之时的城市很感兴趣。这次晚宴是为她姨妈安妮举办的，即以前的安妮·克劳福德小姐，雕塑家托马斯·克劳福德之女，她当了多年拉贝男爵夫人，如今守寡了。亨利已经多时未见她，但从别人那里听说她是个强硬可怕的角色，脾气暴躁，脑筋灵活，出口不饶人的习惯也没有随着时间而改变。他发现埃利奥特夫妇为这次晚宴花费了很大精力，宴席摆在阳台的凉棚底下，他们准备了祝酒词和发言，做得好像把他们的老姨妈和她的老朋友请在一起，是罗马社交活动时期的一大亮点。

男爵夫人目光锐利地打量大家，她稀疏的头发梳得很精致，皮肤像是水果罐头里的水果。有个年轻人问她在罗马所见的变化，她噘起了嘴，好似迎面走来一个检票员，她说话很大声。

“我不会去迎合变化，那不是我的事。我一贯的观点是，注意变化是个错误。我只注意在我前方的东西。”

“那么您注意到了什么呢?”一个年轻人俏皮地问。

“我注意到了雕塑家安德森，”男爵夫人说，朝亨德里克·安德森点了点头，他正紧张兮兮地坐在躺椅的边上，“虽然我上了年纪，教养很好，但我还是应该说，看到他我只能感到满足。”

安德森坐着看她，像只毛色发亮的珍稀动物，所有的目光都朝他转来。

“我也注意到了您，男爵夫人，带着同样的愉悦感。”他说。

“别犯傻。”她回答道。她盯着雕塑家，直到他脸发红。

晚宴一结束，莫德·豪·埃利奥特就请亨利发言，亨利已经厌倦了这个尖刻的老妪，她饮酒过量，在很多人事上随意加以坦率评论，使晚宴显得唐突无礼。他开口时，高兴地想到她没法打断他。他说起了自己二十五年前来的那个罗马——他之前并不曾打算说这些——他说，他讲这些并非是想怀旧或者注意那些变化，而是因为在这个场合与老朋友和一些新面孔在一起，夏季快来了，这时候应该点起蜡烛，里里外外地盘点存货。在罗马，他曾经就是这样打算的。他说，人在年轻时就可能爱上罗马，任何爱过这座城市的人，都会一直爱它。在他二十多岁客居这座城市时，新鲜的不仅是这里的色彩和风俗，还有美国艺术家书房里的那些旧日身影，尤其是他的同胞纳撒尼尔·霍桑，十年前他在这个城市中找到了很多灵感，也给予了它很多回报。在这座城市中，在平分秋色的特里家和斯托利家的别墅里，他第一次遇见女演员范妮·肯布尔，碰到马修·阿诺德，第一次想到有些人物可以被他写进小说中去，他们成于罗马，毁于罗马，罗马是他们的流放地，也是避难所，它非常美丽，也在英裔美国人生活的小圈子里张扬着巨大的诱惑。他说，仅仅是这些别墅的名字，就能令人油然而生一种尊贵感，联想到对艺术的奉献精神和殷勤好客。他说，对于一个从纽波特来的年轻人，巴贝里尼的斯托利家，奥黛斯卡尔堡的特里家，以及康多蒂路的斯彼尔曼咖啡馆，这些壮美华丽的地方，长期留驻心中，成为珍贵回忆。当美国之美在罗马欣欣向荣时，这么多年来他首次遇见男爵夫人，他希望不仅向她举杯，还要向老城举杯，他从未停止热爱老城，也希望能一直来这里。

他坐下来后，发现雕塑家安德森正含泪望着他。他又注意到他耐心地听拉贝男爵夫人讨论她兄长（即小说家马里恩·克劳福德）和汉弗莱·沃德夫人的优点。

“当然，”她说，“他们具备杰出的天赋，在大西洋两岸的阅读圈里很受欢迎。他们把意大利的事物写得非常美，可能是因为他们深知意大利，他们的人物也非常精致典雅。我和其他许多人都喜欢读他们的作品。我想它们会不朽的。”

男爵夫人说完后，就看着亨利，似乎是要激他反驳。显然，他让她不痛快了，她像是不知道自己是否已经够讨人厌。他端坐不动，她便认定自己还不够讨人厌。

“我读过你兄长威廉的几篇文章，后来又读了他的一本书，”她说，“那是波士顿一个认识你们的人送给我的，他在便笺里对我说，你兄长的文体是简练的典范，没有一个多余的字，也没有一句废话，每个句子的开头和结尾都恰到好处。”

他不停地点着头，好像男爵夫人正在描述一份她刚刚品尝过的丰盛佳肴。没有人注意他们俩，除了安德森。亨利向他瞟去时，他朝他露出微笑，他的表情似乎表明他知道发生了什么。安德森的眼睛在说，他很同情亨利。男爵夫人还没讲完。

“我记得你小时候的样子，所有的女士都跟着你，争相跟你一起骑马。那是萨姆纳夫人，年轻的布特小姐和年轻的洛小姐。所有这些年轻小姐和其他不年轻的人。我们都喜欢你，我想你也都喜欢我们，但你一直忙于收集素材，没法对某个人投注过多感情。你当然很迷人，但你就像个小小银行家似的收集我们的积蓄。或者像一个牧师那样听我们忏悔。我记得我的姨妈告诫过我们，不要告诉你任何事。”

她带着神秘的表情朝他靠过来。

“我想你现在还在干这事。我觉得你还没退休。但我希望你会写得更清楚一点，而且我肯定那个看着你的年轻雕塑家也有同样的希望。”

亨利朝她一笑，鞠了个躬。

“正如您所知，我会尽力使您满意。”

其他人引开了男爵夫人的注意力，亨利朝安德森走去。

“我认为您的发言很精彩。”雕塑家说。亨利惊讶地听到他一口美国腔。

“我不知道那位老夫人在跟你说什么，但我想你是个非常耐心的听者。”

“她在说老时光，”亨利轻声说道，“就是她说过她不会讲的东西。”

“我喜欢你说的罗马。你让我们都希望自己当时曾经在这里。”

安德森一直靠在墙上，但此刻站直了身子，脸上神情严肃，虽然他能看到整个屋子，但他只注意亨利一人。过了一会儿，他翕动嘴唇，似乎要说什么但又想了想。在房间的灯光阴影下，他英俊出众的脸上忽而现出六神无主的茫然神情，忽而又变成奇怪的沉思的模样。他开口低声说话前，紧张地咽了口唾沫。

“很显然，你喜欢罗马，你在这里过得很快活。”

这句话像是个问句，他看着亨利，等着他回答，亨利只是点点头，从雕塑家目光中觉出外强中干的味道，像是心怀感伤。

“你有没有去过什么地方，我是指罗马的古迹或油画，你喜欢的，常去的？”雕塑家问他。

“我几乎每天去新教墓地，觉得它本身就是一件艺术品，一个重要的古迹，但可能你是指……”

“不，”安德森打断他说，“我就是那个意思。我问你这个问题，是因为无论那是什么地方，我都想陪你一起去。就算你习惯独自去那里，我也要请你破个例。”

亨利看到羞涩的脸上浮现出充满决心的急切表情。他以为会听到另一种语调，可能是激烈的，但也是讽刺的，而且更加平易而世故。这句话却以真诚和坦率打动了他。

“我想马上就去。”安德森说。

“那么，明天十一点，”亨利干脆地说，“我们可以在我的旅馆见面，一同出发。你以前去过公墓吗？”

“我去过，先生，但我想再去一次，就盼着明天去了。”

安德森注视了他一会儿，记下了旅馆的名字，也没微笑，就鞠了个躬，迈着灵巧的步伐朝房间那头走去。

早晨，亨利看到安德森一脸紧张腼腆。亨利出现时，他没有说话，只是像平常那样鞠了个躬。亨利不知道他对自己的漂亮有多少认识，他笑起来的时候，是一种令人眼睛一亮的美。他们坐车去金字塔附近的围在老墙里的墓地时，安德森的神情似乎既在搜索什么，也露出淡淡的犹豫之色。虽然他说起话来像美国人，但完全没有美国人的沉静和自信。亨利想，他对自己的吸引力似乎毫无所觉，他行事并不莽撞，他有强烈的存在感，这是否仅仅源于其斯堪的纳维亚的血统。但当安德森从车上下来，转身在门口等他时，动作显得孟浪，这应该属于比他更为自信的人，而不属于微笑着，说着话或表情静默的他。

对亨利来说，这处墓园与这个城市所有的古迹、艺术品、著名建筑、通衢大道相比较，艺术和自然的结合都更为圆润低沉，袅袅不绝。现在，在枝椏茂密的柏树的树荫下，在古旧的小径、精心培育的花圃和灌木丛中，这是一个充满温暖的安息之地。他们直接向金字塔和诗人济慈墓走去，他觉得安德森的腼腆和沉默给这两处施加了魔力，好像随时都能在这个最肃穆的地方裂开似的。

他不确定安德森是否知道济慈在这座城市里最后的日子，是否知道那块墓碑上面没有镌刻诗人的名字，只标示了他最后的安息之所。亨利敏锐地感到雕塑家的存在，他喜欢有他在身旁，只有鸟鸣打破沉寂，惟有猫儿过来做伴。而这些亡者，包括这位命运悲惨的年轻诗人，沉睡着，被温暖肥沃的土地守护着。周围的空气，明净的天空和墓园中隐蔽的处所，都在诉说安息是悲伤的终结。在五月罗马的早晨，他觉得这样的安息弥漫着爱意，或是其他什么类似于爱意的感觉。

他们在墓园中安静而随意地漫步。安德森双手背在背后，读着每个铭文，然后做出像祈祷那样的动作。亨利作为他向导的意义仅在于亨利走，他也走，亨利停，他也停。

“我一直对这些名字很感兴趣，”亨利说，“这些死在罗马的英国人的悲伤的名字。”

他叹了口气。

安德森轻轻摇头，转身去看跟在他身后的那只骨瘦如柴的棕褐色的猫，尾巴高举在半空中。亨利也环顾四周，那只猫懒洋洋地叫了一声，眯缝了眼，走过来蹭亨利的小腿肚，把它枯瘦身躯的全部重量都压在他身上，磨蹭起来，接着又满不在乎地走开去，找了个有太阳的地方躺下了。

“这只猫知道自己想要什么。”安德森说。他突然大笑出声，吓人一跳，使得亨利想当即走开。但他转过身，笑了笑，沿着小径慢慢走，一直走到墓园后墙的雪莱墓，那里的鸟叫声格外响亮。

他们之间又恢复了沉默，他觉得他所说的悲伤和周围这些灵魂已经完成的事相比，是没有意义的。他们又在墓地里兜了一圈，属于亡者的那种什么都不知道，什么都感觉不到的状态，似乎比他曾经设想的更接近永恒的幸福。

亨利在某些墓前停留，某些墓前不停留，诗人的墓前则一定停留，他想，安德森想必以为这只是随心而至。亨利抱有目的地绕路走到康斯坦斯·费尼莫尔·伍尔森墓前，安德森好像有点困惑了，亨利觉得墓主的名字对他不会有任何意义。他之前每次来，最后的目的地都是这里。如今他有点后悔又来了一次，他知道自己得说几句关于这个墓的话，还要让人听得懂。这时安德森的注意力落到威廉·韦特莫尔·斯托利墓上的石雕天使上去了，那是斯托利自己刻的，他还走过去细看，亨利松了口气。安德森抚摸着白色的翅膀和脸，又退开去思考，他的表情突然间因专注而僵硬了。当朋友第二次绕着天使走时，亨利将视线投向了右侧约翰·阿丁顿·西蒙斯的墓碑，沉思起来，他每次来这片神圣的土地都会这么做，他想的是韦特莫尔·斯托利夫妇、西蒙斯和康斯坦斯是爱着意大利的，他们有这个共同点，他们都曾居住在美丽的地方，认为那里的光线、景色、宏伟的居室值得他们长年去国离乡，失去自己的祖国。他想，康斯坦斯会让自己时常跟其他人见见面，韦特莫尔·斯托利的财富、社会理想和柔软的艺术会使她感到厌倦，正如西蒙斯的性思想和华丽篇章也会使她厌倦。和斯托利夫妇精致繁复的墓碑相比，刻着她名字的墓石十分端庄得体。他对自己笑了笑，到了晚上，她会想要独自待着的。她的美国不是他们的美国，她的意大利更平凡，她的艺术更有抱负。但她会知道该如何付诸笔墨。

他抬起目光，看到安德森正在看着他。

“康斯坦斯是个很好的朋友，”他说，“我当然认识斯托利夫妇，也跟可怜的西蒙斯有过接触，但康斯坦斯是很好的朋友。”

安德森低头去看那墓石，亨利知道他一定看到康斯坦斯是不久前才去世的。他想开口，但显然又想了想。亨利叹口气回转身，觉得自己不该带一个还不怎么认识的人到这样私密的地方来。但后悔的是，他觉得刚才不应该说话，说出她的名字时他泪水盈眶。他转过身，想重新控制场面，但发现自己被雕塑家抱住了，他的肩膀被他的胸膛包围，安德森的双手圈过来抓住了他的手，紧紧地握着。他吃惊地发现安德森的力气很大，手也很大。他立刻查看周围，没有人，他便让这拥抱持续下去，他感到了另一个人的温暖，强壮的身体短暂地抱着他，他无比希望自己能被抱得更久一些，但知道这是他所能接受的全部安慰了。他尽可能地屏住呼吸，闭起眼，接着安德森松开了他，他们静静地往墓园的大门走去。

在他们坐车去马尔古塔路的安德森工作室时，他琢磨该如何跟安德森说起他的生活。他知道，作为一名艺术家，安德森可能知道，或者至少也有所了解，他每写一本书，每描绘一个场景或创作一个人物，它们都会成为他的一部分，进入他的创作灵魂，如岁月流逝般积淀下来。他和康斯坦斯的关系很难解释。安德森可能还太年轻，不知道回忆和悔恨可以交织在一起，不知道有多少悲哀可以承载，也不知道那些只有在逝去或丢失后才具有形体和意义的东西，即使如此，在意志坚决的压力下，又有多少事可以忘记后又在夜里带着刺骨的疼痛回来。

安德森建议他们先到他工作室楼下的小餐馆吃饭，再去看他的工作室。他相当熟悉这个小地方，一走进去，店主夫妇都友好地跟他打招呼，他话也多了，精神也振奋了。亨利不仅奇怪雕塑家对自己这么了解，还奇怪他现在可以把这些信息随便地讲出来。他还惊奇安德森毫无自觉意识地跟他说他的天才，非常自如地征引别人的赞词。

午饭端上来时，他听着安德森说话。雕塑家的性格变了，脸也变了。目光中失去了柔和与同情，表情变得更为专注，对自己说的每句话给予反应，补充一连串的解释和内容。亨利意识到，他先前的沉默只是出于矜持，现在则已经放松下来。在餐馆幽暗的灯光下，亨利欣赏着桌子对面的他，年轻的脸庞生动活泼，很不安分，充满理想，随时准备享受生活，又如此青涩。

亨利原以为安德森的作品是那种精巧细致型，做得很慢，很用心，但现在雕塑家吃完饭站起来，两颊通红的样子，让亨利突然觉得他的作品也很可能是不拘一格的。他没有可以评判他的标准。虽然斯托利和埃利奥特都在聚会中请了安德森，他们并没有在私下谈论过他。向安德森的工作室走去时，亨利想起他第一次来到这座城市时，拜访了很多艺术家的工作室，这些年里，他们有的失败了，有的发达了。如今过了这许多年，他又来到这里，被一位年轻的艺术家领着，他的纯真变化多端，在一些方面跃跃欲试，在另一些方面又相当自大，他如此复杂而神秘。他看着安德森在前面上楼，看着他有力而白皙的手扶着栏杆，动作十分舒展灵敏，他盼望自己能在罗马多留一阵，每天到这位新认识的年轻朋友的工作室来。

工作间里的作品有种急就章的感觉，艺术家有一大堆还未完成的作品，都是古典派的，古典的人体像是为了一场成功的公众展览而做。他想这是否只是安德森作品的开端，极端夸张，不成比例，然后雕塑家就着手将它改进，用的是细腻的心和一双见微知著的眼睛。他从一件作品走到另一件作品，他说他朋友十分天才，还说他很吃惊看到这么多的人像和躯干，问安德森是打算雕塑人脸，还是想把脸部留白，不做特征。他被带到一件似乎快要完成的作品前，那是一座巨大的人体雕像，赤裸的男人和女人双手相握。他大声称赞作品的尺寸和雄心，安德森骄傲地站在旁边，好像准备让人给自己照相。

日子一天天过去，亨利了解到亨德里克·安德森更多的事。有些使他意外，特别是安德森家搬到美国时曾住在纽波特的一幢别墅中，距离詹姆斯家只有几条街，雕塑家仍然把纽波特当作他美国的家。当安德森开始说起他哥哥和作为次子的负担时，亨利告诉他，他也是在兄长威廉的阴影下长大的。安德森似乎已经知道了这点，就问这是否拉近了他和亨利的距离，还问了很多有关亨利和威廉的问题，常常亨利还没回答完，他就把答案跟他自己与他哥哥安德烈斯的情况相比较。说着说着，亨利发现安德森对他家了解颇多。他提到自己的父亲也喜欢喝酒，跟亨利父亲年轻时一样，詹姆斯家里从来没有谈论过此事，但肯定在纽波特是家喻户晓，这才会传到亨德里克·安德森的耳朵里。

“我们是兄弟，”亨德里克笑道，“因为我们都有哥哥和酗酒的父亲。”

亨利饶有兴趣地看着他，观察着他脸上愤怒的色彩，他紧张的说话方式和从一样东西走到另一样东西的动作，他不是不注意别人的反应，就是自己没有反应。亨利说他该告辞了，但他却要他留下来，于是亨利说他们不如一起去老城逛逛，找个地方休息一下。离开之前，安德森又领着他在工作室走了一圈。亨利又看了一遍这些雕塑，心想安德森是否对创造出单个人像没有兴趣。这些用大理石和石块做出来的身躯有血有肉，典型的臀部、腹部和腰腿都是以强烈的自信和热情塑造出来的。他再次表达了赞赏之情，希望能再来工作室看到这些作品的完成。

他几乎每天和安德森见面，有时单独见面，有时在聚会中见面。逐渐了解他后，他惊讶地发现这位雕塑家的背景和气质与他二十年前发表的小说《罗德里克·霍德森》中同名的男主人公十分相似。罗马的美国侨民都知道他是《黛西·米勒》的作者，而更严肃的读者，包括莫德·豪·埃利奥特和她丈夫，都读过《贵妇肖像》。他们知道《贵妇肖像》与前者的差距，前者无论语调还是影响力都属于轻量级的大众故事，而后者的结构和质地更为精细而大胆。但就他所知，他们都没读过《罗德里克·霍德森》，虽然小说描写的是一个年轻、贫穷的美国雕塑家在罗马的故事，他有安德森的才华和鲁莽，有他的热情和冲动的本性。认识霍德森和安德森的人都清楚他们的企望和梦想。他们俩都有一个远在家乡、溺爱他们的犯愁的母亲，他们都是一到罗马，就被一个年纪更大的男人盯上了，他是个独来独往的游客，欣赏美，对人类行为感兴趣，内心情感不外露。当亨利看到安德森，想对他有所了解时，就仿佛他小说中的人物活了，给他施加诱惑，使他产生迷惑，掌握着他的感情，迫使他难以判断，狡猾地不让他控制后来的发展。正如罗德里克·霍德森那样，抚养安德森长大的人富有并且信任他，于是他从来不必让他的艺术妥协，也不必跟商业虚与委蛇。他的作品是一套巨大的、充满活力的姿态，正与他的梦想相称。而他毫无兴趣以迟缓、会意的系统来写小说，用动作、描写和暗示来塑造人物和情节，正如他并不想通过仔细观察和冷静思考来雕塑一张栩栩如生的面孔。如果他是诗人，他会写荷马式的叙事诗，而如今作为雕塑家，他跟亨利谈论他创作丰碑的设想。

亨利大多数时候都抱着兴趣倾听，他延长了在这个城市的居留时间，他独处时会想到安德森的魅力，同样也会想到他的缺点，这给他孤独的时间染上了一抹金色。他想知道安德森会变成什么样子。他想如《罗德里克·霍德森》里的马利特那样帮助他，指引他，了解他的本质和他可能的未来，他希望能掩饰这种期盼，因为他并不因之感到轻松和平静。

他出版过的某些书没有人读过，也无人想读，这使他觉得自己属于历史了，正如安德森和他的同伴们把忠诚献给未来。最后这种感觉让他带着一颗沉重的心朝家走去，但他有了打算后，又对安德森心生温柔，希望在英国见到他。这种柔情来自他心中渐渐清晰的印象，他与安德森见面次数多了之后——那段时间他有时一天见他两次，这位年轻雕塑家的缄默和热烈的话语似乎都来自一种急迫的需求和孤独感，他需要被肯定，而创作丰碑般的雕塑也减轻不了这种孤独。他也知道，他与安德森的关系，他听他讲话，看他动作的样子，使安德森非常感兴趣，但反过来安德森并没有怎么注意亨利，他不经仔细观察就会相信他。比方说，他从未提到新教公墓，也似乎以为小说家的独处是他艺术至关重要的部分。他从亨利那里取走的是亨利对他的兴趣，他敞开自我，允许被时时观察，好似一所教堂向祈祷者敞开大门。他既被自己吸引，又为自己困惑。他才华横溢，他志向远大，他的出身、恐惧和平日的困顿都成为话题，聊起来毫无心机，没有戒心，无拘无束，也讨人喜欢。他讲话，但是不听别人讲话。亨利注意到，他沉默是因为他知道自己的沉默对别人有影响。亨利发现，他对自己的变化独具天生的敏感，知道这些变化吸引了别人，现在也吸引了亨利。比方说，他富有表现力的目光能变得多么柔和，在另一些场合，又能变得咄咄逼人。但他们接近的时候，安德森不知道该如何与人相处，只知道不想失去他们。他需要他们全心全意的关注，需要他们的尊敬，或许还要他们的爱，当他确信自己拥有了这些后，他就对他们无所谓了。

然而，当他想要赢得雕塑家的声誉时，他就像觅食的野兽变得无情，除了工作室混乱的狩猎现场，他什么也不关心。他在巨大的人像上工作，展示它们，磨平腰腿、臀部和躯干，但从不给它们一张脸，他对此根本没有兴趣，因为脸会隐藏或揭露一些什么，正如他自己的脸大多数时候是一片令人称奇的空白。亨利看着他，与他做伴，或者在尽力描摹这张脸时，越来越感兴趣的就是这种纯净、空茫的美，在他离开后，这愈加引人入胜，耐人寻味。

准备离开这座城市时，他想自己是否过度关注兰慕别墅沉闷的乡村生活了。他说自己需要这样的生活，希望回去，安德森点头赞同，但他知道，安德森从纽波特到罗马，并不是来寻找沉闷的乡村生活的。他在他们的圈子里很受崇敬，而这点不会发生在纽波特或拉伊的生活中。他觉得这会是雕塑家未来岁月的挑战——失败、被忽视和被孤立的可能。他会如何应对这些挑战引发了亨利的想象。在想象中，安德森的脸上总是浮现出聚精会神工作的迟钝感，他的目光变得内敛，说起话来更加犹豫而巧妙，他的雕塑变小了，更加精致细巧，加工更多，更使他放心不下。这些变化发生的岁月中，他相信，安德森最终不会在乎谁欣赏他，他又在哪里生活。

亨利离开之前，埃利奥特家举办了一次聚会，前来参加的二十多人亨利全都认识。他谨慎地独来独往，和许多在场的人闲聊大众话题，但一直远远关注着安德森。他终于找了个时间跟他单独相处，但又被莫德·豪·埃利奥特打断了，她开始影射他们的友情。他想，她来自一个著名的影射之家，她的母亲和姨妈还有当小说家的舅舅常能成功地打破各种各样的冷场，而且很少有想法不说出口。他想，他们家庭里流行的做法是耸起眉毛，作出针对性的评论，正如莫德·豪·埃利奥特问安德森他是否有过像詹姆斯先生这样认真听他说话的朋友，以此把安德森赶走了。于是她把亨利逼到角落里，摆明了他是她的，除非她把话说完。

“我肯定他母亲想要他回纽波特，事实上我知道她想的，但我们想把他留在这里。每个人都需要他。这是他的可爱之处。我想你是天天去他的工作室吧。”

“是的，”亨利说，“我非常欣赏他的勤奋。”

“或者我们能称之为天赋？你一定是来罗马之前就认识他了吧。我相信他声名远播。”

“不是，我是在你别墅里第一次见到他。”

“但你之前听说过他吧？他是肯定听说过你的。”

“没有，我从未听说过他。”

“哦，我以为你在高尔爵爷那里听说过他，爵爷来罗马时很欣赏他。”

“我至今仍对高尔爵爷一无所知。”亨利说。

“嗯，他是个作家，笔下题材广泛，也热衷收藏，热衷到来钦慕我们年轻的雕塑家，每天都去见他，想把他留下。”

她的声音变得鬼鬼祟祟起来。

“我听说，他想收养他，让他当他的继承人。他非常有钱。但安德森不想要他，或者不希望被收养，或者两个原因都有，所以他也不会继承高尔爵爷所有的钱。也许他在等更好的价码，或更有意思的人。他自己一分钱都没有。跟你的女主人公一样，他因为拒绝了一个爵爷而可能更有趣了。但我想到了最后，如果他不当心的话，我们会把他跟黛西·米勒相提并论的。他无非假装出一副样子罢了，不是吗？总之我看不出他会回新英格兰。”

“可能在那里待一段时间，我们都会有长进。”亨利说着，笑了笑。

“安德森先生说，”莫德·豪·埃利奥特又说，“你邀请他去拉伊。”

“既然你都这么客气，”亨利回答道，“也许我应该把你也请过去。”

次日，他去安德森工作室，发现又一件巨大的作品开工了，一群戴着花环的赤裸人像，有男有女，表现的是春天。这种情况下，安德森是最开心的，因为他知道作品很快会找到赞助人，而且他刚从上午的体力劳动中缓过来。亨利绕了一圈，目光被一件小型半身像吸引了，他之前从未注意过它，和周围的作品相比，它风格更恬静，体积也适中。安德森告诉他，这是年轻的贝维拉卡伯爵的半身像，受到不少赞赏。亨利看到，这件作品上还有粗糙和笨拙之处，但可能由于石质和体积的原因，它很容易被当作一件出土文物，就像埋在他们经过的某条街上的东西。他当即想把它带走，出一大笔钱把它买下，作为这几周与新朋友共处的纪念。等安德森明白过来他不仅是欣赏这件作品，而且打算买下来时，他看他浑身洋溢着自豪和抱负。亨利知道，卖出他的作品，在世上留下他的记号，对他来说意义比结交再多的朋友还来得大。谈下价格后，他兴奋地在工作室里冲来冲去，热情地抱住亨利，充满激情地与他紧紧相拥。他答应他会尽快去英国。他说这件作品会怎么包装，怎么寄出，多快就会到达。亨利发现最明显的一点是，他无法掩藏自己极度的喜悦。

那天晚上，他们在安德森楼下的餐馆里一起吃饭，庆祝亨利买下作品。一坐下来，他就看到安德森穿得一本正经，桌上还点了蜡烛，他连说话都换了腔调。他问问题时，表情显得更感兴趣，更为专注，当亨利谈及自己的生活，为什么去了英国，为什么旅行越来越少时，他也听得很专心。亨利几乎被他严肃的态度逗乐了，他现在审讯的口气跟他之前的缄默和自说自话相比，是一样的孩子气。直到安德森问起亨利父母的情况，亨利才收起好笑的想法，希望能把谈话转到不太隐私的话题上去。经过亨利稍加点拨之后，雕塑家开始抱怨自己的父亲，亨利有点开心，虽然他也觉出雕塑家的语气已经变得很个性了，使出了性子，随时都会讨论亨利觉得太过个人化的问题。他们离开餐馆时，他很高兴安德森一直把他送到旅馆，夜晚是温暖的，老罗马的街道也特别美丽。这是他们最后一次单独相处了，因为他们都应邀参加明天斯托利家的大型聚会，而明晚正是亨利在罗马的最后一晚。

他惊讶地发现，自从这样在罗马的夜里散步以来，这二十五年或三十年来自己都没怎么改变。他没有跟别人说起自己的父母和未来的打算，这些年里说的话都中规中矩，他那时写作就很仔细认真，坚持不懈。安德森并不是这样的人，而现在他也明白，安德森是不会变的。他终其一生都会这样单纯而迷惑，富有魅力，心胸开阔。他们沉默下来后，亨利想转身对他的朋友说，他应该尽情享受生活，他还年轻，应该什么都要，什么都去活一遭。他们走到西班牙阶梯脚下时，有一瞬间，他想把诗人济慈去世的那间屋子的窗口指给他看，但他知道一提到死亡和受苦，就会打破眼下的氛围。安德森在旅馆门口站住了，拥抱了他一下，他禁不住凝神看着他的微笑，想把它留在脑海中，心知回到英国后，他会很有回忆的需要。

他抵达拉伊后，兴高采烈的伯吉斯·诺克斯来接他，独轮车里装满行李。他仿佛在用安德森的双眼来观察这个镇了，觉得它看起来非常小，色彩也很单调。与罗马的寓所相比，兰慕别墅的房间就好比是门厅和接待室。甚至是他自豪地跟朋友夸口过的花园，也似乎显得失色而狭小了。他一边看着伯吉斯打开行李，一边将自己的家再次收归己有，思考它在亨德里克·安德森眼中会是什么样。

那座小型半身像运到后，他才给安德森写信。虽然他早已在心中给他写了很多信，说他在自己的脑海中分外清晰，说现在自己已经安顿下来，天气也好，英国的下午真令人满意，习惯了他那围墙里的花园的大小后，它多么美轮美奂。他知道安德森对这些都兴趣寥寥，但他很难找到既热情，又有所保留的语调和话题。

半身像的包裹打开了，里面还有一个宽大的底座，可以把它安在房间角落里的壁炉台上。一下子就摆放妥当了。现在他可以给安德森写信表达自己拿到雕塑后的喜悦心情，把雕塑赞扬一番，他知道这种赞词会使他的朋友感兴趣，他能看到安德森如饥似渴地读着这些字。在他自己而言，在遥远的地方和安德森说他的作品，是件心情愉快的事，说如何轻手轻脚地拆包，把它抬起，放好，上面不加任何覆盖物，当作一个深深爱慕着的伴侣和朋友那样一直摆在面前。对安德森说他的雕塑作品栩栩如生，富有人性，既让人产生共鸣，又和环境相处和谐，再补充说他会永远把它放在那里，比告诉安德森以下这些话要容易得多——亨利整天都想着他，亨利有时会停下写作，寻思为何会突然产生一缕幸福和温暖的期待感，并且随即意识到这是他在罗马时光的余光，以及安德森会到拉伊做客的希望。

安德森很快回信了，说一定会来拜访。他的字写得难看，还有拼写问题，虽然只是寥寥数语，文体也是最基本的那种，字里行间却透出他的声音来，冲动，不受束缚，严肃，紧张，真诚。亨利拿着信，不想和它分开，直到强迫自己把它放在一边。但他情不自禁地去审视自己的花园，把安德森高大的身躯摆放在一棵遮阴的老桑树下的椅子上，想象着两人在懒洋洋的太阳下的样子。在餐厅里独自吃饭时，他把安德森放在对面，让这两个人慢慢品酒后，再上楼去客厅。他不在乎安德森会说些散漫无际或大言不惭的话。他希望他能在夏天结束之前来，和他一起共度悠长的明媚的傍晚，他把其他人都弃之不顾，只与这个朋友做伴，这样安德森就只能看到小圈子里的生活了。

他觉得把朝向切贝尔街的小工作室改造一下是轻而易举的事，这是他的财产。他写信给安德森，安排好他来的日子，便开始想象他的朋友会看到亨利在夏天的花园房中写作的美妙图景，觉得他每年都可以到这间工作室来干一段时间的活。他拿来了书房的钥匙，观察房间的轮廓，看到安德森和建筑师沃伦在密切磋商，要将它改造成一个不事张扬而风格俨然的地方，让雕塑家在这里度日。他想到了自己开始写新作品时，会有一种孤独的欢欣，知道雕塑家安德森就在不远的地方雕刻石头。他知道自己的思绪变化太快，他为自己描绘的两人一起工作的图景也不太现实，但这却使他的生活带上了一丝甜蜜，他作起其他计划来也更快活潇洒了。

安德森的来期渐渐近了，虽然他说他只能待三天，是从罗马去纽约的中途停留，但亨利一直在害怕他的离去，为在火车站迎接他的那一刻做好了准备，一边又在想怎样才能在这段时间里把他招待得最好。他自忖其他人一定也有这种体会，这正是他父亲遇见他母亲之后的感受，也是威廉等待爱丽丝嫁给他时的感受。他不知他如此意乱情迷，是因为自己的年纪，因为安德森停留短暂，还是因为他所想种种都是镜花水月。他在拉伊散步，或是在夏日的乡间骑脚踏车时，会偶尔看看别人，心想他们有没有体验过这种缱绻的期盼，有没有因等待另一个人的到来而欣喜地绷紧心弦。

尽管他心存梦想，但安德森只住数日的决定无疑是令他失望的宣判，还再次让他体会到从期盼和依恋堕入绝境的滋味，而且这次的感觉愈加强烈。像是为了挥开失望可能带来的痛苦，他回想起二十多年前跟保罗·约科斯基在巴黎的事。他无数次回想起那个夜晚。他不曾忘怀它的过程和结局。他记得转了一圈又一圈，总觉得自己会很快走开，在雾气沉沉的夜晚回到他巴黎公寓阴郁的避难所里。但他却走近了。天色暗下来时，他站在人行道上，雾化成了雨，现在即便只是想到会发生什么，也令他害怕，但也为之激动。他等在那里，盯着保罗亮着灯光的窗口，拼命地阻止自己走到街对面去，不让他知道自己在这里。他在那里站了几个小时，漫长的守候以失败告终。这些年，这件事总在匪夷所思的时刻来纠缠他，现在又来了。

伯吉斯·诺克斯这时候已经习惯别人来做客了，夏天的来客尤其多，而其他的用人，自从史密斯夫妇走后，也一直乐意接待络绎不绝前来兰慕别墅暂住的老友和亲眷。伯吉斯·诺克斯本性并不好奇，他是来者不拒。但现在亨德里克·安德森要来，他却到亨利跟前问了很多安德森先生习惯和爱好的问题，期期艾艾，舌头打结。

要去火车站接安德森的那天，亨利发现伯吉斯·诺克斯先是在早餐室里转悠，接着百无聊赖地站在他书房门口。他发觉诺克斯打扮得比平时用心，还新剪了头，动作也更敏捷了。他笑着想到自己模糊的希望和不安的梦想在家里变得有形有状了。到了七点钟，诺克斯在前门等他，站了个半军姿的样子，独轮车已经备好，像一具准备开火的大炮。

安德森从车厢里一下来就开始说话。他想指出那几个和他坐一个包厢的人，火车启动时，他不停挥手目送他们。伯吉斯·诺克斯已经拿到了安德森的行李，把它们放到车上，两眼直盯着亨利，不动声色地观察他，亨利能肯定，他连看都没看他们的客人一眼，到了兰慕别墅，也避着他走，好像他会咬人似的。

安德森随意地瞅了几眼别墅，好像这些他都很熟悉。甚至是餐厅角落里的贝维拉卡伯爵半身像也只是匆匆一瞥。旅行好像让他安定不下来了，他说他不想去自己房间换衣服，不想歇口气，也不想在花园里或别的地方坐一会儿。他最近好像对电大感兴趣，把所有的开关全打开了。他就像嗡嗡叫的热焰四射的灯，跟亨利说他的作品，说他要去纽约见什么人谈他的作品，他们会说什么，他们已经说了什么。商人、收藏家、城市规划者的名字夹杂着那些百万富翁和社交名媛的名字。他说，巴黎、纽约、罗马和伦敦都欣赏他，都渴求他的作品。

亨利从意大利回来后，每天都在构思很多作品，其中至少有两件需要花大力气的。刚开始写时，就像朝玻璃上吹气，一切无常，又纤毫毕现。他希望在气息消散之前，能看到一个图案。接下来的写作就是他最严谨的活儿了。他听安德森说话时，有种讽刺的满足感，他了解困难和失败的耻辱。他无动于衷，希望朋友会冷静下来，他不想打断他，也不想应和他，只是为他的到来而感到喜悦，虽然安德森似乎还没意识到自己已经来了。

早晨，亨利发现安德森还没起床，就自己用完早餐后去花园房开始当天的写作。苏格兰人似乎没有注意到他的迟疑，也没注意他把句子重复地念，当亨利开始流利而飞快地口述时，他也没流露出什么神色，没作出评论。亨利已经念到了打字机的极限速度，什么都无法使他分神，不管他的客人是在睡觉，在沐浴，在吃很晚的早餐，还是随后会出现，都无关紧要了。他以前有客人时也发生过这种情况，他毫不为难地消失在自己的工作室里，陷入到一种奇特而有力的凝思中去，把注意力紧紧地集中在每一句话上，他用这个办法能把他们赶跑，或因此欣然想到很快就能与他们见面，或者两个因素都有。他鼓起了更大的劲头和严肃精神，以此彰显自己无所不能。他干了一个上午，发现那苏格兰人已经累坏了，他知道此时能找到安德森，不是在别墅里，就是花园里等他。

他在罗马时注意过安德森的衣着跟他的同伴十分般配，既不显得随意，又不过分突出自己。但此刻安德森从二楼起居室角落的椅子上站起来跟他打招呼时，亨利看到他穿的是黑西装、白衬衫，领结是和他眸色相同的浅蓝色。安德森像是花了大半个上午来准备这次会晤。

他们用过午餐后，天气显然靠不住了，外出散步和骑车的计划都得推迟。他有一阵子想到安德森在罗马的时候，下雨天会做什么，但他又想起那里极少下雨，而且安德森是风雨无阻去工作室的。亨利提到纽波特的雨天时，安德森说起了他的痛苦回忆，被关在一幢小房子里，整天看着天有没有放晴，但往往到了傍晚，外面还是湿漉漉的，天很快就黑了。他说现在想起来，还是要发抖。他大笑起来。

午饭还没吃完，大雨就开始洗刷兰慕别墅的窗子，餐厅阴暗下来，花园也显得荒凉起来。亨利看到安德森的兴致一下子低落了。如果亨利是一个人在，下午他会好好地读书，把一卷书读到晚餐时刻，晚上再读，可他知道安德森是不读书的，而且很难想象他大老远来一趟会整个下午埋头读书。

昨夜，亨利提到过切贝尔街空置的工作室，吃午饭时他发现安德森很想去看一看，只要有一把伞就能冒雨过去。亨利希望走过去有那么一段路，这样就可以在路上消磨时光，之前还要有所准备。可是它离大门口只有几步之遥。伯吉斯·诺克斯拿着雨伞来了，现在他看安德森的样子像是要给他画素描似的。三个人匆匆走到了附近那废弃的建筑物里，亨利带着钥匙。

他不知道，但他觉得自己应该想到老工作室的屋顶有两三个地方在漏水。他一打开门，三人站在门口，水就滴滴答答落在水泥地上。屋子里光线很暗，让人泄气，角落里有一大堆废料，还有很多旧的脚踏车，这些东西和着雨声，越发使这个地方显得枯燥无味。他们都不想走到里面去，只是默默站在门口。亨利说过，这里可以用作雕塑家的工作室，尤其适合在夏天罗马热得住不下去的时候，冬天也可以用来存放作品，以便送去伦敦的画廊。现在，它看起来就像是个漏水的棚子，只能用来存放生锈的脚踏车。

亨利知道他朋友希望将来在世界上很多城市里功成名就，他志向高远，目标宏伟，不会对这种邋遢破败的地方动心的。连伯吉斯·诺克斯也是一副焦躁不安的样子，他看着一滴水珠落地，再看他的主人，再看他主人的客人，好像也参与了某个阴谋，要让亨德里克·安德森再也不会踏足拉伊。

亨利和安德森下午就随便地聊聊天，在雨停之后，他们随意地在拉伊和村子里走走看看。安德森还一心想着他的旅行和要去纽约的事，亨利觉得，如果他的朋友能溜去伦敦而不造成任何不得体的问题的话，他随时都会溜走。

他们在客厅里等着上晚餐时，安德森开始聊起自己的理想来了。他说他真正想的是要设计一个世界城市，亨利发觉自己微带愠怒地问，他是否想做一个微缩型的。安德森正说得兴致勃勃，并不在意这个问题是否带有讽刺和恶意。他解释说不是的，他想的是一个真正的世界城市，有着伟大的建筑物和纪念碑，包括各种文化中最好的建筑和雕塑。这会是一次以和谐共处与人类互相理解为目的的尝试，象征着人类可以走到一起来，所有的文明类型都在那里，君主、统治者、艺术家和哲学家聚首一处，所有最优秀的人类努力的成果都可以展现出来。

安德森说话的时候，声音里充满激动，最后的夕阳映在花园围墙的老砖上，亨利看到围墙上磨损的地方和破碎的赤褐色，下了一天的雨后，攀援植物鲜亮的绿色使人心生安慰。他一直朝安德森点头。他们去到餐厅时，他面朝落地窗而坐，这样可以看到树荫下黄昏的余光渐渐变暗的样子。安德森现在说的是他这项计划所需要的支持和他已经得到的支持。他说，他不难一辈子就做单件作品，如亨利和别人都欣赏的这些作品，可他现在希望还没变老之前，就着手去做一项整体工程，这会花很多年，会给人类带来变化。

“人类，”亨利不禁说道，“是个相当巨大的工程。”

“对，”安德森说，“人类有很多错误的分裂和错误的斗争。人类的成就从来都没有被放到一个地方过，那会是一个活生生的城市，而不是一座博物馆，在那里美和人类的互相理解可以茁壮成长。”

亨利的心里一半装着上午的写作。他找到了一个使他感兴趣的虚构人物，是一个头脑严肃的记者，敏感、聪明而且有才，他接到了一件活，有点像斯托利夫妇在罗马交给亨利的活——给他们的父亲写一部传记，所有现有的材料都任他使用。今天上午，他写的是像他这样一个作家死后，此人来到兰慕别墅，站在这间书房里，就是他当时正在做口授的书房，把那里的文书和信件占为己有。但他构思出来的这位记者跟他自己很像，于是他开始设想他自己的灵魂回到了这个他死后离去的地方。一瞬间，他看到那记者走在威尼斯灯光昏暗的小路上，想要避开什么，但他把这个想法置于一旁，不知该如何用才好。他想，读这篇小说的人，没有一个会猜到他使用的是至关重要的材料，忽而隐藏自己，忽而又揭开自己的面目。

读上去就像篇简单的鬼故事，但对他而言，当他写作时构想自己的死亡，塑造一个他日渐觉得真实的人物，这篇故事就拥有了奇特的力量。这使得他想进一步写下去，但他心灵的某部分却因率先把它创造出来而战栗不已。与安德森创造的城市相比，它什么都不是，又什么都是。在细节、对话、缓慢的情节和神秘气氛中，它反对抽象，反对单调乏味，也反对愚蠢的大而无当的概念。然而它茕茕孑立，弱小而缺乏保护，几乎没有存在感。它会在城市里宏伟的纪念碑式的图书馆里找到一席之地，但独自在那里阅读，并不在他朋友豪壮的梦想之中。

“我们最需要的是，”安德森说，“把这个计划宣传出去。”

“确实如此。”亨利应道。

“我想，由于你很熟悉我的作品，你能否为此写篇文章发表到什么杂志上去？”安德森问。

“我想我只会写小说。”亨利说。

“你写过文章吗？”

“写过，但我现在只写无足轻重的虚构作品。我想，我只知道这些。”

“但你跟有影响力的编辑很熟？”

“跟我合作过的大多数编辑不是已经死了，就是退休了。”亨利说。

“但你要写一写我的作品和计划，如果杂志对此感兴趣的话。”亨德里克问道。

亨利沉吟着。

“我想，”安德森继续说，“我能在纽约找到对此感兴趣的人。”

“或许我们应该把艺术批评交给艺术批评家。”亨利说。

“但如果能找到一个想要我作品描述的编辑呢?”

“我会为你做我力所能及的事。”亨利微笑说道。他从桌边起身。外面已经天黑了。

第二天上午，他早餐后在花园里坐了一会儿，等麦克尔平来。天上一丝云也没有，他搬了把椅子到花园角落，那里正晒得到太阳。他知道，安德森应该还在睡觉，不过也说了他想在自己房间里用早餐。苏格兰人到了以后，他们就去花园房，立刻坐下来工作。他昨天睡觉前就开始看打印出来的文稿，在上面做修改，现在一个小时之内，他就可以完成这篇小说。阳光在花园中徜徉而过，温度渐渐上升，他开始写另一篇小说，篇幅比上一篇短，效果微不足道。和往常一样，他的口述时而确信，时而犹豫，稍稍停顿后，再说下去，接着走到窗口，像是要从花园里的灌木丛、攀援植物还有夏末繁茂的植被里找出某个字或词来，然后转身径直走进阴凉的房间，想出了恰当的措辞，句子也源源不绝，直到这段写完。

他们坐下来吃饭时，天气已经酷热难当，安德森穿了件白西装，拿了顶草帽，像是准备出去划船。他们商量下午应该怎么过，当安德森得知他们离海边很近，很方便骑车去沙滩时，他定要去海里游泳，光着脚去沙滩上走一走。他吃饭时一直在说自己要如何博取雕塑家声名，此刻的热情，倒有几分轻松可爱。一吃完饭，他们就换上了适合骑车和沙滩漫步的装束，伯吉斯·诺克斯从厨房后面的棚子里面取来两辆上过油的脚踏车，他们骑着车出发了。

他们慢慢地沿着卵石山道下山，前往温切尔西，海风扑面，凉爽而带有咸味。安德森把他的泳衣和毛巾捆在行李架上，他兴致高昂，奋力骑车，过了平坦的道路，下了尤迪莫尔的山坡，就到了海边。

他们把车子停好，沿着沙地小径穿过沙丘，亨利发现高温把所有的东西都变模糊了，海平线几乎看不清。温和的大海近在眼前，安德森的心情好像也随之变得安静下来。他们最终走到水边时，他停下来眺望大海，顶着光线眯起眼睛，有一小会儿，他亲切地环住亨利的肩。

“我都忘了，”他说，“我不知道自己在哪里。我能游到比利时去，能游到纽波特去。假如我哥哥现在在这里……”

他住了口，思索着摇了摇头。

“你知道，”他说，“如果我闭上眼睛再睁开，我就能想象出一片沙滩和类似这里的阳光，我是在挪威，应该有五六岁了，但是纽波特的夏日也跟这里一样。这里的空气，海风，我像是回到了家。”

他们沿着海浪冲刷过的沙地行走。风平浪静，沙滩上空无一人。亨利站着眺望大海，安德森则换好了泳装，让亨利照看他的衣服，他成了自己某个雕塑作品的活动版，他身上的皮肤饱满、光滑、白皙，胳膊和大腿很有肌肉。

“会冷的，”他说，“我看得出来。”

亨利看着他蹚入水中，跳过一个个浪头，钻到水下游开去了，划水的动作坚强有力。他一会儿又浮出水面，让波涛把自己朝岸边载来，朝还穿着衣服的亨利挥手，享受着阳光的热度。

安德森擦干身体后换回了衣服，他们在沙滩上走了几公里，一个人都没遇到。两人不时停下脚步，莫名地眺望大海，望着遥远的地平线和远处的船。安德森听着亨利说这块土地是怎么重新从海里露出来的，原来的海港已经变成了内陆的城镇。

“如果这是纽波特，”安德森说，“我们就会走到码头，去看他们捕鱼，或者准备钓一个晚上的鱼。”

安德森聊起他小时候和父母、两个兄弟和妹妹一起从挪威来，第一次见到纽波特。那时他就听说了詹姆斯家，他说。他知道他们在那里生活，家里有个儿子成了作家，因为人人都跟他这么说。他说，安德森一家除了钱什么都有，他哥哥显然从小就是个绘画天才，他自己也很早就崭露才华，而他弟弟是个有前途的音乐家。他说，旧日的纽波特，那些老妇人和半欧化的家庭，比相信金钱更相信才华，但那正是因为他们有很多钱，或者继承了很多钱，无须再考虑钱的问题。他说，安德森家出去做客或者上教堂时也像很有钱的样子，但家里并没有钱，所以他们只追求钱。

“他们给我们拿来油画颜料和画笔，”他说，“假装没有注意到我们打补丁的衣服。他们在傍晚跟我们讨论崇高的艺术，我们能闻到他们正在煮的热腾腾的晚饭，知道我们回到家要吃冷饭，或者难吃的饭。”

“罗马，”亨利说，“应该令人宽慰。”

“如果罗马有沙滩和海水就好了。”安德森说。

“如果纽波特有罗马斗兽场就好了，”亨利回答道，“如果安德森家有财产的话就好了。”

“如果詹姆斯兄弟裤子上有补丁就好了。”安德森哈哈大笑，随手捶了亨利一拳，又轻轻打了一下他的肚子，用胳膊环住了他。

他们在暮色中骑着车冲下山坡，朝家而去，到了尤迪莫尔下了山坡，就快到兰慕别墅了。他们约好换上用晚餐的衣服后，就去花园里喝酒。

亨利等安德森下来时，在夕阳淳朴的光芒的斜射下，院墙里不大的空间显得更自然，尺度更接近他们刚刚看到的风景，奇怪的是，亨利想，也比罗马开敞宏伟的景色更接近他们的感受。他想，雨已经停了，安德森也似乎平静下来，他们可能更容易在一起放松一下，享受彼此的陪伴。

安德森下楼时，头发刚洗过，发梢还湿着，白皙的皮肤像是被白天的阳光染红了。他笑着，舒舒服服地喝了口酒，缓缓地打量花园房，好像他是第一次见到似的。亨利先前跟他说过，这个花园房是他夏天工作的地方，但还没邀请他来过这里。他现在邀请他来了，两人拿着酒杯，漫步走过草坪。

“你就是在这里写完你所有的作品的。”安德森说道，亨利关上了门。

“这是我写小说的地方。”亨利说。

进门的右侧是一整墙的书，安德森看到这幅景象，大为诧异，走过去看那些书，似乎没有一下子注意到所有的书上都有他的主人的名字。他取了一两本下来，渐渐发现这个又高又大的书架上放着亨利·詹姆斯在大西洋两岸所有小说的所有版本。他把书一卷卷拿下来，看书脊和扉页，变得兴奋激动起来。

“你写了一整个图书馆，”他说，“我想全部读一遍。”

他转过头看着亨利。

“你早就知道自己会写这么多书吗？”

“我知道下一句话是什么，”亨利说，“也常常知道下一个短篇是什么，我也为长篇小说做笔记。”

“但你从没计划过吗？你从没说过这就是我一生要做的事？”

他问了第二个问题后，亨利就转过身，面朝窗口，不知为何眼中蓄满了泪水。

他们晚饭后聊了一会儿，亨利去睡觉了，安德森留在楼下读他的一本书，安德森说他在明天离开拉伊之前，至少会读完很多短篇小说。过了一段时间，他听到楼梯嘎吱作响，他想到安德森高大的身材，手里拿着书，走到了楼梯平台上。他想到他打开门，走进卧室。不久，他听到他走过楼梯平台去了浴室，之后又转回卧室，关上了门。

地板在安德森的脚下吱吱地响，亨利想象着他的朋友在脱衣服，脱下外套，解下领带。接着他只听到了沉默，安德森可能正坐在床上脱鞋袜。亨利等着，听着。过了一会儿，又响起了嘎吱声，亨利猜想他此刻是在脱衬衫。他想到他光着膀子站在房间里，去拿睡袍。亨利不知道安德森现在还能做什么。他想他会不会脱下长裤和内裤，赤条条地站在镜前打量自己，看看太阳把他的脖子晒成了什么样，看他自己是多么健壮，盯着自己的蓝眼睛，一点声音都不发出来。

接着，他又听到吱吱声，好像安德森很快地移了个位置。亨利想着那间屋子，深绿色的窗帘，浅绿色的墙纸，地板上铺着地毯，那个老式大床是沃尔斯利夫人让他买的，两旁床头柜上的灯伯吉斯·诺克斯已经点亮了，按他的习惯，是熄了每间卧室的主灯。亨利仰面躺着，读的书放在一边，他的灯还亮着，他闭着眼睛，心里想着他客人的样子，那个人在灯光下裸着身子，身体健美有力，皮肤光滑，触感柔软，地板在他脚下吱吱作响，他又在镜前看了看自己，就穿上睡袍，可能走到房间那头去拿了他的书，又回到了床上。接下来一片寂静。亨利只能听到自己的呼吸声。他一动不动地等着。他想，安德森已经在床上了。他不知道他是躺在黑暗里，还是仍在读他的书。他听到他咳嗽和清嗓子的声音，但别的什么都没有了。他拿起书，找到刚才读到的地方，继续看了下去，尽量把注意力集中到书上，在降临兰慕别墅的寂静中，他一页页地翻着书。

早晨，在明朗的天空下，他们去镇上散步。伯吉斯·诺克斯整理安德森的行李，苏格兰人把多篇准备寄给杂志的小说誊清。午餐后，箱子等在大厅里，去伦敦的火车一小时后就开了。亨利和安德森把餐盘带到了花园里，此刻正在忙着赶跑来甜点上大快朵颐的黄蜂。

亨利不知道安德森会怎样回忆他的拉伊之旅，或者当他说他遗憾待的时间这么短，还想很快回来，在兰慕别墅再住上一段时间，有几分是真心话。他注意到他身上有种活力四射的劲头，他对此感兴趣，但并不嫉妒。他知道在纽约，然后是罗马，安德森会因他英俊的外貌和活泼的魅力而吸引朋友和崇拜者。亨利对他有种奇怪的保护欲和占有欲。他想到安德森在纽波特的母亲，她曾努力为她的孩子们在世上找到一席之地，而这个大好青年，缺乏指导，性情多变，易受影响，而且肯定不常写信，或许使她担忧在心，她多想让他回家，就像亨利多想让他留下。亨利想，安德森可以做任何事，除了任何形式上的回家。儿子优秀的行为举止、被罗马熏陶而成的雄心壮志，与母亲的需要、忧虑和期盼发生冲突，亨利一想到此，就觉得可能是一出好戏。

他看得出安德森对戏剧没有兴趣，他爱的是未来。他正如他表面所示——一个快乐地等火车的年轻人。他有情有义，心存感激，但什么都比不过他对这次旅行的盼望。

安德森的行李搬进车厢时，他握住亨利的手，接着又抱住了他。

“你对我太好了，”他说，“你相信我，这对我太重要了。”

他又拥抱了亨利一下，然后转过身，走上火车，挤过伯吉斯·诺克斯身边时，笨拙地给了他一小笔小费。亨利和诺克斯站在站台上，诺克斯一动不动，亨利则朝着离开拉伊前往伦敦的火车不断挥手。

第十一章　一八九九年十月

心里装满计划的安德森，在拉伊的最后一天早晨，曾无心问起，他有什么打算，比方说，旅行，或者想写什么东西，有什么客人要来兰慕别墅住他即将腾出的房间。亨利沉吟了一下，笑着说道，他想他下个月会写些短篇，运气好的话，新年之前不要有长篇的灵感出现。

后来安德森走后，亨利后悔没告诉他，他其实是在等客人来，等的是哥哥威廉，嫂子爱丽丝和侄女佩吉。他也后悔没告诉安德森，《盖·多姆维尔》的首演结束时，他在舞台上亮了相。展现一个满怀骄傲和自信的自己是较为容易的。他想，如果他朋友多住两三天，这会不会改变，但他觉得不会。执着于在未来取得成功的安德森，不会关心过去的失败。他知道这个年轻人会奇怪他怎会对《盖·多姆维尔》这种可怕的灾难性的剧本如此投入，安德森住在拉伊期间，他保护好了自己的硬壳，他为此感到高兴。

他惊愕的是，安德森随意攻讦自己的父亲，或者随口谈论他和兄长亲密而又难相处的关系。亨利没有回应以老亨利·詹姆斯变幻莫测的脾气，也没说他自己的哥哥一直想伤害他，觉得这是第一次，父亲和哥哥要他付出忠诚，所以他也没有指责安德森，因为觉得自己在这些方面无话可说。

当他们在罗马见面，以及后来在拉伊，安德森屡次提及詹姆斯家有钱，他在纽波特听说过。亨利知道，他对他在罗马住这么普通的旅馆，以及兰慕别墅相对较小的格局感到惊讶。他以为亨利勤奋写作是因为想不断出版作品，而不是为了赚钱。他来之前，亨利正在烦心钱的问题，这件事还跟威廉所有的家族事业的利益相关，他需要威廉提出建议，但什么都没得到。

早先时候，兰慕别墅的业主死后，寡妇曾出价两千英镑卖这幢别墅。亨利迫不及待地下手，以免会落空，想到他能关上门，扭转钥匙，无人有权进入他的地盘，他就觉得心满意足。但是他得赶快筹钱，他并没有这么多现金。他用稿费垫付了这笔钱，于是便对短篇和连载的稿酬倍加关注起来了。他分到的遗产，他的资金以及由此得到的分红，都掌管在威廉手中。其中主要是锡拉丘兹镇上几幢楼房的租金，他曾去看过一次，再也不想去了，那都是威廉在打理，据他所知，威廉管理得很谨慎，也很称职。但即使是跟威廉写信时，他也从未想过，他会需要从资金里取一笔钱出来，或者以锡拉丘兹的房产为抵押来借钱。他觉得，不难把这笔钱从他自己的银行里提出来，而且很快就可以用自己勤劳的成果来填补回去。

因为威廉要来欧洲，他写信给他说，他在肯辛顿的公寓曾暂时转租给别人，现在可以腾出来，希望威廉一家先在那里住段时间，再来兰慕别墅。他这一提议出自好意，但威廉明确说想自己安排。亨利得知，威廉·詹姆斯和爱丽丝会先去德国，在瑙海治病，然后再来英国。他似乎不想住那公寓。

亨利写信去瑙海，说他想买下兰慕别墅，但后来他意识到自己解释过多，就像是个做错事的儿子给家长写信，或者更像个挥金如土的弟弟给明智谨严的兄长写信似的。

他没有过问威廉的意见，也没有向他要钱。回头想来，他奇怪自己为何要给他写信，他为何不直接去买下，除了他的银行行长，他什么人都不必问。可他不假思索地描述了自己最近的好运，还写得很激动，接着就承受后果了。威廉一连给他写了两封信，前一封的口气半是鼓励半是威吓。威廉精通房地产的买卖，也熟悉利息和讨价还价的艰巨和狡诈。接着威廉在瑙海见了一个曾看过那别墅的人，把整件事拿出来讨论，后来第二封信说，他认为索价过高，建议亨利应该咨询精明的业内朋友，再下手不迟。

收到后一封长信后，亨利打算写一封简短的回信，说他此事心里有数，不需要任何建议。其实如果威廉不跟任何人谈论购买兰慕别墅的这个价格和其他价格，包括他们见面时也不跟他谈起，他会感激威廉的。

虽然他的原意是写得简短冷淡，却在把开头起草了好几遍后，还是说明自己无论如何也会买兰慕别墅是因为他想买，并对其价值与合适的要价作了进一步解释。他说自己还没老糊涂。他正在写信时，嫂子也来话了，说威廉也同意把她的钱借给他去买兰慕别墅。他在信中自豪地对威廉和爱丽丝说，他事实上并不需要借一分钱，也希望重申一遍，他一方面很感激爱丽丝，一方面威廉也应该明白，买兰慕别墅绝对不会由他的意愿决定，也不会受他影响。

亨利指出，他并非是不信任哥哥在购买房产方面的眼力，也不是认为他提出的是不必要的建议。他又补充说，他想得到那幢房子的快乐已经在哥哥的警告下枯萎了，但肯定还会再度开花。他从来没有因想得到兰慕别墅这样的东西而这么快乐过，他写道，希望哥哥能理解这点。

他很晚才把信写完，也不再读一遍就缄了信封，放在大厅里准备明天一早寄出。他肯定嫂嫂爱丽丝的提议是出自一片善心，威廉的建议也没有恶意，但他感觉到他俩都有一种根深蒂固，连他们自己都不明白的需要，那就是要他服从他们的指导。而且如果是按他们的条件买下别墅的话，他们在他屋檐下也会过得更自在些。

威廉又来信了，道歉说他搞错了对象，他提出锡拉丘兹的积金如果需要可以提取。这却加重了亨利的不快，他原本已经因为威廉一口回绝入住肯辛顿公寓的提议而恼火，接着又因为他先去德国再来英国而生气。威廉对自己的务实品质十分自豪，他是一个有家室的男人，一个不写虚构作品而做讲座的男人，一个言行举止都很平易的美国人，代表的是那种粗线条的男子汉气质，而非他弟弟那种优柔的腔调。他拒绝去住亨利的公寓似乎全然不可理喻。

通信期间，亨利没有考虑过的是兄长去瑙海的缘由。虽然威廉信中说他心脏不好，亨利也对此表示同情，但他并不觉得哥哥的身体会有严重危险。然而十月初，当他在火车站见到七年没见的哥哥时，震惊地看到威廉衰弱了很多，但他没有把这第一印象表现出来。

威廉下火车后的样子像是刚刚睡醒。他没看到亨利，他站着等妻子走上月台后，开始在一小群人里寻找他。伯吉斯·诺克斯跑过去取他的行李时，威廉看到了亨利，朝他走去，立刻甩去了老人的姿态，动作充满活力。亨利发觉，他的脸瘦了。他们三人拥抱过后，便走回去看着行李装上独轮车。威廉坚持要自己提一个箱子，而爱丽丝说他不能，亨利说独轮车上还有位置，伯吉斯·诺克斯是冠军运动员，比他外表强壮得多。伯吉斯拿过箱子，放在独轮车上，向前推动了。

威廉又停了下来，看了看亨利，又笑了。亨利仿佛是第一次发觉他有一张与众不同的脸。他的表情开朗而善解人意，他的眼珠不停转动，好像需要查看眼前景象很多的不同方面，才能拿定主意。他灵光闪现的过人才智，展现出来也魅力非凡。他的目光中既有挑衅，又有幽默感，他的双眼和脸部线条中显示出富有同情心的判断和复杂的特征，表明他显然习惯于强烈的自信、智慧和清晰的思维。他看上去不像美国人，也不像詹姆斯家的人。他形成了属于自己的面部特征。亨利觉得爱丽丝就容易分类了，漂亮，打扮得体，心地善良，才智也并不逊色，只是表明她始终会把同情心放在第一位罢了。他们还没走到山腰时，他觉得他们也许是作为父母来的，父亲有点儿走神，也有点儿沉默，母亲则满脸笑容。他挺高兴他言辞尖锐地写信说了购买兰慕别墅的事，所以现在他们就不会来批评这房子了，他也希望他们住在这里的时候不要来批评他。

很显然，爱丽丝一开始就决定要喜欢拉伊了，而且很小心地没有让自己的评价显得过于热情，丧失辨别力。她说这镇子有种古旧的美，兰慕别墅的地段很隐蔽，就像镇上的乡间别墅。他们走到别墅门口时，威廉也表示同意。亨利解释说，现在的花园不是最好的状态，他们应该夏天过来看看，而且最近的天气也不理想。一走进别墅，他就指给威廉看给他使用的书房，接着陪他的客人去卧室，中途在他们女儿的房间停了一下，等她来了就可以用。然后他带他们去看餐厅，楼下的起居室，还有即将进入冬眠期的花园房，还有厨房。他把用人们介绍了一番，又带着他们去楼上看他自己的房间，最后则是看那间最大的客厅，他觉得威廉和爱丽丝已经习惯了剑桥区和波士顿的居室，别的屋子比起来都会觉得小。

他带他们看房子的样子好像他们是有意向的买主似的，他们也说了不少赞扬和支持的话。那天晚上用餐时，他突然想到，如果醉酒又邋遢的史密斯夫妇又出现的话，爱丽丝一定会对兰慕别墅的服务质量说些令人高兴的话，而威廉也会很有气度地点头。

次日午餐后，餐具都收走了，爱丽丝·詹姆斯关上餐厅的房门，问亨利她和威廉是否可以不被打扰地跟他说一件重要的事。亨利在门厅里看到伯吉斯·诺克斯，就叫他确保他们在餐厅里不被打扰。他回到房间时，爱丽丝双手交叉放在桌上，威廉则站在窗口。他们的表情很严肃。如果这时有个律师进来朗读一份又长又复杂的遗嘱，亨利也不会觉得奇怪。

“哈里，”爱丽丝说，“我们又去见了一个灵媒，一位弗雷德雷克斯太太。我们去了好几次。先是我自己去，我万分肯定她不知道我是谁，对我也毫不了解。”

“接着是我陪她去，”威廉说，“我们一共跟她见了四次面。”

“在第一次与她见面后，”爱丽丝说，“我们想过给你写信，但接着又见了几次，所以我们决定还是等到来英国再说。哈里，你母亲和我们联系上了。”

“她是通过派珀太太传话过来的，”威廉接口说，“我们知道这点，但这次有更私人性质的话。”

“她安息了吗？我母亲安息了吗？”亨利问。

“哈里，她安息了，她只是在看着我们，”威廉说，“透过她和我们之间的一层神秘薄纱，在一大片遥迢的白光之中。”

“她希望你知道她安息了。”爱丽丝说。

“她说过我妹妹吗？”亨利问。

“没有，没有说到爱丽丝。”威廉说。

“说到威尔基和父亲了吗？”他问。

“几次会面中她都没有提到去世的人。”威廉说。

“那么她说了什么？她提到了谁？”亨利问。

“她希望你知道你不是孤独的，哈里。”爱丽丝说。

她神色端严地看着他，他听了没有说话。

“那么，她的意识还没有消散。”他说。

“她安息了，哈里，”爱丽丝说，“她希望你知道这一点。”

威廉走过来坐在桌边。亨利看得更清楚了，他下巴周围的肉都消减了，目光透着忧伤，但说起话来又会闪闪发光。

“我们的灵媒形容过这幢房子。有些事她不可能知道。昨天我们经过这些房间时，证明了这点。”

“哈里，”爱丽丝说，“她形容过壁炉台上的雕像。”

三人都看了看安德森做的青年伯爵。

“前厅里还有更奇怪的，”爱丽丝又说，“是一幅荒漠景色的油画。”

亨利突然站起，走到房间那头。

“我不知道你昨天是否注意到我在看它，”爱丽丝说，“哈里，那是因为她详细地描述过这幅画。她说这对你有非常特别的意义，但我昨天问你时，你什么都没说。”

“这幅画，”亨利说，“是康斯坦斯·费尼莫尔·伍尔森的，是这屋子里惟一一件她的东西。我是从威尼斯带回来的。”

“弗雷德雷克斯太太形容过这些房间，”爱丽丝说，“窗子，颜色，但这两件东西——雕像和油画——说得特别仔细。我们得相信她，哈里，我们得相信她。”

亨利走到门口，打开门。他站在门厅里好一会儿，直到伯吉斯·诺克斯出来，他才回到餐厅。威廉和爱丽丝坐在桌边看着他。

“我需要一个人待一会儿。”他低声说。

他们都站了起来。

“我们的意思不是……”爱丽丝开口说。

“没事，”亨利回答说，“没事。给我一两天想一想。这很突然，我答应等我能接受母亲在跟我们说话这个想法后，我们再来谈这个问题。”

下午，他步行了数英里，回来时，悄悄地快步走入花园房，但他没法读书，也没法写作，浑身发冷。他最希望的是带来这个消息的威廉和爱丽丝现在就走。但晚饭时，他一坐下来，就感到他们非常温暖。他发觉哥哥和嫂嫂联合起来搜集了不少朋友的轶事。他看着威廉智谋百出地说俏皮话，对一些人的情况非常了解，说到奥利弗·温德尔·霍姆斯的发迹，约翰·格雷和萨吉·佩里的生活都已经落伍于时代，还有他依然仰慕的威廉·迪安·豪威尔斯。威廉讲着逸闻，在还没说到过分的时候就以一句恰到好处的话打住，这让他弟弟一时忘我地开心起来。

当晚休息后，他希望妹妹爱丽丝也在这屋子里，和他们在一起。他会喜欢她用尖酸刻薄的话来形容这对令人生畏的夫妇，他们虽然言语温柔、亲密，脸上挂着真诚的笑容，但实际上像巨大的堡垒那样把所有入侵者都抵挡回去。他希望自己能有办法来提起妹妹，说她对灵媒的鄙视，说她认为招魂术士都是一派胡言。他知道，她并没有在日记里饶过哥哥嫂嫂。在爱丽丝看来，他们搞方术那套，是最粗俗的一种迷信。她明确跟他们说了，但没人告诉他们，她狠狠地耍了他们一回，有一次他们问她要一束头发去做法，她给的头发是一位已故的朋友的。看到他们一本正经地汇报那些法术，她乐得咯咯直笑，但现在，他也知道，虽然已经过去了这么多年，还是不该让威廉夫妇知道她的诡计，他们把自己包裹在十分精密而较真的保护系统中，信念非常坚定。他仍然不知道自己相信什么。他觉得，更容易的做法是只管去听，尽量少作评论。

威廉挺中意他那楼下的小书房，上午花园里有块遮阴处正好挡住阳光，他可以坐下来读书。威廉和爱丽丝在附近散散步，带着狗儿马克西米利安，很快就熟悉了拉伊的几处地方，他们下午去那里喝喝咖啡，还买些蛋糕带回兰慕别墅。威廉走路很慢，但是显出一副他是因为正在沉思才动作缓慢的样子。爱丽丝从不让他走出自己的视野，起先亨利也没放在心上。如果威廉在花园里，她就在能看到花园的窗口，他在临时的书房里，她就在对着门的大厅里。如果他准备出去走走，爱丽丝立刻去拿她的外套，哪怕亨利会陪他一起去，或者他淡淡地表示想自己一个人。然而过了一阵子，这种监视，这种对丈夫关心的跟踪，让亨利觉得很反常，他看出威廉也恼了。因为爱丽丝向来言行得体，大家都知道她不会做不近情理的事，也不会惹恼别人，所以这种明显而又有失敬意的焦虑，不像她的作为。亨利注意到这点之后，就希望她不要这么做。

他们和他一起住了十天还是十一天之后，一天下午，突然间他明白了为何嫂嫂会这样守着威廉。早餐后，他在楼上的客厅里读书时，偶然走到窗口——他兄长坐在花园里的这些日子，他常常这么做。威廉显然很痛苦，爱丽丝和他在一起，站在他身边，他双手按在胸口，闭着眼睛，在忍受某种疼痛。亨利看不到她的脸，但能从她的动作看出她不知道该不该移动威廉。亨利看着嫂嫂准备把威廉扶起来。他立刻飞快地下楼去花园。

几天后，亨利知道威廉的心脏受损，他去瑙海不是为了避开弟弟的招待。威廉病了。爱丽丝守着他，是怕万一他突然心脏病发作，一旦发作就有可能是致命的。威廉还没到六十岁。

第二天他们坐火车去伦敦见英国最好的心脏病专家，威廉坚持要看书，做笔记，拒绝在膝盖上盖毯子，还说如果他们再用怜悯或担忧的目光看他一眼，或者有超过正常范围的关心，他就立刻断气，把钱全给宠物之家。

“我还要警告你们两个，见鬼不是正常事。不需要任何灵媒。我会立刻跳起来的。”

爱丽丝没笑，只是望着窗外，神色木然。亨利想要不要把妹妹和那束头发的事说出来，让旅途轻松一下，但意识到效果可能正相反。威廉可以拿这种事开玩笑，但他的说法就严肃了。哥哥和嫂嫂创造出来的这种氛围似乎随着威廉的病情而浓厚起来，没法在这种氛围里再讲那件事。

贝兹利·索恩医生是哈利街心脏外科手术专家中口碑最好的一个，但威廉觉得他太年轻，不会懂行，可是亨利和爱丽丝劝他说新医生不会受已被淘汰的治疗方法影响，他熟悉的是新方法。

“我不喜欢年轻人，一个都不喜欢，”威廉反驳说，“无论是不是医生，熟悉不熟悉，我打心眼里不喜欢。”

“确实是你的心。”爱丽丝冷冷地说。

“是的，我知道，亲爱的，是完好的那部分。”

索恩医生要求单独见病人，几分钟后，他从肯辛顿公寓威廉休息的卧室里出来，对爱丽丝和亨利说，他们现在会发现詹姆斯教授比较听话了，他准备休息，准备严格控制饮食，不吃含淀粉的食物，医生还建议说，要准备好大病一场，这样就会好起来。

“我的指导很清楚，”索恩医生说，“他要活下去。我这么跟他说了。为了做到这点，他必须严格按照我说的话去做，他必须待在伦敦，直到我说他能走为止。他想看书也可以，但不能写东西。”

他们同意留在亨利的肯辛顿公寓里，此后，威廉开始遵照医嘱饮食，爱丽丝等着女儿佩吉过来，亨利和爱丽丝有了很多聊天的机会。

威廉的病情并没有令亨利觉得自己的情况可以少受指责。他想，他的嫂嫂对适合谈论的话题有着极端灵敏的嗅觉，所以总能说些笼统话，甚至几乎没有提到她孩子们的事，除非亨利问起。但是一天晚上，已经从法国过来的佩吉去睡觉了，威廉也睡了，爱丽丝提起她已经死了七年的小姑。她说得小心翼翼，语气郑重，深思熟虑。她说爱丽丝不喜欢她，还提醒亨利，她结婚的时候，爱丽丝卧床不起。

亨利觉得不舒服了。随着岁月的流逝，他对妹妹的记忆越来越柔和，他只会用伤感和充满同情的语气来谈论她受的苦。如果这两位爱丽丝之间有过争斗，那么现在说话的这位无疑是获胜者，她说话时，他觉得胜利的战利品还包括随意谈论已故那位的权力。他知道嫂嫂误解了他和妹妹的关系，以为爱丽丝·詹姆斯到英国后给亨利造成同样的问题，以为亨利和自己能谈论她古怪的性格，好像他们会采取相同的对策似的。爱丽丝的语气是理所当然的。

“爱丽丝·詹姆斯，”她说，“或许应该用她的聪明劲头干些更有用的事，而不是在心里跟自己过不去。”

亨利差点站起来告退。他以为自己的沉默不语已经足够让嫂嫂在这个话题上住口。

“还有，”爱丽丝继续说道，“她一直能幸运地找到某个人来照顾她，听她说话。你可怜的凯特姨妈她不怎么喜欢，所以她就来英国了。”

亨利开始明白，嫂嫂可能觉察出他的不快，但正是这点鼓励她继续说下去。这太不可思议了，他饶有兴趣地看着她，简直不相信自己的感觉。仿佛是要满足地证明自己想法的正确性，他倒不希望结束谈话，或转变话题，而是让爱丽丝想说多久就说多久，他则做出一副无法接受的淡然样子。

“我想爱丽丝和洛林小姐是天生一对，”他嫂嫂又说，“洛林小姐是个寻找柔弱的朋友来照顾的强壮女人。你知道，每次我看到她们在一起，我就觉得她们是天底下最幸福的一对。”

爱丽丝说得眉飞色舞，目光炯炯。她不再是威廉·詹姆斯那个聪明理智的妻子了，而是一个任凭自己沉浸在诉说需要中的人。如果她的世界观会冒犯别人，或者近乎中伤造谣，她倒是好像乐得如此。亨利从来没见过他嫂嫂这个样。他想她单独跟威廉在一起时会不会也这样。他也奇怪为何自己这么感兴趣，为何看着她说话就有种奇怪的愉悦感。

“我一直跟威廉说，爱丽丝和洛林小姐离开亲戚朋友来到英国，一定有充分的理由。”

亨利难以置信地看着她。

“你知道，哈里，家里的女佣会说话，而且凯特姨妈进门前可能不会每次都敲门，我想在英国，洛林小姐和爱丽丝能找到那种《圣经》里没有提到的相处的幸福。”

嫂嫂一脸心满意足，亨利知道自己为何听得这么起劲。他心里飞快地盘算，爱丽丝不可能认识明妮·坦普尔，但她或许听说过她。当着一个绅士的面，面不改色地说出不合时宜的话，对这世界的现状和未来保持惊人而独特的好奇心，这就是明妮与她妹妹及朋友的不同之处。明妮的头脑也有同样的能力，会一针见血地提出一个问题，或说出一句话，使得周围的某些同伴想离开屋子而又没有离开，那是她说话的魅力使然。在明妮死后三十年，爱丽丝表现出了同样的活力和勇气。

“你知道，女人在这些方面并非不会受到怀疑，其他方面也是一样。”她得出结论。

亨利自忖，她是否也用同样的方式谈论他的私生活。他回想起她曾直露地问过亨德里克·安德森来访的事，她在波士顿就听说了，还有兰慕别墅里的伯吉斯·诺克斯，她也有过评价。他确实注意过她在观察伯吉斯，他现在心想，她是否在收集材料，好进一步查探她夫家人和仆人的个人生活。想到凯特姨妈打开洛林小姐和爱丽丝的门，他觉得自己不能对之报以微笑。接着，他嫂嫂起身说要把茶壶放回厨房，再去看看威廉是不是还在睡觉。亨利说他要去睡了。他们平静地互道晚安。

亨利返回兰慕别墅，威廉、爱丽丝和佩吉仍然留在伦敦，后来索恩医生把他的病人送到莫尔文去治疗，结果威廉说他病情很快恶化了。伦敦太冷，不适合居住，而横渡大西洋对他这样健康状况不佳的人来说也是吃不消，于是威廉和妻子女儿又回到兰慕别墅暂住，他们高兴又感激地看到亨利来火车站接他们，他盼望他们来兰慕别墅过节。

虽有医嘱，威廉还是在上午工作，然后下午和晚上养病。他说了很多医生和自己家里人的笑话，对人生困境的本质做了很多精炼有趣的评价。亨利看得出，他女儿很景仰他，有时候在他自嘲自己的境况时，会跟他一搭一唱，这也很讨他欢心。

沃尔斯利夫人寄了张便笺来说她在附近，亨利就想请她来兰慕别墅跟他家人吃一顿饭，威廉可能会感兴趣，而且也不会使他受累，爱丽丝和佩吉还可以一睹这位有意思的现代英国女性，这可是珍稀物种了。他没有提前说很多介绍话，免得吓到爱丽丝和佩吉，但她们一经得知沃尔斯利夫人是嫁给了英军指挥官，是一位有头衔的贵妇时，爱丽丝立刻说要亲自下厨，烹饪水平优质高效。为了公爵夫人的到来，她和女儿试了很多连衣裙和套装，她来之前那几天，佩吉开口闭口都在说着沃尔斯利大人。爱丽丝陪伯吉斯·诺克斯去当地裁缝店给他加急赶制了一件西装和一套制服，以便能在夫人大驾光临时穿得体面些。威廉纵容女儿叫沃尔斯利夫人，但告诫她不得当着面叫。

爱丽丝和佩吉都发现，在客人到来的前一天，亨利把楼梯顶层墙上那幅旧画拿了下来，换上了拉伊的风景画，他们都揶揄他说是为了公爵夫人才更新换旧。他没告诉他们，这幅画是在沃尔斯利夫人不在场且违背她意愿的情况下，他从伦敦一家古董店里买来的，他不敢让她看到自己任性地买了兴许是愚蠢的东西。

沃尔斯利夫人穿了猩红色的绸装，外面的黑色长斗篷一脱下，效果十分惊艳。她脸上擦了胭脂，他觉得她头发也像染红了一点，看起来色泽更亮，比以前更光彩照人。她的姿态也是光彩照人的，无论威廉、爱丽丝、佩吉说什么，她的回答都一律流光溢彩。好比最快乐的闪电惊雷坐着车到了兰慕别墅，花了不少时间用午餐，在客厅里兴奋地展现自己。

"我们都知道，亲爱的，"她对佩吉说，佩吉穿了浅蓝色的连衣裙和毛衣，头上扎了浅蓝色的绸带，在对方火一般的亮丽下黯然失色，"你的国家是世界上最民主的国家，因为文明历史短，得到了很多好处，但最大的好处，请相信，正是你的叔叔。他是你的年轻的祖国最灿烂的花朵，你发现他并不否认这点，因为这是公认的事实。"

亨利看到威廉朝沃尔斯利夫人粲然一笑，将她淡淡地讥讽了一把。

午餐时，他们的客人问了很多关于哈佛和剑桥区的事，还有心理学、哲学的区别，还有在美国这样优越的知性环境中年轻姑娘的生活。她非常认真地听取回答，以便在接下来的问题中可以对说过的话表示真诚的兴趣。亨利注意到威廉几乎没把她当回事，而他女儿则盯着沃尔斯利夫人，嘴巴张得大大的。爱丽丝也一直看着客人，表情平静而愉悦，亨利相信，听过沃尔斯利夫人说话后，她就会写信把这件事说给她母亲听，还会跟丈夫讨论好几天。

午餐结束时，威廉抱怨伦敦的社交生活过多，认为相比之下，他们在剑桥的平静生活更有助益。他说，他简直连想都没法去想有那么多的活动。

“哦，是的，确实如此。您说得太对了。”沃尔斯利夫人说，“剑桥一定更有助益。”

亨利看了看他侄女，觉得她快要告退出去大笑一通了。

“伦敦的剧院也很荒唐，太低俗了，”沃尔斯利夫人继续说，“没人能受得了。事实上，可怜的亨利到爱尔兰来我们那里做客时，他优秀的戏刚刚受到公众的侮辱。我的丈夫，您知道，是管军队的。我想有个晚上有足够的理由让他的士兵去观众堆里扫射一番。可能幸运的是当指挥官的是他不是我。”

佩吉从桌边告退了。

“是的，英国很糟糕。但当然另一方面爱尔兰变化很大，”沃尔斯利夫人继续说，“甚至在我们离开之后。我听说，爱尔兰是整个王国最平静的地方。”

“我想知道这能持续多久。”威廉问道。

“哦，永远，我听说。”沃尔斯利夫人回答道。

威廉带着嘲弄的目光抬起头，好像他有个学生回答错了问题。

“我在伦敦见过格雷戈里夫人，亨利，你的老朋友，”沃尔斯利夫人说，“她的房产在内地。她说在爱尔兰没有什么让人讨厌的社交活动。还有，她开始学凯尔特语了，说词语和句子都很美。她说，是非常古老的语言，比希腊语和土耳其语还古老。”

“我想这种语言是叫做盖尔语。”威廉说。

“不，是凯尔特语，”沃尔斯利夫人回答说，“格雷戈里夫人肯定地跟我说是凯尔特语，我真希望自己在爱尔兰时就知道这事。我肯定自己也会学，然后举办一些讲凯尔特语的聚会。”

她朝爱丽丝笑了笑，爱丽丝也报之一笑。亨利看到威廉已经不想跟沃尔斯利夫人磨蹭下去了。

“我去过爱尔兰很多次，”他说，“我相信英国应该对乡村的管理方式负很大责任。”

“啊，我非常同意，”沃尔斯利夫人说，“我丈夫去爱尔兰之前，私下跟女王说过这事，他们都认为只要帕内尔先生离职并且永不复职，芬尼共和主义就会销声匿迹。您应该现在去那里，或者跟格雷戈里夫人说说。我认为爱尔兰已经大变样了。”

“您去过美国吗？”爱丽丝问。

“没有，哎呀，没有，我很想去呢，”沃尔斯利夫人说，“我一直盼着去西部荒野看看。我想去那里。”

她说得很伤感，好像还没有去成是她今生的遗憾，随即她朝佩吉热情地笑了，这小姑娘刚回来。

“亨利，我很高兴我们买了这个餐桌。”沃尔斯利夫人说。

“我装修兰慕别墅时，沃尔斯利夫人帮了大忙。”亨利说。

“天呐，我们应该多买些地毯，”沃尔斯利夫人说，“你过年不能没有些备用的地毯。我听说有一笔很好的寄售货到了伦敦，我要再到楼上去看看客厅，把我们需要的颜色定下来。”

“好，”亨利说，“我们去客厅吧。”

他们走到门厅时，亨利碰到了哈蒙德，他上次是在爱尔兰沃尔斯利家做客时看到他的。哈蒙德的脸变了，眼睛更大更温柔了。

他朝亨利腼腆地一笑，站到一边让他过去。

“哦，当然啦，”沃尔斯利夫人说，“你们认识的。我还记得。”

亨利把他们带到楼上的客厅，让哈蒙德留在门厅里。

“是的，”沃尔斯利夫人说，“哈蒙德和我们在一起。他是沃尔斯利爵爷的一个护卫。”

沃尔斯利夫人坐到了窗边的椅子上，爱丽丝和佩吉坐在沙发上。威廉站在壁炉台边，脸色严峻。

“我们非常怀念爱尔兰，詹姆斯先生，”沃尔斯利夫人对威廉说，“我们把哈蒙德和两个园丁带回来了。我们的客人都喜欢他们，两个园丁叫凯西和利里，他们让大伙都高高兴兴的。我得跟每个客人说‘别去注意他们的魅力，他们不是故意的’，但他们说话太有趣了。”

亨利在哥哥还没来得及回话之前，悄悄出去了，他慢慢地走下楼梯，哈蒙德还站在门厅里，像是在等他。

“我不知道你回英国来了。”亨利说。

“是的，先生，我跟着爵爷，有时候和夫人一起出来。”

他的声音和以往一样平静，令亨利感到温暖的宽慰。

“我非常高兴你来我家，”亨利说，“我希望有人招待你。”

“您的小男仆，先生，”哈蒙德说，“把我招待得很好。”

亨利继续打量哈蒙德，哈蒙德抬起目光，脸开始红了。他似乎比五年前亨利在爱尔兰认识的那个他更年轻了。他加深了微笑，但没有动。

“我想带你看看这里的花园和花园房。”亨利说。

“是吗，先生？”哈蒙德的语调温柔。

“当然，花园在夏天更美。”亨利说，走到餐厅，打开了通往花园的门。空气又冷又干。“你在伦敦的家人呢，他们好吗？”亨利问道。

“很好，先生。”

“你妹妹好吗？”

“真奇怪您还记得，先生。她也很好。”

他们绕着花园缓步而行，每次亨利说话，哈蒙德都停一停脚步，以便听清他说了什么。

“你一定要在夏天来，那时什么花都开了。”亨利说。

“我很想来的。”哈蒙德回答道。

亨利转动花园房的钥匙，他们走了进去。他觉得他们像是走进了一个不容轻易入内的地方，但当他转身看到哈蒙德的脸，就知道他并没有这么想。他感兴趣的是桌子、文稿和书。他走到窗前，眺望景色。

“这是最漂亮的房间，先生。”

“冬天会冷，”亨利说，“冷得没法待。”

“您在这里度夏一定很快乐，先生。”哈蒙德说。

他朝墙上的书走去。

“我读了您几本书，先生。有一本我读了三遍。”

“我的哪本书？”

“《卡萨玛西玛公主》，先生。我觉得自己像是活在书里。伦敦的那些街道都是我所熟悉的。还有那个妹妹。这比狄更斯写得好多了，先生。”

“你喜欢狄更斯？”

“是的，先生。《艰难时世》和《荒凉山庄》。”

哈蒙德转过身，开始仔细看这些书，他跪下来看底层书架上的书，又转回身轻声说道：“请原谅，先生，这里有些书名我没见过。”

他不肯接受任何一本书作为礼物，但亨利表明同一种书他还有好多本在书架上，他终于答应了。最后，探讨了许久之后，他收下了三本，亨利知道他的尴尬和迟疑是因为不想让沃尔斯利夫人瞧见他的包裹，再问他里面是什么。他在一张纸上清楚地写下自己在伦敦的地址，亨利答应他会把这些书寄过去。

“我不会跟夫人说的。”亨利说。

哈蒙德感激地笑了。

“我也不会说的，先生。”

亨利打算在花园里新建一个温室，他们走到那里时，他无法不注意到沃尔斯利夫人带着恬不知耻的兴趣注视着他们。她和威廉、爱丽丝和佩吉站在客厅的窗口。沃尔斯利夫人指着花园里的什么，亨利看到她的目光后，她招了招手。他朝她鞠了个躬，看到兄长也在看他和哈蒙德，面露困惑。他没有去看他的嫂嫂和侄女。

此后数日，他觉得兄长、嫂嫂、侄女会在一起大谈沃尔斯利夫人，她来访之后，爱丽丝和佩吉兴致很高，而威廉的情绪却低落了。亨利不知自己离开后，沃尔斯利夫人是否又说了些什么，但觉得自己已经听够了。她告辞的时候，哈蒙德站在身后，她比来访时更清楚地表达了自己对亨利的兴趣和仰慕。他看到她并没有邀请他的家人也去乡下或去伦敦见她，她只邀请了亨利。她似乎觉得威廉·詹姆斯及其家人不怎么值得关注，亨利觉得这点以及她在爱尔兰问题上的观点可能深深触怒了威廉。

圣诞节就要到了，爱丽丝和佩吉觉得很温馨，她们开始策划一个真正的美国人的节日，不知道她们国家的习俗与英国的习俗在很大程度上是一样的。威廉读书，睡觉，话很多，不让别人注意他心事重重。一天吃完午饭，爱丽丝和佩吉在厨房里忙碌，他请亨利在餐厅里留一下，他有话要跟他说。亨利礼貌地关了门，坐到威廉对面。

"哈里，我知道，我之前已经对你没有留在美国表示过不乐观的看法，还说过我们非常希望你能来写一写我们的社会。我想美国仍然等着你这样的小说家，有尖锐的眼力和宽广的胸怀。"

"确实如此。"亨利说着笑了笑。

"但我觉得你在这个国家没有找到你的主题。"威廉板着脸说道。他说话时眼望窗外，像是在排演一段演讲或布道。"我不认为《波灵顿的收藏品》、《尴尬年代》、《另一幢房子》值得用你的才能去写。英国人没有精神生活，只有物质生活。这里惟一的主题就是阶级，但你对此一无所知。惟一的斗争是物质斗争，你也一无所知。你不了解狄更斯、乔治·艾略特、特罗洛普和萨克雷他们所掌握的英国人贪婪的内质。英国没有渴望，没有对真理的呼唤。"

“这真是谢天谢地。”亨利说。

“简单地说，”威廉继续说，像是亨利没开过口似的，“我认为英国人从来不该成为你真正的主题。我也认为你的风格受那些一连串的平淡无味的社交生活影响太多。我还认为你主要表现的是那种冷酷、寡情、莫名其妙的道学家似的人。”

“我很感激你的意见。”亨利说。

“哈里，我很喜欢读你的书，也很推崇你的作品。”

“你似乎觉得我应该留在国内，”亨利说着，抬起手不让威廉打断他，“聊聊波士顿人那种病态的智慧生活。是的，那会是极好的主题。”

“哈里，我发现我读到很多的句子，你写了两遍才能看出可能在表达什么意思。这既是长处，也是短处。在熙熙攘攘的阅读时代，没人会来读你的书，如果你坚持这种风格和这类题目，你会被忽视的。”

“在以后的作品中，”亨利回答道，“我会尽力让你满意，但我或许应该补充一句，如果你喜欢我写的东西，并把它们与我听到过你大加赞扬的东西混为一谈，我可能更会蒙羞。我宁可不光彩地进坟墓，也不要写这些东西。”

“没有人建议你不光彩地进坟墓，”威廉说，“但我确有一个具体的想法，那部小说很应该被写出来，它会让评论家们大吃一惊，给你赢得大批读者，让你绝对满意。”

“我应该写的小说？”

“是的，里面没有道貌岸然的英国人，只有你熟悉的美国。”

“你说得很自信。”

“是的，”威廉说，“我已经想过了。这部小说写的是我们美国的历史，而不是英国风俗之类的鸡毛蒜皮，这些东西够糟糕的。小说写的是清教的教父……”

亨利站起来走到窗边，威廉不得不也转过身去。亨利觉得自己站在还有光线的地方是个优势，因为威廉坐在越来越暗的餐桌边。

“我能打断一下吗？”亨利问，“这是在上课吗，结束时会打铃吗？”

威廉把椅子转过来，看样子还想继续说下去。

“我能结束这次谈话吗？”亨利说，“我明确地告诉你，我认为历史小说是相当低劣的东西，如果你要我说说对美国的看法，要我去迎合你所谓的熙熙攘攘的时代，我能说一说我会写什么样的清教教父吗？”

他停下来，等着回答。

“好的，请说，”威廉说，“我不能不让你说。”

“一言以蔽之，”亨利说，“一个词，就是欺骗！”他说着，朝兄长露出像是屈尊纡贵的笑容。

用晚餐时，他吃惊地发现威廉没有告诉爱丽丝他曾勇敢地在小说失败的问题上教训了哥哥。威廉说他眼睛酸痛，爱丽丝要他多睡觉、少读书，而亨利看出威廉是个不肯合作的顽固病人。威廉开始在兰慕别墅里不安地转悠，亨利不知道会在哪间屋子里找到他，又会在白天黑夜的什么时候发现兄长在他卧室或楼梯上把地板踩得吱吱响。

他明白，威廉想把自己的存在感装满兰慕别墅，亨利觉得，他是用一种看不见的办法来施加他的威严，比如说，他委婉地但坚持着要改变用餐时间，还有送饭的方式。威廉开始让伯吉斯·诺克斯和其他用人紧张起来。有一回，他还要改变客厅里的家具格局，还叫伯吉斯把壁炉台上的一些装饰品拿走，因为他不喜欢，但爱丽丝叫他算了。

亨利避着他。如果他看到他在客厅或楼下的某个房间，他就悄悄地想法子自己走开。爱丽丝还是跟着威廉，但她一般不会跟他坐在同一间屋子里，而是一直在旁边徘徊，一副忙忙碌碌的样子。佩吉正相反，她一直埋头看书，头也不抬地从一本经典小说看到另一本。她读完简·奥斯丁后，就开始看《贵妇肖像》。亨利又是惊奇又是好笑地发现她父母公开对她最近的选择表示不满，但第二天他就高兴了，因为她还在看。她对他们说，她看得太入迷了，没法停下来。她说，如有费解或不适合她读的篇章，她会跳过去。她已经快是个大人了，她骄傲地补充了一句。她看亨利的目光很平静，一点也不局促，他对她说，特别是跟她那几个言谈粗鲁的艾美特表亲相比，她是他认识的人里最出色的年轻小姐。

亨利记得，母亲去世那年，威廉在休假期间来了伦敦，也是和亨利一起住，对伦敦生活流露出同样的厌恶感，这种厌恶感延伸到了公寓里的东西。亨利任凭威廉不满地指手画脚，说他哪里该去哪里不该去，也让他随意组织家务事。

他想起这点变得明显起来，是在他们的父亲命不久矣之时，当时威廉还在度假。他记得有封电报说父亲的想法已经软下来了，还让威廉别回去，好像这两件事同等重要。那是十二月，在伦敦。威廉的妻子爱丽丝和她母亲住在一起，她母亲帮忙照顾她的两个小儿子。另一个爱丽丝，爱丽丝·詹姆斯，和凯特姨妈一起照顾父亲。两个爱丽丝第一次不谋而合了：她们都不想威廉回来，但另一方面又希望亨利回来。电报说，父亲可能只能活几个月了，要劝服威廉似乎不难，因为他已经放弃了剑桥区的住房，回来就会住在拥挤的寓所里，哈佛没有课可以上，也没别的事干。他应该继续在欧洲度假，享受悠闲时光，认识新朋友，随便地读读写写。亨利发觉，电报的措辞相当机敏。两个爱丽丝都说他们父亲的想法软化，明确地告诉威廉，在父亲的弥留期间，他没法跟他讨论他们对灵魂和生活目的不同看法该如何完美地达成共识。

亨利独自坐船去了纽约，抵达之后，他发现葬礼已于当日举行。他迟到一步，什么都做不成，只能听别人说父亲去得很平静也很轻松，只能住在刚刚死了人不久的家里，读父亲的遗嘱。从此以后，他再也不让自己回忆父亲葬礼的日子，不去想他们的决定——没等亨利参加葬礼，没等他抚摸父亲的遗容，就把老亨利埋进了冬天的泥土，盖上了棺盖，虽然他已经离家不远了。

他后来明白，那是他妹妹爱丽丝作的决定，他不知她怎么就突然一下子掌握了决定权，她在这个家里向来是不被允许在任何事上拿主意，因为她个性古怪与众不同。葬礼之后的几个星期，他渐渐明白，妹妹为何这样想把威廉留在英国，还坚持让病重无法出门的威尔基待在密尔沃基，让鲍勃也去那里。要是威廉在，爱丽丝·詹姆斯就没法像现在这样对凯特姨妈颐指气使，因为威廉会站在她们中间，他的在场会牵动每个人的注意力，使得爱丽丝贬低姨妈的做法事倍功半。另外，她也没法随心所欲地跟洛林小姐形影不离，当全家人都在的时候，洛林小姐也不能在詹姆斯家如入无人之境，也不能把爱丽丝带到自己家里去。

亨利在波士顿时，没有劝威廉回来。威廉不必开口，也不消动一根手指，就能取代父亲的位置。这样亨利就没法安安静静地待在家里，只跟他爱的凯特姨妈做伴。他也不能睡在父亲的床上——他不知为何总觉得这是他的义务。如果威廉不是远在天边，他拥有这个空荡荡的等着被充实的家后，也不能那么心胸开阔了。

处理父亲房产的人是他而不是威廉，这事会让威廉不高兴。他能把父亲临终的情形一一说给威廉听，还可以告诉他老朋友——比如弗朗西斯·查尔德和奥利弗·温德尔·霍姆斯——的祝福和善良的安慰，他不需要求助就把一切弄得井井有条，但他知道，这些都不会使威廉高兴。

父亲下葬一周后，威廉寄了封信来，收信人是亨利·詹姆斯。亨利一直在等威廉的消息，并没有想到此信是写给父亲的，他不该拆。他读了第一段，才发现搞错了，随即看到信的抬头是"亲爱的父亲。"他把信藏了几天，没告诉任何人，然后在一个星期天早晨，那年的最后一天，他去了父母合葬的墓地，四周静悄悄的，雪很深，晨光熹微。他独自前往，确定走向墓地时没有人看着他。

他希望自己到了这里，能让父母感受到他所期许的了无牵挂，知道他非常感谢他们，他们离开世上他是多么悲痛。他从口袋里拿出威廉的信，用清晰响亮的声音开始读给作为收信者的灵魂听。但渐渐地，泪水流了出来，他的声音低落下去，好几次停下来用手捂着脸，这些温柔的话比他自己的话，以及他到来后所听到的关于父亲的话，更使他感动。他勉强自己读下去。

“至于另一边、母亲，还有我们可能的相会，我不能说什么。此刻我前所未有地感到，如果那是真的，一切都会有公正的结局。跟您说声再见，我强烈地感到，一生短暂如一日，话再多也不过一句。正如平日里道晚安。晚安，我神圣的老父！如果我见不到您——再见了！这是祝福的道别！”

亨利觉得，在冰冷的大地深处，父亲的灵魂仍在，亨利希望这封信能在此永恒，如此他就不会在寂静中离开，把他父母留在这个他如今视为最神圣和最宽容的地方。他讨厌冬季的荒芜，讨厌自己踩在冰上发出的声音。

他从墓地回到家，他的嫂嫂还在家里，发现威廉又扬言要回来了。爱丽丝告诉他，他们住房不宽裕。她绝望地解释说，公公弥留之时，她和爱丽丝、凯特姨妈守在他床边给他送终，已经筋疲力尽了。她说，孩子们也让她累得够呛，又说她非常不愿意这几间小屋子里再来个心情很不好的丈夫。亨利说他会再给威廉写信。他差点要告诉她，他理解威廉的无所事事和悲伤心情在任何家里都是个负担，但是她在此事上的感受如此之深，却让他觉得奇怪，这与他母亲对待他父亲的样子大不相同，因此他也就没有开口。

那天晚上，亨利坐在父亲的桌边，告诉威廉他在公墓所做的事，想让兄长体会到他写给父亲最后的话已经郑重地转达给老人的灵魂了。他又说他也认为威廉回家会是无聊之举，望他放下这等心思。虽然亨利这么做了，他知道威廉听到自己这样处理他真心的私人书信，一定会反感他的自作主张，无论亨利是多么郑重其事。

他等着兄长的回信。回信里对伦敦满腔怨恨，他违背自己意愿，被迫留在那里。威廉说那里的雾肮脏、污秽，那里的人全都愚蠢，他相信天底下没有第二个地方的人是这样的。

亨利很忙。作为遗嘱执行者，他跟律师见了很多次面。他十分惊讶父亲把威尔基排除在遗嘱之外，他父亲认为自己生前已经给威尔基够多了。亨利认为兄弟姐妹们也觉得不该这么做，就让他们从自己的份额里拿出一些给威尔基，使得威尔基的份额跟他们一样。他打算去密尔沃基探望威尔基和鲍勃，然后去锡拉丘兹亲眼看看父亲在那里的房产，考虑是卖掉划算，还是留着出租，大家分租金。

他忙着处理这些事，和大家商量份额的价值、收入、比例和契约。这时候威廉不断地从伦敦来信，诉说自己情况悲惨，还说要回来，亨利大为不耐烦。他嫂嫂似乎越来越担心丈夫会突然回家。她把威廉的每封信都给他看，为信里的语气叹气。

虽然亨利对读这些信感到不安，也对兄长的婚姻状况有所想法，但他毫不为难地又给威廉写信，让他理智些。他深夜写完信后，又补充了很多他执行遗嘱的细节，感到一种奇怪的力量。次日早晨起来，他想到威廉读到这封信会受到伤害，会火冒三丈，他就越发有力了。想到未来，他有种轻松感，毫不怀疑自己的所作所为十分正确，觉得事情正往最好的方向发展。

威廉回应亨利的挑衅，摆明了自己的怒意，说他不是连自己的动机和兴趣都不明白的三岁小孩。他对伦敦和亨利的寓所大肆鞭挞，还想破坏他们因威尔基遗产分配不公而做的计划。他在欧洲假期结束后就回到了剑桥区，亨利告诉他，他要把自己所得的房产分给妹妹爱丽丝，让威廉得到他想要的家庭经济权。他对兄长说，他要去他鄙视的伦敦，投入到创作中去，他写作的收入已经足够，不必再为父亲房产及其管理问题而烦心。

第二年，威尔基死了，接着威廉和爱丽丝的幼子赫尔曼也死了，然后又是他们的妹妹爱丽丝，这暂时缓和了他们的争执。这些年来，威廉的妻子给亨利写了很多满怀善意和宽宏的安慰信，说了很多好话，这有助于亨利和威廉恢复关系。此外，横亘在他俩之间的浩渺的大西洋也给双方浇了平息怒火的水。

然而，二十年之后，他们父亲故世后那段时间的积怨的余烬似乎又在兰慕别墅重燃了。亨利可以我行我素，他有他的工作、他的仆人、书，以及朋友和出版商不断的来信。威廉远离家乡。当威廉离开剑桥的家，行走在哈佛园中时，别人就会带着敬畏的目光看他，热情地跟他打招呼，他的名声就像是一大片保护性的阴影。但这等名声没有延伸到拉伊。亨利觉得，正是这一点使得威廉郁郁寡欢，甚至终于不愿再出去了。但日复一日待在家里，他就像关在笼子里的动物，吼叫的能力一点都没有丧失。

一天晚上，亨利正准备去房间休息，找一本正在读的书，却看到侄女在楼下的房间里。她看起来有些烦扰，他想她是否因父亲的情绪而受影响，于是担心起来。她在圣诞节的热情和快乐拨开了一些悬在兰慕别墅里的阴霾，他开始把她视为一个可爱而聪明的年轻人，使他觉得开心又自豪。他问她是不是出了什么事，她起先不肯说自己为何一副没精打采的沮丧样，他又问她是不是想她在剑桥的兄弟和朋友了，她摇头。他正在考虑要不要提到威廉的心理状况，他的侄女突然问他，是否打算给《贵妇肖像》写续集。她告诉他，她读完这本书还不到一个钟头。亨利对她说，这本书他是二十年前写的，早已忘了，应该不会再写续集。

“她为什么要回去？”佩吉问。

“你是说，回到她丈夫身边？”

“她为什么这么做？”

佩吉像是生气了。亨利坐到她对面，寻思该怎么回答，他知道不管怎样，他都不能跟她说当她年纪大些了，自然会明白人更容易作出这种决定，那涉及责任和认命，而不是一个充满想象力的小姑娘觉得正确的某些决定。

“无论是谁，一旦跳进火坑，生活都很艰难，”亨利开口说道，“伊莎贝尔抛下家庭，从奥尔巴尼去欧洲，不顾所有人的反对和她自己更明智的判断，嫁给了奥斯蒙德，就是跳进了火坑。我们得有勇气和毅力才能这么跳，但与此同时也封锁了其他的可能。勇气说说容易，但一次次表现出来就不容易。以她的情况，就没法再来一次了。采取那种行动的意志和勇气我们也不会常有，奥尔巴尼来的伊莎贝尔·阿彻更是没有了。”

佩吉正在思索他的话，楼上威廉和爱丽丝的卧室里传来一阵响动。好像是谁从床上摔了下来。接着他们听到威廉在嚷嚷和呻吟，爱丽丝在恳求他，接着像是谁在捶打地板。佩吉站起来就朝门外走，亨利示意她再等等。

“不，”她说，擦着他走过去，“我们现在就得上楼。”

她回头看了他一眼，表情坚定，嘴和下巴跟母亲一模一样。但她的眼睛不同，目光像是友善的，她抓住了他的手。

“我们得立刻上楼。”她又说了一遍。

佩吉带他上楼去父母房间，她没敲门就把门推开了。威廉穿着睡衣躺在地上，灯光下赤裸的腿白乎乎的。他大喊大叫，拳头捶着地板。爱丽丝站在旁边，衣服穿得很整齐，一动不动，脸色僵直。

“你看到了，它已经走了。”她对威廉说话的样子像是极力想要他听进去，相信她。

“它到你那里，现在已经走了，我们会保护你，待在你身边。你不会一个人的。”

她反复说着最后一句话，但威廉怎么都安静不下来，呻吟个不停。

亨利没说话，但当伯吉斯·诺克斯下楼来时，他立刻叫他回自己房间去。他谨慎地待在门厅里，免得自己让威廉情绪更糟。

他很快退到了暗处，看到爱丽丝把威廉扶起来，让他躺到床上，给他盖上毯子。

“我们整晚都会陪着你的，威廉，”爱丽丝说，“无论你什么时候醒过来，你都会看到我们有一个人在这里。”

威廉低声嚷着，在毯子下蜷缩起来。

“我们都在这里，都会待在这里，”爱丽丝说，“佩吉会从她房间搬张椅子过来，她陪我们坐着，直到你睡熟。但我不会离开你的。哈里也在看着你。”

她关了威廉床头的灯。

“睡吧，现在睡吧。”

她抚摸着他的头，动作平静、温柔，带着一丝悲伤。亨利想唤起她的注意，问她是否需要些什么吃的，她没有反应。威廉终于睡着了，她走到角落里的沙发椅上坐下，但目光须臾不离丈夫，佩吉拿了把椅子来坐在父母床榻旁边。亨利出去了，没关门，他悄无声息地下楼，重新把火点燃，他拿到自己的书，放在膝盖上，没有读，等着听楼上还会有什么声音。

他觉得威廉的样子既像是发火，又像是着了魔。他想，既然威廉写过这种事，他会怎么形容这种状态呢，又会对妻子女儿怎么说呢。他想威廉恢复过来后，会对这事怎么说。

过了一会儿，他听到楼梯上的脚步声，他坐了起来，他已经快睡着了。他嫂嫂来了。

“佩吉睡着了，我让她在那里睡得舒舒服服的。如果他需要我，我会马上过去。但他不会需要我的，从现在开始他会一直睡，什么都吵不醒他。”

她朝亨利笑了。

“你是个非常有耐心的人。”她说。

“那你呢？”亨利问，“我该怎么形容你呢？”

“我么，”她说，“学了很多，但懂得很少。”

“我希望自己能有一点你的聪明和冷静。”他说。

“你有更多。你的侄女崇拜你，觉得你是最好的绅士，我也这么想。”

“现在是说这种恭维话的时候。”他说。

“威廉有时会发作。他噩梦缠身，我第一次知道的时候，只想要他离开我。他快要陷入黑暗中去时，我就想去待在别的地方。我什么都帮不了他，但我知道，正如儿子们和佩吉也知道的那样，要安慰他并不难。”

亨利想通过自己的沉默表示他乐意听她说下去。

“佩吉是个很不容易管教的孩子，”爱丽丝接着说，“晚上她睡觉，把灯关了，她就会大喊大叫。我们觉得她应该学会在黑暗中睡觉，就任由她叫去。我们不觉得会有什么实在的原因，但其实却有的。有个修女跟她说过，她不是天主教徒，就会受到永远的惩罚，她信了。所以她会尖叫。我们想如果一开始就问她害怕什么，她或许会告诉我们。”

亨利在壁炉里添了点柴，他们默默坐着，不时听到轻轻的海风和柴禾烧着的声音。爱丽丝叹了口气。亨利问她要不要来点波尔多葡萄酒，她同意了。他给她倒了一杯，又给自己倒了一杯，微笑着递给她。

“我第一次去找灵媒，”爱丽丝说，“第一次见到派珀太太，我们都不知道那些信息是什么意思。后来有一天，可能是第三次吧，我们单独跟她在一起，意念非常集中，她问我我父亲是不是自杀的，我说是的，她又问我母亲和我还有我姐妹当时是不是离他很远，我说是的。她说有人非常想跟我说不要害怕，这种事不会再发生，我应该抛弃恐惧心理。但我觉得威廉的心情不好，就希望他离我远远的。他梦魇发作时，我不要他靠近我。他父亲去世时，我要他留在伦敦，不想他回来。派珀太太说不出那是谁，但他们告诉我，我要接近他，与他平静相处，什么都不会把我们分开，那样就不会发生可怕的事了。”

她看着对面的亨利，笑了。

“威廉现在会好的，他会好的，”她说，“在某些方面，他情绪低落对我们两个更好，我们精神都好，反而难相处。我们吵得很厉害。”

他们都看着壁炉里的火，亨利想这会儿大概已经过了凌晨一点。

“哈里，”爱丽丝的声音很低，“还有些弗雷德雷克斯太太说的话，我们没跟你说。”

“你说过我母亲安息了。”

“是的，她安息了，哈里，但她还牵挂着一件事。”

“跟我有关？”

“多少有关。她说如果你需要我，就让我过来。她不希望你生病时一个人。”

“那么，她是在看着我们？”

爱丽丝咽了口唾沫，像是在忍住眼泪。

“你是最后一个，哈里。”

“你是说威廉会死在我前头。”

“她的信息很清楚。”

“那么鲍勃呢？”

“你是最后一个，哈里，如果你叫我，我会到你身边来。你死的时候不会孤独一人。我不会问你要任何回报，只要你的信任。”

“你已经有了。”他说。

“那么我已经转达了她的信息。她希望你知道，你不会一个人的。”

爱丽丝回卧室去看护威廉，亨利坐在火堆旁，想着他最后见到母亲时她的模样，那是她去世后一天，他为她守夜，她表情平静，映着闪烁的烛光，她对他的爱凝成了精致的沉寂。她一直高贵、温柔，是他伟大的保护人和守护者。这一年快要到头时，在黑洞洞的屋子里，他并不奇怪她会想到终结，正如她在开始时投入极大的精力。他不安息，她也不会安息，这个想法他也不奇怪。他已被挫去锐气，他害怕，但也感激，无论将来如何，他都做好了准备。

新年第一天，他们邀请爱德蒙·戈斯来共进午餐。之前几天，威廉一直待在书房里，他的情绪又恢复了，亨利在饭桌上注意到他说话字字珠玑。他发现他和马克西米利安一连数日出去在拉伊散一会儿步，回来时总是精神很好，还跟几个当地人交谈一番，他说更喜欢这里的地形了，也喜欢砖头和卵石的颜色，他遇见的人的样子。他丝毫没提起亨利在房中看到的事。

亨利没有邀请客人来兰慕别墅，也拒绝了所有的邀约，但当他说起收到爱德蒙·戈斯的信，说他正在哈士丁，来拉伊很容易，威廉就一定要请戈斯来，还好几次说见到他会很高兴，他已经很久没见他了，一直很喜欢他父亲的作品。

爱丽丝和佩吉又一次行动起来了，和亨利一起商讨戈斯的喜好，她们该怎么招待他。爱丽丝跟伯吉斯·诺克斯有一整套的玩笑能开，从他的鞋子——她假装不喜欢，到他的发型——她说太古板。伯吉斯已经能自如地跟她说笑，告诉她戈斯在兰慕别墅住过好几次，从来就没抱怨过他什么，但他喜欢大家忙乱的样子，也加入到其中去。爱丽丝和佩吉想把什么都弄复杂，但事事都要做得利落。她们常笑着练习一些套话，她们和伯吉斯·诺克斯把客厅、餐厅都准备好了等戈斯来。

亨利当着佩吉父母的面跟佩吉说，戈斯自己不是什么大人物，但他看到大人物就认得出来，不仅如此，他还认识首相，前首相，还会认识下一任和下下一任的首相。大家都听得乐了。佩吉皱起鼻子问他有多老。

“他还没我老，亲爱的，”亨利说，“我确实已经老了。其实我想到的是‘老朽’这个词。所以我可以说他还不那么老朽。但戈斯最大的特点是他喜欢伦敦更甚于喜欢生活。因此当你父亲说到波士顿安静的知性生活，他是不会理解的。他的信条是，一个人厌倦伦敦就是厌倦生活。所以，我亲爱的姑娘，你最好找个你父亲和我们的客人更能谈得拢的话题。”

威廉恢复后，兰慕别墅成了俱乐部，佩吉和亨利制定了很多条规，有时与佩吉的父母磋商，有时候与他们对着干。第一条就是与佩吉的作息时间有关，亨利和她都认为应当延长到别墅中大人的睡觉时间，这不仅因为她已经是个小大人了，还因为佩吉找到了查尔斯·狄更斯的书，如饥似渴地把《艰难时世》读了好几天，现在又在读《荒凉山庄》了。第二条允许佩吉吃完主餐后就能离开餐桌，把她的甜点随便带到哪间屋子去边吃边看。第三条赋予威廉在别墅的任何地方打鼾并不受打扰的权力。还有的条款允许伯吉斯·诺克斯随便穿什么鞋，爱丽丝有权把早餐饼浸在她的咖啡杯里，想浸多久就浸多久，只要不滴到伯爵夫人的地毯上——佩吉是这么称呼那些地毯的。威廉也要求立一条规矩，允许亨利读完两卷本大部头的《拿破仑传》，而不用因为浪费时间而抱愧。这些条款已经转告了爱丽丝在剑桥区的母亲，也已经读给佩吉的三个弟弟听，他们是由爱丽丝的母亲照顾的。因为他们都得在信上签字，爱丽丝和佩吉就得充当仲裁，威廉想要写上很多感叹号，还要画画，而亨利坚持认为这些应尽量少用。

戈斯来时，并没有带来很多伦敦的气息，他一来就嚷嚷说他是全英国最幸福的人，因为他逃离了那个城市，那里过节的时候特别讨厌，社交活动无聊之极，还有无法形容的浓雾，其中有些已经深入他这代人最优秀的头脑里了。

威廉赞许地笑了，佩吉朝亨利看了一眼。

“我对我侄女说过，你喜欢伦敦更甚于喜欢生活。”亨利说。

“我确实如此，”戈斯回答道，“但那对生活要求不高。”

戈斯转向正在壁炉台旁啜饮谢利酒的威廉。他本来说话的腔调是滑稽有趣的，但对威廉开口时，突然变得一本正经。

“我能说我再次遇到你有多么高兴吗？我很多年都在读你的书。我和莱斯利·斯蒂芬都喜欢读你的书，正如我也喜欢读你弟弟的书。我发现当今很少有东西能写得这么准确这么有力这么诗意了，如果我能这么说的话。”

威廉微笑点头，也说了几句恭维话。爱丽丝似乎很高兴来做客的人不会触怒威廉。她心照不宣地朝亨利一笑。

用餐时，戈斯跟他们说了最近一起有关祈祷的争议，宣称是被荷兰裔非洲人打败的结果。亨利注意到他没有摆明自己对此事的态度，只是让他们知道他听过威尔士亲王讨论过这个话题，还有伦道夫·丘吉尔爵爷，阿斯奎恩先生以及阿斯弗雷德·奥斯丁先生。他继续陈述这几个人的不同看法，用举足轻重的目光看着每个人，仿佛他说到的都是新的权贵人物，这时亨利发现爱丽丝不安起来，她望向威廉的眼光亨利从未见过，像是目露威胁。

“是的，”威廉趁戈斯稍有停顿时说，“我就这个问题给《泰晤士报》写过一封信，但他们没登出来。”

“威廉！”爱丽丝插话了。

“给《泰晤士报》写信？”戈斯问，“那你是什么观点？”

威廉沉吟了一下，目光投向不远处。

“我说我是个在这个国家旅游的美国人，注意到了有关祈祷日的争议。我说，蒙大拿早期的一位居民确立的条规，或许是最有效又是最能被人接受的办法。”

“什么条规？”戈斯问。

“我们的那位居民遇到了一头非常凶悍的灰熊，他跪倒在地，祈祷如下：‘啊，上帝，我从未向您请求帮助，现在也不想求您什么。但是可怜可怜我吧，啊上帝，请不要帮助这头熊。’《泰晤士报》很明智，没有刊登这封信。”

“我希望你留的地址是澳大利亚内陆。”亨利说。

“我留的地址是拉伊，兰慕别墅转交。”威廉说。

“我想这就是美国和我们国家最大的不同之一，”戈斯说，“你在这里能确定很多事情，其中之一是没法在《泰晤士报》上发表这封信。”

“这样对《泰晤士报》来说更好。”亨利说。

“对我可怜的信来说太惨了。”威廉答道。

“我想有很多爱尔兰报刊会登的，”戈斯说，“你不该浪费这封信。”

“它没有浪费，”爱丽丝说，“他跟我们说了信里的内容，但他答应过我永不向任何人提起。”

“我也不该提起。”威廉说。

“或许你可以把信的内容让威尔士亲王知道。”亨利对戈斯说。

戈斯锐利地看了他一眼。

“我想，既然是新年伊始，你们两位作家，能否跟我们说说都有些什么打算呢。”戈斯说。

“我哥哥，”亨利说，“要去爱丁堡开吉福德[①]讲座。”

“讲心理学这门新学科吗？”戈斯问。

“讲宗教这门旧学科。”威廉答道。

“你写好讲义了吗？”戈斯问道。

“我有笔记、想法，有些手稿，还有一颗不好的心脏，”威廉说，“所以得花时间。”

“你的立场是什么呢？”

“我认为宗教就最广泛的意义上说，是不可摧毁的，”威廉说，“我相信个人的神秘体验，无论是何种表现形式，都是潜意识的扩展。”

亨利朝佩吉打了个手势，表示如果她想走开回去读书，可以自便。她母亲点头同意。她便告辞离开房间。

“但是如果，”戈斯问，“宗教被证明是虚假的呢？”

“我想说，”威廉说，“宗教感是不可能被否认的，因为它扎根于个体内心深处。而如果它是属于个体内心深处的信仰，那就必定是好的，而且也必定是真实的。”

“但如果你看看达尔文和他的支持者的话，难道他们不能证明这些信仰是不真实的吗？”

“我对宗教感比对宗教方面的争议更感兴趣，”威廉说，“我想说明的是，我每句话都是开放性的，都说不清楚，有时候还是废

① 吉福德讲座是苏格兰著名的学术讲座，由爱丁堡大学、格拉斯大学、阿伯丁大学、圣安德鲁斯大学这几所苏格兰主要大学邀请一流学者到学校做通常为期一年的讲座。

话，没有准确的言语可以形容，那是因为没有准确的感觉。我们把感情和复杂的理性混在一起了，而且我们还得在生活、法律和政治中允许这种情况的存在，更要紧的是，得允许它存在于我们内心深处。”

“其中有超验的成分吗？”戈斯问。

“是的，但可能比那更重要，”威廉说，“在超越感官的世界，生命比我们自身的存在更强大，也更宽广，可能与我们的意识相连。我们可能知道这点，而这会使我们相信宗教或有宗教体验，无论宗教体验是多么单薄，也比宗教争议更让人满意。”

威廉说得自然而然，操着心平气和的闲谈口吻，亨利从未听他这样说过话。

“你说得好像已经写好讲义了。”戈斯说。

“我已经想好了，”威廉说，“写对我来说不是件容易的事。我更喜欢说，但他们想把它出版，所以我只好一个字一个字地写出来。”

“或许你讲了以后，《泰晤士报》就会登出来了。”戈斯说。

“我不会再跟《泰晤士报》联系了，它没有机会了。”威廉大笑一声，端起杯子喝了一口。

“亨利，”戈斯说，“轮到你了。你要告诉我们你打算写什么，我们也好有个期待。”

“我是个不怎样的小说家，”亨利说，“专写虚构故事，喜欢戏剧性的精致。我哥哥是把这个世界赋之理性，我只能尝试让它变得鲜活，或者变得更陌生。我曾经写过青春、美国，现在我只能写离乡背井，人到中年，还有令人失望的故事，无论在大洋哪一边都不会有很多读者了。”

“哈里，你有很多忠实的读者。”爱丽丝说。

“我在构思一个人，他一辈子都相信可怕的事情会降临到自己头上，”亨利说，“他把这不可知的灾难告诉了一个女人，那女人成了他最好的朋友，但他不知道他对她的不信任，以及他自己的冷酷无情才是灾难，灾难已经发生了，灾难一直与他同在。”

“这就是结尾吗？”威廉问。

“是的，还有一个故事，有个人从新英格兰去巴黎，是个中年美国人，很有头脑，内心十分敏感，但始终没有表露出来。他对巴黎的看法跟前一个故事里的男人一样，尽力生活就是我们的责任，但已经太晚了，或许也还不晚。”

“如果有个牧师，”威廉问道，温和地笑了笑，“如果他问你这些故事的寓意是什么，他该怎么总结，你怎么说？”

“寓意？”亨利想了一会儿，“寓意就是我们所能想象的最实际的东西，生活是个谜，只有句子才是美丽的，我们应该为变化做好准备，特别是如果要去巴黎，还有，”他边说边举起了杯子，“没有人在了解巴黎的好处后，还能回去恰如其分地领略美国的好。”

“你会先写哪个故事？”戈斯问。

“我可能两个都已经开始写了。”亨利说。

“那么你呢，先生，你会写什么？”威廉问戈斯。

“如果我找到语调和勇气，”戈斯说，“我会为我父亲写本书。”

“但你不是已经写了一部了吗，我还非常喜欢呢，”威廉说，

“宗教精神和追求科学真理之间的紧张关系对我来说非常有意义。”

“我现在要写的，”戈斯说，“是父亲和儿子之间的紧张关系，我不会美化我和我父亲。但我要找一种新的格调，我还得找时间，而且我觉得这本书不会给我父亲带来更多的仰慕者。”

“那真是太遗憾了。”威廉说。

“而且，毫无疑问，会是一本优秀的书。”亨利补充道。

威廉散步回来时，戈斯已经在天黑前一个小时离开了，威廉发现兰慕别墅俱乐部正一派热火朝天的景象。爱丽丝和佩吉各坐沙发一端安静地阅读，桌上点着灯。伯吉斯·诺克斯穿着他坏掉的鞋跑来跑去送柴火和煤，把火点得高高的。窗帘拉上了。亨利捧着拿破仑传记坐在壁炉旁的椅子上。

“今天是个冬天的日子，”威廉说，“现在是个冬天的晚上。”

“到了早晨，”爱丽丝说，“我们得给儿子们再写一封信，我想他们在盼着我们回家。”

“我不想再写信了。”佩吉说。

“根据我们俱乐部的新规定，你可以不写。”亨利回说。

威廉走出屋子，拿了本书回来。

“我母亲就希望我们这样。”亨利说。

“希望我们在英国终此一生？”威廉问。

“不，”亨利笑着说，“她一直梦想着我们每个人都能坐着津津有味地看书，她和凯特姨妈干自己的活儿，一连几个小时都只有翻动书页的声音。”

“难道从来没有这样过吗，哈里？”爱丽丝问。

“从来没有，”亨利说，“我父亲会挑起一场争辩，你丈夫会惹出什么事情来，或者小的那几个会吵起来。”

“那么你呢，哈里叔叔，”佩吉从书里抬起头来，“你会做什么？”

“我梦想在一个古老的英国房子里，火烧得旺旺的，什么麻烦事也没有。”

“我会控制自己的，如果这能给你安慰的话，”威廉说，“我惹麻烦的日子已经过去了。”

夜晚渐渐过去了，风呼呼吹着，窗子咯咯作响。佩吉聚精会神地读着书，蜷缩着身子靠在母亲身上，她母亲已经放下了书，看着壁炉里的火。他们的晚饭端到客厅里来。伯吉斯·诺克斯把餐具收走后，亨利给威廉和爱丽丝倒了饮料，给佩吉的是巧克力。威廉继续读书，摘笔记。他们听到他写字的声音。时间慢慢过去，他们都再次沉浸到自己的书里，或者沉思起来，因此谁都没发觉威廉何时睡着了，直到他打起呼噜。

“我们要再添点柴，”亨利低声说，“但别吵醒他。”

爱丽丝叹了口气。

“时间已经晚了。”她说。

“规定说我可以晚些睡觉。”佩吉说。

“还有允许威廉打呼噜，”亨利轻轻说道，“让他尽情地打。”

他们打算离开，去法国南部气候更温和的地方度过余下的冬日，这时佩吉已经读完了狄更斯好几本书，亨利在他们临走那天早上发现，她对《大卫·考坡菲》情有独钟，她一页都没有跳过。

亨利对她说，她可以把书带去路上读，到法国去读，什么书都可以拿走，除了他的两卷本拿破仑传，他说，在他读到最后一页之前，什么都不能把他和书分开。

早餐后，威廉看到佩吉的书就笑了。

“亨利也迷过这本书。”他说。

佩吉抬头看亨利。

“在我们十四大街的家里，他被叫去睡觉，”威廉说，“因为我们有个表妹从奥尔巴尼来，带来了《大卫·考坡菲》的头一部分，她是准备大声朗读的，但我母亲觉得不适合小男孩听。但他没听话，而是躲了起来。”

“你怎么做呢，爸爸？”佩吉问。

“我可不是小男孩了。”威廉说。

“他比我大一岁。”亨利说。

“她读了吗？”

“读了，还抑扬顿挫地模仿各种声音。但突然间屋子的某个角落传来同情的啜泣声，原来哈里一直在听故事，听到摩德斯通姐弟的紧张片段就受不了了，只得发泄出来。他特别爱哭。”

“你没哭吗，爸爸？”

“我有一颗石头心。”威廉说着摸了一下自己胸口，笑了。

亨利想到了读《大卫·考坡菲》的纽约的那间屋子，里面都是厚重的家具、屏风和镶流苏的桌布，他不记得表妹的声音，却记得母亲的声音，他被发现了，母亲走到他身旁，看到他哭了，就把他抱在怀里。这一切都如在眼前，仿佛那个夜晚和现在之间没有隔阂。他知道那对佩吉来说是多么遥远，觉得对威廉同样也是遥远的过去了。威廉讲起来，就像这件事已经在家里讲了很多年，他以同样的好心情和条理性把这事拎起来，就像拎起他的公文包。亨利走出餐厅，瞟了一眼威廉，他正打算离开。亨利摇摇头，叹了口气。

爱丽丝给了伯吉斯·诺克斯五英镑，诺克斯用恳求的目光看着亨利，像是在说这太多了。

“拿着吧，”他说，“我嫂嫂家里很有钱。”

伯吉斯推着车在前头走，后面跟着亨利、威廉、爱丽丝和佩吉。这三位客人在拉伊住了很久，好几个当地居民朝他们热情道别。亨利此刻发现，威廉迫不及待地想走了。他想到威廉一直是这个样，老是急不可待地想要体验新鲜玩意，要做新鲜事，即使不过是从一个房间走到另一个房间，或者从坐姿换到站立而已。他们小的时候，亨利还在一张张地看图画时，他已经翻完了画册，再也不去看了。最后他厌倦了所有的画册，要到外面去，让亨利自由自在地从头把书再静静地看一遍，然后再去窗口看威廉在干什么。

他们先去多佛，再去法国。火车进站时，亨利感到他们不知是该微笑还是该难过。他知道佩吉急着想回到她的书上去。他陪着她上了火车，给她找了靠窗的位置，然后退到一旁，等他们的行李运上来，爱丽丝叫威廉别抬箱子。他拥抱了威廉和爱丽丝，然后下车走到月台上。他和伯吉斯一起看着，沉重的车门关上了。

兰慕别墅又是他的了。他四处走着，享受这里的寂静和空旷。他欢迎苏格兰人来等他开始一天的工作，但他首先需要更多的时间独处。他上下楼梯，走到各间屋子里，仿佛眼前呈现出来的一切都属于一个一去不复返的过去。这些房间和有着镶流苏的桌布、屏风和背光暗角的房间连在一起，又连上了所有其他的房间，他从这些房间的窗口看世界，因此这些房间能被记住、被捕捉、被拥有。

译后记

小说中的亨利·詹姆斯是托宾的亨利，不是生活在十九世纪下半叶、享誉欧美的大文豪詹姆斯，读者必须调动强大的自制力，才能不将二者混淆。

算起来，从网上读到这本书的部分章节大概是三年前，拿到它是两年前，放着不动很长时间，为它积累勇气和信心，交稿是大半年前，看到校样是一周前。但这三年被这样一件事贯穿起来，就有了特殊的连贯性。作为一个小说创作的爱好者，这本书有时让我很灰心。曾经在某个地方，我突然想起或许可以写点什么，可是转念一想，托宾已经写过了……出版前，我最后一次读了《大师》的校样，也是第一次从读者的角度审视这本书。如今更清晰地感到，许多我曾经想到过的《大师》都已经想到了，许多我将来会想到的它已经表现出来了。它几乎将我包含在内，素昧平生却似曾相识。这是一种奇特的翻译体验。我思考书里的每个词句，思考它与我紧密相连的那些地点和时刻，相当地无力，又格外欣喜。很多次我没法读下去，只能把手放在纸页上，闭上眼睛，想它何以能够如此……

托宾的小说多以爱尔兰为舞台，《大师》背景横跨欧美，爱尔兰同样没有脱离作者的关注。小说第二章，亨利带着戏剧创作惨败的心情，避居爱尔兰，结识当地名流，参加社交活动。亨利以知识分子的审美眼光，无法欣赏爱尔兰乡村的粗陋，但他对自命不凡的英国绅士，毫不留情地进行讽刺。在这一章，托宾首次触及了亨利的同性恋倾向。托宾对同性恋话题关注已久，《夜的故事》是第一部涉及“男同”的爱尔兰小说，《黑水灯塔船》则是第一部以爱尔兰为背景的有关“男同”的作品。他并未将同性恋作为故事的主体，他认为那只是背景，“爱”与“失去”才是前景。后者正是他一贯的着力点。

《大师》中的同性恋色彩同样是那么不显山露水，纤巧、细致、微妙的程度几乎达到想象感官所能辨识的边缘。更确切地说，他写的不是同性恋，而是一种特殊的平衡能力，平衡的两端，分别是对同性的想象力和心理倾向，以及出于种种近乎本能的考虑，下意识保持距离的反应。在《大师》中，亨利一共与三个男性朋友之间产生过勉强称得上暧昧的氛围，然而呈现于读者眼前的，是小说中的作家反复权衡、品味这段距离，在需求与自制之间不断做出反省的心路历程。第二章亨利在爱尔兰认识了曾经当过兵的男仆哈蒙德，他们的关系从未超越主仆，只是拉扯了几句家常话，就让亨利感觉异样：“哈蒙德垂下目光，似乎左右为难，想要说什么，又不能说。他把头转向窗口，沉默下来。光线映着他半张脸，另半张没在阴影中。屋子里静得亨利能听到他的呼吸声。他俩都不动不说话。亨利真希望现在有人能看到他俩，如果其他人站在门口，就像他之前站过的那样，或者透过窗户朝里张望，他们会以为他俩之间发生了什么重大的事情，他们这般沉默，是因为说了太多。突然，哈蒙德急促地吸了口气，朝他露出个温柔宽厚的笑容，拿起桌子上的碟子就出去了。”

亨利对哈蒙德的想象最远也不过如此，这里最妙的，便是亨利“希望”有人能看到这一场景。这无疑是属于他作家的特质，真正看到这幅画面的，不是他想象中的别人，而正是他自己。这便构成了一个罕见的关系：《大师》虽然使用第三人称，但叙述视角一以贯之，纯然从亨利眼中、心上来看世界。然而，此间小说人物拥有了独立于叙述视角之外的力量，观察亨利难以言说的心理感受。

亨利·詹姆斯，美国文学史上名副其实的大师，大半辈子客居他乡，一生未婚。他的作品虽然在有生之年获得认可，但他的创作之路屡经坎坷。最是寂寞异乡人，离开祖国，没有家庭，长年漂泊大洋彼岸，怀有极度敏感的心灵，将生命体验系于笔端。一方面，在大洋两岸的不同国度，风俗、文化、人心始终在他眼中成为比较和琢磨的对象，作为一个世界的“圈内人”，他却无法得到归属感，噬心的寂寞伴随左右。寂寞不是缺乏亲友相伴，而是内心深处的流动得不到回应。他也寻求温暖依靠，友情、亲情、无法定性的爱情，但同时作家的本能又不愿让别人探查他的内心深度，不愿让构思作品的过程和灵感的源头为人获知，于是，在重重矛盾之下，沉默、刺探、想象成为他生活的主要内容，周旋、回避、欲说还休成为他常见的表达方式。

然而这一似乎应该是晦涩的题材，却被托宾处理地干净利索。手法并不唯美或浪漫，凡是可供挖掘的地点，托宾一律单刀直入，不留余地，造成的效果却比留白更经受得住反复的体验。这是托宾风格的特色之一，也是他创作的最大勇气所在，无论何时，他都以平视的目光望向百年前的大师。他的目光温柔，充满同情的力量。

小说以年月标示章节，分别在一八九五、一八九七、一八九八、一八九九年这四年中撷取切入点，似乎给人以按时间顺序记述的错觉，但实际上，可以按时间理解的只是其中一小部分，那就是亨利实际生活和写作的那部分，除此之外，更多的笔墨投向了回忆与现实的交集。他的亲妹妹爱丽丝、表妹明妮和挚友康斯坦斯，分别以被回忆者的身份出现。这三位女子，以其独特的性格和处世风格，在书中得到浓墨重彩的刻画，当然最关键的，还是她们给亨利留下的情感羁绊，以及由此引发的创作感悟。明妮是亨利曾经最有可能与之结婚的女子，她与他青梅竹马，对他一心崇拜，在病重之时希望能随他去罗马过冬，但亨利出于某种微妙的心理，并没有回应这一祈求。明妮韶龄而逝，多年之后，少年时代的朋友霍姆斯拜访亨利，不动声色地指责他当年犯下的过错。在托宾笔下，便出现了特别富有戏剧性的一幕：因霍姆斯往事重提，亨利想起了明妮在最后的岁月中给他的来信，记忆已经淡漠，他竟无法抑制情怀，一反平日作风，搭乘最近的班车去了收藏信札的公寓："等火车时，他怕会遇到熟人，便装出一副去伦敦公干的模样。他连说话都怕，就连告诉仆人他要出门，跟司机说话，买车票，都觉得疲惫不堪。他希望自己可以隐身一两日。他意识到那些信不会透露什么，只会增加他的不确定感，这个念头在前往伦敦的路上压在他心上。他再读一遍，也不会比现在所知的得到更多。”

在那之后，便是长达千字的心理描写。亨利强迫自己直视往事，承认拒绝明妮是自私心理在作祟：“即使她身体健康，他也不确定自己是否会欢迎这样一个具有率性的魅力和好奇心的人在身边。他当时要的是观察生活，或者用自己的眼睛想象世界。如果她来了，他就得透过她的眼睛看世界了。”为失去的东西追悔，是人之常情，但若仅此而已，亨利便只是亨利，而不是亨利·詹姆斯了。托宾毫不留情地写道：“最后，他转过身朝向屋内，觉察到一个让人不堪承受的尖锐想法正盯着他看，像空气里的凶猛的捕食动物一般，悄声对他耳语：他更希望她死去，而不是活着，她失去生命后，他知道该拿她怎么办，但她温柔地向他求助时，他却拒绝了她。”

“她失去生命后，他知道该拿她怎么办。”这背景音乐是一曲老调。正如莎士比亚的十四行诗中所道：“诗将长存，赋尔生命。”以艺术创作使人流芳百世是历久不衰的话题。但将生命之死与艺术之生放在一起衡量，并将两者的冲突调整到水火不容的地步，便带来震撼人心的力量。

那个下午，亨利坐在他伦敦公寓的书房里，手边放着明妮的遗信，沉浸在小说主题和人物的构思中。最后，他完全忘怀了悔恨心情，“他又走过房间，把信和本子收起来，拿到橱边，扔到架子上，关上了橱门。他不再需要这些了。他现在需要的是开始写作，运用他的头脑。他决定返回拉伊，准备当召唤来临时，再次挖掘他的表妹明妮·坦普尔的生与死。”

这便是一位艺术大师的所有。也是一个作家对另一个作家的致敬。我们应当赞赏托宾的勇毅，力的作用是相互的，这条物理定律也适用于文学创作。当一位作家致力于辨识、理解小说人物的心理，抛开一切矫饰，设身处地感受一切时，纸内纸外的心情是一致的。当托宾展现出一个完整的亨利·詹姆斯，他的利刃同样刺向自己和读者。优秀的创作者需要超人的控制力，这点托宾也做得一流。他给予读者一种奇特而柔韧的牵羁力量，读者始终保持自我意识的清醒，但又不是旁观者，同时也未必是参与者。

而作品的成功与否，正在于这种艺术之“真”，可以在多大程度上化为艺术之“美”。

我想这不是詹姆斯真实生活的写照——事实上是小说而非传记，但翻译完这本书后我也不再关心詹姆斯的真实生平。

写译后记时，我读到了英国《卫报》网站上托宾写他书房的一篇文章，其中有一句：“我的笔迹有时像我父亲，有时像我舅舅，有时又像母亲，但我自己没注意。我一旦注意到，就让它像我自己。”我望着电脑屏幕默然而笑，心想，托宾是这样的。

感谢编辑彭伦，把它交给了我。下一次见它，应该是书的模样，它拥有了某种大众身份，不再是我私人体验的对象。但我不必与它分离。我翻译过的任何一本书，都渗透了我的灵魂，深深地驻扎进去，成为我自身存在的一部分，《大师》尤其如此。

托宾在致谢词中列举了他写作此书所参考的文献，对有志于这方面研究或感兴趣的读者，应有所助益。为便于读者查阅，在此我仅将书名译成中文。

Leon Edel 著《亨利·詹姆斯传》(五卷本，*Henry James*：*A Biography*)，和他编的《亨利·詹姆斯书信集》(*The Letters of Henry James*)

Fred Kaplan 著，《亨利·詹姆斯：天才的想象》(*Henry James*：*The Imagination of Genious*)

Sheldon M.Novick 著，《年轻的大师》(*The Young Master*)

R.W.B. Lewis 著，《亨利·詹姆斯一家：一个家庭的故事》(*Henry Jameses*：*A Family Narrative*)

Jean Strouse 著，《爱丽丝·詹姆斯传》(*Alice James*：*A Biography*)

Jane Maher 著，《破碎的命运：威尔基、鲍勃、威廉、亨利兄弟们和爱丽丝·詹姆斯传》(*Biography of Broken Fortunes*：*Wilky Bob*、*Brothers of William*、*Henry and Alice James*)

Alfred Habgger 著，《父亲：老亨利·詹姆斯传》(*The Father*：*A life of Henry James Senior*)

Lyndall Gordon 著，《亨利·詹姆斯的私生活：两个女人和他的艺术》(*A Private Life of Henry James*：*Two Women and His Art*)

Louis Menand 著，《形而上学俱乐部》(*The Metaphysical Club*)

Linda Andersen 编，《爱丽丝·詹姆斯：信笺中的生活》(*Alice James*：*Her life in Letters*)

Rosella Mamoli Zorzi 编，《可爱的男孩：致亨德里克·C.安德森的信》(*Amato Ragazzo*：*Lettere a Hendrik C.Andersen*)

Ignas K. Skripskelis 和 Elizabeth M.Berkeley 编，《威廉·詹

姆斯和亨利·詹姆斯通信选》(*William and Henry James*：*Selected Letters*)

Susan E.Gunter 编，《慷慨的好朋友：亨利·詹姆斯与四位女子的通信》(*Dear Munificent Friends*：*Henry James's Letters to Four Women*)

Simon Nowell-Smith 编著，《大师传奇》(*The Legend of the Master*)

柏栎，二〇〇八年

Colm Tóibín
The Master

图字:09-2020-394 号

图书在版编目(CIP)数据

大师/(爱尔兰)科尔姆·托宾著;柏栎译.—上海:上海译文出版社,2021.2 (2024.3重印)
书名原文:The Master
ISBN 978-7-5327-8577-3

Ⅰ.①大… Ⅱ.①科… ②柏… Ⅲ.①长篇小说-爱尔兰-现代 Ⅳ.①I562.45

中国版本图书馆 CIP 数据核字(2021)第 000787 号

大师
[爱尔兰]科尔姆·托宾 著 柏栎 译
特约策划/彭伦 责任编辑/徐珏 封面设计/好谢翔 封面插画/大大黑

上海译文出版社有限公司出版、发行
网址:www.yiwen.com.cn
201101 上海市闵行区号景路 159 弄 B 座
上海市崇明县裕安印刷厂印刷

开本 889×1194 1/32 印张 13 插页 2 字数 214,000
2021 年 2 月第 1 版 2024 年 3 月第 3 次印刷
印数:11,001—15,000 册

ISBN 978-7-5327-8577-3/ I·5286
定价:76.00 元